U0139930

世界の終りとハードボイルド・ワンダーランド

目 录

独角兽：心与意识之间

（译序）

林少华

又读了一遍三十多年前翻译的村上这部不折不扣的长篇小说。之前有《寻羊冒险记》，之后有《挪威的森林》，但无论篇幅的长度还是艺术的完美度，都好像比不上《世界尽头与冷酷仙境》。说句俏皮话，长度，好比遥远的世界尽头；完美度，堪称并不"冷酷"的仙境。

也是因为重校之需和要重写译序，这次看得更加仔细，简直就像"世界尽头"中的主人公"我"（ぼく）怀抱动物头骨读"古梦"一样抱着书读个不止。如此整整读了两天，忽然读出一个关键词："独角兽"！不错，"独角兽"，关键中的关键词，犹如一把伞的伞柄，所有伞骨都连着它，是它撑起了伞骨和伞面。成语说"纲举目张"，这里可谓柄举伞张。说来也怪，三十多年来我为什么一直没注意"独角兽"呢——为什么只注意伞面的花纹而没注意伞柄的作用呢？也不但我，在我的阅读范围内，别人也似乎没注意到，包括海外那么多学者。惊诧之余，窃喜有顷。老实说，如获至宝。

说起独角兽，人们想到的可能多是独角兽公司，即成立不出十年而估值超过一百亿美元的绩优股，但书中的独角兽与之概不相关。

据"冷酷仙境"系列章中图书馆"胃扩张"女孩根据《幻兽辞典》讲解，传说中的独角兽有两种，一种是西欧独角兽，马体，鹿头，象足，猪尾，独角为黑色，长三英尺，性格凶悍，极具攻击性。捕获方法只有一种：将一名妙龄少女放在它面前，它因按捺不住性欲而一时忘记攻击，于是趁其头枕少女腿部睡觉之机生擒活捉。另一种是中国的独角兽：鹿体、牛尾、马蹄、独角。角为肉质，偏短。而且是吉祥神圣的动物，与龙、凤、龟并称四大瑞兽。这同《辞海》中"麒麟"词条的记述相近："其状如鹿，独角，全身鳞甲，尾像牛……'麟凤龟龙，谓之四灵'"。这意味着，小说中的独角兽和《辞海》中的麒麟是同一动物。这点小说也予以认可。喏，"胃扩张"女孩这样说道：

> 独角兽的出现意味着圣人临世，例如孔子的母亲怀他之时便见到了独角兽。
>
> "七十年后，一伙猎人杀了一头麒麟，角上还带有孔子母亲缚的彩绳。孔子去看这独角兽，并掉了眼泪。这是因为，孔子感到这头纯真而神秘的动物的死具有某种预言性，那条彩绳上有着他的过去……"

至于中国传说中的麒麟是否即为独角兽，这点留待日后讨论（《辞海》没有"独角兽"词条）。

对了，"冷酷仙境"系列章中出现了乌克兰，乌克兰独角兽。而且记述得相当详细，容我简要概括一下。一九一七年九月即十月革命前一个月，第一次世界大战。一名俄军士兵在乌克兰前线挖战壕时挖出了一块动物头骨。正巧指挥其所属部队的大尉

2

是彼得格勒大学生物学研究生出身，大尉觉察这是从未见过的动物头骨，便在俄军败退前将头骨交给一个信得过的伤员，托他把头骨转交给母校的某某教授，并且告诉他会因此得到"一笔数目不小的酬金"。其间兵荒马乱风起云涌，以致直到一九三五年这块动物头骨才交到另一位名叫彼洛夫的生物学教授手里。彼洛夫教授考证为独角兽头骨，于是带着几名助手和研究生赶到乌克兰那条战壕，但未能找见相同的头骨。几年后的一九四一年苏德战争爆发，独角兽头骨在列宁格勒保卫战中下落不明，列宁格勒大学也在连天炮火中沦为废墟，彼洛夫教授亦于一九四三年去世——只有近百张独角兽黑白照片留了下来，而照片同主人公"我"（わたし）手中的头骨基本毫无二致。

"我"手中的头骨，在逻辑上自然不会是那块乌克兰独角兽或俄罗斯独角兽的头骨。那是一位研究"动物头盖骨和口腔上腭容积的三维图像所转换成的数值"的生物学博士送给的礼物。这位年纪很大的博士派他的只穿粉红色衣服、年方十七的孙女把以第一人称出现的主人公、计算士"我"接到设在地下深处的研究所，委托"我"帮他做"模糊运算"，分别时作为礼物把这块动物头骨送给了"我"。"我"通过图书馆"胃扩张"女孩的讲解及其带来的书上的图片得以断定此乃独角兽头骨。当"我"再次经过"夜鬼"出没的黑暗的地下世界返回地面寓所不久，忽有一高一矮两个陌生男子闯进"我"的房间搜寻这块头骨。为此割了"我"的肚皮，把房间所有的东西——从电冰箱电视机到瓶装葡萄酒威士忌——统统砸个稀巴烂。这是因为，独角兽头骨里有实验性数据，获得了头骨，即可从中解析人脑信息，从而控制人、控制世界，一场诡异的信息战由此开始。不妨认为，信息战也是脑战——脑产生意识，产生思维，进而产生数值、数值性信息。

上面说的是"冷酷仙境"。而在与之平行的或交替出现的

3

"世界尽头"系列章里面，独角兽则以"金毛兽"的形象出现：

> 它们的额头正中探出一只长角，也只有这只长角全部呈柔和的白色。角非常之细，纤纤欲折。较之角，更令人想起由于某种偶然的机会陡然刺破皮肤支出体外后就势固定下来的一条细骨。除去角的白色和眼睛的蓝色，兽的其他部位统统一色金黄。它们试穿新衣似的上下抖动几次脖子，朝着寥廓的秋空扬起角尖，继而把腿浸进日益变凉的河流，伸长脖颈吞食树上的果实。

"世界尽头"是由高达七八米的石墙围起来的小镇，仅有西门这一个出入口，门口有一名看门人，早上吹号把一千头之多的金毛兽（独角兽）放进门内，傍晚又吹号将它们放出门外。每到漫长而寒冷的冬季，便有很多兽死去。死去的兽们的头骨里收有小镇居民的心——小镇居民因此没有心——误入小镇的主人公"我"的工作，就是在小镇图书馆一个无心女孩的协助下捧着独角兽头骨读取其中的古梦，也就是读取由独角兽日复一日带走的心。小镇居民谁都不能有影子，不能有心。哪怕有一点点心剩留下来，都要被赶去黑魆魆的森林。因为初来乍到而仍有心的"我"爱上了图书馆女孩，而女孩因为没有心而无法爱"我"。于是"我"要从无数头骨中读出女孩的心还给她。这样，如果说"冷酷仙境"的争斗是围绕脑展开的，那么"世界尽头"里的纠葛则围绕心进行。如果说脑是表层意识、常规意识，那么心则是深层意识、潜意识（小说中亦称之为"意识核"、"黑匣子"）。换个说法，意识是已知的心，潜意识则是未知的心，而居中将二者、将"世界尽头"与"冷酷仙境"连接起来的，即是独角兽、独角兽的头骨。舍此，整个故事势必如失去伞柄的伞一样变得支

4

离破碎。再换个说法，独角兽乃是居于心（"世界尽头"）与脑即意识（"冷酷仙境"）之间的"中继站"。正是在这个意义上，独角兽堪称这部长篇的最为关键的关键词。

也巧，作者村上二〇二一年四月作为杰出校友在他的母校早稻田大学新生入学典礼致辞中说到心与意识、说到故事和二者的关系：

> 我们平时以为这就是自己的心的，其实不过是心的一小部分。也就是说，我们的"意识"，不过类似我们从心这泓池水中打出的一桶水罢了，其余领域尚未触及，作为未知部分剩留下来。而真正驱动我们的，乃是剩留的心——不是意识不是逻辑，是远为辽阔和恢宏的心。
>
> 那么，怎样才能探索"心"这一未知领域呢？怎样才能发现驱动自己的力之本源呢？"故事"即是担当这一职责的一个选项。故事把光投在我们的意识无法充分解读的心这一领域，把我们不能诉诸语言的心置换为 fiction（虚构）这种形式，使之比喻性浮现出来。这就是小说家要做的事。简单说来，此即小说家的基本叙事方式。这是只能以一步步置换的形式来实现的——说得够啰嗦的了——因此，小说这东西不会直接作用于社会，不可能像特效药和疫苗那样立竿见影。可是，如果排斥小说的作用，社会就难以健康发展。这是因为，社会也有心。
>
> 小说以至文学的职责，就是把仅靠意识和逻辑无法彻底打捞的那类东西切切实实地不紧不慢地打捞下去。小说即是填埋心与意识之间的空隙的东西。

这里，写小说的村上首先指出，好的小说不是用脑袋想出来的，而是用心想出来的。但写小说用的心不是日常性已知之心，而是未知之心。这和书中第 25 章（"冷酷仙境"章）借老博士之口表达的观点可谓异曲同工："每个人的心千差万别，然而人们不能把握自己的大部分思维体系。我如此，你也不例外。我们所能把握的——或者说以为把握的——部分不过是其整体的十五分之一到二十分之一罢了，连冰山一角都称不上。"这也意味着，如果说已知之心或所能把握的心是"意识"，那么未知之心或未能把握的心，就应该是"下意识"、"潜意识"。依村上之见，恰恰是这作为"潜意识"的心是我们人生驱动力的本源。而揭示这"力之本源"的，即是小说，即是文学。离开了小说，离开了文学，就离开了"力之本源"，因此社会难以健康发展。

才疏学浅如我，读过的书中还没有哪一本这样讲过文学的本质、文学的起源和文学的作用。其表达方式甚至可以说是颠覆性的："小说以至文学的职责，就是把仅靠意识和逻辑无法彻底打捞的那类东西切切实实地不紧不慢地打捞下去。小说即是填埋心与意识之间空隙的东西。"据此不难推断，村上的小说作品，除了《挪威的森林》，大部分都是从"心与意识之间的空隙"、从潜意识这一岩石层渗出来的。而《世界尽头与冷酷仙境》是其中较为典型的一部长篇。也正因为这样，读起来我们才会觉得仿佛填埋了我们"心与意识之间的空隙"。也就是说，村上文学有可能唤醒了我们平时甚至自己都浑然未觉的自身"长眠未醒"的那一部位。或者将我们尽管朦朦胧胧意识到却又无法清清楚楚诉诸语言的隐秘情思替我们一吐为快，从而使我们的心灵获得一种抚慰，一种宽释，一种救赎，一种审美升华。那种感觉，用早年一位读者的话说，就好像冬日夜晚行走在四顾苍茫的荒野之时忽然瞧见了远处一灯如豆的小木屋。

趁机说一下自己未必与此完全吻合的感觉。前年去大理古城旅行期间碰上了疫情"封城"。一天黄昏我沿着大理古城高耸的城墙向东走去。左侧民居关门闭户，空无人影；右侧城墙笔直延伸，萧索苍凉。行走之间，蓦然想起《世界尽头与冷酷仙境》中的"世界尽头"："环绕钟塔和小镇的围墙，河边排列的建筑物，以及呈锯齿形的北尾根山脉，无不被入夜时分那淡淡的夜色染成一片黛蓝。除了水流声，没有任何声响萦绕耳际。"如果再有披一身金毛的独角兽出现，我想我肯定一下子去了那边，去了"世界尽头"。

说得够啰嗦的了，回过头总结一下。在《世界尽头与冷酷仙境》中，心与意识之间产生了独角兽。独角兽是二者的"中继站"或"中转站"——左边是心（"世界尽头"），右边是意识（"冷酷仙境"）。在整个村上文学世界中，心与意识之间产生了故事，"小说即是填埋心与意识之间的空隙的东西"。而就阅读感觉而言，则似乎藉此填埋了自己的"心与意识之间"的空隙。一句话，村上小说是作者在心与意识之间模糊地带进行"模糊运算"的产物。

这方面不能不说村上这个"计算士"运算得相当巧妙。而最为巧妙的，恐怕就是这本《世界尽头与冷酷仙境》。小说因此获得了谷崎润一郎文学奖。作为评委的文学评论家丸谷才一评价"几乎天衣无缝地构筑了一个优雅而抒情的世界。……这位作家通过游离世界而创造世界，通过逃避而面带羞涩地完成果敢的冒险，通过扮演'虚无'的传达者而探求生之意义。"惟其如此，这部长篇才看似科幻而不是科幻，看似推理而不是推理，看似魔幻而不是魔幻，从而游刃有余地保持了纯文学的品格。另一位评委、原本对村上文学持批评态度的大江健三郎甚至暗示村上和谷崎润一郎之间存在美学方面的联系，"这本小说可以当作一部新的《阴翳礼赞》来读"（参阅杰伊·鲁宾著《倾听村上春树——村上春树的艺术世界》*Haruki Murakami and the Music of Words*）

第6章，冯涛译，上海译文出版社2006年版）。

的确，这是个"优雅而抒情"的文艺美学世界。且看第二十六章"世界尽头"里面的风景描写：

> 沿着大地坑洼处的白皑皑的积雪，口衔小红果的鸟儿，田里战战兢兢的厚叶冬菜，河的流水在各处形成的清澈水洼，白雪覆盖的山脊——两人边走边确认似的一一打量不已。目力所及，所有景物都仿佛尽情呼吸着这突如其来的短暂的温暖气息，将其传往全身每一个部位。遮蔽天空的阴云也不似往日那样沉闷压抑。而给人一种莫可名状的亲昵感，俨然以柔软的手合拢我们这个小小的天地。
>
> 也可以碰到在枯草地上往来寻觅的独角兽。它们身上披满泛白的淡黄色的毛，毛比秋天的长得多也厚得多……一成不变的唯有前额凸起的一支白角，角始终如一且不无自豪地直刺长空。

如何？是不是和谷崎润一郎的《阴翳礼赞》有美学联系，作为我不好判断，但的确很有画面感。寂寥，感伤，优雅，诗意盎然。

自不必说，高潮是第37章、第39章"冷酷仙境"中的二十四小时——主人公"我"的脑袋被老博士植入了类似芯片的"第三线路"取不出来了，以致爬出地下世界来到地面后的"我"的人生只剩下二十四小时。跨度大约是10月2日3:00PM—10月3日3:00PM。季节自然是秋天。不知何故，一个即将走到生命尽头之人却对天气十分关注，几个比喻极见特色。例如晴："天空晴得如被尖刀深深剜开一般深邃而透彻"/晴得"竟如今晨刚刚生成一般"/晴得"仿佛是不容任何人怀疑的绝对观念"。并且感叹"作为结束人生的最后一天，场景似乎不错"。

实际他最后二十四个小时的人生场景也似乎不错，至少尽情饱餐了一顿，做爱也做得相当尽兴。从地下"冷酷仙境"逃到地表的"我"做的第一件事就是给图书馆女孩打电话，约定当天傍晚六时一起吃意大利风味餐。女孩是"胃扩张"，"我"饿得"螺丝钉好像都能吃进去"，两人旗鼓相当，吃得天昏地暗。生牡蛎、意式牛肝酱、炖墨鱼、油炸芝士茄子、醋渍西太公鱼、巴旦豆焖鲈鱼、蔬菜沙拉，主食有意面、通心粉、蘑菇烩饭和意式番茄炒饭。加之男侍应生"以御用接骨医为皇太子校正脱臼的姿势毕恭毕敬地拔下葡萄酒瓶软木塞斟酒入杯"，结果所有吃喝一扫而光。之后又去女孩家受用冷冻比萨和芝华士威士忌。吃罢淋浴上床，三次大动干戈。动罢一起裹着毛毯听平·克劳斯比的唱片，"心情畅快至极"。

翌日晴空万里，"我"和女孩开车去公园——"星期一早上的公园犹如飞机全部起飞后的航空母舰甲板一般空旷而静谧"——歪在草坪上喝冰凉冰凉的易拉罐啤酒，谈陀斯妥耶夫斯基的《卡拉马佐夫兄弟》。女孩走后，"我"继续喝啤酒。当生存时间仅剩一小时多一点点的时候，"我"从钱夹里抽出两张信用卡烧了——两张现金支票昨天已经折成四折扔进烟灰缸——"我首先烧的是美国运通卡，继而把维萨卡也烧了。信用卡怡然自得地在烟灰缸中化为灰烬。我很想把保罗领带也付之一炬，但想了想作罢，一来过于惹人注目，二来实在多此一举。"最后，"我"把车开到港口空无人影的仓库旁，在鲍勃·迪伦唱的《骤雨》声中进入沉沉的梦乡……二十四小时至此结束。

是的，主人公"我"在人生只剩二十四小时那宝贝得不能再宝贝的时间里最多听的却是鲍勃·迪伦。至少听了六首：《看水奔流》、《肯定在第四街》、《孟菲斯蓝调》、《像一块滚石》、《答案在风中飘荡》、《骤雨》。而作为不懂音乐而略懂诗意的我，尤其中意下面这段文字。主人公"我"在人生剩不到二十个小时的时候去租车店租小汽车：

> （我）一边听《看水奔流》，一边不慌不忙地逐一确认仪表盘上的按钮。……我正在车内逐个检查按钮，接待我的那位态度和蔼的年轻女郎离开办公室走来车旁，问我有什么不合适的地方。女郎的微笑显得冰清玉洁，楚楚可人，极像电视上演技娴熟的广告模特。牙齿莹白，口红颜色得体，双腮毫不松垂。……
>
> "求185的平方根，答案按这个钮可以知道？"我问。
>
> "在下一个新车型出现之前怕是难以如愿。"她笑着说，"这是鲍勃·迪伦吧？"
>
> "是的。"我应道。鲍勃·迪伦正在唱《肯定在第四街》。虽说过了二十年，好歌仍是好歌。
>
> "鲍勃·迪伦这人，稍微注意就听得出来。"她说。
>
> "因为口琴比史提夫·汪达吹得差？"
>
> 她笑了。逗她笑出来委实令人惬意。我还是可以逗女孩笑的。
>
> "不是的，是声音特别。"她说，"就像小孩站在窗前凝视下雨。"
>
> "说得好。"我说，的确说得好。关于鲍勃·迪伦的书我看了好几本，还从未碰到过如此恰如其分的表述。……
>
> "很想再跟你慢慢聊一次。"我说。
>
> 她嫣然一笑，微微侧首。脑袋转得快的女孩晓得三百种回答方案，即使对于离过婚的三十五岁疲惫男人也一视同仁。我道过谢，驱车前进。鲍勃·迪伦开始唱《孟菲斯蓝调》。

如此看来，村上对迪伦相当熟悉。不仅熟悉，应该说还有几分特殊的喜爱之情。否则，怎么可能让主人公在人生最后二十四个小时对迪伦如此情有独钟。毕竟比这更紧迫更现实的事多的是。不过，我的兴趣点更在于这段行文的诗意。喏，女郎的微笑"极像电视上演技娴熟的广告模特"，迪伦的声音给人的感觉"就像小孩站在窗前凝视下雨"，以及"即使对离过婚的三十五岁疲惫男人也一视同仁"。别致，俏皮，机警，幽默，温馨，十足的诗意表达。极有可能超过鲍勃·迪伦的歌词。然而遗憾的是，二○一六年度诺贝尔文学奖居然把村上活活晾在一边，而给了鲍勃·迪伦，授奖理由是他为"伟大的美国歌曲传统带来了全新的诗意表达"——for having created new poetic expression within the great American song tradition.

最后请再让我交待几句。开头说了，这本书是我三十多年前翻译的，准确说来是一九九一年十月一日至翌年一月三十日，历时四个月。一九九二年八月由漓江出版社初版发行。一九九六年六月为改版校阅过一次，二○○二年二月又为沪版校阅过一次，是为第二次，二○一三年三月第三次校阅，这次为第四次。第二次校阅期间，青岛懂音乐和英语的张晏榕女士热情核对了不少西方音乐等外来语，为此付出了绝不算少的时间和精力。这一次，责任编辑姚东敏又负责任地从专业角度解决了不少"拦路虎"，使得乐盲的我终于从战战兢兢的心境中逃离出来，暂且有了些许自信的笑容。在这个意义上，这本书不是我一个人译的，尽管书上的译者位置只署我一个人的名字。

二○二二年十一月六日于窥海斋
时青岛金菊红叶相映生辉

【附白】 值此新版付梓之际，继荣休的沈维藩先生担任责任编辑的姚东敏副编审和我联系，希望重校之余重写译序。十五年前的译序，侧重依据自己接触的日文第一手资料提供原作的创作背景，介绍作者的"创作谈"和相关学者见解。此次写的新序，则主要谈自己的一得之见，总体上倾向于文学审美——构思之美、意境之美、文体之美、语言之美。欢迎读者朋友继续来信交流。亦请方家，有以教我。来信请寄：青岛市崂山区香港东路23号中国海洋大学浮山校区离退休工作处。

太阳为什么还金光闪闪？
鸟们为什么还唱个没完？
难道它们不知道么，
世界已经走到尽头。

——THE END OF THE WORLD

1

冷酷仙境
——电梯、无声、肥胖

电梯以十分缓慢的速度继续上升。大概是上升，我想。不过我没有把握。其速度实在过于缓慢，以致我失去了方向感。或者下降也未可知，抑或不上不下也不一定。我只不过斟酌前后情况而姑且算它上升罢了。仅仅是推测，无半点根据。也可能上至十二楼又下到第三楼——绕地球一周又返回原处。总之无从知晓。

这电梯同我公寓中那进化得如同提水桶一般了无装饰的廉价电梯毫无共同之处。由于差异太大，我竟怀疑二者并非为同一目的制造的具有同一功能且冠以同一名称的机械装置。两架电梯的差距之大，恐已达到了人们想象力的极限。

问题首先是面积。我现在乘的电梯宽敞得足以作为一间小办公室来使用，足以放进写字台放进文件柜放进地柜，此外再隔出一间小厨房都显得绰绰有余，甚至领进三头骆驼栽一棵中等椰子树都未尝不可。其次是清洁，清洁得如同一口新出厂的棺木。四壁和天花板全是不锈钢，闪闪发光，纤尘不染。下面铺着苔绿色长绒地毯。第三是静，静得骇人。我一进去，门便无声无息——的确是无声无息地倏然闭合。之后更是一片沉寂，几乎使人感觉

15

不出是开是停，犹如一条深水河在静静流逝。

还有一点，那便是这电梯上缺少很多作为电梯本应装备的附件。没有安装各种按钮和开关的控制盘，没有楼层按钮没有开门钮关门钮没有紧急停止装置，总之一无所有。因此我觉得自己缺少任何保护。不光是按钮，楼层显示灯也没有，定员数量和注意事项也没有，甚至厂家名称标牌也无处可寻，更不晓得安全门位于何处。确确实实同棺木无异。无论如何这等电梯都不可能得到消防署的许可，电梯自有电梯的规范。

如此静静盯视这光秃秃平滑滑的四面不锈钢壁的时间里，我不由想起小时在电影上看到的胡迪尼奇迹。此人被绳索和铁链五花大绑了塞进一个大衣箱中，又在外面缠了好多道铁链，连人带箱子从尼亚加拉瀑布上端推落下来，或者投入北冰洋冻成冰块。我缓缓做了个深呼吸，将自己的处境同胡迪尼（Houdini）的处境冷静地加以比较。身体未遭束缚这点我倒是得天独厚，而不明所以然却使我被动。

仔细想来，别说所以然，就连电梯是停是动都不得而知。我咳嗽了一声。这声咳嗽也有点奇怪，因为不像是咳嗽应有的声音——没有立体感，犹如一把软糊糊的泥巴甩在平板板的水泥壁上。无论如何我都不认为是自己身体发出的动静。出于慎重，我又咳嗽一声，结果同样。于是我灰心丧气，不再咳嗽。

我以静止不动的姿势呆呆伫立了相当长的时间，门却怎么等也不开。我和电梯好像一幅题为《男人与电梯》的静物画一样凝然不动。我有点不安起来。

说不定电梯出了故障，或者电梯操纵员——假定某处存在一个负责此项工作之人——把我身陷此箱一事忘到九霄云外也未可知。我这一存在时常被人忘记。不管怎样，其后果都是我被封闭在这不锈钢密室之中。我侧耳倾听，不闻任何声息，又把耳朵紧紧贴在不锈钢壁上试了试，还是无声可闻，唯有耳的轮廓徒劳地印在壁上。电梯俨然一架式样特殊的高效消音金属箱。我打口哨吹了吹《少年丹尼》（Danny Boy），出来的声音像一只患肺炎的狗的喘息。

我只好靠在电梯壁上，决定通过数点衣袋里的零币来消磨时间。当然，对从事我这种职业的人来说，消磨时间也是一项重要的训练，就像拳击运动员总是手握橡皮球一样。就是说，这并非单纯意义上的消磨时间。只有通过动作的反复，才有可能将个别倾向化为习惯。

总之，平时我总是注意在衣袋里留有相当数目的零币。右侧衣袋里放一百元和五百元的，左侧放五十元和十元的。一元和五元零币原则上放进裤子的后袋，不用于计算。于是我将两手插入左右两只衣袋，右手数一百元和五百元的，左手点五十元和十元的，二者并行不悖。

没做过这种计算的人恐怕难以想象，起始阶段还是颇有难度的。因为大脑的右半球和左半球要分别进行完全不同的计算，最后像吻合切开的西瓜一样将两组数字合在一起。而这是非常困难的，如果不习惯的话。

至于是否真的要将大脑左右两半球分开使用，这点我也说不清楚。若是脑生理学专家，也许会采用更为特殊的说法，但我一来不是脑生理学专家，二来实际计算中确实觉得是在将大脑左右两半球分开使用的。就计算完后的疲劳感来说，也好像与进行一般计算后的疲劳感在本质上大为不同。因此作为权宜之计，我暂且认为自己以脑的右半球计算右边的衣袋，左半球则在计算左边的衣袋。

总的说来，我这人对世上种种事象、事物和存在恐怕都习惯做权宜式考虑。这并非因为我属于权宜式性格——当然我承认自己有几分这样的倾向，而是因为我发现对于世上大多数情况，较

17

之正统式解释方法，采用权宜式把握方式更能接近事物的本质。

譬如，即使我们把地球视为一个咖啡桌而不看做是球状体，在日常生活这个层次上又有多少不便之处呢？诚然，这是个相当极端的例子，并不是说对任何事情都可以如此随心所欲地妄加变通。只是，将地球视为巨大咖啡桌的权宜式观点，事实上势必一举排除因地球是球状体而产生的诸多繁琐问题——例如引力、日期变更线和赤道等无关紧要的事项。对于过普普通通生活的人来说，非与赤道等问题纠缠在一起不可的时候一生中又能有几次呢！

由此之故，我便尽可能从权宜式角度来观察事物。我的看法是：世界这东西委实含有各种各样的简言之即无限的可能性，惟其如此才得以成立。而对可能性的选择在某种程度上则是由构成这个世界的每一个人来决定的。所谓世界，便是由浓缩的可能性制成的咖啡桌。

话又说回来，用右手和左手同时进行两种截然有别的计算绝非轻而易举之事，我也是花了好长时间才精通此术的。一旦精通之后，换句话说也就是掌握其诀窍之后，这一能力便不至于轻易得而复失。这同会骑自行车会游泳是同一道理。当然不是说无需练习，唯有通过不断练习能力才会提高，方式才会更新。正因如此，我才总是注意在衣袋里揣上零币，一有时间就计算不止。

此时，我的衣袋中有：五百元硬币三枚，一百元硬币十八枚，五十元的七枚，十元的十六枚，合计金额三千八百一十元。计算起来毫不费事。如此程度，比数手指还要简单。我心满意足地靠着不锈钢壁，眼望正面的门。门依然无动于衷。

我不知道电梯门何以这么久都不打开。略经沉吟，我得出了这样一个结论：机器故障之说和操纵人员忘却我的存在的疏忽之说这两种可能性即使基本排除也未尝不可，因为这不现实。当然我不是说机器故障和操纵人员疏忽的情况实际上不能发生，相反，我清楚地知道现实生活中这种意外发生确很频繁。我想说的是，在特殊的现实当中——当然是指在这种滑溜溜傻乎乎的电梯里边——不妨将非特殊性作为逆论式特殊性姑且排除在外。在机械维修方面疏忽大意之人或把来访者关进电梯后便忘记操作程序的马虎人如何会制作出如此考究的离奇电梯呢？

回答当然是否定的。

此事绝无可能。

迄今为止，他们一直十二分地神经质，十二分地小心翼翼谨小慎微。事无巨细，他们一律不肯放过，仿佛每走一步都要用尺子测量一下。一进楼门我便被两个卫士拦住，问我找谁，然后核对预约来访者名单，查看驾驶证，用中央电脑确认身份，又用金属探测器全身探了一遍，这才把我推进电梯，即使参观造币局也不会受到如此严密的检查。而我现在却落到这般地步，无论如何都很难认为他们的小心谨慎现在会突然丧失。

这样一来，剩下的可能性便是他们有意使我身陷此境。大概他们不想让我察觉电梯的运行，所以才开得如此徐缓，以至我无法判断是上升还是下降。甚至装有摄像机都有可能。门口警卫室里监视屏一字排开，其中一个映出电梯里的光景——果真如此也无足为奇。

由于百无聊赖，我很想找一找摄像机的镜头。但转念一想，即使找到于我也毫无益处，恐怕只能促使对方提高警惕，进而更加缓慢地操纵电梯。我可不愿意触此霉头，本来都已误了约会时间。

结果，我只能无所事事地悠然待着不动。我是为了完成正当任务才来这里的。用不着胆怯，也无需紧张。

我背靠墙壁，两手插入衣袋，再次计算零币。三千七百五十元。转眼算毕，毫不费事。

三千七百五十元?

计算有误。

某处出了差错。

我感到手心沁出汗来。衣袋里的零币居然算错，最近三年可是从未有过，一次也没有过，无论如何这都是个不好的征兆。趁这不好的征兆尚未作为实实在在的灾难出现，我必须彻底收复失地。

我闭上眼睛，像洗眼镜片一样将左右两半球大脑清洗一空，随后将双手从衣袋里掏出，张开手心，让汗水蒸发。我像《瓦劳克》(*Warlock*) 电影中面对亡命之徒时的亨利·方达那样干净利落地做完这些准备工作。我特别喜欢《瓦劳克》这部影片，尽管这并无所谓。

确认左右手心完全干爽以后，我重新将手插进两个衣袋，开始计算第三遍。如果第三遍计算的结果同前两次中的某一次结果相符，那么就不存在问题。任何人都有出错的时候。在特殊情况下，人人都会变得神经质，同时也必须承认多少有点过于自信。我的初步性错误便是由此造成的。总之我要得出准确的数字，也只有这样才能带来救赎。不料在此之前，电梯门开了。开得毫无前兆毫无声响，倏然分往两侧。

由于精神仍然集中在衣袋中的零币上面，一开始我未能及时意识到门已打开。或者准确地说来，虽然目睹门已打开，但一时没有反应过来这一状况的具体含义。无需说，门开意味着被门剥夺了连续性的两个空间因此而连为一体，同时也意味着我所乘的电梯到达了目的地。

我停止衣袋中手指的动作，往门外看去。门外是走廊，走廊里立着一个女郎。女郎年轻体胖，身穿粉红色西服套裙，脚上是粉红色高跟鞋。套裙手工精良，质地光鲜流畅。她的脸庞也同样光鲜可人。女郎确认似的对我端视良久，然后猛然点了下头，意思像是说这边来。我于是不再数钱，双手从衣袋里掏出，走出电梯。刚一走出，电梯门便急不可耐地在我身后合上。

我站在走廊上四下巡视，没有发现任何可以暗示我此刻处境的东西。我能明白的仅仅是此乃楼内走廊这一点，而这点连小学生都一清二楚。

一言以蔽之，这是座内部装修得异常平滑的大厦。正如刚才乘的电梯，所用材料倒是高级，只是滑溜溜的没有抓手。地板是打磨得光可鉴人的大理石，墙壁白里透黄，犹如我每天早上吃的黄油酥饼。走廊两侧排列着结实厚重的木门，上面分别带有标明房间号码的金属牌。房号颠三倒四，混乱不堪。"936"的旁边是"1213"，再往下又成了"26"。如此乱七八糟的房间编排顺序真是见所未见，其中显然出了什么问题。

女郎几乎不言不语。朝我说了句"这边请"，但那只是口形做如此变化，并未出声。我从事此项工作之前曾参加过两个月的读唇术讲习班，因而好歹得以理解她表达的意思。起始我有些怀疑是不是自家耳朵失灵。电梯无声，咳嗽和口哨又声不像声，弄得我在音响面前全然没了主见。

我试着咳嗽一声。其声依然畏畏缩缩，但终究比电梯中的像样多了。于是我心怀释然，对自己耳朵恢复了少许自信。不要紧，耳朵还不至于不可救药。耳朵是正常的，问题出在她嘴巴方面。

我跟在女郎后面走着。高跟鞋尖尖的后跟在空荡荡的走廊上"咔咔"作响，犹若午后采石场发出的声音。两条裹着一层长筒袜的大腿清晰地映在大理石地板上。

女郎圆鼓鼓地胖。固然年轻固然漂亮，但她委实胖得可观。年轻漂亮的女郎身体发胖，我总觉得有点奇妙。我跟在她后头边走边一直打量她的脖颈、手腕和腿脚。身体胖墩墩的全是肉，仿佛夜里落了一层无声的厚雪。

每次同年轻漂亮而又肥胖的女郎在一起我都感到困惑，何以如此我不得而知，也可能是我极为自然而然地想象出对方饮食生活的光景所致。每当见到肥胖的女郎，脑海中便不由得浮现出她喳喳有声地大吃大嚼盘中剩的水芹，以及不胜依依地用面包蘸起最后一滴黄油奶油酱的光景。我无法不这样想。这么着，我的脑海里便像酸物侵蚀金属一样充满了她吃饭的场面，脑的其他种种功能则变得迟钝起来。

倘若光是胖倒也罢了。光是胖的女郎像空中的浮云，无非漂浮在那里而已，与我毫不相干。而若是又年轻又漂亮又肥胖的女郎，问题则另当别论。我不能不决定自己对她应取何种态度，一句话就是说我有可能同她睡觉。我想大约是这点将我的脑袋弄得如一团乱麻。带着麻木不仁的脑袋同女人睡觉可不是件容易事。

但绝不是说我讨厌胖女郎。困惑和讨厌并非同义词。这以前我曾同好几个肥胖而年轻貌美的女郎睡过，总的来看那种体验绝对不坏。困惑若被往好的方向引导，必然产生通常得不到的美妙结果。当然有时候也并非一帆风顺。性交是一种非常微妙的行为，同星期天去商店买暖水瓶不是一码事。即使同样年轻貌美而又体胖的女郎，其脂肪的附着方式也各所不一。某种胖法可以将我带往惬意的方向，而另一种胖法则将我遗弃在表层困惑地带。

在这个意义上，同胖女郎睡觉对我是一种挑战。人的胖法和人的死法差不多同样多姿多态。

我跟在年轻貌美且胖的女郎后面，边在走廊行走边如此思绪纷纭。她那格调高雅的粉红色西装的领口处缠着一条白色围巾，胖乎乎的一对耳垂上悬着长方形金耳环，随着她的步履如信号灯一般闪闪烁烁。就整体而言，她胖固然胖，但体态轻盈。当然，也许是紧绷绷的内衣卓有成效地使她的体形看起来收敛有致的缘故。不过即便考虑到这种可能性，其腰肢的摆动也称得上优雅得体，赏心悦目。于是我开始对她怀有好感。她的胖法似乎很适合我的口味。

不是我辩解，能使我怀有好感的女性并不很多，总的说来还是相反的情况更多一些。因此，一旦对谁怀有好感，便很想就这好感测试一番。一来想确认这好感是否真实无误；如若真实无误，那么二来就想以自己的方式观察其将发生怎样的效应。

这样，我上前与她并肩而行，对自己迟到八九分钟表示道歉。

"想不到进门手续费那么多时间。"我说，"况且电梯又慢得要命。本来是提前十分钟到达这座大厦的。"

她轻快地点了下头，意思像是说知道了，其脖颈漾出一股古龙香水味儿，犹如夏日清晨站在香瓜田边所闻到的芬芳。这芬芳使我涌起莫可名状的奇妙情绪，那是一种仿佛两类不同的记忆在我不知晓的场所交融互汇一般的虽有欠协调却又撩人情思的感觉。这在我是常有的事，而且大多时候是由特定气味所引起，至于何以如此我则无从解释。

"走廊真够长的。"我以闲聊的口气向她搭话。

她边走边觑了一眼我的脸。我看得出来，她不是二十就是二十一，眉目清秀，前额饱满，肤色媚人。

她看着我的脸，说了声"普鲁斯特"。其实她并未准确发出"普鲁斯特"这串音节，只不过我觉得其嘴唇嗫嚅的形状像是"普鲁斯特"。声音依然完全无法捕捉，连吐气声都听不出，活像隔着一堵厚玻璃墙交谈。

普鲁斯特？

"马赛尔·普鲁斯特？"我问。

她以不无诧异的眼神望着我，又重复了一遍"普鲁斯特"。

我只好放弃努力，退回原来位置，尾随其后拼命寻找同"普鲁斯特"这一唇部动作相符的词语。"妇人私通"、"北南西东"、"肥猪耳聋"——我试着把这些无聊字眼一个个发出声来，但哪个都不正相吻合。我觉得她确实说的是"普鲁斯特"，问题是到何处去寻求这长长的走廊同马赛尔·普鲁斯特之间的关联呢？我如坠五里云雾。

也许她是作为漫长走廊的暗喻而搬出马赛尔·普鲁斯特来的。果真如此，其构思未免过于唐突，措辞也不够友好。假如把长长的走廊暗喻为普鲁斯特的作品，我倒还可以理解。而反过来则实在莫名其妙。

如同马赛尔·普鲁斯特作品一般长的走廊？

不管怎样，我得跟在她后头在这长廊上行走。走廊的确够长，拐了好几个弯，上下了好几次五六级的短楼梯，足有普通楼宇的五六倍长。说不定我们是在埃舍尔的错觉图形那样的地方来回兜圈不止。总之无论怎么行走周围景致都一成不变。大理石地板，卵黄色墙壁，颠三倒四的房间编号和带有不锈钢圆形拉手的木门。窗口全然不见。她的高跟鞋始终以同样的节拍有规则地在走廊上奏出足音。我则拖着轻便鞋以熔化的橡胶沾在地上般的脚步声紧追不舍。我的鞋音黏糊糊地响得过于夸张，以至我真的担心鞋的胶底已开始熔化。当然，有生以来我还是第一次穿轻便鞋走大理石地板，搞不清如此鞋音正常还是异常。想必一半正常，另一半异常吧。因为，我觉得这个地方一切都似乎是以这个比例运行的。

她陡然止步。我因为一直把全副神经集中在轻便鞋的声音上，不知不觉"咄"一声撞在她脊背上。她的脊背如一方大小适中的雨云一般绵软惬意，脖颈里散发出古龙香水味儿。这一撞差点把她往前撞倒，我赶紧双手抓住其双肩把她拉到恢复原位。

24

"对不起，"我道歉说，"正在想点事情。"

胖女郎脸上飞起些许红晕看着我。虽然我不敢断定，但她好像并未生气。"塔兹西尔。"说着，她极其轻微地一笑。随后耸了耸肩，说了声"西拉"。尽管她并未真的口出其言——我已啰嗦过好几次——但口形是这样的。

"塔兹西尔？"我自言自语试着发出声，"西拉？"

"西拉。"她信心十足地重复一遍。

发音有点像土耳其语，但问题在于我从未听到过土耳其语，所以我又想可能不是土耳其语。脑袋渐渐混乱，于是我决定放弃同其对话的努力。我的读唇术还远未达到娴熟的程度。读唇术这玩意儿是一项非常复杂微妙的作业，不是通过两个月的市民讲习班便可彻底掌握的。

她从上衣袋里掏出一个袖珍门卡，将平面紧紧贴在带有"728"标牌的木门锁孔上。只听"咔嚓"一声，门锁开了。这机关十分了得。

她打开门，站在门口手推门扇，对我说了声"索穆托·西拉"。

我自然点头入内。

2

世界尽头
——金毛兽

秋天一到，它们全身便披满金色的长毛。这是绝对的金色，其他任何一种色调都无法介入其中。它们的金色作为金色发生于世，存在于世。它们位于所有的天空和所有的大地之间，披一身纯正的金毛。

我最初来到这镇上时——那还是春天——兽们身上有的只是五颜六色的短毛。有黑色，有褐色，有白色，有的褐中泛红，也有的几种颜色斑斑驳驳地混在一起。如此身披颜色斑驳的毛皮的兽们在嫩绿的大地上风流云散一般悄然往来不息。这是一种安静的动物，安静得近乎冥想，连呼吸都像晨雾一样悄然安然。它们无声无息地吃着青草，饱了便弯起腿蹲在地上，沉入短暂的睡眠。

而当春天逝去夏日终了，光线开始带有几分透明的初秋的风微微吹皱河面之时，兽们的形象便发生了变化。起初，金色的体毛仿佛偶然冒出嫩芽的错过节气的禾苗一般斑斑点点地出现在身上，不久便变成无数条触角连成一片短毛，最后遍体金黄，闪闪生辉。这一过程从头到尾只需一周时间，所有的兽都几乎同时开

26

始，同时结束。只消一周时间，它们便一头不剩地摇身变为金毛兽。旭日东升，世界一派新黄——金秋由此降临大地。

它们的额头正中探出一只长角，也只有这只长角全部呈柔和的白色。角非常之细，纤纤欲折。较之角，更令人想起由于某种偶然的机会陡然刺破皮肤支出体外而后就势固定下来的一条细骨。除去角的白色和眼睛的蓝色，兽的其他部位统统一色金黄。它们试穿新衣似的上下抖动几次脖子，朝着寥廓的秋空高扬起角尖，继而把腿伸进日益变凉的河流，伸长脖颈吞食树上红色的果实。

每当夜色染蓝街头时，我便爬上西围墙角楼，眺望看门人吹响号角召集兽们的仪式。号角声为一长三短，这是定律。一听号角吹响，我就闭目合眼，将那温情脉脉的音色悄然溶入体内。号角的音响同其他任何一种音响都有所不同，它像一条略微泛青的透明鲜鱼一样静静穿过暮色苍茫的街头，将路面的鹅卵石、民舍的石壁以及与河旁路平行的石头围墙沉浸在其音响之中。音响静静地笼罩所有的街头巷尾，犹如漫进大气中肉眼看不见的时间断层。

当号角声弥漫小镇的时候，兽们便朝太古的记忆扬起脖颈——超过一千头之多的兽们以一模一样的姿势一齐朝号角声传来的方向昂首挺颈。勉为其难地咀嚼金雀草的停止咀嚼，蹲在卵石路面用蹄甲橐橐叩击地面的停止叩击，仍在最后一袭夕照中午睡未醒的睁眼醒来，分别朝空中伸长脖颈。

刹那间一切都静止不动。动的唯有晚风中拂卷的金色兽毛。我不知道此时此刻它们在思考什么凝视什么。兽们无不朝同一方向以同一角度歪着脖子，目不转睛地盯视天空，全身纹丝不动，侧耳谛听号角的鸣声。稍顷，号角最后的余韵融入淡淡的夕晖。

它们随即起身，仿佛突然想起什么，开始朝一定的方向起步前行。魔咒转瞬而逝，小镇淹没在兽们无数蹄子击出的声浪中。这蹄声使我联想起从地层深处涌起的无数细小的水泡。水泡漫过路面，爬上家家户户的墙壁，就连钟塔也被它整个包笼起来。

但这仅仅是暮色中的幻想。一睁眼水泡即杳然逝去，有的只是兽的蹄音，小镇仍一如往常。兽们的队列如河水流过弯弯曲曲的卵石路面。没有哪一个带头，也没有哪一个领队。兽们低眉垂首，瑟瑟抖动肩头，默默向前涌动，但看上去每一头之间仍被无可消除的亲密记忆的纽带紧紧相连，尽管并不显而易见。

它们由北向下走过旧桥，同从东边沿河流南岸走来的同伴汇合后，顺着运河穿过工厂区，向西走过铸铁工厂的檐廊，翻过西面的山麓。在西山坡等待队列临近的是无法离门太远的老兽和幼兽。它们在那里向北通过西桥，抵达门口。

走在前头的兽们刚到门前，看门人便把门打开。门是用纵横交错的厚铁板加固过的，一看就知其又重又结实。门高四至五米，上面针山一般密密麻麻排列着尖钉，以防有人越门而过。看门人十分轻快地将这沉重的门扇朝前拉开，把云集而来的兽们放出门外。门是对开的，但看门人总是只开一扇，左边那扇始终岿然不动。兽们一头不剩地过完之后，看门人又把门关严，上好锁。

据我所知，西门是这座小镇唯一的出入口。镇的四周围着高达七八米的长墙，唯独飞鸟可过。

清晨来临，看门人再次开门，吹响号角将兽们放入门内。待兽们全部进来后，仍如上次那样关门上锁。

"其实也用不着上锁。"看门人对我解释说，"因为即使不上锁，除了我也没有第二个人能打开这么笨重的门，几个人也打不开。不过既然有这个规定，也只好照章办事。"

　　看门人如此说罢，把毛皮帽拉到紧挨眼眉的位置，再不言语。如看门人这般牛高马大的汉子我还从未见过，一看就知其肌肉厚实，衬衫和外衣眼看几乎就要被肌肉疙瘩胀破鼓裂。然而他时常闭目合眼，陷入巨大的沉默之中。不知是某种抑郁症样的病症所使然，还是身体功能由于某种作用而发生了分裂，对此我无从判断。但不管怎样，每当他陷入沉默，我便只能静等其意识的恢复。意识一旦恢复，他就缓缓睁开眼睛，用茫然空漠的眼神久久盯视我，手指在膝头再三揉来搓去，仿佛力图弄清我存在于此的理由。

　　"为什么傍晚把兽们集中起来赶去门外，而早上又叫到里边来呢？"我见看门人的意识已恢复如初，便试着询问。

　　看门人以不含有任何感情的神色定定地看了我一会儿。

　　"这样规定的嘛。"他说，"这样规定了就得这样做，和太阳东出西落是一个道理。"

　　除去开门关门以外的时间，他好像几乎都在修理刀具。看门人的小屋里摆着大大小小种种样样的斧头、柴刀和小刀，每有时间他便在磨石上不胜怜爱地磨个不停。磨出的刀刃总是闪着冰冻般的令人惧怵的白光。我觉得那白光并非反射外来光线所致，而是潜藏于内的某种内在性发光体。

　　当我观看那一排刀具的时候，看门人的嘴角每每浮现出不无满足的微笑，眼睛紧紧追随我的一举一动。

　　"当心，手一碰就会给整个削掉的。"看门人用树根般粗糙不堪的手指指着刀具阵列，"这些家伙在做法上同别处堆成一堆的那类货色可不一样，统统是我自己一把把敲打出来的。以前我当过锻工，这活计手到擒来。手工无懈可击，平衡也恰到好处。挑选同刀的自重完全相符的手柄可不是件简单事。拿哪把都可

29

以，你只管拿起看看，注意别碰刀口。"

我从桌面上摆放的刀具中挑一把最小的斧头拿在手上，轻轻挥了几下。只消往手腕加一点点力，或者只消一动此念，刀刃便像训练有素的猎犬一样做出敏锐的反应，"嗖"地发出一声干涩的声响，将空间劈成两半。难怪看门人自吹自擂。

"柄也是我做的，用的是已生长十年之久的日本白腊。用什么木做柄各有所好，我喜欢十年树龄的日本白腊。太年轻的不行，太老的也不好用，十年的最好不过，有硬度，有水分，有张力。去东边树林就能找到这种优质日本白腊。"

"这么多刀具，是干什么用的呢？"

"用处多着呢，"看门人说，"冬天一来就能大大派上用场。反正，到冬天你就明白了。这儿的冬天长着呢。"

城门外是为兽们准备的宿营地。夜晚它们在那里睡觉。有一条小溪流过，饮水不成问题。再往前是一望无际的苹果林，简直像大海一样横无际涯。

西围墙设有三座角楼，可用梯子爬上去。角楼带有简易的防雨顶棚，透过铁格子窗口可以俯视兽群。

"除了你，谁都不会观看什么兽群。"看门人说，"也是因为你初来乍到。等过段时间在这里安顿下来，你就对它们毫无兴致了，和别人一个样。当然喽，初春那一周时间另当别论。"

看门人说，人们仅仅在初春一周时间里上楼观望兽们争战的场面。雄兽们只在这一期间——刚刚换过毛、雌兽产仔前一个星期——一改往日的温和形象，变得意外暴戾，它们自相残杀起来，于是新的秩序和新的生命便从这血流成河中诞生出来。

秋天的兽们则老老实实地蹲在各自的位置上，金毛在夕阳下灿烂生辉。它们如固定在大地上的雕像一样凝然不动，只管翘首长天，静等最后一缕金晖隐没于苹果林海之中。旋即，日落天黑，夜的青衫盖上它们的身体。于是兽们垂下头，把白色的独角置于地面，闭起眼睛。

　　小镇的一天便这样落下了帷幕。

3

冷酷仙境
——雨衣、夜鬼、分类运算

我被领进去的是个空荡荡的大房间。墙壁是白的，天花板是白的，地毯为深褐色——颜色无不透出高雅的情趣。同样是白的，却有高雅和低俗之分，二者很有区别。窗玻璃是不透明的，看不到外面的景色，但隐约射进的光线肯定是太阳光无疑。如此看来，这里不是地下室，说明电梯刚才上升来着。弄清这一点，我略微舒了口气。我的想象不错。女郎做出要我坐在沙发的姿势，我便在房间正中的皮沙发上坐下，架起双腿。我刚一坐定，女郎就从另一个与进来时不同的门口走了出去。

房间里几乎没有像样的家具，与沙发配套的茶几上放着瓷质打火机、烟灰缸和香烟盒。我打开烟盒盖看了看，里面竟一支烟也没有。墙上没有画没有挂历没有照片，多余之物一概没有。

窗旁有个大大的写字台。我从沙发上站起走到窗前，顺眼打量了台面。写字台敦敦实实，是用一整块厚板做成的，两边都带足够大的抽屉。上面有台灯有台历有大号圆珠笔三支，边角处有一堆回形针。我觑了眼台历的日期，日期豁然入目：正是今天。

房间一角排列着三个随处可见的铁制文件柜。文件柜同房间的气氛不大协调，显得过于事务性过于直截了当。若是我，放置的肯定是同这房间相配的风格典雅的木柜。问题是这不是我的房间，我只不过是来此工作的，鼠灰色的铁制文件柜也罢，浅红色的投币式自动唱机也罢，全都与我无关。

左侧墙有一个凹陷式壁橱，带有狭窄的立式折叠门，算是这房间里唯一的家具，也是所有的家具。没有时钟没有电话没有铅笔削没有水壶，书架和信插也没有。我全然想不明白这房间的建造目的及其功能所在。我折回沙发，重新架起腿，打个哈欠。

大约过了十分钟，女郎回来了。她看也没看我一眼，径直打开一个文件柜，从中拖出一个滑溜溜的黑东西，搬上台面。原来是叠得整整齐齐的橡胶雨衣和长胶靴，最上边放着第一次世界大战中飞行员戴的那种航空镜式的风镜。眼下正在发生什么呢？我根本摸不着头脑。

女郎向我说了句什么，但嘴唇动得太快，我未能揣摩出来。

"请慢一点说好么？读唇术我可不怎么拿手。"我说道。

于是她这回张大嘴慢慢说了一遍。她的意思是"把那个套在衣服外面"。可能的话，我真不想穿什么雨衣，但解释起来又嫌麻烦，只好默默照她说的做了。我脱去轻便鞋，换上长胶靴，把雨衣披在运动衫外面。雨衣沉甸甸地颇有分量，靴子的尺寸大了一两号。对此我也决定不说三道四。女郎走到我跟前，为我扣上长达踝骨的雨衣的纽扣，把风帽整个扣在头上。扣风帽的时候，我的鼻尖碰在她滑润的额头上。

"好香的气味儿！"我夸奖她的古龙香水。

"谢谢。"说着，她把我风帽的子母扣咔咔有声地一直扣到鼻端，将风镜戴在风帽外面。这一来，我活脱脱地成了一副雨天木乃伊的模样。

接下去，她打开一扇壁橱门，拉起我的手把我推到里边，拉开灯，反手把门关上。门内是个西服柜，却不见西服，只悬挂着几个空衣架和卫生球。我猜想这并非一般的西服柜，而是伪装成西服柜的秘密通道之类，否则毫无必要让我穿上雨衣后再把我推到西服柜里去。

她窸窸窣窣摆弄了一会儿墙角处的金属拉手。稍顷，正面墙壁果然闪出一个小型卡车后备厢般大小的空洞。洞内漆黑一团，可以清楚地感觉到有股凉丝丝潮乎乎的风从中吹来，吹得并不令人痛快。还可听到水流一般"哗哗"的持续声响。

"里面有河流。"她说。

由于水流声之故，她的无声说话法似乎多少有了一点现实感，仿佛她本来是出声的，只不过声音被水流声淹没而已。这一来——或许精神作用——我觉得自己好像容易领会她的话语了，说不可思议也真是不可思议。

"顺河一直往上，有一条很大的瀑布，只管钻过去就是。祖父的研究室就在那里边。到那里你就明白了。"

"就是说你祖父在那里等我吗？"

"不错。"说罢，她递给我一支有背带的大号防水手电筒。

我实在不大情愿走进这漆黑的深处，但现在已不容我说这等话了，只好咬紧牙关，一只脚迈进黑洞，随即向前屈身，把头和肩也送了进去，最后收进另一只脚。由于身上裹着并不驯服的雨衣，费了九牛二虎之力我才好歹把自己的身体从西服柜折腾到墙的对面，然后看着站在西服柜中的胖女郎。从黑洞中透过风镜看去，觉得她甚为可爱。

"小心，不要偏离河道拐去别处，一直走！"她弓下身仔细看着我说。

"一直走就是瀑布！"我加大音量。

"一直走就是瀑布。"她复述一遍。

我试着不出声地做出"西拉"的口形。她莞尔一笑，也说了声"西拉"，旋即"砰"的一声把门关严。

关门之后，我完全置身于黑暗之中。这是地地道道的、不折不扣的黑暗，连针尖大的光亮也没有，一无所见。连自己贴近脸前的手也全然不见。我像遭受过巨大打击似的茫然伫立良久。一种虚脱感——犹如包在保鲜纸里被投进电冰箱后马上给人关门封死的鱼一样冷冰冰的虚脱感袭上全身。任何人在毫无精神准备的情况下突然被抛入厚重的黑暗，都会即刻感到浑身瘫软。她本应该在关门前告知一声才是。

我摩挲着按下手电筒开关，一道温馨的黄色光柱笔直地向黑暗冲去。我先用来照了照脚下，继而慢慢确认了周围场地。我站立的位置为三米见方的混凝土台面，再往前便是深不见底的悬崖峭壁，既无栅栏又无围墙。我不由生出几分气忿：这点她本应事先提醒我才是道理。

台的旁边立着一架铝合金梯子，供人攀援而下。我把手电筒的带子斜挎在胸前，小心翼翼地顺着滑溜溜的铝梯一格一格往下移步。越往下去水流声越是清晰。大楼一室的壁橱里侧居然是悬崖峭壁，且下端有河水流淌，这种事我还闻所未闻，更何况是发生在东京城的市中心！越想越觉得头疼。一开始是那令人心悸的电梯，接着是说话不出声的胖女郎，现在又落到这步田地。或许我应该就此辞掉工作赶紧掉头回家，一来险象环生，二来一切都出格离谱。但我还是忍气吞声，爬下漆黑的绝壁。我这样做有我职业性自尊心方面的原因，同时也是由于考虑到身穿粉红色西服套裙的胖女郎之故。我对她总有点念念不忘，不想就此一走了之。

下至第二十格，我稍事休息，喘口气，之后又下了十八格，落到地面。我站在梯下用手电筒仔仔细细照了照四周。脚下已是坚固而平坦的石岩，宽约两米的河水在稍前一点的地方流着。在手电筒光的探照之下，河水的表面如旗帜一般，一面猎猎作响地飘舞一面向前流去。流速似乎很快，看不出水的深度和颜色，看得出的只是水的流向——由左向右。

我一边小心照亮脚下，一边贴着巨石朝上流前进。我不时觉得有什么东西在自己身体四周绕来绕去，而用手电一照，却什么都没发现。目力所及，只有河两旁陡峭的岩壁和汩汩的水流。大概是周围的黑暗并得神经过敏所使然。

走了五六分钟，从水声听来洞顶已陡然变低。我把手电筒往头顶晃了晃，由于黑暗过于浓重，无法看清。再往前去，正如女郎提醒过的那样，两侧峭壁出现了岔路般的迹象。不过准确说来，与其说是岔路，莫如说是岩缝更合适，其下端不断有水探头探脑地冒出，汇成涓涓细流注入河去。我试着走近一条岩缝，用手电照了照，竟什么也没看到，只知道较之入口，里边似乎意外地宽敞，但想深入看个究竟的心绪却是半点也没有的。

我把手电筒死死攥在右手，以一条正处于进化过程中的鱼那样的心情往上流行进。巨石湿漉漉的，很容易滑倒，我沉住气，一步步向前踏去。万一在这暗中失足落下河去或碰坏手电筒，势必坐以待毙。

由于我一味注意脚下，对前方隐约摇曳的光亮未能马上觉察出来。蓦地抬眼一看，已经到了离光七八米的近处。我条件反射地熄掉电筒，把手插进雨衣的衩口，从后裤袋里抽出一把小刀，摸索着亮出刀刃。黑暗和"哗哗"的水流声把我整个包拢起来。

刚一熄掉手电筒，那隐隐约约的黄色光亮也同时止住了晃动，在空间两次划出大大的圆圈，大概是向我示意，叫我壮起胆子，别怕。但我依然不敢大意，保持原来的姿势看对方如何动作。不一会儿，那光亮又开始摇晃，恰似一只具有高度发达大脑的萤火虫在空中飘忽不定地朝我飞来。我右手握刀，左手拿着已经熄掉的手电筒，定定地逼视着那光亮。

光亮在距我三米左右处停住，顺势一直上移，再次止住不动。光亮相当微弱，一开始我没大看清它照的是何物件，待定睛细看，才明白像是一张人脸。那脸与我同样戴着风镜，被黑色风帽包得严严实实。他手上提的是体育用品商店出售的那种小型气灯，并且一边用气灯照自己的脸一边拼命说着什么，但水流的回声使得我什么也没听清，而且由于黑暗及其口形的不明显，我的读唇术也无法派上用场。

"……是因为……由于你的……不好，还有……"男子似乎这样说道。

我完全不知其所云。不过看样子并无危险，我便打开手电筒，照亮自己的侧脸，用手指捅捅耳朵，表示什么也没听清。

男子理解似的点了几下头，放下气灯，两手伸进雨衣口袋摩挲起来。这时间里，潮水似乎急剧退去，充溢四周的轰鸣声骤然减弱。我感到自己开始明显变得神志不清。意识模糊，声音因而从头脑中消失。至于何以处于这种状态，我自是不得其解。我只是收紧身体各部位的肌肉，以防跌倒。

几秒钟后我仍然好端端站着，心情也大为正常，唯独周围的水声变小了。

"接你来了。"男子说。现在可以听得清清楚楚。

我晃了下头，将手电筒夹在腋下，收起刀刃，把刀揣进衣袋。我预感到今天将是彻底莫名其妙的一天。

"声音怎么的了？"我问来人。

"呃，声音嘛，你不是嫌吵吗？就把它弄小了。对不起，已经没事了。"男子边说边频频点头。水流声小得如小溪的低吟。

"好了，走吧！"男子一下子把后背转向我，迈开稳健的步伐朝上流走去。我用手电筒照着脚下，跟在他后面。

"声音都可以弄小——莫非是人工声音不成？"我对着估计有男子后背的地方大声询问。

"不不，"男子说，"声音是天然的。"

"天然的声音为什么会变小呢？"

"准确说来并非使声音变小，"男子回答，"而是将其消除。"

我有点费解，但不再追问。我的处境容不得自己向别人絮絮发问。自己是来完成工作的，我的委托人将声音消掉也罢排除也罢，抑或到处洒伏特加莱姆（Vodka Lime）也罢，都不关我生意上的事。因此我只管默不作声地继续走路。

不管怎样，由于水流声已被消除，四下一片寂然，就连长胶靴的"唧唧"声都听得一清二楚。头顶上响起两三次仿佛有人对搓石子的声响，转瞬即逝。

"看形迹好像有夜鬼混进过这一带，我放心不下，就赶来这里接你。按理，那些家伙是绝对到不了这里的，但毕竟偶尔也有发生，伤透脑筋。"男子说。

"夜鬼……"

"在这种地方冷不防撞上夜鬼，你恐怕也是吃不消的。"男子说着，以极大的声音"嘀嘀"地笑了起来。

"啊，那倒是。"我附和道。无论夜鬼还是其他什么，我可不愿意在这么黑的地方碰见不伦不类的东西。

"所以才来迎你。"男子重复一遍，"夜鬼可不是儿戏。"

"亏您想得周到。"我说。

往前走了一阵，听得前面有水龙头喷水样的声响。瀑布！我用手电筒大致晃了一下，具体看不清楚，反正像是来头不小。假如声音未被消除，想必相当了得。往前一站，飞沫顿时让风镜溅上了水珠。

"是要从中钻过去吧?"我问。

"是的。"男子再未多言,大步流星地向前走去,转眼在瀑布中消失得了无形影。无奈,我也急急追了过去。

好在我们钻的路线正是瀑布流量最薄弱的地方。尽管如此,身子还是险些被击倒在地。虽说严严实实地裹着雨衣,但也还是要冒着瀑布的枪林弹雨方能进入研究室——这点无论怎么从好意看来都未免荒唐。如此做法估计是为了保守机密,可也应该采用多少与人为善的方法才是。我在瀑布中跌了一跤,膝盖重重地撞在石头上。由于声音已被消除,声音与造成声音的现实之间完全失去了平衡,致使我不知所措。瀑布本来应该有与其本身相应的音量的!

瀑布里边,有个大小仅容一人通过的洞口,进去一直往前,尽头是一扇铁门。男子从雨衣袋里掏出一个小计算器样的玩意儿插入铁门的空隙,操作片刻,铁门悄然从内侧闪开。

"啊,到了,请进。"男子先让我进去,他自己也进来把门锁上。

"够受的吧?"

"怎么也不能说不至于。"我慎重地应道。

男子用绳子把气灯吊在脖子上,风帽风镜没摘就笑了起来,笑得很奇特,阴阳怪气。

我们走进的房间相当宽大,如游泳池的更衣室,毫无生活气息。搁物板上整整齐齐放着的,全是与我穿的一样的黑色雨衣、长胶靴和半打风镜。我摘掉风镜,脱去雨衣挂在衣架上,长胶靴放在搁物板上,手电筒挂在壁钩上。

"抱歉,让你受这么多折腾。"男子说,"不过也真是马虎不得。一些家伙前前后后盯着我们,不能不加这些小心。"

"是夜鬼吗？"我若无其事地放出引线。

"是的。夜鬼是其中之一。"说罢，男子独自点了下头。

接着他把我领进更衣室里边的客厅。脱下黑色雨衣后，男子成了一个普普通通的文质彬彬的小老头。胖倒不胖，但长得结结实实，一副坚不可摧的样子。脸上神采奕奕，从衣袋掏出无框眼镜一戴，完全是战前大政治家的风度。

他让我在沙发上落座，自己则在办公桌后面坐定。房间布置同我最初进的那个房间毫无二致，地毯颜色一样灯具一样墙纸一样沙发一样统统一样，茶几上放着同样的烟盒，办公桌上有台历，回形针同样散乱地撒在那里，使人觉得好像绕一圈后又返回了同一房间。或许果真如此，也可能并非如此，况且我也不可能一一记得回形针散乱的样子。

老人打量了我一会儿，然后捏起一枚回形针拉得笔直，用来捅指甲的根部。捅的是左手食指。捅罢指根，把已拉直的回形针扔进烟灰缸。我心中思忖，下辈子我托生成什么都好，但就是不当这回形针，居然被这莫名其妙的老人捅完指甲后顺势扔进烟灰缸——简直叫人不寒而栗。

"据我掌握的情报，夜鬼和符号士正在握手言和。"老人说，"不过这些家伙当然不至于因此而同仇敌忾。夜鬼老谋深算，符号士野心勃勃，所以他们的勾结只限于一小撮。但也不是好的苗头。本来不该来这里的夜鬼在这一带偷偷出没一事本身就非同小可。如此下去，迟早要变成夜鬼一统天下，到那一天我可就大事不妙了。"

"言之有理。"我说。

至于夜鬼究竟是何形体，我自然揣度不出，不过要是符号士们同某种势力狼狈为奸，对我也是糟糕透顶的事情。因为我们同符号士们原本处于非常微妙的平衡状态，相互僵持不下，哪怕有一点点外力介入，都可能使一切变得不可收拾。不说别的，单单是我不知道夜鬼为何物而对方知道这点，已经使平衡土崩瓦解了。当然，我之所以不知道夜鬼是因为我是基层现场的独立工作人员，而上头那伙人很可能早已了如指掌。

"啊。这个就不去管它了。只要你可以，就请马上开始工作好了。"老人说。

"好的。"

"我委托代理人派一名最能干的计算士过来，你怕是有些名声，大家都夸你。有本领，有胆识，做事干练。除去缺乏协调性这点，听说无可挑剔。"

"过奖。"我谦虚一句。

老人又阴阳怪气地放声大笑。"协调性那玩意儿怎么都无所谓，关键在于胆识。要当上一流计算士必须有胆识，报酬相应也高。"

我无话可说，默默听着。老人又笑了，笑罢把我领到隔壁工作间。

"我是生物学者。"老人说，"说是生物学，可我干的范围非常之广，一言难尽。从脑生理学到音响学、语言学、宗教学，都有所涉及。由自己来说是不大好——我从事的是极富独创性的有重大价值的研究。眼下正进行的主要是哺乳动物口腔上颚的研究。"

"口腔上颚？"

"就是嘴巴，嘴巴的结构。研究嘴巴如何运动、如何发音等等。请看这个！"

说着，他按下墙壁上的开关，打开工作间的灯。只见房间靠里的墙壁整面都做成了搁物架，上面密密麻麻排列着所有哺乳动物的头盖骨。从长颈鹿、马、熊猫到老鼠，大凡我能想到的尽皆汇聚于此。数量估计有三四百之多，当然也有人的头盖骨，白人的黑人的亚洲人的印第安人的，男女各一。

"鲸鱼和大象的头盖骨放在地下仓库。如你所知，那东西太占地方。"

"是啊。"我说。的确，假如放鲸鱼脑袋，只一个就可能挤满整个房间。

动物们像早已有约在先似的一齐张开大嘴，两个空洞洞的眼穴死死盯住对面的墙壁。虽说全是供研究用的标本，但置身于如此众多的骨头的包围之中，仍觉心里不是滋味。别的搁物架则齐刷刷地陈列着——虽然数量没有头盖骨多——浸在福尔马林液体里的耳唇喉舌。

"如何，了不起的收藏吧？"老人不无得意地开口道，"世上有人收藏邮票，有人收藏唱片，有的在地下室里摆满葡萄酒，也有的富翁喜欢把装甲车摆在院子里，我则收藏头骨。大千世界，无奇不有，所以才情趣盎然。你不这样认为？"

"恐怕是的。"我说。

"我从还算年轻时就对哺乳动物的头骨怀有不小的兴致，开始一点点收集，差不多四十年了。理解骨头这东西，需经漫长的岁月，长得难以想象。在这个意义上，还是理解有血有肉的活人容易得多，我是深有体会。当然喽，像你这般年轻的人，我想还是对肉体感兴趣。"老人又阴阳怪气地连声笑了一通。"我嘛，整整花了三十年才达到听懂骨头所发之声的境地。三十年！可不是一朝一夕，嗯？"

"声音？"我问，"骨头能发声音？"

"当然能。"老人说，"每块骨头都有其固有的声音。怎么说呢，怕是一种潜在的信号吧。这不是比喻，骨头的的确确是会说话的。我现在正在搞这项研究，其目的就在于解析这种信号。如获成功，那么下一步就可以人为地加以控制了。"

"噢——"详情我还不能理解，不过果真如老人所言，倒确实像是一项有重大价值的研究。"很像一项难能可贵的研究。"我说道。

"一点不错。"老人点头道，"正因如此，那帮家伙才来盯梢刺探，消息灵通得很。他们想滥用我的研究。比如，一旦能从骨头里收集情报，就省去了拷问的麻烦，只消把对手杀死，去肉洗骨就万事大吉。"

"岂有此理！"我说。

"当然，研究还没进展到那个地步，不知是幸还是不幸。现时还是要取脑后才能获得明确的记忆。"

"得，得。"骨也罢脑也罢，去掉哪个都一回事。

"所以才求你计算。注意不要被符号士们窃听，偷去实验数据。"老人神情肃然，"科学的滥用和善用同样使现代文明面临危机。我坚信科学应为科学本身而存在。"

"信念那东西我不大明白，"我说，"只有一点请明确一下，是事务性的：这次要我来工作的，既非'组织'总部，又不是法定代理人，而是你直接插手。情况很不正常。再说得清楚一点，这有可能违反就业规则。果真如此，我将被没收执照。这点你明白吗？"

"明明白白。"老人说，"你担心也不无道理。不过这属于通过'组织'的正式委托，只不过为保密起见没有履行事务性手续而由我个人直接同你联系罢了。不至于让你受到连累。"

"能保证吗？"

老人拉开桌子抽屉，取出一个文件夹递给我。我翻了翻，里面果然有"组织"的正式委托书，式样和签字也无懈可击。

"那好吧。"我把文件夹还给对方，"我的级别是双料级，这也可以么？所谓双料级……"

"就是普通薪金的两倍吧？没问题。这回再加上奖金，来个三料级。"

"够大方的。"

"计算内容重要，再说又劳你钻了瀑布，嘀嘀嘀。"老人笑道。

"请先让我看一下数值。"我说，"方式等看完数值再定。电脑方面的计算谁来负责？"

"电脑用我这里的。前后都请你负责，不介意吧？"

"可以。我也省事。"

老人离开坐椅，在背后的墙壁上捣鼓了一会儿，看上去平平常常的墙面豁然闪出缺口。名堂委实够多的。老人从中取出另一个文件夹，合上门，于是那里又变成了没有任何特征的普通白墙。我接过文件夹，看了长达七页的蝇头数值。其本身没什么特别问题，一般数值而已。

"若是这个程度，用分类运算就足够了。"我说，"这个程度的频度类似性，无需担心架假设桥。理论上当然是行得通的，但是假设桥的正当性无法说明。无法说明其正当性，就不可能去掉误差的尾巴。这就好像横穿沙漠时不带指南针一样。摩西倒是这样做了。"

"摩西连海都过了。"

"老掉牙的往事。就我接触的范围而言，还从未有过遭受符号士骚扰的先例。"

"那么说，一次转换就可保万无一失喽？"

"二次转换危险太大。的确，那样可以彻底排除假设桥介入的可能性，但在目前阶段还形同杂技。转换程度都还不稳定，处于探讨过程。"

"我并没有说要二次转换。"说着，老人又用回形针捅起指甲根来。这回捅的是左手的中指。

"你是说……"

"模糊，我说的是模糊。想请你进行分类运算和模糊运算，因此才把你叫来。如果只是分类，也没有必要叫你。"

"不明白，"我架起腿，"你怎么会知道模糊呢？那是绝密事项，局外人不可能知道。"

"可我知道。我同'组织'的上层人物有着非同一般的关系。"

"那么请你通过关系询问一下好吗？模糊系统现已完全冻结。原因我不清楚，大概出现什么故障了吧。反正不能使用那个系统。使用后一旦被发现，光是受罚恐怕很难了结。"

老人又把收有委托书的文件夹递过来：

"请好好看最后一页，那上面应该有模糊系统的使用许可。"

我按其所说，翻到最后一页。果不其然，上面的确有模糊系统的使用许可。看了好几遍都看不出破绽。签名就有五个。我实在不晓得上头那伙人打的什么主意。挖出洞来叫埋上，刚刚埋上又叫挖出！左右为难的总是我这样的下层人员。

"请把委托书全部彩色复印一份给我。没这东西，关键时刻我将非常狼狈。"

"当然当然，"老人说，"当然复印一份给你。手续正正规规，毫无疑点。酬金今天支付一半，另一半结束时支付，可以吧？"

"可以。分类运算马上在此着手，然后将获得的数值拿回家，在家模糊。模糊要做很多准备的。模糊完毕，再把数值拿回这里。"

"三天后的正午时分无论如何我得使用……"

"绝不延误。"我说。

"千万千万，"老人叮嘱道，"延误了可就要坏大事。"

"世界崩溃不成？"我问。

"在某种意义上。"老人说得高深莫测。

"放心好了，我还从来没有延误过。"我说，"方便的话，请准备一壶浓些的热咖啡和冰水，再来一点可随便抓食的晚饭。干起来估计很费时间。"

不出所料，实际花了很长时间。数值排列本身固然比较单纯，但情况设定的阶段数很多，计算时远比预想的繁琐。我将所给数值输入大脑右半球，转换成完全不一样的符号后再移入大脑左半球。继而将移入左半球的符号作为截然不同的数字取出，打在打字纸上。这就是分类运算，最简单说来就是这样。至于转换的代码，每个计算士各所不一，而代码同乱数表完全不同之点则表现在图形上面。也就是说，关键在于大脑左右两半球的划分方式（这种划分当然是权宜之计，并非真的一分为二）。不妨用图表示如下。

左脑　　右脑

总之，只有使图中犬牙交错的断面正相吻合，才能将得出的数值复原。然而符号士们企图通过架假设桥的办法来解读其从计算机上窃来的数值。就是说，他们通过分析数值将犬牙交错的情形在全息图上再现出来。这样做有时顺利有时不顺利。若我们提高技术，他们也提高对抗技术。我们保护数据，他们盗窃数据——纯属古典式警察和小偷的套数。

符号士们将非法获取的数据大多捅到黑市上去，牟取暴利。更糟糕的是，他们将情报最重要的部分掌握在自己手中，有效地为自己的组织服务。

我们的组织一般称为"组织"，符号士们的组织则被称为"工厂"。"组织"原本是私营性质的联合企业，但随着其重要性的提高，现已带有半官方色彩。作为内部结构，大概同美国的贝尔公司相似。我们这些基层计算士像税务顾问和律师那样独立自主地开展工作，但要有国家颁发的执照，任务要由"组织"或由"组织"认可的正式代理人来安排，否则一律不得接受。这是为了不使技术为"工厂"所滥用而采取的措施。一旦违反，势必受到惩罚，吊销执照。至于措施是否正确，我则揣度不透。因为，被剥夺计算士资格的人往往被"工厂"招去，潜入地下当起符号士来。

我不知道"工厂"的结构是怎样的。一开始是家小型技术性企业，随后急速膨胀起来。也有人称之为"数据黑手党"。在同各种非法团伙有着盘根错节的关系这点上，的确和黑手党难分彼此。若说有不同之处，那便是他们只兜售情报。情报既文雅，又赚钱。他们将视为猎物的电脑毫厘不爽地监听下来，攫取情报。

我一边喝着一整壶咖啡，一边不停地进行分类运算。我的规则是干一小时休息三十分钟。否则，大脑左右两半球的接缝便模糊不清，致使出来的数据一塌糊涂。

在三十分钟休息时间里，我同老人天南海北地闲聊。聊的内容无所谓，只要鼓动嘴巴说话就行，这是排除大脑疲劳的最佳方法。

"这到底是哪一方面的数值呢？"我问。

"实验测定数值。"老人说，"是我一年来的研究成果。有两种，一种是各个动物头盖骨和口腔上颚容积的三维图像所转换成的数值，一种是其发音的三要素分解，二者合一。刚才我已说过，我花了三十年时间才听懂骨骼固有的声音。这项计算完成之后，我们就可以从理论上而不是根据经验将声音分离出来。"

"那就能够人为地加以控制喽？"

"是这样的。"老人说。

"在人为控制的情况下，到底将发生什么呢？"

老人用舌尖舔着嘴唇，沉吟片刻。

"发生的事多着呢，"他开口道，"实在很多。而且有的你无法想象——这点我还无可奉告。"

"消除声音是其中之一吧？"我问。

老人洋洋得意地"嗬嗬"笑了几声。"是的，是那样的。可以结合人类头盖骨固有的信号，消除或增大声音。每个人头盖骨的形状各有不同，所以不能彻底消除，但可以相当程度地使其缩小。简单说来，就是使声音和反声音的振动合起来发生共鸣，声音的消除在研究成果中是最为无害的一种。"

如果说这个无害的话，那么往下可想而知。想到世人各自随心所欲地消除声音或增大声音，我不由有点心烦意躁。

"声音的消除可以从发音和听觉两方面进行。"老人说，"既可以从听觉上将声音消去，又能够从发音上根除。发音属个人行为，可以百分之百地消除。"

"打算公之于世？"

"何至于！"老人挥了下手，"我无意将如此妙趣横生的事情告知他人，只是为了私人赏玩。"

说着，他又"嗬嗬"地笑了，我也一笑。

"我打算把研究成果仅仅发表在专业性学术刊物上。对于声音学，还没有任何人怀有兴趣。"老人说，"况且世间那些笨蛋学者也不可能看懂我的理论。学术界原本就对我不屑一顾。"

"不过符号士可不是笨蛋。在解析方面他们堪称天才，你的理论恐怕也不在话下。"

"这点我也加了小心，所以才把数据和程序全部略去，只将理论用设想的形式发表出来，这样就无需担心他们弄懂弄通。在学术界我或许遭受冷落，但我并不在乎，一百年后我的理论必将得以证实，那就足矣！"

"唔。"

"因此，一切都取决于你的分类和模糊运算。"

"原来如此。"我说。

往下一个小时，我全神贯注地进行计算。而后又到了休息时间。

"提个问题好么？"我说。

"什么问题？"

"就是门口的年轻女郎，那个穿粉红色西服套裙的身段丰满的……"

"是我的孙女。"老人说，"是个非常懂事的孩子，小小年纪就帮我搞研究。"

"所以我想问：她是天生说不出话来呢，还是声音被消除了……"

"糟糕！"老人用一只手"啪"地拍了下膝盖，"忘得一干二净。做过消音实验后还没有复原，糟糕糟糕，得马上为她复原！"

"似乎这样为妥。"我说。

4

世界尽头

——图书馆

　　成为小镇中心的，是位于旧桥北侧的半圆形广场。另一个半圆即圆的下半部分，在河的南侧。这两个半圆被称为北广场和南广场，被视为一对，但实际上二者给人的印象完全不同，甚至可以说是截然相反。北广场空气滞重得出奇，仿佛镇上所有的沉默从四方汇聚于此。相比之下，在南广场则几乎感觉不到任何特殊的东西。其间荡漾的唯有类似极为淡漠的失落感的氛围，人家没有桥北侧那么多，花坛和石卵路也无人精心照料。

　　北广场中央有个高大的钟塔，以直刺青天的架势巍然屹立。当然，与其说是钟塔，倒不如说是保留钟塔形状的物体或许更为确切。因为，钟的指针永远停留在同一位置，已经彻底放弃了钟塔本来的职能。

　　塔为石头砌就，四方形，分别显示东南西北四个方位，越往上越细。顶端四面俱是钟盘，八根针分别指在十时三十五分的位置，纹丝不动。钟盘稍下一点开有小窗。由此观之，塔的内部大概是空洞，可以借助梯子之类攀援而上。问题是哪里也找不见供人进去的门样的入口。由于异乎寻常地高高耸立，要看钟盘必须

50

过旧桥走到南侧才行。

北广场周围，石建筑和砖瓦建筑众星捧月一般呈扇面状辐射开去。每座建筑都没有明显的特征，更谈不上装饰和招牌，所有的门都关得严严实实，见不到有人出入。不妨说好像是失去邮件的邮局，或失去矿工的矿山，或失去死尸的火葬场。然而如此寂无声息的这些建筑居然没给人以废弃的印象，每次从这样的街道通过，都觉得似乎有陌生人在四周建筑中屏息敛气地继续一种我所不知晓的作业。

图书馆也位于如此寂静的街道的一角。说是图书馆，其实只是极为平庸的石砌建筑，与其他建筑并无区别，看不出任何足以说明此乃图书馆的外部特征。颜色变得死气沉沉的古旧石墙、狭窄的檐廊、嵌铁棍的窗口、牢不可破的木门——说是粮食仓库都有人相信。假如看门人不把详细路线标在纸上，我恐怕永远也不会认出它是图书馆。

"等你安稳下来，就得请你到图书馆去。"来到这镇子的第一天看门人便对我说道，"那里有个女孩值班。镇上已安排你阅读镇上古老的梦。到那里后女孩会告诉你很多很多事情。"

"古老的梦？"我不禁反问，"古老的梦是怎么回事？"

看门人正手拿一把小刀将木条削为圆楔式木钉样的东西。此时他停下手，归拢桌上散落的木屑，投进垃圾箱。

"古老的梦就是古老的梦嘛！图书馆里多得都叫人头疼，只管拿在手上好好看好了。"

接着，看门人专心审视自己削好的圆尖木条，然后满意地放在身后的搁物架上。架上摆着一排同样形状的木条，有二十多根。

"你提出什么是你的自由，回答与否是我的自由。"看门人双手抱在脑后说道，"毕竟其中有的问题我答不上来。反正以后每天要去图书馆阅读古老的梦，这也就是你的工作。傍晚六点钟去，读到十点或十一点。晚饭由女孩准备，此外的时间悉听尊便，无任何限制。明白？"

我说明白。"不过，这工作要什么时间才算结束呢？"

"何时结束？这——我也说不准。在应该结束的时候到来之前你就坚持好了。"说罢，看门人又从柴禾堆中抽出一支合适的木棍，用刀削了起来。

"这座镇子又小又穷，养活不起游手好闲的人。大家都在各自的场所各自劳动。你就是要在图书馆里阅读古梦。你总不至于以为可以在这里逍遥自在才来的吧？"

"劳动不是苦差事，总比无所事事好受些。"我说。

"那好，"看门人盯着刀尖点点头，"那就请你尽快着手工作吧。从今往后你将被称为'读梦人'。你已经没有名字，'读梦人'就是你的名字，正如我是'看门人'一样。懂吗？"

"懂了。"我说。

"这镇上看门人只我自己，同样，读梦人也唯你一个，因为读梦要有读梦的资格。我现在要给你这个资格。"

说着，看门人从餐橱里拿出一枚白色小碟放在桌上，倒了一点油进去，划根火柴点燃。随后从摆着一排刀具的木板格里拿起一把类似黄油刀的形状扁平的怪刀，在火苗上把刀刃烧热。最后吹灭火，使刀冷却。

"只是做个标记。"看门人说，"一点也不痛的，用不着害怕，转眼就完。"

他用手指翻开我右眼的眼皮，将刀尖朝眼球刺去。的确如其所说，并无痛感，也不觉得心慌，不可思议。刀尖就像刺入果冻一般软软地扎进我的眼球，一点声音也没有。接下去对我左眼也做了同样手术。

"读完了梦，伤痕自然消失。"看门人边收拾碟子小刀边说，"这伤痕就算是你读梦的标记。不过这期间你必须当心光线，记住：不能用眼睛看阳光！否则必然受到相应的惩罚。所以你只能在夜间或阴天的白昼外出。晴天要尽可能把房间弄暗，老老实实待在里边。"

说罢，看门人给我一副黑色眼镜，嘱咐我除了睡觉时间都要戴着别摘。我便是这样地失去了阳光。

几天后的傍晚，我推开图书馆的门。沉重的木门"吱"的一声打开，里面是条长长的走廊，笔直朝前伸去。空气浑浊，灰尘浮动，仿佛在这里不知被遗弃了多少年。地板已被人们踩磨得凹凸不平，白灰墙壁在电灯光下一片昏黄。

走廊两侧有几扇门，拉手都上着锁，且落了一层白色的灰尘。没有上锁的只限于尽头一扇式样玲珑典雅的门，门上不透明玻璃的里边闪着灯光。我敲了好几下，不闻回声，于是握着古旧的黄铜圆把手悄悄转动，门静静地从内侧开了。里边没有人影。房间简朴，空空荡荡，比车站候车室还要大一圈。没有窗口，没有像样的饰物，只有一张粗糙的桌子、三把座椅，以及烧煤的老式铁炉，此外便是挂钟和柜台。铁炉上面，一只斑驳掉漆的黑搪瓷壶冒着白色的蒸气。柜台后面是一扇与入口同样镶着不透明玻璃的门，里面同样闪着灯光。我思忖是不是应该再敲敲那扇门，但最后还是作罢，决定在这里稍等片刻，等人出来。

柜台上散落着银色回形针。我拿起一只摆弄一番，然后坐在桌旁椅子上。

等了十至十五分钟，女孩从柜台后面那扇门内闪身出来。她手里拿着剪刀样的东西，看见我，吃惊似的脸颊微微一红。

"对不起，"女孩对我说，"不知道有人来，您敲下门就好了。正在里边房间收拾东西，好多东西都乱七八糟的。"

我默不作声地定睛看着女孩的脸，看了很长时间。我觉得她的脸在促使我想起什么。她身上有一种东西在静静摇晃着我意识深处某种软绵绵的沉积物，但我不明白这到底意味着什么，语言已被葬入遥远的黑暗。

"如您所知，这里早已没有任何人光顾。这里有的只是'古老的梦'，此外别无他物。"

我轻微地点了下头，目光依然未从她脸上移开。我力图从她的眼睛她的嘴唇她的宽额头她脑后束成一束的黑发上看出什么，却又觉得越是注视其局部，其整体印象越是依稀远逝。我只好作罢，闭起眼睛。

"恕我冒昧，您是不是找错地方了？这一带的建筑物全都一模一样的。"说着，她把剪刀放在柜台上的回形针旁边。"能进入这里读古梦的只限于读梦人。其他任何人都不可能进来。"

"我就是来此读梦的。"我说，"镇上这样交代的。"

"请原谅，能把眼镜摘下来么？"

我摘掉黑眼镜，把脸对着她。她目不转睛地盯视我的眸子——因有了读梦标记而颜色变淡的眸子。我真担心她会盯穿我的身体。

"好了，请戴上眼镜。"她说，"喝咖啡吗？"

"谢谢。"

她从里面房间拿来两只咖啡杯，把壶里的咖啡倒进去，坐在桌子对面。

"今天还没准备好，读梦从明天开始吧。"她对我说，"就在这里读好么？封闭的阅览室是可以打开的。"

我答说可以。"你可以帮我的吧？"

"嗯，是的。我的任务一是为古梦值班，二是当读梦人的帮手。"

"以前没在哪里见过你？"

她抬起眼睛，一动不动地看着我的脸，看样子是在试图搜寻记忆，把我同什么联系起来，最后还是泄了气，摇头道："如您所知，在这个镇上，记忆这东西是非常模糊多变的。有时记得起来，有时则记不起。关于你也好像归为记不起的那一类了。真是抱歉。"

"没关系，"我说，"又不是什么大不了的事。"

"当然也可能在什么地方见过。我一直在这镇上，镇子又小。"

"我是几天前刚来的哟！"

"几天前？"她有些愕然，"那么你肯定认错人了。因为我有生以来还从未走出过这个镇子，同我相像的人怕也不至于有的。"

"或许。"我啜了口咖啡，"不过我时常这样想：很久很久以前我们大家恐怕都住在完全不同的地方度过完全不同的人生来着，而这段往事很可能由于某种原因被忘得干干净净，于是大家便在一无所知的情况下如此打发时光。你就没有这么想过？"

"没有。"她说，"你之所以那么想，大概因为你是读梦人吧？读梦人的想法和感觉跟普通人有着很大区别。"

"想必。"

"那么，你可想得起自己过去在哪里干过什么？"

"想不起来。"说着，我走到柜台跟前，从三三五五散在那里的回形针中抓一个拿在手里，细细看了半天。"但我总觉得发生过什么，这点我敢肯定，而且恍惚在什么地方见过你。"

图书馆的天花板很高，房间静得简直同海底无异。我手里拿着回形针，不经意地茫然环顾房间。她则坐在桌前，一个人安静地喝着咖啡。

"就连自己是怎么来到这里的都稀里糊涂。"我说。

细看之下，天花板泻下的黄色电灯的光粒子似乎在时而膨胀时而收缩，大约是因为瞳仁受伤的缘故。我的双目已经被看门人改造过，以便洞察特殊之物。墙上古旧的大挂钟在沉默中缓缓移动时间的脚步。

"来这里估计事出有因，但我现在无从记起了。"

"这镇子非常安静。"女孩说，"所以我想，假如你是来这里寻求安静的，那么你应该称心如意了。"

"或许。"我应道，"今天我在这里干什么好呢？"

她摇了下头，慢慢从桌旁站起，撤下两只喝空的咖啡杯。

"今天这里没什么可给你干的。工作从明天开始。现在请回家好好休息吧，到时候再来。"

我再次看了眼天花板，又看看她的脸。不错，我觉得她确实同我心目中的某种印象密不可分地连在一起，确有什么在轻轻拨动我的心弦。我闭起眼睛，在自己迷迷蒙蒙的心海中搜寻起来。刚合上眼睛，我便感到沉默犹如细微的尘埃落满自己的身体。

"明天六点来。"

"再见。"她说。

我离开图书馆，凭依旧桥的栏杆，倾听河水的流声，眼望兽们消失后的镇容。环绕钟塔和小镇的围墙，河边排列的建筑物，以及呈锯齿形的北尾根山脉，无不被入夜时分那淡淡的夜色染成一派黛蓝。除了水流声，没有任何声响萦绕耳际。鸟们早已撤得无影无踪。

假如你是来这里寻求安静的——她说。但我无法证实这点。

不久，四下彻底黑暗下来，河边路的一排街灯开始闪出光亮。我沿着空无人影的街道朝西山岗踱去。

5

冷酷仙境
——计算、进化、性欲

　　为了使被消除声音的孙女恢复正常，老人返回地面。这时间里，我一边喝着咖啡，一边一个人默默计算。

　　我不知道老人离开房间有多长时间。我调好电子表的响铃，使之按一小时——三十分——一小时——三十分的周期反复鸣响，我随之计算、休息、再计算、再休息。我熄掉灯，以使自己看不见表盘数字。因为若把时间挂在心头，计算便很难顺利。无论现在是何时刻，都与我的工作毫不相干。我着手计算时便是工作的开始，停止计算时即是工作的结束。对我来说，所需时间只是一小时——三十分——一小时——三十分这个周期。

　　老人不在的时间里，自己大概休息了两次或三次。休息时我或者歪在沙发上胡思乱想，或者上厕所或者做屈臂撑体运动。沙发躺上去很舒服，既不太硬又不太软。脑袋下面的软垫也恰到好处。每次外出计算，我都在沙发上躺倒休息。几乎没有碰上躺起来舒服的沙发，大多是随便买来的粗制滥造的用品，即使看上去堂而皇之的沙发，往上一躺也都大多令人失望。搞不清人们为什么竟挑选不好沙发。

　　我总是确信——或许出于偏见——在沙发的选择上，往往能够反映出人的品位。沙发本身便是一个不可侵犯的壁垒森严的世界，这点只有在好沙发上长大的人才体会得到，这同成长当中看好书听好音乐是一回事。一个好沙发生出另一个好沙发，一个坏沙发则生出另一个坏沙发，无一例外。

　　我知道好几个人虽然坐着高级轿车往来奔波而家里放的却是二三流的沙发，对这样的人我是不大信任的。高级车或许不失其应有的价值，但终归不过是高级车而已，只要花钱谁都能手到擒来。而买好沙发则需要相应的见识、经验和哲学。钱固然要花，但并非只消花钱即可。就沙发而言，头脑中若没有一个完整的形象，是不可能得到好货的。

　　而此时此刻我所躺的沙发的的确确是一级品，由此我得以对老人怀有好感。我倒在沙发上闭目合眼，开始就这位老人那奇妙的说话方式和奇妙的笑法思来想去。当思路又转回除音上面时，我认定老人作为科学家无疑属于最高档次，普通学者根本不可能随心所欲地消除或植入声音，甚至想都不可能想到。另外，此人相当偏执这点也无可否认。科学家为人古怪或遭人讨厌这种情况固然不乏其例，然而总不至于达到为掩人耳目而在地层深处的瀑布里面建造研究室的程度。

　　我想，如果能使除音增音这项技术商品化，笃定可以大发其财。首先，音乐厅中的 PA 系统当可销声匿迹，因为已无需使用庞大的机械设备增加音量。其次，相反却可以将噪音一举根除。若在飞机上安装除音器，机场附近的居民必然欢天喜地。问题是，除音增音这项成果同时势必以各种形式用于军工生产和犯罪活动。显而易见，无声轰炸机、消音枪、以惊人音量破坏人脑的炸弹将接二连三诞生出来，有组织的大屠杀也将以更为巧妙的形式出现。或许老人对此了然于心，所以才不肯把研究成果公之于世而控制在自己手中。于是我愈发对老人产生了好感。

当我进入第五回或第六回工作周期的时候，老人回来了，手臂上挎着一个大篮子。

"带来了新做的咖啡和三明治。"老人说，"黄瓜、火腿和奶酪，怎么样？"

"谢谢。都是我喜欢的。"

"马上吃饭如何？"

"等这个计算周期结束吧。"

手表铃响之时，我刚好把七页数值表中的五页分类完毕。胜利在望，我煞好尾，起身伸个大大的懒腰，开始吃东西。

三明治足有普通饭馆和快餐店里的五六盘那么多，我一个人闷头吃掉三分之二。分类运算时间一长，不知什么缘故，只觉得饥肠辘辘。我将火腿、黄瓜片、奶酪依序投入口腔，把热咖啡送进胃袋。

我吃掉三个的时间里，老人只动了一两下。他好像喜欢黄瓜，卷起面包片，在黄瓜片上小心翼翼地撒上适量的盐，喳喳有声地——声音很小——嚼着。吃三明治时的老人，看起来很有点像一只彬彬有礼的蟋蟀。

"随便吃好了，能吃多少吃多少！"老人说，"到了我这把年纪，可就越吃越少了，吃一点点，动弹一点点。但年轻人应放开肚皮猛吃，只管猛吃猛胖就是。世上的人都好像讨厌胖，依我看那是因为胖的方式有问题，所以才胖得使人失去健康失去漂亮。但若胖得恰如其分，就绝对不至于那样，反而使得人生充实，性欲旺盛，头脑清晰。我年轻时也相当胖着哩，如今倒是看不出来了。"老人合拢嘴唇，"嘀嘀"笑了几声，"如何，这三明治味道够可以的吧？"

"嗯，好吃得很。"我赞赏道。味道的确不同凡响。如同我对沙发挑三拣四一样，我对三明治的评价也相当苛刻。可这次的三明治刚好触及我既定的标准线。面包新鲜，富有弹性，用锋利洁净的切刀切得整整齐齐。其实制作好的三明治绝对不可缺少好的切刀，而这一点很容易被忽略。无论材料多么高级多么齐全，若无好的切刀也做不出味道鲜美的三明治。我有很久没吃过如此可口的三明治了。芥末纯正地道，生菜无可挑剔，蛋黄酱也属手工制作或接近手工制作。

"是我孙女做的，说是对你的谢意。"老人说，"做三明治是那孩子的拿手好戏。"

"了不起！专业厨师也望尘莫及。"

"谢谢。那孩子听了也肯定高兴。毕竟家里不见什么人来，也就几乎没有聆听别人食后感的机会。就算做了饭菜，吃的也只有我和她两个人。"

"两个人生活？"我问。

"是的，已经很长时间啦。我一直没同社会打交道，那孩子也染上了这个毛病，我也够伤脑筋的。她就是不想到外界去。头脑聪明伶俐，身体也极为健康，但横竖不乐意接触外界。年轻时这样是不成的。性欲也必须以合适的形式处理才行。怎样？那孩子具备女性的魅力吧？"

"嗯，的确是的，的确。"我说。

"性欲这东西是光明正大的能量，这点无可怀疑。如果将性欲死死禁锢起来不给出路，头脑势必失去冷静，身体势必失去平衡，这方面男女都一样。女的将出现月经失调，而一旦失调，精神就焦躁不安。"

"嗯。"

"那孩子应当尽快同种类地道的男子交合才是，无论作为监护人还是作为生物学者，我都对此深信不疑。"老人边说边往黄

60

瓜片上撒盐。

"那个、声音可顺利地加到她身上去了？"我问。我不大愿意在工作时间里听别人讲什么性欲。

"噢——这点倒忘了。"老人说，"当然已经恢复如初。幸亏你提醒，要不然那孩子得在无声状态下过好几天。我一来到这里，短时间很难返回地面。那种无声生活可不是开玩笑的。"

"大概是吧。"我附和一句。

"刚才说过，那孩子几乎不同社会发生关系，因此没有什么特别不便之处。但有电话打来就很麻烦。我从这里打过几次，谁都不肯接，弄得我莫名其妙。咳，我也真够马虎大意的。"

"开不了口，买东西不好办吧？"

"不，买东西倒无所谓。"老人说，"世间有一种叫超级商场的地方，那里不开口也照样可以采购，便利得很。那孩子又最喜欢超级商场，时常在那里买东西，她可以说是在超级商场同事务所之间往来生活。"

"不回家？"

"她喜欢事务所。里面有厨房，有浴室，一般生活足可应付。至于回家，顶多一周一次吧。"

我适当地点下头，啜口咖啡。

"不过你居然能和那孩子沟通，"老人说，"怎么沟通的？靠心灵感应还是其他什么？"

"读唇术。以前去市民讲习班学过读唇术。一来当时闲得无事可干，二来心想也许能有点用场。"

"原来如此。读唇术嘛，"老人大彻大悟似的频频颔首，"读唇术这东西的确是一门行之有效的技术，我也略知一二。怎么样，我们两人不出声地交谈一会儿如何？"

"不不，免了吧。还是正常交谈为好。"我慌忙劝阻。一天之中如此折腾几次我实在无法消受。

"诚然，读唇术是一门极为原始的技术，有很多不足之处。若是四下黑暗，就完全不知所云，况且必须一个劲儿盯住对方嘴唇不放，不过作为过渡性手段还是有效的。应该说，你掌握读唇术是有先见之明的。"

"过渡性手段？"

"是的。"老人又点了下头，"好吧，我只告诉给你一个人：将来，世界必定成为无声世界。"

"无声世界？"我不由反问。

"对，彻底无声。因为，声音对人类进化不仅没有必要，而且有害无益，所以声音迟早都要消亡。"

"呃。那么说，鸟的叫声河的流水声和音乐之类，统统都将消失喽？"

"当然。"

"可那好像挺寂寞的。"

"所谓进化就是这么回事。进化总是苦涩而寂寞的，不可能有令人心旷神怡的进化。"说着，老人起身走到桌前，从抽屉里取出一个指甲钳，又折回沙发，从右手的拇指到左手的小指，按部就班地将十个指甲修剪整齐。"眼下正处于研究阶段，详情还无可奉告，大致是这个情况。请不要透露给外界。一旦传到符号士耳朵里，可就要大祸临头。"

"放心。在严守机密这方面，我们计算士不亚于任何人。"

"听你这么说我就放心了。"老人用明信片边角把桌面上散落的指甲屑归拢在一起，扔进垃圾箱。然后又拿起一块夹黄瓜片的三明治，撒上盐，津津有味地嚼着。"由我说是不大好，不过这的确够味儿。"

"擅长烹饪？"我问。

"不，那倒不是。只是做三明治的手艺出类拔萃。其他菜肴做的也绝不算差，但味道比不上三明治。"

"堪称地道的天才。"

"不错，"老人道，"的确如此。依我看，你倒像是对那孩子十二分地理解。若是你，我看可以放心大胆地把她托付过去。"

"托付给我？"我吃了一惊，"就因为我夸她三明治做得好？"

"对三明治你不中意？"

"三明治我非常中意。"说罢，我在不影响计算的限度内回想了一番胖女郎，喝了口咖啡。

"我感觉，你有什么，或者说缺少什么，总之都一样。"

"自己也时常这么想。"我如实相告。

"我们科学家将这种状况称为进化过程。总有一天你也会明白：进化是严峻的。你认为进化中最严峻的究竟是什么？"

"不明白，请指教。"

"就是无法自由选择。任何人都无法选择进化，它属于洪水雪崩地震一类，来临之前你不得而知，一旦临头又无可抗拒。"

"噢。"我说，"这进化莫非还同你说的声音有关？就是说，我将变得不能说话不成？"

"准确说来不是这样的。能说话或者不能说话，本质上不是什么大问题，无非一个台阶而已。"

我说不大明白。总的来说我是个老实人，明白就说明白，不明白就说不明白，而不含糊其辞。我认为纠纷大部分起因于含糊其辞，并相信世上很多人之所以说话含糊，不外乎他们内心在无意识地寻求纠纷，此外我找不出其他解释。

"也罢，这话就到此为止吧。"老人说着，又阴阳怪气地笑了起来。"说得过于深入，难免干扰你计算，适可而止为好。"

我对此也并无异议，正好手表铃也响了，便继续分类运算。老人从桌子抽屉里取出一对不锈钢火筷样的东西，用右手拿着在排列头盖骨的架前走来走去，时而用火筷"橐橐"轻敲某块骨头，倾听其声音，俨然小提琴大师在巡视斯特拉迪瓦里①制作的小提琴收藏品，并拿起其中一把品听琴弦的音色。只闻其声都能感受到老人对头盖骨怀有非同寻常的执着之情。我觉得，虽说同是头盖骨，但其音色的确千差万别，有的如叩威士忌酒杯，有的如敲巨型花盆。我 时思绪纷纭：其中每一个都曾有皮有肉，都曾盛满脑浆（尽管重量有别），都曾有食欲和性欲，但终归这些都荡然无存，剩下的唯有各种各样的声响，而声响不过同酒杯同花盆同饭盆同铅管同水壶的动静一般无二。

我想象自家头颅被剥去皮肉掏空脑浆后摆在架上承受老人的火筷"橐橐"叩击的情景，心里总有点不是滋味。老人到底将从我的头盖骨声响中读取什么呢？是读取我的记忆，还是读取我记忆以外的东西呢？不管怎样，我都感到惶惶然。

死本身并非那么可怕。莎士比亚说过，今年死了明年就不会再死。想来也真是简单之极。但死后被置于架上用火筷敲击则未免令人怏怏不快。一想到死后都要被人敲骨吸髓，心底就涌起一阵悲凉。生存尽管也决非易事，但毕竟可以由我量力自行把握，因此也就罢了。同《瓦劳克》里的亨利·方达一个样。可是死后还是请容许安息为好。古代的埃及国王之所以要深深躲进金字塔中，原因我觉得似乎不难理解。

又过了几小时，好歹分类完毕。我说不准用了几个小时，因

---

① 安东尼奥·斯特拉迪瓦里（1644—1737），意大利 17 世纪最杰出的小提琴制作师。其现存作品享有世界声誉。

为没用手表计时，不过从身体的疲劳判断，大约用了八九个小时。量还是不小的。我从沙发站起，伸了个大大的懒腰，按摩一下身体各部位的肌肉。发给计算士的小册子上，用图解形式标出了总共二十六块肌肉的按摩方式。计算完后一定要好好按图操作一番，这样才能消除大脑疲劳。只有消除大脑疲劳，计算士的寿命方能得以延长。计算士这一制度产生还不到十年时间，因此谁也搞不清这种职业性寿命的长短程度。有人说十年，有人说二十年，有人说可以干到死，有人说迟早沦为废人，但无一不是推测。而我所能做的唯有好生照顾二十六块肌肉，推测交给适于推测的人好了。

　　我按摩完肌肉，坐回沙发闭起双眼，把大脑左右两半球缓缓合为一体。至此工作全部告终，操作程序准确无误。

　　老人将俨然巨犬形状的头骨置于桌面，用游标卡尺测量局部尺寸，拿铅笔记录在头骨相片的复制品上。

　　“完了？”老人问。

　　“完了。”我说。

　　“辛苦了辛苦了，这么长时间。”

　　“今天这就回家睡觉，明后天在家里进行模糊运算，大后天正午保证送来这里，可以吧？”

　　“可以可以。”老人点头道，“务必准时，迟过中午可就麻烦了，非同小可。”

　　“明白了。”我说。

　　“另外千万注意别让人把数值表抢去。万一抢去，我受不了，你也吃不消。”

　　“不要紧。这方面受过严格训练，计算妥当的数据不至于轻易被人夺走。”

　　我从裤子内侧的特殊口袋里掏出用来装重要文件的钱夹样的

软金属夹，将数值表放进去锁好。

"这锁除我以外没有人能打开。若是别人开锁，里面的文件就会消失。"

"倒还真有心计。"老人说。

我把文件夹放回裤子内侧的口袋。

"对了，三明治不再吃一点？还多少有剩，而我研究当中几乎不吃不喝，剩下怪可惜的。"

由于肚子又饿了，我便乖乖把剩下的三明治一扫而光。老人只集中吃一样，因此黄瓜已片甲不留，剩的全是火腿和奶酪。反正我对黄瓜并不甚感兴趣，没有在意。老人又给我倒了杯咖啡。

我重新穿好雨衣，戴上风镜，一只手拿着手电筒返回地道。这回老人没有跟来。

"夜鬼已被我用声波赶走了，短时间不可能卷土重来，只管放心。"老人说道，"夜鬼其实也不大敢来这里，只是禁不住符号士的花言巧语才偶一为之，一吓就缩了回去。"

话是这么说，但在知道夜鬼栖身于这地下的某处之后，一个人摸黑行走毕竟有些不快，更何况我对夜鬼究竟为何物还不了解，其习性形状以及防御措施也一无所知，因而更加深了这种不快。我左手打开手电筒，右手握刀，沿地下河退回原路。

由于这个缘故，当我在刚才爬下的长铝梯下面发现身穿粉红色连衣裙的胖女郎身影时，不由得顿生绝处逢生之感。她将手电筒光朝我这边轻轻摇晃。我走到跟前时她好像说了句什么，但一来因为水声太大——河流大概已被解除音量限制——根本无法听清，二来黑漆漆地看不见其口形，所以全然不知所云。

不管怎样都要爬梯子，爬到光亮地方再说。刚开始爬，女郎便跟了上来。梯子极高，下的时候因一片漆黑什么也没看见而未感到害怕，但现在一格一格向上攀登起来，其高度尽在想象之中，脸上和腋下便不由沁出汗珠。若以楼房作比，足有三四层楼高。加以铝梯沾满潮气，脚下一跐一滑，稍一疏忽，真可能一失足成千古恨。

途中我本想休息一下，但想到她尾随上来，只好一鼓作气爬上梯子顶端。考虑到三天后将重蹈故辙去研究室，不由心情黯然。然而别无他法，毕竟这点也已被计入酬金。

穿过壁橱进入最初来过的房间后，女郎为我摘掉风镜，脱去雨衣。我则脱掉长胶靴，把手电筒放在旁边。

"工作可顺利？"女郎问。声音柔和清脆，我还是第一次听到。

我看着她的脸点点头："不顺利是不会回来的。我们是干这行的嘛！"

"谢谢你把声音消除的事告诉了祖父，实在帮了大忙。已经那样熬了一个星期了。"

"为什么不用笔谈告诉我呢？那样岂不早就万事大吉了？何苦吃那个苦头！"

女郎并不应声，绕桌子转了一圈，然后正了正两边的大耳环。

"这是规矩。"她说。

"不能笔谈？"

"那也是规矩之一。"

"唔——"

"禁止一切同退化相关的做法。"

"原来如此。"我心悦诚服。果然一丝不苟。

"你有多大？"女郎问。

"三十五。"我说，"你呢？"

"十七。"女郎回答，"我还是头一回见到计算士。当然符号士也没见过。"

"真的十七？"我有些愕然。

"嗯，是十七。不骗你，真的十七。看上去不像十七？"

"不像。"我坦率相告，"怎么看都二十往上。"

"我也不情愿被人看成十七。"她说。

"没上学？"

"不想谈学校的事，至少现在不想。下次见面时再统统告诉你。"

"呃。"其中必有奥妙，我想。

"我说，计算士过的是怎样一种生活？"

"计算士也好，符号士也好，不工作的时候和世人一个样，普普通通，地地道道。"

"世人普普通通倒有可能，但并不地地道道。"

"噢，这种看法也是存在的。"我说，"但我所说的是平平常常的意思——在电车中坐在你身旁也不引人注意，和大家同样吃饭，也喝啤酒。对了，谢谢你做的三明治，好吃极了。"

"真的？"她粲然一笑。

"那么好吃的三明治是难得碰到的。三明治我可是吃过不少。"

"咖啡呢？"

"咖啡也够味道。"

"那就在这儿再喝一点可好？也好再聊一会儿。"

"不了，咖啡可以了。"我说，"在下边喝得太多，一滴也喝不进去，只想快点回家睡觉。"

"遗憾啊。"

"我也遗憾。"

68

"也罢，反正送你到电梯口好了。一个人走不到吧？走廊像迷宫似的。"

"怕是走不到。"我说。

女郎拿起桌上一个圆帽盒样的东西，递到我手里。我掂了掂重量，同盒的体积相比，并不算重。若真是帽盒，里面的帽子恐怕相当不小。盒的四周贴满宽幅胶带，不大容易打开。

"什么呢，这是？"

"祖父给你的礼物。到家后再打开。"

我双手捧盒，轻轻摇了摇，不闻任何声响，手心亦无重感。

"祖父说，容易打碎，让你小心。"女郎说。

"是花瓶吧？"

"我也不知道。回家一看自然晓得。"

接着，她打开粉红色手袋，把装在信封里的银行支票递给我。上面的金额比我预想的略微多些。我放进钱夹。

"打收条吧？"

"不用。"女郎说。

我们离开房间，在与来时同样长的走廊里拐来拐去上上下下，终于走到电梯口。女郎的高跟鞋一如上次，在走廊中敲出"咯噔咯噔"令人不无惬意的声响。较之初次见面，她的肥胖也不那么使人介意了，一起行走之间甚至忘了她的胖。想必随着时间的推移，我已开始对此习以为常。

"结婚了？"女郎问。

"没有。"我回答，"以前结过，现在没有。"

"因为当计算士才离婚的？人们常说计算士是不成家的。"

"没那回事。计算士也都成家，有些人甚至表现相当不错，我知道好多这样的例子。当然，更多的人还是认为不成家对工作更为有利，这点也是事实。一来我们这行极费脑筋，二来风险也大，有妻室有时候不大方便。"

"你是怎么样来着？"

"我是离婚后才当计算士的，所以同工作无关。"

"呃——"她说，"对不起，问得不大得体。毕竟第一次遇到计算士，这个那个很想问问。"

"没关系的，没什么。"

"嗳，听人说计算士处理完一项工作之后，性欲强得不得了——可是真的？"

"怎么说呢，也许真有此事。因为工作当中费的脑筋很是与众不同。"

"那种时候和谁睡觉？有固定恋人吧？"

"没有。"我说。

"那怎么办？总不至于对性生活不感兴趣或是同性恋吧？不愿意回答？"

"哪里。"我的确不是那种喋喋不休地大谈自己私生活的人，但若有人问起，还是一一作答，因为没有什么秘不可宣之事。于是我说："那种时候要和很多女孩睡觉的。"

"包括我？"

"不包括，应该不包括。"

"为什么？"

"我的原则是：一般不同熟人睡觉。同熟人睡觉往往节外生枝。此外也不同工作有联系的人睡觉。我从事的毕竟是替人保密的职业，需要在这方面划条界线。"

"不是因为我又胖又丑？"

"你并不那么胖，而且丝毫不丑。"

"噢。"她说，"那么跟谁睡呢？莫非随便搭腔找个女孩子来睡？"

"偶一为之。"

"或者说用钱买个女孩？"

"也不否认。"

"如果我提出给我钱我和你睡，你就会睡不成？"

"未必从命。"我回答，"年龄相差悬殊。同这样的女孩睡觉，心里总好像不踏实。"

"我例外。"

"或许。但作为我，不想再多找麻烦。如果可能的话，还是想平平稳稳地过日子。"

"祖父说，第一个睡觉的对象最好是三十五岁以上的男人。说是性欲积攒到一定程度后会损害头脑的清晰度。"

"这话从你祖父口里听说了。"

"果真如此？"

"我不是生物学家，不大清楚。"我说，"况且性欲强弱因人而异，其间差别很大。很难一概而论。"

"你属于强的？"

"怕是一般吧。"我沉吟一下回答。

"我还不大了解自己的性欲。"胖女郎说，"所以很想寻根问底。"

我一时不知如何回答。不一会儿来到电梯跟前，电梯如训练有素的犬，正开门以待。

"下次见。"女郎说。

我刚一踏入，电梯门便悄然合上，我靠在不锈钢壁上，叹息一声。

6

世界尽头
——影子

　　女孩把第一个古老的梦放在桌上的时候，我一时未能认出这便是所谓古梦。我目不转睛地注视良久，然后抬起脸，望着站在身旁的女孩。她一言不发，只顾俯视桌上的古梦。我觉得这物体不大符合"古梦"这个名称。我从"古梦"这一字眼的韵味中联想到的是古书，或者形状远为模糊不清的什么物体。

　　"这就是古梦！"女孩开口道。口气淡然漠然，飘然无依，与其是对我加以说明，莫如说是在自言自语地确认什么。"准确说来，古梦在这里边。"

　　我不得其解，但仍点了下头。

　　"拿起来看看。"她说。

　　我轻轻拿在手上，用目光仔细扫描。但无论如何也看不出古梦的蛛丝马迹，没有任何可供捕捉的线索，不过是一块动物头骨而已。动物不大，骨的表面大概由于日光长期照射的关系而变得十分干燥，褪去了固有的颜色。向前长长突起的下颚微微张开地固定着，仿佛在倾诉什么的时候突然冻僵了。两个小小的眼窝尽管已失去眼球，却仍在盯视着往里扩展的虚无的房间。

头骨轻得异乎寻常，因此作为物体的存在感已丧失殆尽，从中感觉不到任何生命的余温。所有的血肉、记忆、体温尽皆荡然无存。额头中间有个手感粗糙的小坑，我把指头贴在坑上摩挲着观察了半天，推想可能是角被拔除的遗痕。

"是镇上独角兽的头骨吧？"我试着问。

她点点头，静静地说："古梦就渗入这里边被封闭起来了。"

"从这里可以读出古梦？"

"这就是读梦人的工作嘛。"

"读出来的梦怎么处理好呢？"

"无所谓处理，只消读出来就行了。"

"这可不大好明白。"我说，"从中读取古梦这点我明白，但就此为止却叫人莫名其妙。若是这样，我觉得这工作毫无意义。大凡工作总该有个目的才是——譬如把梦抄写出来，依序整理分类。"

女孩摇摇头："至于意义，我也解释不好意义在哪里。我想你只要不断读下去，恐怕就会自然而然地体会出来。但不管怎样，意义那东西对你的工作本身没有多大关系。"

我把头骨放回桌面，从远处再次审视，令人联想起虚无的深深的沉默将头骨整个包笼起来，但是这沉默并非来自外部，而有可能如烟雾一般从头骨内部喷涌而出。总之是一种不可思议的沉默，简直像要把头骨紧紧连接在地球的核心。头骨则默然无语，径自把没有实体的视线投向虚空的一点。

越看我越强烈地感到这头骨在向我诉说什么，周围甚至漾出令人伤感的气氛。而我却不能将充斥于此的伤感对自己准确地表达出来。我已经失去贴切的语言。

"读就是了。"说着，我再次把桌上的头骨拿在手里，用手心测了测重量。"反正我好像已别无选择。"

女孩微微一笑，从我手里接过头骨，用双层抹布小心擦去表面的灰尘，使其增加了亮度，又放回桌面。

"那好，向你说一下古梦的读法。"她说，"当然，我只是做个样子，实际上是读不出来的，能读出来的仅限于你。好好看着：首先头骨要正面对着自己，两手的指头轻轻放在太阳穴位置。"

她把手指贴在头骨两侧，强调似的看着我。

"其次，定定地注视头骨前额。注视时不要用力，要轻轻地、柔和地，但不能移开视线，无论怎么晃眼都不能移开。"

"晃眼？"

"嗯，是的。盯视之间，头骨开始发光发热，你可以用指尖静静触摸那光线，那一来你就可以读取古梦了。"

我在头脑里把女孩说的顺序重复一遍。我无法想象她所说的光是怎样一种光，感触如何，但大致顺序已了然于心。在久久凝视她放在头骨上的纤细手指的时间里，一股强烈的感觉向我袭来——以前我恍惚在某处看过这头骨！那如被漂洗过的骨骼的白色和额头的小坑，使我产生了奇妙的心灵震颤，一如第一次目睹女孩面庞之时。至于这是准确的记忆断片，还是时间和空间的瞬间扭曲带来的错觉，我无从判断。

"怎么了？"女孩问道。

我摇摇头："没怎么，想点事情。你刚才说的顺序我想可以记住。往下只剩下实际操作了，是吧？"

"先吃饭吧。"她说，"工作起来可就挤不出时间了。"

她从里面小厨房端来一只锅，放在炉上加温。锅里是杂烩菜，有洋葱和马铃薯。不一会儿，锅热了，发出惬意的声响。女孩把菜盛进盘子，连同夹有核桃仁的面包一起端上桌来。

我们相对而坐，一声不响地往嘴里送东西。饭菜本身很简

74

单，调味料也全是我过去从未尝过的，但决不算坏，吃罢觉得全身暖融融的。接着来了热茶，深色，带有中草药般的苦味。

读梦并不像女孩嘴上说的那么轻松自在。那光线实在过于细弱，且如迷宫一样紊乱，不管怎样往指尖集中精力都无法顺利触摸下去。但我还是能在指尖清楚地感觉出古梦的存在，它犹如向前涌动的图形序列。可是我无法将其作为明的形象加以把握，只不过感觉到它的确存在而已。

当我好歹读罢两个梦时，时间已过了十点。我把释放出古梦的头骨还给女孩，摘下眼镜，用手指慢慢揉了揉早已滞涩的眼球。

"累吧？"女孩问。

"有点儿。"我回答，"眼睛还不适应，看着看着，眼睛就把古梦的光吸了进去，以至脑袋里开始作痛，尽管痛得不很厉害。总之眼睛变得模模糊糊，没有办法紧盯不放。"

"起初都是如此。"她说，"一开始眼睛是不习惯，很难读得顺利，但不久就会习以为常。别担心，慢慢干一段时间再说。"

"怕是那样为好。"

把古梦放回书库后，女孩开始做下班的准备。她打开炉盖，用小铲把烧得通红的煤块取出，放进装有细沙的桶里埋好。

"不能把疲劳装在心里。"她说，"我妈妈总是这样告诉我。她说身体或许对疲劳奈何不得，但要使心解脱出来。"

"完全正确。"

"不过说实话，我还不大懂得心是怎么一回事。不知道它的准确含义，不明白该如何使用，仅仅记住这个字眼罢了。"

"心不是使用的。"我说，"心只是存在于那里，同风一样，你只要感觉出它的律动即可。"

　　她盖上炉盖，把搪瓷壶和杯子拿去里边冲洗，洗罢穿上蓝得如同被切割下来后长久失去原来记忆的一方天宇的粗布外套，若有所思地在已熄火的炉前伫立良久。

　　"你是从别处来这里的？"女孩忽然想起似的问。

　　"是的。"

　　"那里是怎样一个地方呢？"

　　"什么都不记得了。"我说，"对不起，实在什么也记不起来，就好像在身影被剥夺时关于古老世界的记忆也一起不知去向了一样。反正是个很远很远的地方。"

　　"你可懂得什么是心？"

　　"我想是懂得的。"

　　"我妈妈也曾有心来着，"她说，"不料在我七岁时消失了。这肯定因为妈妈和你同样拥有过心。"

　　"消失？"

　　"嗯，是消失。不过不谈这个了。在这里谈论消失的人是不吉利的。讲讲你住过的地方，一两件总想得起来吧？"

　　"想得起来的只有两件。"我说，"一是那里没有围墙，二是我们都是拖着影子走路的。"

　　不错，我们是拖着影子走路的，而我来到这里时，却不得不把自己的影子交给看门人保管。

　　"带着影子是不能进入这座镇子的。"看门人说，"或者舍弃影子，或是放弃进镇，随你选择。"

　　于是我舍弃了影子。

　　看门人叫我站在门旁空地上。下午三时的太阳将我的身影清清楚楚地印在地面。

　　"老实别动！"说着，看门人从衣袋里掏出小刀，将锋利的刀尖插进影子与地面间的空隙，忽左忽右地划动了一会儿，便把身影利利索索地从地面上割去了。

影子抵抗似的略微颤抖了几下，但由于已同地面分离，最后还是没了气力，瘫软地坐在凳子上。离开身体的影子看上去要比预想的寒伧得多，一副疲惫不堪的样子。

看门人收回刀刃，同我一起久久注视着脱离本体的影子。

"如何，独立后的影子挺怪的吧？"他说，"影子那玩意儿毫无用处，徒增分量而已。"

"抱歉，看来不得不同你分开一段时间了。"我凑到影子旁边说道，"原本没这个打算，实在是迫不得已。你就暂时忍耐一下，一个人待在这里，好么？"

"暂时指多长时间？"影子问。

我说不知道。

"往后你怕是要后悔的吧？"影子低声说，"详细的我倒不清楚，不过人和影子分开，总像不大对头。我觉得这里有问题，这个场所也有问题。人离开影子无法生存，影子离开人也无以存在。然而我们两个却在两相分开的情况下安然无事，这肯定有问题。你就不这样认为？"

"我也认为确实不自然。"我说，"但这个地方从一开始就一切都不自然。在不自然的地方，只能迁就不自然，别无良策。"

影子摇摇头："纯属大道理，可大道理我以前就懂。这里的空气不适合我，跟其他地方的空气不一样，对我对你都没有益处。你不应该抛弃我。这以前我们两个不是合作得很好吗？干嘛偏要把我甩掉？"

归根结蒂，事情为时已晚。影子已经被人从我身上剥离掉了。

"过些日子安顿下来，我再来领你。"我说，"这终归是权宜之计，不至于长此以往。两人总还会朝夕相伴的。”

影子低低喟叹一声，用有气无力的散焦的目光向上看着我。午后三时的太阳照着我们两人。我失去了影子，影子失去了本体。

“那恐怕不过是你一厢情愿的推测罢了。”影子说，“事情不会称心如愿的。我总有一种不良预感。还是找机会逃离这里，两人一起重返原来的世界！”

“老地方回不去了，不晓得如何回去。你也同样不晓得吧？”

“眼下是这样。但我要全力找出回去的途径。我想时常跟你谈谈，什么时候来见我？”

我点点头，手放在影子背上，然后往看门人那里走去。我同影子交谈的时间里，看门人一直在拾广场上的石子，把它们扔到与人无碍的场所。

我一到身旁，看门人便用衬衣襟擦去手上沾的白土，一只大手放在我的背部。我分辨不出这是亲密程度的表现，还是为了让我认识其手力的强劲。

“你的影子我来小心保管就是。”看门人说，“一日三餐保证供应，每天还让外出散步一次，所以你只管放心，根本用不着担心。”

“可以时常相见么？”

“这个嘛，”看门人说，“不可能任何时候都无拘无束，但也不是不可以见面，如果时机到来，情况允许，我有兴致的话。”

“要是我想请你归还影子，结果会怎么样呢？”

“看来你还不大明白这儿的体制。”看门人依然把手放在我背部，“在这个地方，任何人都不得有影子，一旦进来就再也不得出去。也就是说，你刚才的问话毫无意义。”

这么着，我失去了自己的影子。

走出图书馆，我提出送女孩回家。

"不必送我，"她说，"我不怕夜黑，再说又和你住的方向相反。"

"很想送送。"我说，"好像挺兴奋的，回去也不能马上入睡。"

我们两人并肩向南走过旧桥。仍然带有寒意的春风摇曳着河中沙洲的柳枝，直刺刺泻下的月光为脚下的卵石路镀上一层闪亮的银辉。空气湿润润沉甸甸地在地面往来徘徊。女孩把一度松开的头发重新扎成一束，往前盘了一圈后塞到风衣里面。

"你的头发非常漂亮。"我说。

"谢谢。"

"过去也有人夸过你的头发？"

"没有，你是第一个。"

"被人夸是怎样一种心情？"

"不知道。"她望着我的脸，双手插在风衣袋里，"我知道你在夸我的头发，但实际并不完全如此。我的头发在你心中构成了别的什么——你莫不是在说那个吧？"

"不不，我是在说你的头发。"

女孩淡淡一笑，仿佛在空中寻觅什么。"别见怪，我只是还不大习惯你的说话方式。"

"没关系，很快就会习惯的。"我说。

女孩的家在职工住宅区。这个区位于工厂区的一角，颇有些荒凉。其实厂区本身也一片凄凉光景。往日大运河绿水盈盈，货轮和游艇往来穿梭，如今已水门紧闭，水干见底的河段随处可见。白花花硬邦邦的泥块，犹如巨大古生物布满皱纹的死尸一样鼓胀出来。河岸用来装卸货物的宽大石阶现已派不上用场，唯见丰茂的杂草顺着石缝盘根错节。旧瓶子和生锈的机器零件在泥土中探头探脑，平甲板的木船在一旁日益腐朽。

运河岸边，寂无人息的废工厂接连不断。门扇紧闭，窗口玻璃荡然无存，墙壁爬满常春藤，安全楼梯的扶手锈迹斑斑，杂草丛生。

穿过沿河排列的工厂，便是职工住宅。清一色是五层旧楼。女孩告诉我：原本是有钱人住的格调典雅的公寓，后来随着时代的变迁，已被分割成条条块块，供贫苦的职工居住。但这些职工今天已不是职工，他们赖以就业的工厂差不多都已关门大吉，一身技术也已无用武之地，顶多按照镇上的要求做一点零碎活计。女孩的父亲也是职工中的一员。

过得运河最后一座带有矮扶手的石桥，便是女孩家所在的地段。楼与楼之间以长廊连接，使人联想起中世纪攻城用的云梯。

时近午夜，几乎所有的窗口都已没了灯火。她拉着我的手，活像逃避头上吃人巨鸟的视线似的，快步穿过迷宫样的甬路，随后在一栋楼前站定，向我道声再见。

"晚安。"

言毕，我一个人走上西山坡，返回自己的住处。

7

冷酷仙境
——头骨、劳伦·白考尔、图书馆

我是乘出租车回到住处的。走到外面时天已黑尽，街上到处挤满了下班的男男女女，加之细雨霏霏，好半天才拦住一辆出租车。

即便不遇上这种情况，我拦出租车也颇费时间。为了避开危险，我要至少放过两辆空车才行。据说符号士们往往开出几辆伪装的出租车，把刚刚结束工作的计算士挟上车去，直接拉去什么地方。这当然不过是传闻，无论我还是身边任何人都未有过如此遭遇，不过还是小心行事为妙。

因此，平时我尽可能利用地铁或公共汽车。但此时实在人困马乏，况且天又下雨，一想到要挤傍晚正值下班高峰时的电车或公共汽车，便觉不寒而栗，于是花时间拦了一辆出租车。坐车当中好几次险些昏睡过去，勉强咬牙挺住。心想车上万万睡不得，在车上睡过于危险，要睡等回到住处睡个够好了。

这样，我把精神集中在车内收音机中的棒球赛转播上。职业棒球我不大懂行，姑且决定声援正在进攻的一方，而怨恨防守的球队。可惜我声援的队以一比三落后。两出局，二垒有人，打出安打，但由于跑垒员在二三垒间失足跌倒，以致三出局，未能得分。解说员大为惋惜，我也感同身受。谁都可能忙中跌倒，但不该在棒球比赛当中跌倒在二三垒之间。或许士气受此影响，投手竟投出自讨苦吃的直球，结果让对方第一棒击球员打出左外野本垒打，以一比四失利。

车开到我公寓跟前时，比分仍是四比一。我付了车费，抱着帽盒和昏昏沉沉的脑袋推门下车。雨差不多已经停了。

信箱里什么邮件也没有，录音电话也没留下口信，看来没有一个人有求于我。也好，我也无求于任何人。我从电冰箱里取出冰块，做了一大杯加冰威士忌，又放了少许苏打，然后脱衣上床，靠在床背上一小口一小口地喝起酒来。虽说现在昏昏欲睡，但这一天中最后的美好节目却是省略不得的。我最喜欢的就是上床到入睡前的这短暂时刻，一定要拿饮料上床，听听音乐或看看书。我分外钟爱这一片刻，如同钟爱美丽的黄昏时分的清新空气。

威士忌刚喝到一半，电话铃响了。电话机放在离床头两米多远的圆形茶几上。好容易才钻上床，我实在懒得特意起身走过去。因此只是呆呆地注视着那电话机不动，任凭它响个不停。铃响了十三四遍。我满不在乎。过去的动画片上，曾有过电话机随着铃响而瑟瑟发抖的场面，其实根本没那回事。电话机稳稳当当地伏在茶几上，任由铃响不止，我则边喝威士忌边看着它。

电话机旁边放着钱夹、小刀和作为礼物拿回来的帽盒。我蓦地想道：此刻是不是该打开看看里面是何货色，说不定应放进电冰箱，也有可能是活物，或者是稀世珍品也未可知。问题是我实在累得一塌糊涂，况且，若果真如此，对方也该向我负责地交代一句才合情理。等电话铃响完，我一口喝干剩下的威士忌，熄掉床头灯，闭起双眼，旋即，睡意如同一张早已张口以待的黑色巨网自天而降。我昏昏沉沉地进入了梦乡，管它三七二十一。

睁眼醒来，四下若明若暗。时针指在六点十五分。我弄不清是早晨还是傍晚，便穿上裤子走到门外，往隔壁房间门上看了看：门上插着一份晨报，由此知道现在是早上。订报在这种时候大有好处，看来我也该订份报纸才是。

就是说，我几乎睡了十个钟头。本来身体还在要求休息，加上反正今天整日无事，再睡一觉其实也无所谓。但我还是决心起床。同崭新的纤尘不染的太阳一同醒来时的惬意之感是任凭什么都无法替代的。我用淋浴精心洗罢身体，刮了胡须，又一如往常地做了大约二十分钟体操，开始吃现成的早餐。电冰箱里已空空如也，需要补充食品。我坐在厨房餐桌前，一边喝橙汁，一边用铅笔在便笺上开列购物清单，一页写不下，又写了一页。反正超级商场尚未开门，外出吃饭时顺便采购即可。

我把卫生间衣篓里的脏衣物扔进洗衣机，拧开水龙头哗哗啦啦洗网球鞋。这当儿，我陡然想起老人送的那件谜一样的礼物，于是把右脚那只尚未洗完的网球鞋扔在一边，用厨房毛巾擦擦手，折回寝室拿起帽盒。较之体积，盒子依然那么轻，轻得令人不无生厌，委实轻得出格。有东西触动了我头脑中的那根弦。这并非有什么具体根据，不妨说只是一种职业性敏感。

我转身环视房间。房间静得出奇，仿佛声音已被消除殆尽。我试着咳嗽一声，咳嗽声倒还真真切切。我掏出小刀，用刀背敲敲茶几，同样橐橐有声。一旦体验过消音事件之后，一段时间里总是难免对寂静疑神疑鬼。打开阳台窗扇，车声鸟鸣随即传来，我这才一阵释然。进化也罢什么也罢，世界还是得充满各种音响才对头。

接着，我用小刀划开包装胶带，划得很小心，以防损伤里面的东西。盒的最上边塞满揉成一团团的报纸。我展开两三张看了看，全是三周前的《每日新闻》，不见任何特征，便从厨房里拿来塑料垃圾袋，将报纸一股脑儿扔了进去。报纸着实塞了不少，足有两个星期的份数，无不是《每日新闻》。除掉报纸，下面是小孩小指大小的软绵绵的东西，不知是聚乙烯还是发泡苯乙烯。我用双手捧起，一捧接一捧放进垃圾袋。里面到底装的什么虽不晓得，麻烦事却是添了不少。去掉一半聚乙烯或发泡苯乙烯之后，从中又落出一个报纸包。我不由有些厌烦，折回厨房从冰箱里拿来一罐可口可乐，坐在床沿不紧不慢地喝着，用小刀尖不经意地削着指甲。阳台飞来一只黑胸脯小鸟，像往常一样咚咚有声地啄食茶几上散落的面包屑。一个祥和的清晨。

不久，我又鼓起精神面对茶几，从盒中轻轻掏出报纸包裹的物体。报纸上左一圈右一圈地缠着胶带，使人联想起一件现代派美术作品，形状如同长得细长的西瓜，仍无重量可言。我把盒子和小刀从茶几上撤去，在宽大的茶几上小心翼翼地剥去报纸，里面出现的竟是一块动物头骨。

莫名其妙！老人怎么居然想到我会为接受一块头骨而兴高采烈呢？何况以动物头骨送人一事本身就已相当荒唐，无论怎么看都断非神经正常者所为。

头骨的形状与马相似，但尺寸比马小得多。总之，根据我掌握的生物学知识判断，这头骨应当存在于生有蹄甲、面部狭长、食草而又个头不很大的哺乳动物的肩上，这点大致不会有误。我在脑海中推出几种此类动物：鹿、山羊、羊、羚羊、驯鹿、驴……此外也许还有一些，但我已无从想起。

我决定暂且把头骨放在电视机上，虽然不大雅观，可又想不出其他位置。若是海明威，必定把它同壁炉上的大鹿头并放在一起，而我这房间当然没有什么壁炉。别说壁炉，连地柜也没有，鞋柜也没有。因此除了电视机，再没有可放这莫名其妙的头骨的位置了。

我把帽盒底所剩的填充物统统倒进垃圾袋，发现最下面有个同样用报纸包着的细细长长的东西。打开一看，原来是老人用来敲头骨的不锈钢火筷。我拿在手里端详了半天，火筷与头骨相反，沉甸甸的，且颇具威严，恰如威廉·富特文格勒指挥柏林爱乐乐团用的象牙指挥棒。

我情不自禁地拿着火筷站在电视机前，轻轻敲了敲动物头骨的额头部位。"咕"——一声类似巨犬鼻音的声响。我本来预想的是"嗵"或"砰"那样硬物相撞之声，因此可以说颇感意外，但毕竟不便因此而说三道四。既然作为现实问题发出的是如此声响，再说什么也无济于事——一来声音不至于因说三道四而出现变化，二来纵使出现变化也不会带来整个情况的转变。

头骨看得厌了敲得烦了，我离开电视机坐在床沿，把电话机放在膝头，拨动"组织"正式代理人的电话号码，以确认工作日程。负责我的人接起电话，说四天后有一项任务，问我有无问题。我说没有，为确保日后万无一失，我很想向他强调使用"模糊"的正当性，但考虑到说来话长，只好作罢。反正文件正确无误，报酬也够可观，而且老人说过为了保密未曾通过代理人，没有必要弄出节外生枝的事来。

况且从个人角度说我不大喜欢负责我的这个人。此君三十光景，瘦瘦高高，总以为自己无所不知。我可不愿意使自己陷入必须同这等人物交涉棘手事的境地，除非万不得已。

三言两语商谈完事务性工作，我放下电话，坐在客厅沙发上打开一罐啤酒，放录像带看亨弗莱·鲍嘉的《盖世枭雄》（*Key Largo*）。我非常喜欢里边的劳伦·白考尔。《夜长梦多》（*The Big Sleep*）里的白考尔固然不坏，但我觉得《盖世枭雄》中的她似乎多了一种其他作品里所见不到的特殊气质。为了弄清到底是怎样的气质，我不知看了多少遍，但终究未得出正确答案。或许类似一种将人这一存在简单化所需要的寓言性。我无法断言。

老实看录像的时间里，视线总是不由自主地落在电视机上的动物头骨处。这么着，我再也不能如平时那样聚精会神地盯视画面了。我在片中飓风来临时关掉录像，转而边喝啤酒边愣愣地看电视机上的头骨。凝眸之间，我发觉对那头骨似乎有点印象，可又全然想不出究竟是怎样一种印象。我从抽屉里掏出 T 恤，把头骨整个罩起，继续看《盖世枭雄》。这才总算得以把注意力集中在劳伦·白考尔身上。

十一点，我走出公寓，在车站附近的超级商场随手买了些食品，又去酒店买了红葡萄酒、汽水和橙汁，接着在洗衣店取了一件上衣和两条床单，在文具店买了圆珠笔、信封和信笺，在杂货店买了纹路最细的磨石。还到书店买了两本杂志，在电器商品店买了灯泡和盒式磁带，在照相馆买了拍立得照相机用的胶卷，顺路进唱片店买了几张唱片。结果我这辆小型车的后座给购物袋堆得满满的。我大概是天生喜欢购物吧，偶尔上街一次，每次都像十一月的松鼠一样买一大堆零零碎碎的物品。

就拿我这辆车来说，也是百分之百的购物车。所以买车，就是因为购物太多拿不过来。当时我抱着购物袋，走进刚好撞见的旧车出售场，发现车的种类实在令人眼花缭乱。我不大喜欢车，加之不懂行，便说什么样的无所谓，只想要一辆不是很大的。

接待我的中年男子为便于决定车种，拿出了很多样本给我看。我告诉他自己没心思看什么样本，我需要的纯属购物车，既不跑高速公路，又不拉女孩子兜风，更不为全家旅行之用。既不需要高效引擎，又无需空调无需随车音响无需天窗无需高性能轮胎。要的只是转弯灵活、少排废气、噪音不大、故障不多、足可信赖、性能良好的小型车，颜色以深蓝色为最佳。

他推荐的是一辆黄色小型国产车。颜色诚然不甚理想，但坐上一试性能不坏，转弯也相当敏捷，设计简练毫无多余设备这点也适合我的口味，而且由于是旧款样车，价格也便宜。

"车这东西本来就该是这个样子。"中年推销员说道，"不客气地说，人们头脑都有点神经兮兮。"

我说我也有同感。

这样，一辆购物专用车到手了。很少用于购物以外的目的。

采购完毕，我把车开进附近一家餐馆停车场，要了啤酒、鲜虾沙拉和洋葱圈，一个人闷头吃着。虾太凉，洋葱圈水分过大。我环顾一圈餐厅，没有发现哪个食客抓住女侍发牢骚或往地板上摔碟摔碗，便也不声不响地一扫而光。有期望才有失望。

从饭店窗口可以看见高速公路。路上各种颜色和型号的汽车奔流不息。我一边看车，一边回想昨天打交道的奇妙老人和他的胖孙女。无论怎样善意地看，我觉得两人都是远远超越我想象的另一个异常世界的居民。那傻里傻气的电梯，那壁橱后面巨大的洞穴，那夜鬼那消音作业，没有一样不异乎寻常。不仅如此，还居然把动物头骨作为回家礼物送给我。

饭后等咖啡的时间里，由于闲得无聊，我逐一回想了胖女郎身上的有关部位——方耳环、粉红色西服裙、高跟鞋，以及腿肚和脖颈的脂肪附着状况、面部神态等等。我可以使以上每个细节历历浮现在眼前，然而当把这些归纳为一个整体时，其印象却意外地依稀起来。我猜想这恐怕是最近我未同胖女性睡过觉的缘故，惟其这样，我才无法完整地想象出胖女性的身段。我最后一次同胖女性睡觉，已是差不多两年前的事了。

但正如老人所说，同样是胖，而胖法却千差万别。往日——大约是发生联合赤军事件那年——我曾同一个腰和大腿胖得堪称离谱的女孩睡过。她是银行职员，我们经常在窗口面面相觑，一来二去便亲切地搭起话来，一道出去喝啤酒，顺便睡了。直到同她睡觉时我才发觉她的下半身委实胖得超乎常规。因为，平时她总是坐在柜台里面，根本瞧不见其下半身。她解释说是学生时代一直打乒乓球造成的，我却不明了二者间的因果关系，从未听人说打乒乓球只胖下半身。

不过她胖得极富魅力。把耳朵贴在她胯骨上，竟觉得像在天晴气清的午后睡在春日原野一般。大腿绵软得如干爽的棉絮，顺势划一个轻盈盈的弧形可以静静地通往隐秘之处。我一赞美她的胖法——我每次遇到开心事都马上出声赞赏——她便说一句“真的吗”，看样子不大信以为真。

自然也同浑身胖得不成体统的女性睡过，同全身长满结结实实肌肉的女性也睡过。前一个是电子琴教师，后一个是天马行空的文体评论家。的确，胖法林林总总，各有千秋。

在同如此众多女子睡觉的过程中，人似乎越来越具有学术性倾向。性交本身的欢愉随之一点点减退。当然，性欲本身无所谓学术性。然而性欲若沿着特定水路而上，前头势必出现性交这一瀑布，作为其结果将抵达充满某种学术性的瀑布渊源，在此期间，将像巴甫洛夫的狗那样生出由性欲直达瀑布渊源的意识线路。但归根结蒂，这一切或许只是我年龄越来越大的缘故。

我不再围绕胖女郎的裸体想入非非，付罢款离开餐馆，然后走到附近的图书馆。参考文献室的桌旁坐着一个苗条的长发女孩，我问她有没有关于哺乳类动物头盖骨的资料。女孩正专心看一本袖珍读物，此时扬起脸来看着我：

“什么？”

“关于哺乳类动物、头盖骨的、资料。”我一字一板地重复一遍。

　　"哺乳类动物头盖骨。"女孩像唱歌一般鹦鹉学舌道。经她如此一说，听起来绝对像一首诗的标题——俨然诗人在朗读诗之前向听众宣布标题。我暗自思忖：莫非她谁来询问都要如此重复一句不成？

　　木偶剧发展史

　　太极拳入门

　　——我想，倘若真有如此标题的诗，倒也饶有兴味。

　　女孩咬着下唇沉吟片刻，说道"请等一下，查查看"，便迅速向后一转，在电脑键盘打下"哺乳类"三字。于是屏幕上出现二十多个书名。她用光笔消去其中的三分之二，尔后储存下来，这回打出"骨骼"一词。随即现出七八个书名。她只留下其中两个，排列在所储书名的下面。图书馆也不同以往了，借阅卡装在纸袋里贴于书后页的时代竟如一场梦。我曾特别喜欢在小时候用过的借阅卡上寻找借书日期来着。

　　女孩动作娴熟地操作键盘的时间里，我一直打量着她苗条的背和长长的黑发。我相当困惑，不知是否该对她怀以好意。她容貌俊俏，态度热情，头脑似也不笨，而且讲话像朗诵诗歌的标题。我觉得自己没有任何理由不可以对她怀有好意。

　　女孩按下复印键，将电脑显示屏上的内容打印下来递给我，说："请从这九册中挑选。"

　　1.《哺乳类概论》

　　2.《图解哺乳类》

　　3.《哺乳类的骨骼》

　　4.《哺乳类动物史》

　　5.《作为哺乳类的我》

　　6.《哺乳类的解剖》

7.《哺乳类的脑》

8.·《动物骨骼》

9.《谈骨骼》

　　我的借书卡最多可借三册，我挑选了二、三、八三册。《作为哺乳类的我》和《谈骨骼》等估计也很有趣，但同眼下的问题似无直接关系，留待日后再借不迟。

　　"十分抱歉，《图解哺乳类》禁止带出，不能外借。"女孩边说边用圆珠笔搔太阳穴。

　　"喂喂，"我说，"此书事关重大，就请借我一天好吗？保证明天上午归还，不会给你添麻烦。"

　　"可图解系列受人欢迎，再说事情一旦暴露，上边的人肯定要狠狠训我。"

　　"就一天，没那么快暴露。"

　　女孩左右为难，踌躇了好一会儿。她把舌尖贴在下齿内侧，舌尖粉红，极为动人。

　　"OK，就借你一次，下不为例。明天上午九点半前务必带来！"

　　"谢谢。"

　　"不客气。"她说。

　　"我想对你表示一点私人的谢意，你喜欢什么？"

　　"对面有'31冰淇淋'（Baskin Robbins），能买来一支？双头甜筒，下边是开心果，上边是咖啡朗姆——可记得住？"

　　"双头圆筒形，上边是咖啡朗姆，下边是开心果。"我确认一遍。

　　之后，我走出图书馆，朝"31冰淇淋"那里走去，她则到里面为我取书。我买好冰淇淋回来时，女孩尚未转出，我只得手拿冰淇淋在桌前乖乖等候。不巧的是，凳子上正有几个看报纸的老人，好奇地轮番看着我的脸和我手上的冰淇淋。好在冰淇淋十分坚挺，不至于马上溶化。问题是不吃冰淇淋而仅仅拿着不动，看起来未免如一尊被弃置的铜像，令人心里格外不是滋味。

桌面上她已开读的袖珍书活像一只熟睡的小兔趴着。书是H·G·威尔斯的传记《时间旅人》（*The Time Traveller*）下册。看来不是图书馆的，是她自己的书。书旁排列着三支削得整整齐齐的铅笔，此外还散放着七八个回形针。为什么到处都有回形针呢？实在不得其解。

或许是由于某种缘故而致使回形针满世界流行，也可能纯属偶然，而自己却过于耿耿于怀。不过，我总觉得这有欠自然，有些不合常理。这回形针简直就像早有预谋似的，散落在我所到之处的最显眼位置。是有什么碰上了我头脑中的弦。近来碰上那根弦的东西实在太多——野兽头骨、回形针，不一而足，其中似乎有某种关联，但若问野兽头骨同回形针之间有何关联性，却又浑然不觉。

一会儿，长发女孩捧着三本书转来。她把书递给我，反过来从我手中接过冰淇淋。为了不使外人瞧见，她在柜台里面低头吃着。从上面俯视，其脖颈一览无余，十分好看。

"太谢谢了。"

"该谢你才是。"我说，"对了，这回形针是干什么用的？"

"回形针？"她唱歌似的重复道，"回形针就是固定纸张用的呀，你不知道？哪里都有，谁都在用。"

确系如此。我道过谢，夹起书走到图书馆外面。回形针哪里都有，花一千元足可买到一辈子的用量。我跨进文具店，买了一千元的回形针，返回住处。

一进房间我就把食品收入电冰箱。肉和鱼用保鲜纸严实包好，该冷冻的送进去冷冻。面包和咖啡豆也冷冻起来。豆腐放进盛着水的大碗。啤酒也放进电冰箱，蔬菜把旧的摆在前面。西服挂在立柜里，洗洁剂摆在厨房木架上面。最后，把回形针撒在电视机上的头骨旁边。

奇妙的搭配。

奇妙得犹如羽绒枕和搅冰勺、墨水瓶和生菜一类组合。我走上阳台，从远一点的地方望了望，得到的仍是同样印象，找不见任何共通点。然而，在某处应该有我所不知道或想不起来的秘密通道相连着。

我坐在床沿上，久久地盯视电视机，但什么都无从想起，唯觉时间倏忽逝去。一辆救护车和一辆右翼宣传车从附近驶过。我很想喝威士忌，但还是忍了。眼下必须开动完全清醒的头脑。不一会儿，右翼宣传车又转回原路，大概跑错路了。这一带的路弯弯曲曲，不易辨认。

我泄气地站起身，坐在厨房桌前翻了翻从图书馆借来的书。我决定首先查阅草食性中型哺乳动物的种类，再逐一确认其骨骼。草食性哺乳动物的数量之多远远出乎我的预料，光是鹿就不下三十种。

我从电视机上面拿来那块头骨，置于餐桌上，对照书上的每一幅画加以比较。花了一小时二十分钟，对照看了九十三种动物的头盖骨，但没有任何一种同桌上的相吻合。在这方面我也陷入了困境。我合上三本书，叠放在桌面一角，扬起双臂伸个懒腰。一筹莫展。

我索性歪倒在床，看约翰·福特导演的录像带《蓬门今始为君开》(*The Quiet Man*)。正看着，门铃响了。透过门上的猫儿眼一瞧，见外面站着一个身穿东京煤气公司制服的中年男子。我打开门（没解防盗链），问有何事。

92

"煤气定期检查，看有无泄漏。"男子道。

"等等。"我应了一声，返回卧室把桌上的小刀揣入裤袋，这才打开门。定期检查煤气的人上个月刚刚来过。此人的神态总有些不大自然。

但我故意装出无所谓的样子，继续看《蓬门今始为君开》。那男子先用血压计样的仪器测试一下卫生间里的煤气，之后拐进厨房。厨房餐桌上依然摆着那块骨头。我开大电视音量，蹑手蹑脚走到厨房门口一看，不出所料，男子正要把头骨塞进黑塑料包。我亮出刀刃，飞身跃入厨房，绕到男子后面一把揞住其脖子，把刀刃对准其鼻下。男子赶紧把塑料包扔在桌上。

"没别的意思。"男子声音颤抖地辩解，"一看就恨不能马上搞到手，所以就装到包里去了。纯属心血来潮。请饶了我吧！"

"不饶！"我说，还从没听说过有哪个煤气检测员看见人家厨房餐桌上的动物骨头就心血来潮得想据为己有。"要是不从实招来，看我割断你的喉咙。"在我听来，这话无疑是百分之百的谎言，但男子却无此感觉。

"对不起，我老实交代，请高抬贵手。"男子说，"其实是有人告诉我偷来这东西可以得到一大笔钱。当时我正走路，突然贴上来两条汉子，问我想不想打工，随手给了我五万元，又说如果偷成功再给五万。作为我也不想干这勾当，但见其中一个长得牛高马大，若说个'不'字难保不倒大霉，所以才无可奈何地干了。求你别杀死我，我有两个上高中的女儿。"

"两个都上高中？"我觉得不大对头，问道。

"是的，一年级和三年级。"

"噢，哪所高中？"

"大的在都立志村高中，小的在四谷双叶。"男子回答。

搭配倒不自然，但惟其如此，才有真实性。于是我决定相信男子的话。

为慎重起见，我依然把刀刃贴着他的脖颈，从其裤后口袋里掏出钱夹看里面装的什么。现金六万七千元，其中5万元是顶呱呱的新钞。此外有东京煤气公司的职员证和全家彩照，彩照上两个女儿穿的都是新年盛装，长相都不算特别漂亮，而且个头不相上下，分不清哪个在志村哪个在双叶。还有巢鸭至倍浓町区间的电车月票。由此看来，此人不像为非作歹之徒，我收起刀将他放开。

"可以走了。"我把钱夹还给他。

"谢谢！"男子说，"可往下怎么办呢？拿了人家钱却空手而归。"

我说我也不知怎么办。符号士们——想必对方是符号士——往往随机应变地采取荒唐行动，他们故意如此，以免被人摸出其行动规律。他们或许会用小刀剜去这男子的双眼，也可能再犒劳五万元。天晓得他们的鬼把戏！

"一个长得牛高马大对吧？"我问。

"对对，体格十分了得，另一个瘦瘦小小，个头顶多一米五十。小个子穿着倒像模像样。不过哪个都一看上去就不地道。"

我指点他如何从停车场走往后门。公寓后门连接的是条狭窄的胡同，从外面很难发现。弄得好，有可能瞒过那两人直接回家。

"真是太感谢了。"男子得救似的说，"请别把此事告诉公司好么？"

我告诉他绝不声张就是，说罢放他出门，扣好锁，加上铁链，然后坐在厨房椅子上，把收回刀刃的小刀放在桌面，从塑料包里取出头骨。有一点显而易见：符号士们正在对这头骨虎视眈眈。这就是说，头骨对他们具有非同小可的意义。

　　眼下，我同他们处于僵持阶段。我拥有头骨却不知其含义，他们知其含义——或猜得其大概——却不拥有头骨。势均力敌，彼此彼此。我现在可以选择两种行动。一是同"组织"取得联系，说明情况，请其保护我不受符号士威胁或将头骨转移到其他地方，二是同那个胖女郎取得联系，求她解释头骨的含义。但我不大情愿现在就把"组织"拖入同一境地，如若那样，我很可能受到恼人的盘问。我实在不善于应付庞大的组织，那里刻板守旧，蠢货甚多，格外让人费时费力。

　　同胖女郎联系实际上也难以办到。我不知道她事务所的电话号码。直接去办公楼倒不失为一策，问题是现在出门有危险，况且那办公楼戒备森严，在没有预约的情况下不可能轻易让我进去。

　　最终，我决定不采取任何行动。

　　我拿起不锈钢火筷，再次轻轻叩击头骨的顶部。"咕"，声音一如前次，且透出一丝凄楚意味，宛如一头叫不出名字的动物的悲鸣。何以发出如此奇妙的声响呢？我将头骨拿在手上细细观察，并再一次用火筷轻敲，结果还是那声"咕"。细看之下，声音似乎发自头骨的某个部位。

　　一连敲了几次，终于找出其准确位置——那"咕"的一声，原来是从头骨前额那个直径约两厘米的浅坑中传出的。我用指肚往坑内轻轻一摸，觉得多少有点粗糙，不同于普通骨头，好像被人强行拧掉什么之后形成的。什么呢？譬如角……

　　角？

　　果真是角，那么我手中的便是独角兽的头骨。我重新翻开《图解哺乳类》，试图找出一角仅存的哺乳动物。然而一无所获。唯有犀牛勉强类似，但从大小和形状来看，不可能是犀牛头骨。

无奈，我只好从电冰箱里拿出冰块，兑在乌鸦波本（Old
Crow）威士忌里喝着。天已暮色沉沉，喝酒似也未尝不可。接
着，又吃了盒芦笋罐头。我最喜欢白色芦笋，很快一扫而光。又
把熏牡蛎夹在面包里吃了。最后喝了第二杯威士忌。

我决定姑且把这头骨的昔日持有者视为独角兽。否则事情很
难进展。

我得到了独角兽头骨

我心里暗暗叫苦。为什么屡屡发生此等莫名其妙的事呢？我
难道做了什么坏事不成？自己不过是个极为讲究现实且独善其身
的计算士而已。既无甚狼子野心，又不贪得无厌。既无妻室，又没
有朋友没有恋人。我只是想攒钱，多多益善，等从计算士任上退下
之后学学大提琴或希腊语，优哉游哉地打发余生。而眼下偏偏同
独角兽和声音消除之类不伦不类的东西纠缠不清，这到底是因为
什么呢？

喝干第二杯加冰威士忌，我走进卧室翻阅电话号码簿，给图书
馆打电话，说要找参考文献室负责借阅的人。十秒钟后，那个长头
发女孩出来接起。

"《图解哺乳类》。"我说。

"谢谢你的冰淇淋。"女孩道。

"不用谢。"我说，"对了，现有一事相求，可以么？"

"相求？"她反问，"那要看求的是哪一类事。"

"求你查阅一下独角兽。"

"独角兽？"她重复一遍。

"求不得的？"

沉默持续片刻。估计她在咬着下唇沉思。

96

"查独角兽的什么呢？"

"全部。"

"跟你说，现在已经四点五十了，闭馆前忙得团团转，哪里查得过来。为什么不能明天一开馆就来？独角兽也好，三角兽也好，明天来随便你怎么查，是吧？"

"十万火急，事关重大。"

"呃——重大到什么地步？"

"涉及进化。"我说。

"进化？"女孩复述一次，听起来毕竟不无吃惊。我猜测在她眼里，我恐怕不是纯粹的狂人便是发狂的纯粹人。但愿她选择后者，那样，或许多少可以对我怀有富于人情味的兴趣。犹如无声钟摆的沉默又持续了一会儿。

"进化？你指的是长达几万年的那种进化吧？我是不大明白，不过那玩意儿果真急得刻不容缓？连一天都等不得的？"

"进化既有长达数万年的进化，又有只需三小时的进化，很难在电话中三言两语解释清楚。希望你相信：这的确事关重大，关系到人类新的进化！"

"就像《2001 太空漫游》那样？"

"一点不错。"我说。《2001 太空漫游》我已在录像机中看了好多次。

"嗳，你可知道我是怎么看待你的？"

"或是品质好的神经病或是品质坏的神经病，究竟算哪个你恐怕还在犹豫不决吧？我是有这个感觉。"

"基本正确。"

"从自己口中说出是不大好——其实我人品没那么糟糕。"我说，"说实话，我甚至算不上神经病。我固然多少有点偏激多少有点固执多少过于自信，但并非神经病。这以前被人讨厌倒有可能,但从未给人说成神经病。"

"或许。"她说,"不管怎样,说起话来还算条理清晰。人看上去也不那么坏,再说又吃了你的冰淇淋。也罢,今天六点半在图书馆附近的酒吧里见面好了,在那里把书交给你。这样可以吧?"

"可问题没那么简单。一句话,事情复杂得很,现在没办法离家走开。实在抱歉。"

"那么就是说,"女孩像在用指尖"嗵嗵"地叩击前齿,至少声音是如此。"你是要求我把书送你家里去啰?叫人难以理解。"

"坦率说来有这个意思。"我说,"当然不是要求,是请求。"

"利用人家的好意?"

"是的。"我说,"事情的确千头万绪。"

长久的沉默。但我知道这并非消音造成的——通知闭馆的《安妮·劳瑞》(Annie Laurie)旋律正在图书馆内回荡——是女孩在沉默。

"我在图书馆工作了五年,很少碰见像你这样厚脸皮的人。"她说,"居然叫人把书送上门去,何况才一面之交。你不觉得自己够厚脸皮?"

"的确觉得,但现在束手无策,走投无路。总之只能利用你的好意。"

"好了好了,"女孩说,"把去你家的路线告诉我可以吧?"

我一阵欣喜,赶紧把路线告诉给她。

世界尽头
——大校

"你恐怕已经失去了恢复影子的可能性。"大校边啜咖啡边说。如同长年习惯于向别人发号施令的人大多表现的那样，他说话时也是正襟危坐，下颏拘谨地向内收起。但他没有强加于人的意味。长期军旅生涯赋予他的，仅仅是一丝不苟的姿势、自高自大循规蹈矩的生活和堆积如山的回忆。作为邻居，大校可说是理想人选，他和蔼可亲，沉静内向，国际象棋也下得不俗。

"确实如看门人所说，"老大校继续道，"不论在理论上还是在现实中，你收回自己影子的可能性几乎等于零。只要你身在这个地方，就别想拥有影子，也别想离此而去。这镇子就是军队中所说的单向地穴，只能进不能出，除非镇子从围墙中解脱出来。"

"我压根儿没想到将永远失去影子，"我说，"以为不过是暂时性措施罢了。谁也没告诉我竟是这样。"

"这镇上任何人都不会告诉你什么。"大校说，"镇子以镇子特有的方式运转。至于谁知道什么或不知道什么，全与镇子无关。我也觉得你有点可怜。"

"影子以后到底会怎么样呢?"

"怎么样也不会怎么样,无非待在那里,直到死。那以后可见过影子?"

"没有。去了几次,看门人就是不准见。说是出于安全方面的考虑。"

"那怕也是奈何不得的事。"老人摇摇头道,"保管影子是看门人的任务,全部责任由他一人承担。我也是爱莫能助。看门人原本就是个脾气暴躁、刚愎自用的人,别人说什么几乎都充耳不闻。只能耐住性子,静等他回心转意。"

"就按你说的做。"我说,"可他究竟担心什么呢?"

大校一口喝干咖啡,把杯放回碟子,从衣袋里掏出手帕擦了擦嘴角。手帕也像他身上的衣服一样旧,一样久经沙场,但保护得很好,干干净净。

"担心你和你的影子合为一体。那一来就得从头返工。"言毕,老人把注意力重新收到棋盘上。这国际象棋的棋子种类和走法同我所知道的多少有所不同,一般总是老人获胜。"猴取主教,不要紧么?"

"请请。"说着,我移动壁,挡住猴之退路。

老人频频点头,死死盯着棋盘。其实胜负基本已定,老人笃定制胜,然而他死活不肯长驱直进,还在深思熟虑。对他来说,下棋并非要打败对方,而是向自己本身的能力挑战。

"同影子分别并使之死去是令人难过的。"说着,老人斜走骑士,巧妙地卡在壁与王之间。于是我的王实质上成了光杆司令,再差三步即全军覆没。

"难过对谁都一个滋味,我也不例外。如果在还不懂事的小时候,在相互还没交往的时候同影子分开任其死去倒也罢了,而等上年纪以后,可就吃不消了。我的影子是在我六十五岁那年死的。到了那把年纪，回忆也多得数不胜数。"

"影子被剥离之后还能存活多久呢？"

"因影而异。"老人说，"有的影子生机勃勃，有的死气沉沉。但不管怎样，一旦被剥离开来，在这镇上是活不长久的。这儿的水土不适合影子生存，冬季漫长难熬，几乎没有哪个影子能见到第二个春天。"

我凝视一会儿棋盘，终于放弃了取胜希望。

"还有五步呢，"大校说，"拼一下还是值的吧？五步之间很可能找出对方的闪失。胜负这东西，只有到最后关头才能见分晓。"

"那就试试看。"

我思考的时间里，老人踱到窗前用指头稍稍拨开厚布窗帘，从狭窄的空隙观赏外面的景致。

"往后一段时间，对你是最难熬的日子。同换牙一样：旧牙没了，新牙尚未长出。我说的意思你可明白？"

"是指影子虽被剥离却还没有死掉吧？"

"正是。"老人点了下头，"我也有过体验。过去的和未来的无法很好地保持平衡，所以才不知所措。但新牙长齐之后，旧牙就会忘掉。"

"你是说心的消失？"

老人哑然不答。

"对不起，光是一个劲儿提问了。"我说，"可我对这镇子还一无所知，以至惶惶不可终日。不知镇子以怎样的机制运转，不知何以有那般高的围墙，不知为什么每天有独角兽出入，不知古梦是怎么回事，总之没有一样不令人费解，而能问的对象又唯有你一人。"

"我也并非对事物的来龙去脉了如指掌。"老人沉静地说，

"有些事情还无法言喻，有的则不便言喻。但你什么也不必担心。在某种意义上，镇子是公平的。关于你所需要你所应该知道的，镇子以后将——在你面前提示出来，你必须通过自己的努力把它们一个个学到手。记住，这里是完全的镇子。所谓完全，就是说无所不有。但是，假如你不能充分理解，那么就一无所有，完全的无。这点要牢记在心。别人传授的东西即传即灭，而以自身努力学得的东西，则终生相随，并给你以帮助。你要睁大眼睛侧起耳朵开动脑筋来揣度镇子提示之物的含义。你要是有心，那么就趁有心之时让它发挥作用。我能教给你的只有这些。"

如果说女孩居住的职工区是往日的辉煌早已消失在黑暗之中的场所，那么镇子西南边的官舍区则是正在干涩的光照中失去辉煌的地段。春天带来了生机，夏天则将其分解，冬日的季风将其吹干。两层高的白色官舍，鳞次栉比地排列在被称为"西山"的徐缓而广阔的斜坡上。原本是按每栋住三户的标准设计的，唯独正中突出的门厅由各户共有。无论外墙上镶嵌的杉木板还是窗框，抑或狭窄的檐廊和窗上的栏杆，一律涂以白漆。放眼望去，白白的一片。西山坡上，大凡白色无所不有：刚刚涂得近乎不自然的闪闪耀眼的白，被太阳长期晒得发黄的白，仿佛在风吹雨淋中失去一切的虚无的白。凡此种种，无不沿着环山沙路无尽无休地绵延开去。官舍没有围墙，只在狭窄的檐廊下有一道一米来宽的细长花坛。花坛修剪得井然有序，春天开番红花、三色堇和金盏草，秋天开大波斯菊。花开时，建筑物更加形同废墟。

往日，这一带想必堪称洒脱优雅的地段。在山坡悠然漫步之间，不难觅出其过去的光景。路两旁想必儿童嬉戏，琴声悠扬，荡漾着晚餐温馨的香味。我可以在肌肤上感受到这些记忆，犹如穿过几道透明的玻璃门。

所谓官舍亦非徒有其名，以往确实有官吏们住在这里。官吏的地位虽不很高，但也不是下级职员，而属中间阶层，他们力图在这里保持风平浪静的生活。

然而这些人已不复存在，一去杳然。

后来者都是退役军人。他们丢掉身影，如同在暖洋洋的阳光下吸附于墙壁的蝉壳，在季风劲吹的西山坡各得其乐地打发时光。他们几乎没有任何东西需要保卫。每栋楼里住着六至九名年老的昔日军人。

看门人指定我住的，便是这等官舍中的一室。我这栋官舍住有一名大校两名少校两名中尉，另有一名中士。中士做饭打杂，大校发号施令，一如军营生活。老人们往日一味忙于备战、作战、停战，忙于应付革命、反革命，以至失去了成家的机会。一群孤独者。

他们每天早早醒来，习惯性地三口两口吃罢早饭，便自动自觉地投入各自的工作。有的用小竹板样的东西刮建筑物的旧漆，有的拔前院的杂草，有的修理家具，有的拉车去山下取定量供应的口粮。老人们把早上的工作如此干完，之后便聚在朝阳的地方沉浸在往事的回忆里。

分配给我的是二楼朝东的房间。一山横前，视野不大开阔，但仍可望见边上的河流和钟塔。房间看样子经久未用，白灰墙壁上到处是黑乎乎的霉斑，窗棂落了一层泛白的灰尘。里面有一张旧床、一张小餐桌和两把椅子。窗口垂着发出一股霉气味儿的厚窗帘。木地板已磨得相当厉害，每走一步都吱呀作响。

清晨，隔壁的大校进来，两人共进早餐，下午便在这拉合窗帘的昏暗房间里下国际象棋。晴朗的午后，除下棋外，别无消磨时间的办法。

　　"这么大好天气还拉着窗帘憋在黑房间里，对你这样的年轻人肯定难以忍受吧？"大校道。

　　"是啊。"

　　"对我来说，有人陪我下棋自是求之不得。这里的人几乎都对下棋兴味索然，如今还想下棋的，怕只有我这样的人。"

　　"你是为什么抛弃影子的呢？"

　　老人盯视着自己被从窗帘空隙射进的阳光照亮的手指，过了一会儿离开窗口，往餐桌的我那一边走来。

　　"问得是啊！"他说，"大概是因为保卫这镇子时间太长的缘故吧。一旦离开这里出去，我觉得我的人生恐怕就要彻底失去意义了。咳，事到如今，倒是怎么都无所谓了。"

　　"抛掉影子后，可感到后悔过？"

　　"不后悔。"老人摇了几下头，"一次也没后悔。因为没有什么可值得后悔。"

　　我用壁压住猴，打开一条可供王活动的通路。

　　"妙手妙手！"老人道，"可以用壁防角，王也重获自由。不过与此同时，我的骑士也可大展身手喽！"

　　在老人慢慢思考下一步的时间里，我煮了壶开水，加进新的咖啡。我思忖，以后无数个午后都将如此度过。在这四面围有高墙的镇上，没有什么可供我选择。

9

冷酷仙境
——食欲、失意、列宁格勒

等女孩时，我做了简单的晚饭。拿研钵将梅干弄碎，用来做了沙拉调味汁，炸了沙丁鱼、豆腐和一些山芋片，还煮了西芹和牛肉，效果均不坏。由于还有时间，我一边喝啤酒，一边用蘘荷做了凉拌菜，又做了个芝麻拌扁豆。然后歪在床头，欣赏罗伯特·卡萨德修弹奏的莫扎特的钢琴协奏曲，这是张旧唱片。我觉得莫扎特的音乐还是用旧唱片听起来更令人心旷神怡。当然这很可能是偏见。

时过七点，窗外完全黑了下来，她仍然没有出现，结果我从头到尾听完了第23号和24号钢琴协奏曲。或者她改变主意不来我这里也未可知。果真如此，我也无从责备她。无论怎么看，还是不来更地道。

不料，正当我找下一张唱片之时，门铃响了。从猫眼里一望，见图书馆参考文献室那个女孩抱着书站在走廊上。我打开依然连着铁链的门，问走廊上有无其他人。

"谁也没有呀。"她说。

我卸掉铁链，开门让她进来。她刚进门，我便赶紧把门关死锁上。

"好香的味道！"她一下下抽着鼻子说，"看看厨房可以么？"

"请。不过，公寓大门口有可疑的人么？比如进行道路施工的，或坐在停车场车里的？"

"都没有。"说着，她把两本书随手放在餐桌上，一个个揭开煤气炉上的锅盖，"都是你做的？"

"是的。"我说，"要是肚子饿了，招待就是。反正不是什么好东西。"

"哪里，我顶喜欢不过。"

我把东西摆上餐桌，心悦诚服地看着她一一发起进攻。见她吃得如此动情，我深感这餐饭做得值得。我往一只大杯里加冰调了乌鸦波本威士忌，把炸豆腐用强火大致一烤，撒上刚切好的生姜末，作为下酒菜喝起威士忌来。女孩一言不发，只顾闷头进食。我劝她喝酒，她说不要。

"那炸豆腐，能给我一点？"

我把剩下的一半推到她面前，自己只喝威士忌。

"需要的话，还有米饭和梅干，味噌汤也可马上弄好。"我试着询问，以防她吃不尽兴。

"那好极了！"

于是我用鲣鱼干简单调味，加裙带菜和鲜葱做了个味噌汤，连同米饭和梅干端上桌来。她转眼间一扫而光，桌上只剩下梅干核。全部消灭之后，她这才总算满足地吁了口气，说：

"多谢招待。太好吃了。"

如此窈窕淑女吃东西竟这般狼吞虎咽，这光景我还是初次目睹，说是动人也算动人。直到她完全吃罢，我仍在半是钦佩半是惊愕地看着她的脸出神。

"喂，你总是这么能吃不成？"我咬咬牙问。

"嗯，是啊，总是这样的。"女孩神态自若地说。

"可看上去根本不胖。"

"胃扩张。"她说，"所以吃多少都胖不起来。"

"嗬，伙食上怕是开销不小吧？"实际她一个人已把我明天午间那份都吃了进去。

"那是够可观的。"她说，"在外面吃的时候，一般都得连吃两家。先用面条或饺子什么的垫垫底，然后再正正规规吃一顿。工资差不多都填到伙食费里去了。"

我再次问她喝不喝酒，她说想喝啤酒。我从电冰箱里拿出啤酒，又试着抓了两大把法兰克福香肠，用平底锅炒了。原以为她已鸣金收兵，不料除了我吃的两根以外，其余又被她劫掠一空。食欲真可谓锐不可当，如用机关炮摧毁小仓房一般。我作为一周用量买来的食品眼看着就锐减下去了。我本打算用这种法兰克福香肠做一份美味的德国酸菜香肠来着。

我端出现成的土豆沙拉和裙带菜拌金枪鱼，她又连同第二瓶啤酒一起席卷而去。

"跟你说，我十分幸福！"她对我说。

我却是几乎什么也没进肚，只喝了三杯乌鸦波本威士忌。看她吃看得呆了，全然上不来食欲。

"如果需要，甜食还有巧克力蛋糕。"我提议。

不用说，这个她也吃了。光是看着我都觉得食物直顶嗓子眼。我是喜欢做吃的东西，但总的说来，饭量却不大。

或许由于这个缘故，我未能像样地挺起。精神全都集中在胃上了。应该挺起之时居然垂头丧气，自东京奥林匹克以来还是头一遭。这以前我对自己这方面的身体功能可以说始终怀有绝对的自信，因此这对我委实是不小的打击。

"喂，没关系，别放在心上，没什么大不了的。"她安慰道。

长头发、胃扩张的女孩。图书馆参考文献室负责借阅的女孩。我们吃完甜点，边喝威士忌、啤酒，边听唱片。听了两三张，然后上床躺倒。迄今为止我可谓同各种各样的女孩睡过，但同图书馆员还是初次，而且如此轻而易举地同对方进入性关系也是第一回。大概因为我招待了晚饭。可惜终归如上面说过的，我全然无能为力，觉得胃膨胀得犹如海豚肚子，小腹无论如何也运不上力气。

女孩赤条条地紧贴在我身旁，用中指在我胸口正中划了几次，几次都划了十多厘米。"这种情况嘛，谁都会偶尔碰上的，不必过于烦恼。"

然而她越是好言抚慰，不争气这一事实越是伴随着分外具体的现实感沉沉压在我心头。我想起读过的一本书，书中有一段说古代认为较之勃起的阳物，不勃起的更富于美感。但这也没给我以多少慰藉。

"这以前和女孩睡觉是什么时候？"她问。

我打开记忆之箱的封盖，在里面塞塞窣窣摸索了半天。"两周前，肯定。"

"那时可一气呵成来着？"

"当然。"我说。我觉得这段时间每天似乎都有人问起我的性生活，或许是眼下世间正流行的把戏。

"和谁？"

"应召女郎，打电话叫的。"

"和那种女人睡觉时，对了，没有负罪感什么的？"

"不是女人，"我纠正道，"是女孩，二十或二十一岁。谈不上什么负罪感，干脆利落，义无反顾，况且又不是第一次找应召女郎。"

"之后手淫来着？"

"没有。"我说。之后工作忙得不可开交，直到今天还找不出时间去洗衣店取那件心爱的西装，何况什么手淫之类。

听我这么一说，女孩领悟似的点点头：

"肯定因为这个。"

"因为没有手淫？"

"傻瓜，何至于！"她说，"因为工作嘛。不是忙得昏天黑地么？"

"是啊，前天足有二十六个小时没睡。"

"什么工作？"

"电脑方面的。"我回答。每当问到工作，我往往如此应对，一来基本上不算说谎，二来因为世上大多数人对电脑业务不具备很深的专业知识，不至于寻根问底。

"肯定长时间用脑，疲劳越积越多，所以才一时不听使唤的，常有之事。"

我"嗯"了一声。也许真是这样。筋疲力尽，加上两天来接二连三总是碰上别扭事，弄得多少有点神经质，况且又目睹了摧枯拉朽般的进食场面，性功能难免一时败下阵去。大有可能。

可是我又觉得问题没这么简单，不是如此三言两语解释得尽的。此外还可能有某种因素。以前即使同样疲劳同样神经质，也都把性功能发挥到了相当淋漓尽致的地步。这次可能起缘于她身上的某种特殊性。

特殊性。

胃扩张，长发，图书馆……

"喂，把耳朵贴在我肚子上。"说着，女孩把毛巾被蹬到脚下。

　　她的身子十分动人，珠滑玉润，颀长苗条，多余的肉一片都没有。乳房大小也过得去。我顺从地将耳朵贴在她乳房同肚脐之间如画布一样平坦的部位。尽管填充了那么一堆食物，肚子却全然没有鼓起，的确堪称奇迹，俨然哈勃·马克斯那件贪婪地吞掉所有东西的大衣。女孩的皮肤又薄又软，十分温煦。

　　"嗯，听到什么了？"她问。

　　我屏息谛听。除了心脏缓缓地跳动，不闻任何声息，使人恍惚觉得像躺在静悄悄的森林里，侧耳倾听远方传来的伐木的斧声。

　　"什么也听不到。"

　　"没听到胃的动静？"她说，"就是消化食物的声响。"

　　"具体我倒不清楚，不过我想恐怕不至于弄出声响，只是用胃液催化而已。当然，蠕动多少是有的，但不会有明晰的动静。"

　　"可我总感觉自己的胃在拼命动个不停，感觉非常明显。再好好听听！"

　　我按原来的姿势把精神集中到耳朵上，茫然地注视着她的小腹及其下面蓬蓬隆起的毛丛。然而还是全然听不见类似胃动的声响，听到的只有按一定间隔跳动的心音。《海底喋血战》（*The Enemy Below*）中似乎有这样的镜头。在我全神贯注的耳朵下面，她巨大的胃宛如库尔特·于尔根斯乘坐的U形潜艇一样悄无声息地进行着消化活动。

　　我一阵气馁，把脸从她身上移开，枕在枕头上伸手搂过女孩的肩。她头发的气味扑鼻而来。

　　"有汤力水？"她问。

　　"电冰箱里。"

　　"想喝伏特加汤力，可以么？"

"当然。"

"你也喝点什么？"

"同样。"

她光身下床，去厨房调制伏特加汤力。这时间里，我把收有《今晚教我爱》（Teach Me Tonight）的约翰·马蒂斯的唱片放在唱机上，折回床小声跟着哼唱。我，我垂头丧气的阳物，约翰·马蒂斯。

"天空是一块巨大的黑板……"

正唱着，她用关于独角兽那本书代替托盘托着两杯饮料进来了。我们边听约翰·马蒂斯，边一小口一小口呷着浓烈的伏特加汤力。

"你多少岁？"她问。

"三十五。"我回答。准确而简洁的事实是世上最受欢迎的节目之一。"离婚很久了，现在单身。无小孩，无恋人。"

"我二十九。再过五个月三十。"

我重新端详她的脸。怎么也看不出有这么大年纪。至多二十二或二十三。臀部完美地隆起，无一道皱纹。我觉得自己判断女性年龄的能力正在迅速土崩瓦解。

"看上去年轻，真二十九了。"她说，"你其实是棒球选手什么的吧？"

我惊得险些把喝了几口的伏特加汤力洒在胸口。

"哪里，"我说，"棒球那玩意儿有十五年没打了。为什么想到这个？"

"在电视上好像看到过你。我看电视只看棒球转播和新闻。或者，莫不是在新闻中看到的？"

"我没上过新闻。"

"广告？"

“更谈不上。”

“那么肯定是同你长得一模一样的人……不过，怎么看你都不像搞电脑工作的。”她说，“张口进化如何，闭口独角兽，裤袋里还有弹簧刀。”

她指了指我掉在地板上的裤子。果然后裤袋里有刀探出头来。

“我在处理有关生物学的数据。这是一种生物工程学，牵扯到企业利润，因此才很小心。抢夺数据的事最近闹得沸沸扬扬。”

“唔。”她一副难以信服的神情。

“你也在操作电脑，可看起来也绝对不像电脑工作者嘛。”

她用指尖“喀喀”敲了一会儿前齿。“我这完全是事务性的，只处理终端。把藏书目录分门别类地输入进去，需要参考时再调出，查看利用情况，如此而已。当然也能够计算……大学毕业后读了两年电脑操作专科学校。”

“你在图书馆使用什么样的电脑？”

她把电脑型号告诉给我。属最新型中级办公电脑，性能要比给人的外观印象好得多，若使用得当，也可进行相当复杂的运算。我也只用过一次。

我闭上眼睛考虑电脑。这时间里她又调了两杯伏特加汤力端来。于是两人并靠在枕上，开始喝第二杯。唱片听罢，全自动唱机把唱针倒回，重新从头播放约翰·马蒂斯的黑胶唱片，我便再次哼唱“天空是一块巨大的黑板……”

“嗳，你不认为我俩是天生一对？”她对我说。她手中的伏特加杯底不时碰到我的侧腹，凉丝丝的。

“天生一对？”我反问。

“还不是？你三十五，我二十九，你不觉得年龄正合适？”

"年龄正合适？"我重复一遍。她的鹦鹉学舌彻底传染给了我。

"到了这样老大不小的年龄，有很多事可以互相心领神会，再说双方都是单身一人，怕是很可以默契的。我不干涉你的生活，我也我行我素……莫非讨厌我？"

"哪里讨厌，还用说。"我应道，"你是胃扩张，我是性功能障碍，或许真个是天生一对地造一双。"

她笑着伸出手，轻轻抓住我那软软的东西。那只手刚拿过伏特加酒杯，凉得我差点一跃而起。

"很快就会神气起来的。"她在我耳畔低语，"我保证让它神气如初。但不必操之过急。较之性欲，我的生活更以食欲为中心，即使现在这样也无所谓。对我来说，性交同做工考究的甜点差不了许多，有则最好不过，没有也不碍事——如果其他方面能在某种程度上得到满足的话。"

"甜点。"我再次重复。

"甜点。"她也重复一遍。"不过这个下次再详细告诉你，先谈独角兽好了。你找我来的本来目的不就是这个吗？"

我点下头，拿过两只喝光的杯子，放在地板上。她松开手，抄起两本书。一本是伯特兰·库珀的《动物考古学》(*Archaeology of Animals*)，一本是博尔赫斯的《幻兽辞典》(*Book of Imaginary Beings*)。

"来之前我大致翻了一下。简单说来，这本书（说着，她把《幻兽辞典》拿在手上）认为独角兽这种动物类似龙和人鱼那样的人们幻想的产物。而这本（她拿起《动物考古学》）则从独角兽未必就不存在这一观点出发，力图进行实际考证。但遗憾的是，两本书关于独角兽的记述都不太多，比龙和小鬼方面的记述要少，少得令人意外。我猜想这恐怕是因为独角兽这一存在过于默默

113

无闻的缘故……实在抱歉，我们图书馆能查得到的只有这点。"

"足矣足矣，只要弄清独角兽的概况即可。谢谢。"

她把两本书朝我递来。

"方便的话，你现在把书上内容挑主要的读一下好么？"我说，"还是从耳朵进来容易抓住要点。"

她点点头，首先拿起《幻兽辞典》，翻开第一页。

"如同我们对宇宙含义的无知一样，对龙的含义也同样无知。"她读道，"这是书的序言。"

"噢。"

接下去，她打开在后面夹书签的地方："首先必须清楚了解独角兽有两种。一种是发端于希腊的西欧独角兽，另一种是中国的独角兽。两种形状不同，人们的看法也大相径庭。比如希腊人对独角兽是这样描写的：

"'胴体似马，头似雄鹿，足似象，尾则近乎猪。吼声粗犷。独角为黑色，从前额正中突起三英尺。据说此动物不可能生擒。'

"相比之下，中国的独角兽则是这般模样：

"'鹿体、牛尾、马蹄。短角从前额突起，肉质。背部皮毛五色混杂，腹部则为褐色或黄色。'

"嗯，大有差别吧？"

"果然。"我说。

"不单单是外形，性格和寓意方面东西方也截然不同。西方人眼中的独角兽极其凶猛，富有攻击性，毕竟长有三英尺、也就是将近一公尺的长角嘛。根据列奥纳多·达·芬奇的说法，捕获独角兽的方法只有一种，那就是利用它的性欲：把一名妙龄少女放在独角兽跟前，它由于性欲过强而忘记攻击，把头枕在少女膝头，人们乘机将其捕获。这角的用意该明白了吧？"

"明白了，我想。"

"与此相比，中国的独角兽则是吉祥神圣的动物。它同龙、凤、龟并称四大瑞兽，在三百六十五种地上走兽中居于至高无上的地位。性格极其敦厚温和，走路十分小心，生怕踩了弱小的生灵。不吃活着的草，只吃枯草。寿命约为一千年。独角兽的出现意味着圣人临世，例如孔子的母亲怀他之时便见到了独角兽。

"'七十年后，一伙猎人杀了一头麒麟，角上还带有孔子母亲缚的彩绳。孔子去看这独角兽，并掉了眼泪。这是因为，孔子感到这头纯真而神秘的动物的死具有某种预言性，那条彩绳上有着他的过去。'

"如何，有趣吧？即使到了十三世纪，独角兽仍然出现在中国的历史中。成吉思汗为征服印度而派出的一支先头远征队在沙漠正中遇到了独角兽。其头似马，额上有一只角，满身绿毛，很像鹿，讲人语，而且这样说：尔等主君回国的时候到了。

"成吉思汗的一名汉人大臣告诉他，这个动物叫'角瑞'，是麒麟的一种。'四百年间，庞大的军队一直在西线征战，'大臣说，'而上天讨厌流血，所以通过角瑞予以警告。请多开恩，挽救帝国吧！唯有中庸方能给人以无限快乐。'皇帝于是取消了征战计划。

"虽然统称为独角兽，东方的和西方的却如此不同，在东方意味着和平与静谧，在西方则象征攻击与情欲。但无论如何，独角兽都是子虚乌有的动物。惟其子虚乌有，才被赋予了各种特殊的寓意。在这点上，我想东西方是共通的。"

"独角兽真的就不存在？"

"海豚当中固然有一种叫独角，但正确说来那并非角，而是头顶上长出的一颗上颌门牙。长约二点五米，笔直，上面刻有钻头状螺纹。不过这属于特殊的水生动物，中世纪的人们不大可能有机会目睹。就哺乳类来说，中新世倒是出现了各种各样的动物而又纷纷消失，其中类似独角兽的则一种也没有。举例说……"

讲到这里，她拿起《动物考古学》翻过大约三分之二的页数，说："这是中新世——约二千万年前——在北美大陆生息过的两种反刍动物，右边的叫奇角鹿（Synthetoceras），左边的是颅鹿（Cranioceras）。确实生有独立的单角，尽管是三角形。"

我接过书，看着上面的图片。奇角鹿类似小型马和鹿合二为一的动物，额头有两只牛角样的角，鼻前则生出一只尖端呈 Y 字形的长角。颅鹿的头部则比奇角鹿略微圆些，额头有两只鹿角样的角，另有一只弯弯长长的尖角折往身后探出。二者都给人以奇异之感。

"问题是，这些角为奇数的动物，最终全都消失殆尽。"说着，她从我手里拿过书，继续道，"就哺乳类这一分野而言，角为单只或奇数的动物是极为稀罕的存在。结合进化的过程来看，这属于一种畸形。换言之，不妨称之为进化途中的孤儿。即使不局限于哺乳类——例如生有三只角的巨型恐龙恐怕倒是有过——这种存在也是非常例外的。这是因为，角乃攻击力高度集中的武器，无需三只。举个浅近的例子，比如肉叉，若有三只分叉势必增加阻力，扎起来费时费事。而且，若其中一只碰上硬东西，在力学上就将产生三只无法同时触及物体的可能性。

"此外，在同多敌人争斗的情况下，若是三只角，就很难准确扎中一个拔出后再扎另一个。"

"阻力大自然花时间。"我说。

"一点不错。"她把三根手指竖在我胸口上，"这是多角兽的弱点。命题一：多角兽的角功能逊于双角兽或独角兽。下面分析独角兽的弱点。不，恐怕最好还是先简单说明一下双角兽的必然性。双角兽的有利之点，首先来自动物身体的左右对称。所有动

物的行动模式都取决于左右平衡的控制，即取决于力量的一分为
二。小至鼻孔有两个，口也是左右对称，实质上也就是一分为二
地发挥功能。肚脐倒是只有一个，但那是退化器官。"

"阳物呢？"我问。

"阳物和阴物合起为一对，就像面包卷和香肠。"

"那倒也是。"果然言之有理。

"最重要的莫过于眼睛。无论攻击还是防御都要靠眼睛发挥
控制塔的作用。因此，角紧贴眼睛而生是最为合理的。犀牛便是
好例子。犀牛在原理上是独角兽，但它严重近视，而这又起因于
独角。就是说形同残废。犀牛之所以在有如此弱点的情况下得以
传宗接代，是因为它是草食兽，且全身覆有坚硬的皮甲，这样就
几乎没有防御的必要了。在这个意义上，可以说犀牛在形体上也
同三角恐龙相差无多。可是独角兽不属于这一系列，至少在图片
上找不到。身上也没有皮甲，全然……怎么说好呢……"

"没有武装。"我说。

"正是。在防御这点上同鹿差不多，况且近视，这是致命
点。哪怕嗅觉和听觉再发达，在被堵住退路时也一筹莫展。所
以，袭击独角兽同用高效霰弹打飞不起来的鸭子是一回事。此
外，独角的另一弱点，就是一受伤就是致命的。总之，就跟不带
备用轮胎而横穿撒哈拉沙漠一个样。意思可明白？"

"明白。"

"独角还有一个弱点——很难用力。这点只要比较一下前齿
和后齿就不难理解。后齿比前齿容易用力，是吧？这就是前面所
说的力量平衡问题。末端重，越往那里用力整体就越稳定。怎么
样？这回该明白独角兽是相当严重的残次商品了吧？"

"明明白白。"我说，"你解释得非常妙。"

她莞尔一笑，手指摸着我的胸口。"不过，不仅仅如此。从

理论上考虑，独角兽免于灭绝的可能性只有一种，这是至为重要之点。可猜得出来？"

我双手在胸口合拢，沉思了一两分钟。结论只有一个。

"没有天敌。"我说。

"正确。"说着，她吻了一下我的唇。"那么你假设一种没有天敌的状况。"

"首先要将活动场所隔绝开来，以防其他动物侵入。"我说，"譬如该地块像柯南·道尔《失落的世界》（*The Lost World*）里那样高高隆起，或深深下陷，或者如外轮山那样用高墙团团围起。"

"妙！"她用食指在我心口窝"砰砰"敲着说道，"还真有在这种状况下发现独角兽头骨的记载。"

我不由得咽了口唾液：不知不觉之间，谈话正向核心逼近。

"是一九一七年在俄国战线发现的，一九一七年九月。"

"十月革命的前一月。第一次世界大战。克伦斯基内阁。"我说，"布尔什维克起义前夕。"

"在乌克兰战线，一个俄军士兵挖战壕时发现的。他以为不过是牛或大鹿的骨头，随便扔在了一边。事情如果到此为止，那头骨也就被埋葬在历史的万丈深渊之中了，但碰巧指挥该部队的大尉原来是彼得格勒大学的生物学研究生，于是他把头骨带回营房仔细察看。他发现这是一种迄今为止从未见过的动物头骨，便马上同彼得格勒大学的生物学主任教授联系，等待调查人员的到来。但没有人来。这也难怪，当时的俄国已极度混乱，连粮食、弹药和药品都难以保证运到前线，而且到处爆发抗议活动，学校调查队根本到不了前线。退一步说，即使到达前线，我想他们也几乎没时间进行现场勘查。因为俄军节节溃退，前线连连后撤，那个地方早已被德军占领。"

"大尉怎么样了？"

"那年十一月，他被吊死在电线杆上。从乌克兰到莫斯科电线杆齐刷刷地一根连着一根，资产阶级出身的军官大多被吊在了上面。尽管他本人不过是丝毫没有政治性的生物学专业的一个普通学生。"

我眼前浮现出俄罗斯平原上一字排开的电线杆分别吊着一个个军官的情景。

"不过他在布尔什维克即将掌握军队实权之前，已把头骨交给了一个将被转移到后方的可以信赖的伤员。他跟伤员讲定：如果能把头骨送交给彼得格勒大学的某某教授，会得到一笔数目不小的酬金。但伤员得以从军医院出来带着头骨找到彼得格勒大学，已是转年二月的事了。当时大学已暂时关闭，学生们整天忙于革命，教授们大多被流放或逃亡，根本谈不上办大学。无奈，为日后换钱起见，他把头骨连同包装箱托付给在彼得格勒开马具店的堂兄保管，自己从彼得格勒返回三百公里开外的故乡。但不知什么缘故，此人再未去彼得格勒，以至头骨被长期遗忘在马具店的仓库里默默长眠。

"头骨再次得见天日已经是一九三五年了。彼得格勒更名为列宁格勒。列宁去世，托洛茨基被流放，斯大林掌权。列宁格勒已几乎没有人坐什么马车，马具店老板把店卖掉一半，用剩下的部分开了一间卖曲棍球用品的小店。"

"曲棍球？"我问，"三十年代的苏联会流行曲棍球？"

"不知道，这里是这么写的。不过列宁格勒在革命后也是比较时髦的地方，曲棍球之类人们还是打的吧？"

"也许。"

"反正清理仓库时，他发现了一九一八年堂弟留下的箱子。打开一看，见最上面有一封写给彼得格勒大学某某教授的信，信上写道由某某人捎去此物，望付给相应的报酬。不用说，马具店老板把箱子带去大学——就是现在的列宁格勒大学——求见那位教授。但教授因是犹太人，在托洛茨基倒台时已被一起送去了西伯利亚。这么着，马具店老板失去了可望领取酬金的对象，即使将这块莫名其妙的动物头骨珍藏一辈子也得不到一分一文。于是他找到另一位生物学教授，讲了事情的原委，领了一点少得可怜的酬金，把头骨放在学校里回来了。"

"不管怎样，经过十八年头骨总算来到了大学。"我说。

"再说，"她接着道，"那位教授把头骨上上下下细细察看一番，结果得出的结论同年轻大尉十八年前的看法完全一致——这头骨同现存的任何动物头骨都不相符，同可以设想一度存在过的任何动物头骨也不一样。头骨的形状最接近鹿，从颌的形态可以推断为草食性有蹄类，而双颊较之鹿则多少有些鼓胀。但与鹿差别最大的地方，主要在于额正中有一只独角。一句话，是独角兽。"

"长角来着？头骨上？"

"嗯，是的，是长角，当然不是完整无缺的角，只是角的残余。角在长约三厘米的地方利利索索地折断了，但从所剩部分推测，角大概长二十厘米，直线形，同羚羊角很相似。基部的直径嘛，呃——约两厘米。"

"两厘米！"我重复一遍。我从老人那里得到的头骨上的小坑，直径也恰恰是两厘米。

"彼洛夫教授——那位教授的名字——领着几名助手和研究生赶到乌克兰，在年轻大尉的部队曾挖过战壕的一带做了一个月的现场调查，遗憾的是未能找见相同的头骨。但在这个地方他们澄清了很多令人深感兴趣的事实。此地一般被称为普托拉纳高原，状如小山，在多为一马平川的乌克兰西部成了为数不多的天然军事要塞，因而第一次世界大战期间，德军和奥地利军队同俄军在这里反复展开了激烈的肉搏战。在二次大战中那里又遭到了两方面军队的炮击，致使高原几乎面目全非，这当然是那以后的事了。当时普托拉纳高原引起彼洛夫教授兴趣的，是从高原发掘出的各种动物骨骼同那一带动物的分布情况有相当明显的区别，所以他做了这样的假设：在古代，该高原并非呈高原地形，而是像外轮山一样，其中存在过特殊的生命体系，也就是你说的'失去的世界'。"

"外轮山？"

"嗯，就是外圈围着悬崖峭壁的圆形高原。经过数万年岁月，峭壁逐渐塌落，成为极其常见的坡势徐缓的山丘，而作为进化落伍者的独角兽便在没有天敌的情况下安安静静地栖息在山丘中间。高地有丰富的泉水，土质也肥沃，在理论上这一设想是成立的。因此教授列举了共计六十三项涉及动植物和地质学上的例证，附以独角兽头骨，以《普托拉纳高原生命体系的考察》为题向苏联科学院提交论文。这是一九三六年八月的事情。"

"评价大概不会好吧？"我问。

"是啊，人们几乎不屑一顾。更倒霉的是，当时莫斯科大学和列宁格勒大学之间正围绕科学院领导权争执不下，列宁格勒方面形势相当不妙，结果这种'非辩证法式'的研究彻底坐了冷板凳。不过对于独角兽头骨的存在却是任何人都不能无视的，毕竟这东西不同于假设，而是作为实实在在的实物摆在那里的。于是几个专家花了一年时间对这头骨进行了考证，他们也不能不得出这样的结论：头骨并非赝品，的的确确是独角动物的头骨。最后，科学院委员会认为它不外乎是同进化无缘的畸形鹿头骨，不具有作为科研对象的价值。头骨退还给了列宁格勒大学的彼洛夫教授，再无下文。

"彼洛夫教授那以后也始终怀着希望等待时来运转，以便自己的研究成果获得承认。可惜随着一九四一年苏德战争的爆发，这一希望化为泡影，教授于一九四三年在失意中去世，头骨也在一九四一年列宁格勒攻防战的白热化阶段下落不明。因为列宁格勒大学在德军炮击和苏军的弹雨之下沦为一片废墟，何况头骨！就是这样，足以证明独角兽存在的唯一证据杳无踪影了。"

"就是说完全成了一团迷雾？"

"除了照片。"

"照片？"我问。

"照片，头骨照片。彼洛夫教授摄了近百张照片，其中一部分躲过战火，今天仍保存在列宁格勒大学资料馆里。"

我从她手中接过书，眼睛盯在她指的照片上。照片相当模糊，但大致轮廓还看得出。头骨放在铺着白布的桌面上，旁边摆着一块手表以示其大小。额正中画有一个白圈，标明角的位置。不错，的确和我从老人处得到的头骨同种同类。除了角的根部残存与否的不同之外，其他一切看上去都毫无二致。我的目光落在电视机上的头骨处，它被T恤包得严严实实，从远处看去活像一只熟睡的懒猫。我颇费踌躇，不知该不该把自己有块如此头骨的事告诉她，终究还是决定不告诉。所谓秘密，正因为了解它的人少才成其为秘密。

"头骨真的在战争中毁掉了？"

"呃，实情如何呢？"她边用小指尖摆弄额前的头发边说，"按书上的说法，列宁格勒战役异常惨烈，就像用压路机把大街小巷统统依序碾过一遍一样，而大学又是其中损失最重的地方，因此恐怕还是认为头骨被毁掉较为稳妥。当然，彼洛夫教授在战斗打响之前把它偷偷拿出去藏在哪里也是可能的，或者被德军作为战利品带往某处亦未可知……但不管怎样，后来再无人目睹过那块头骨。"

　　我再次看了看那幅照片，而后"砰"的一声合上书，放在枕边。我开始沉思，现在我手上的头骨果真就是保存在列宁格勒大学的那块呢，还是在其他地方发掘出的另外一块独角兽头骨呢？最简单的办法是直接询问老人——你是在哪里搞到这块头骨的？为什么赠给我？反正送交模糊完毕的数据时要再见老人一次，届时询问即可，眼下冥思苦索也无济于事。

　　我眼望天花板，怔怔地想着。正想之间，女孩把头放在我胸口，身体紧紧从旁贴来。我伸手抱过她。随着独角兽问题告一段落，心情多少畅快了，但阳物仍毫无起色。好在起也罢不起也罢，她看样子都不介意，只管用指尖在我肚皮上窸窸窣窣地画着莫名其妙的图形。

10

世界尽头
——围墙

　　一个阴天的下午，我来到看门人小屋跟前。我的影子此时正在帮看门人修理木板车。两人把车拉到广场正中，拆下旧垫板和侧板，把新的换上。看门人用熟练的手势把新木板刨光，影子则用锤子敲打。看来影子的模样较之与我分别时几乎没什么变化，身体情况也不像很糟，但动作总好像有点不大自然，眼角现出了似乎不快的皱纹。

　　我一走近，两人便停手抬起脸来。

　　"有什么事？"看门人问。

　　"嗯，有句话要说。"

　　"工作马上就完，在里边等一下。"看门人往下看着刚才刨的木板说道。

　　影子瞟了我一眼，旋即继续工作，估计对我满肚子意见。

　　我走进看门人小屋，坐在桌前等待看门人返回。桌上一如往常地乱七八糟。看门人收拾桌面只限于磨刀之时。脏乎乎的碟盘、水杯、烟斗、咖啡末儿和木屑一片狼藉，唯独壁架上排列的刀具井然有序，倒也赏心悦目。

看门人好久都没返回。我胳膊搭着椅背，百无聊赖地望着天花板消磨时间。镇上时间多得令人忍无可忍，人们也就自然而然地各自学会了打发时间的方法。

外面，刨木声敲锤声一直响个不停。

又过了一会儿，门开了，但进来的不是看门人，是我的影子。

"没工夫慢慢谈，"影子在我身旁边走边说，"只是来仓库取钉子。"

他打开里面的门，从右侧仓库取出钉盒。

"注意，好好听着，"影子一面比试盒中钉子的长度一面说，"先绘一张镇子的地图。不要问别人，要用你自己的脚自己的眼睛实地勘察。大凡眼睛看到的，一律绘下，不得漏掉，哪怕再微不足道。"

"可要花时间的哟！"我说。

"赶在秋天结束之前交给我，"影子快速说道，"再配上文字说明。尤其要注意围墙的形状、东面的森林、河的入口和出口。就这些，记住了？"

言毕，影子看也没看我一眼，径自开门离去。影子走后，我将他的话复述一遍：围墙的形状、东面的森林、河的入口和出口。绘制地图——主意的确不错。这样既可把握镇的基本结构，又能有效地利用剩余时间，更可欣慰的是影子仍信赖我。

稍顷，看门人来了。他进屋先用毛巾擦了把汗，又擦去手上的污垢，这才一屁股坐在我对面。

"那么，什么事啊？"

"来见见影子。"我回答。

看门人连连点头，给烟斗装满烟，划火柴点燃。

"现在不行。"看门人说，"抱歉，还为时太早。时下这个季节影子还很有力气，要等白天再短一点才成，我不会亏待他的。"

说罢，他用手指把火柴杆折为两段，扔进桌上的碟子里。

"这也是为了你好。要是在中间阶段同影子藕断丝连，日后会有很多麻烦，我见过好几个这样的例子。我不至于为难他，你就再忍耐些日子。"

我默默点头。一来我说什么他都不会理睬，二来反正我已同影子大致谈过了，往下只消等待看门人给我机会就是。

看门人从椅子上欠身立起，走到水龙头前用大大的瓷杯喝了好几杯水。

"工作可顺利？"

"啊，一点点习惯了。"我说。

"那就好。"看门人接着说道，"做工作最好认认真真、踏踏实实。工作不踏实，人难免想入非非。"

外面继续传来影子敲钉子的声音。

"如何，不一块散散步去？"看门人提议，"让你见识一下有趣的东西。"

我随着看门人走到门外。广场上，影子正在车上敲打最后一块木块。除去支柱和车轴，车已焕然一新。

看门人穿过广场，把我领到围墙瞭望楼下。这是个闷热而阴沉的下午，从西面鼓胀上来的乌云遮掩了围墙上空，看情形马上就要下雨。看门人身上的衬衫已被汗水整个浸透，紧紧裹着他巨大的躯体，散发出令人作呕的气味。

"这是围墙。"看门人用手心像拍马一样拍了几下墙壁，"高七米，把镇子团团围住。能翻越它的只有飞鸟。出入口仅这一道门。过去还有东门，现在已被封死。你都看见了，墙是用砖砌的，但不是普通砖，任何人都甭想碰伤它毁坏它，无论大炮还是地震、狂风。"

说罢，看门人从脚下拾起一截木棍，用刀削尖。刀快得简直富有诗意，转眼间木棍就成了小楔子。

"好么，注意看着。"看门人说，"砖与砖之间没有黏合物，因为无此必要。砖块相互紧贴紧靠，其缝隙连一根头发丝都别想伸进。"

看门人用锐利的楔尖在砖块之间戳了戳，竟连一毫米也戳不进去。继而，看门人扔开楔子，用刀尖划着砖块表面。声音尖锐刺耳，却留不下丝毫伤痕。他看了看刀尖，然后收起刀放入衣袋。

"对这围墙任何人都奈何不得，爬也爬不上。因为这墙无懈可击。记住：谁都休想从这里出去，趁早死了那份心思。"随后，看门人把大手放在我背上，"晓得你心里不好受，但这过程任何人都要经历，你也必须学会忍耐。那以后就会时来运转，就再也不会烦恼不会痛苦，四大皆空。什么瞬间心情之类，那东西一文不值。忘掉影子，我不会为难他。这里是世界尽头。世界到此为止，再无出路，所以你也无处可去。"

如此言毕，看门人又拍了一下我的背。

回来的路上，我在旧桥正中靠在栏杆上，眼望流水思索看门人的话。

至于我是何以抛弃原来世界而不得不来到这世界尽头的，我却无论如何也无从记起，记不起其过程、意义和目的。是某种东西、某种力量——是某种岂有此理的强大力量将我送到这里来的！因而我才失去了身影和记忆，并正在失去心。

水流在我脚下发出舒心惬意的声响。河中有块沙洲，上面生着柳树，依依长垂的柳枝随着水波得意地摇曳不止。河水妩媚多姿，晶莹澄澈，深处的岩石附近，游鱼历历可数。看河的时间里，我不知不觉恢复了平素沉静的心情。

　　桥下是石阶，可以下到河中沙洲。柳树荫下有一凳，周围常有几头独角兽歇息。我时常下到那里，掏出衣袋里的面包，撕成一块块喂它们。它们几经迟疑，终于悄然伸长脖子，在我手心舔起面包屑来，而这往往只限于年老者或幼小者。

　　随着秋意日深，它们那使人联想到一泓深湖的眼睛渐渐增加了悲哀之色。树叶褪绿，百草凋零，告诉它们忍饥挨饿的漫长冬季正一天天逼近。而且如老人所预言的，那对我恐怕也是漫长而难熬的季节。

11

冷酷仙境
——穿衣、西瓜、混沌

　　时针指到九点半时，女孩翻身下床，拾起掉在地板的衣服，慢慢悠悠地穿到身上。我在床上躺着，枕着胳膊用眼角呆呆地瞧她穿衣。那一件件衣服裹上身体的光景，使得她宛如冬日里瘦削的小鸟一样动作流畅而得体，充满静谧感。她向上拉起裙子拉链，依序扣好衬衣扣，最后坐在床沿穿上长筒袜，末了，吻了吻我脸颊。脱衣服的方式富有魅力的女孩想必为数不少，而穿衣服时给人以美感的则寥寥无几。她穿罢所有衣服，用指尖往上撩起长发理了理，于是房间里的空气仿佛置换一新。

　　"谢谢你招待的美餐。"

　　"不客气。"

　　"你经常那样自己做东西吃？"她问。

　　"要是工作不很忙的话。"我说，"工作忙时做不来。随便吃点剩的，或到外面吃。"

　　她坐在餐椅上，从手袋里掏香烟点燃。

　　"我自己不怎么动手。从根本上说我不很喜欢弄锅弄勺，一想到七点前要赶回家做一大堆东西再逐个打扫到肚子里，就觉得头痛。你不觉得那一来活着就像只为这张嘴巴似的？"

"或许。"我也有同感。

我穿衣服的时候，她从手袋里取出小记事簿，用圆珠笔写了点什么，撕下递给我。

"家里的电话号码。"她说，"要是想见我或有好吃的剩下，就请打个电话，我即刻报到。"

女孩带着该还的三本哺乳类书走后，房间里顿时寂静得出奇。我站在电视机前，取下 T 恤罩，再次细看那独角兽头骨。尽管堪称证据的东西一件也未掌握，但我还是开始觉得这头骨很可能就是那位薄命的青年步兵大尉在乌克兰前线掘得的谜一样的头骨本身。越看越恍惚觉得头骨在漾出某种类似奇特因缘的氛围。当然，或许是由于刚刚听过那段叙述才有如此感觉罢了。我几乎下意识地用不锈钢火筷再度轻叩头骨。

之后，我归拢碟碗杯子，放在水槽里洗了，用抹布擦净餐桌。差不多到了该开始"模糊"的时间。为免干扰，我把电话转到录音服务功能，拔掉门铃接线，除了厨房外熄掉家里所有的灯。我必须在两小时之内自己一人集中全副精力进行模糊运算作业。

我进行模糊作业的通行令是"世界尽头"。我根据"世界尽头"这一标题下带有高度私人意味的剧情，将分类运算完毕的数值转换为电脑计算用语。当然，虽说是剧情，却同电视上经常出现的那种完全是两回事，而且相比之下更为混乱、更无明晰的情节，无非姑且称之为"剧情"而已。但不管怎样，全然没有人教给我它具有怎样的内容，我所知道的仅仅是"世界尽头"这个标题。

决定"剧情"的是"组织"里的那伙科学家。我为当计算士经受了一年训练，通过最终考试后，他们把我冷冻了两个星期。这时间里，他们把我的脑波巨细无遗地审查了一遍，从中抽出我的意识核，将其定为我进行模糊作业时的通行令，又反过来输入我的脑中，然后告诉我：这便是你用于模糊的通行令，标题叫"世界尽头"。由此之故，我的意识彻底成了双重结构。就是说，首先具有作为整体混沌状态的意识，而其中有个如同梅干核那样的集约混沌状态的意识核。

但是他们没有将意识核的内容教授给我。

"你没有必要知道这个。"他们对我解释道，"因为这世上再没有比无意识性更正确的了。到达一定年龄——我们经过缜密计算设定为二十八岁——之后，人的意识就整体来说基本不再变化。我们一般所称呼的意识变革，从整个脑功能来说，不过是微不足道的表层误差。所以，'世界尽头'这个意识核，在你停止呼吸之前将始终不渝准确无误地作为你的意识核发挥作用。说到这里你可明白了？"

"明白了。"我说。

"所有种类的理论分析，都好比用短小的针尖切西瓜。他们可以在表皮划出痕迹，但永远无法触及瓜瓤。正因如此，我们才需要将瓜皮和瓜瓤利索地分离开来。当然，世上也有光啃瓜皮而沾沾自喜的怪人。"

"总而言之，"他们继续道，"我们必须使你的通行令永远免受你自身意识的表层摇晃的干扰。假如我们教给你所谓世界尽头是如此这般一回事，也就是说像削西瓜皮一样，那么你肯定要这样那样摆弄个没完——什么这里这样合适啦，那里再加进那个啦等等。而一旦真的这样，作为通行令的普遍性必然转眼之间全部消失，模糊也就无以成立。"

"所以我才给你的西瓜包上厚厚的皮。"另有一个人说，"你可以将其呼叫出来，因为那是你本身，但你不能知道。一切在混沌的大海中进行。就是说，你将空手潜入混沌之海并空手而归。我的意思你懂吧？"

"我想是懂的。"

"还有一个问题，"他们说，"那就是：人是否应该明确知道·········
自己的意识核？"
·······

"不懂。"我回答。

"我们也不懂。"他们说，"可以说，这是个超越科学的问题。这和在洛斯·阿拉莫斯研究原子弹的科学家们碰到的是同一类问题。"

"恐怕比洛斯·阿拉莫斯还要重大。"一个人说，"就经验而言，只能得出这样的结论。在此意义上，可以说是非常危险的实验。"

"实验？"我问。

"实验。"他们说，"再不可告诉你更多的了，对不起。"

随后，他们教给我模糊作业的方法：一个人单独进行，半夜进行，不可空腹或满腹，反复听三遍业已确定的发音方式。这样我就可以呼叫出"世界尽头"的剧情。但在它呼出的同时我的意识即沉入混沌之中。我在这片混沌中模糊数值。模糊完毕，"世界尽头"的呼叫便被解除，我的意识也从混沌中浮出。模糊作业固然结束，而我什么也不记得。逆反模糊则不折不扣是逆反，为此需听逆反模糊的声音模式。

这就是输入我脑中的程序。可以说，我不过类似无意识的隧道而已，一切从这隧道中通过。所以进行模糊作业时，我每每感到极度惶惑不安。分类运算则不同，虽然费事，但可以对当时的自己怀有自豪感，因为必须将全部才能集中于此。

相比之下，在模糊作业方面则谈不上任何自豪和才能。自己无非是被利用。有人在利用我所不知道的我的意识在我不知道的时间里处理什么。在模糊作业上面我觉得自己甚至不能算是计算士。

然而无须说，我无权选择自己中意的计算方式。我仅仅被赋予分类和模糊这两种方式，并严禁我擅自改变。若不满意，只能放弃计算士这一职业，而我又无意放弃。只要不同"组织"发生龃龉，作为个人还真找不到比当计算士更能充分施展自己才干的职业，且收入可观。若干上十五年，即可积攒一笔足够日后悠闲度日的钱款，为此我才不止一次地攻破几乎令人头晕的高倍率考试，忍受住了严格的训练。

醉酒对模糊作业并无妨碍。总的说来，上边的人往往示意适当喝点酒以消除紧张情绪，但作为我个人，则原则上在开始模糊之前要把酒精从体内排泄干净。尤其自模糊方式被"冻结"以来，我已有两个月未曾接触这项作业，眼下就更得小心从事。我用冷水洗了淋浴，做了十五分钟大运动量体操，喝了两杯浓咖啡，这样醉意即可大致消失。

然后，我打开保险柜，取出打有转换数值的纸和小型录音机摆在餐桌上，准备好五支削得恰到好处的铅笔，在桌前坐定。

首先要调好录音带。我戴上耳机，转动录音带，让数字式磁带计数器向前转至 16，返回到 9，再前进到 26。如此静止十秒以后，计数器上的数字即告消失，从中发出信号音。若进行与此不同的作业，则录音带的声音自动消失。

调好录音带，我把新记录本放于右侧，左侧放转换数值。至此一切准备就绪。安装在房间的门和所有可能进入的窗口上的报警器亮起红灯"ON"。毫无疏漏。我伸出手，按下录音机的放音键，信号音旋即传出。俄尔，温吞吞的混沌状态无声无息地涌上前来，将我吞入其中。

（将我）

吞入——俄尔　　　　　　　混沌→

是否咂叫底里、晰光

世界尽头
——世界尽头的地图

同影子相见的第二天，我就迅速着手绘制镇子地图。

每天傍晚，我首先爬上西山顶眺望四周。可惜山不高，无法将镇子尽收眼底，加之视力大大下降，不可能把围绕镇子的高墙形状一一看得真真切切，充其量只能把握住镇子的大致走向。

镇子既不太大也不很小。就是说，既不大得远远超出我的想象和认识能力，又没有小到足以轻易把握其全貌的程度——这就是我在西山顶上了解的全部情况。高高的围墙把镇子团团圈在里边，河流将镇子切为南北两半，晚空为河面镀上一层浓重的灰色。不久，街头响起号角，兽们四起的蹄音如泡沫一般笼罩四野。

结果，为了弄清围墙形状，我只好沿墙步行，而这绝对算不得美差。我只能在阴云密布的白天或傍晚外出，又要加很多小心才能走到远离西山的地方。路上，有时阴沉沉的天空突然晴空万里，有时又相反下起了倾盆大雨。因此，我每天早上都要请大校观察天象，大校对天气的预测基本上百发百中。

"我还从没有为天气伤过脑筋。"老人不无得意地说，"只消看一眼云的流向，就知道个十之八九。"

但是，毕竟天有不测风云（即使在老人眼里），我的远行仍旧伴随着危险。

况且，围墙附近大多是茂密的竹丛、树林或嶙峋的怪石，很难近前察看清楚。人家全都集中在流过镇中心的河的两岸，甚至偏离一步都不容易找到路。仅有的一条可以摸索前进的小路也半途而废，被密密麻麻的荆棘丛吞得无迹可寻。每当这时我就得不辞劳苦地绕道而行，或折回原路。

勘察从镇的西端即看门人小屋所在的西门一带开始，而后顺时针方向巡视街道。起始阶段的作业进行得十分顺利，顺利得大大出乎意料。从城门往北延伸的围墙附近全是长着齐腰高的密草的平坦原野，一望无边，没有任何堪称障碍的障碍，一条像模像样的小道穿针走线一般在草丛中伸向前去。原野上，可以见到同云雀极为相似的小鸟的巢，它们从草丛中展翅飞起，在空中盘旋觅食，然后又返回原处。也有为数不多的独角兽，兽们像在水里漂浮一样在草原中清楚地探出脖颈和脊背，一面寻找食用绿芽一面缓缓移动。

向前走上一会儿，沿墙往右一拐，已开始崩塌的旧兵营便在南边出现了。这是三栋不带装饰色彩的简朴的双层建筑物。稍离开一点，建有一群像是军官用的比官舍略小的住宅楼。楼与楼之间长着树木，四周围着低矮的石墙。但眼下则遍地高草，不闻人声。想必官舍里的退役军人往日曾在这兵营中的某栋中住过，而后由于某种原因移往西山官舍，致使兵营沦为废墟。广阔的草地看样子当时也作为练兵场使用来着，草丛中堑壕遗址随处可见，还有竖旗杆用的石礅。

继续向东前行不久，平坦的草原渐渐消失，代之以树林。草原中开始出现一丛丛孤零零的灌木，继而变为正规的树林。灌木大多向上直立，纤细的树干难解难分地相抱而生，正好在我肩部至头部的高度蓬蓬地展开枝叶。树下杂草萋萋，点点处处开放着指尖大小的深色小花。随着树木的增多，地面起伏也明显起来。灌木中甚至有种高大的树木突兀而起。除了在树枝间往来飞跃的小鸟的鸣啭，四下不闻任何声籁。

踏着羊肠小道行走之间，树木的长势渐次繁茂蓊郁，头上遮满了高举的树枝，视野也随之闭塞起来，无法继续追寻围墙的外形。无奈，我走上往南拐的小径，走回镇子，过桥返回住处。

结果，直到秋天降临，我绘出的仍仅仅是极其模糊粗糙的镇子轮廓。大致说来，地形以东西向为长，北面的树林和南面的山丘南北向翼然鼓出。南山东侧的斜坡上，一片高低错落的怪石沿围墙伸展着。较之北面的树林，镇子东侧的树林要剽悍阴森得多，顺河边蔓延开去。这里边几乎无路可寻，勉强有条小径可以沿河行至东门，看到周边高墙的光景。如看门人所说，东门已被水泥样的东西牢牢堵死，任何人都休想从中出入。

从东大山汹涌而下的河流，由东门旁边穿过墙脚出现在我们面前，经镇中心向西一直流去，在旧桥那里冲积出几块漂亮的河中沙洲。河上架着三座桥：东桥、旧桥和西桥。旧桥最旧最大，也最美观。河过西桥之后，急不可耐地向南拐弯，以多少转头返东的流势抵达南面围墙，并在墙前淘出一道深谷，切开西山脚。

然而河并未穿开南墙，而是在墙前不远的地方汇成一泓水潭，从那里泻入石灰岩生成的水底洞。按大校的说法，墙外是一眼望不到边的石灰岩旷野，其下面布满网眼般的地下水脉。

自然，这期间我也始终没停止读梦工作。六点钟推开图书馆门，同女孩一起吃晚饭，饭后读梦。

如今一晚上我能读五六个梦了。手指可以驾轻就熟地捕捉纷纭复杂的光线，可以真切地感觉出其形象和反响。尽管我还不能理解读梦工作的意义所在，甚至不明白古梦赖以形成的原理，但从女孩的反应来看，她对我的工作颇为满意。我的双眼已不再在头骨放出的光线面前感到疼痛，疲劳也大为减轻。女孩把我读完的头骨一个个摆在台面上，而当我翌日傍晚来图书馆时，台面上的头骨全都消失不见了。

"你进步可真够快的！"女孩说，"作业进展好像比预想的快得多。"

"头骨到底有多少？"

"多得不得了，一两千吧。不参观参观？"

她把我领进柜台深处的一间书库。书库很大，空空荡荡，如学校的教室，里面摆着几排书架，架上触目尽是白色的独角兽头骨。这光景，与其说是书库，莫如说是墓场更合适。死者发出的凉丝丝的空气静静地弥漫在整个房间。

"啧啧，"我说，"这要何年何月才能全部读完？"

"用不着全部读完。"她说，"只读你所能读的就行了，剩下的由下一个读梦人接着读，反正古梦一直在这里沉睡。"

"你还要给下一个读梦人当助手？"

"不不，我帮忙的仅限于你。一个司库只能帮一个读梦人。所以如果你不再读梦，我就得离开图书馆。"

我点下头。理由倒不清楚，但我觉得这样做是极为理所当然的。我们望着摆在靠墙书架上的白色头骨阵列，望了许久。

"你可去过南面的水潭？"我问。

"嗯，去过，很多年以前了。还是小时候母亲领去的。一般人是不大去那种地方的，母亲有点怪。南面的水潭怎么了？"

"只是想看看。"

她摇头道："那里比你想的危险得多。你不应该靠近水潭。

没必要去，去也没什么意思。何苦要去那里？"

"想尽可能详细地了解这个地方，包括每一个角落。你不带我，我就独自一个人去。"

她看了一会儿我的脸，妥协似的叹了口气。

"也罢。看样子，我再说你也听不进去，可又不能叫你一个人去。不过有一点你好好记住：我非常害怕那个水潭，再不想去第二次。那里的确有某种不自然的东西。"

"没关系，"我说，"两人一起去，多加小心，有什么好怕的！"

女孩摇了摇头："你没见过，自然不晓得水潭的真正厉害。那里的水不是普通水，是能把人叫进去的水。不骗你。"

"保证不靠近，"我握着她的手保证道，"只从远处看，看一眼就行。"

十一月一个阴沉沉的下午，我们吃罢午饭，往南面的水潭赶去。河在水潭前一些的地方往西山拐去，把西山脚切出一道深谷，四周灌木丛生，封闭了小路。我们不得不从东面绕到南山后坡。由于早晨下过雨，每迈一步，地面厚厚的落叶便在脚下发出湿重重的声响。途中，有两头对面走来的独角兽同我们交错而过，它们慢悠悠地左右摇晃着金黄色的脖颈，表情麻木地踱过我们的身旁。

"吃的东西少了。"女孩说，"冬天眼看就到，都在拼命寻找树上的果实，所以才来这种地方。平时兽们是不来这里的。"

离开南山坡不远，再看不到兽的出没，清晰可辨的道路也到此为止。到处是渺无人烟的荒凉原野和早已废弃的村落。如此西行之间，水潭的声响开始隐隐约约地传到耳畔。

它与我以往听过的任何声响都有所不同。既不同于瀑布的轰鸣,又有异于风的怒号,亦非地动之声,而类似巨大喉咙吐出的粗重喘息。其声时而低回,时而高扬,时而断断续续,甚至杂乱无章,如咽如泣。

"简直像有人对我们吼叫什么。"我说。

女孩只是回头看我一眼,一声未吭,用戴手套的双手拨开灌木丛,继续带头前行。

"路比以前糟多了!"她说,"过去来时还没有这么狼狈,恐怕还是回去为妙。"

"好容易来到这里,走吧,走到哪算哪。"

我们循着水声,在高高低低的灌木丛中往前走了十多分钟,眼前豁然一片开朗:漫漫的灌木丛到此结束,平展展的草原在我们面前沿河铺向远方。右边可以望见河流劈开的深谷。穿过深谷的河流舒展胸怀,淌过灌木丛,流到我们站立的草地,随后拐了最后一个弯,便陡然放慢流速,颜色亦随之变成给人以不祥之感的深蓝色,缓缓推进其前端膨胀得宛似吞掉一头小动物的蛇腹,在那里形成一泓巨大的水潭。我沿河朝水潭那边走去。

"近前不得哟!"女孩悄然抓过我的胳膊,"表面上水波不兴,显得老老实实,而下面的漩涡可凶着哩。一旦被拉将进去,就休想重见天日。"

"有多深?"

"不堪设想。漩涡像锥子似的一个劲儿地扎向潭底,肯定越来越深。听说过去往里投异教徒和罪犯来着……"

"后来如何呢?"

"被投进去的人,再没有浮出来的。地洞听说过吧?潭底有好几个地洞,张着嘴把人吸进去,人就只能永远在黑暗中彷徨。"

如蒸气一般从水潭中涌出的巨大喘息统治着周围,仿佛是地底回响的无数死者的痛苦呻吟。

女孩拾起一块掌心大小的木块，朝水潭中央扔去。打中的木块在水面漂浮了五六秒，而后突然瑟瑟发抖，就像被什么拖住后腿似的沉入水中，再未浮出。

"刚才说了，水下翻腾着强有力的漩涡。这回明白了吧？"

我们坐在离水潭十多米远的草地上，啃着衣袋里的面包。从远处看，那一带的风景倒是充满平和与静谧。秋日的野花点缀着草原，树木红叶欲燃，其中间便是没有一丝波纹的镜面般的水潭。水潭前面耸立着白色的石灰岩悬崖，黑乎乎的砖墙劈头盖脑地盘踞在上面。除去水潭的喘息，四下一片岑寂，连树叶都静止不动。

"你干嘛那么想要地图？"女孩问，"就算有地图，你也永远离不开这个镇子的哟！"她弹去膝头的面包屑，视线移往水潭那边。"想离开镇子？"

我默然摇头。摇头是表示否定，还是表示犹豫，我也不得而知，连这点都稀里糊涂。

"不知道。"我说，"仅仅想了解罢了：镇子的形状如何，结构如何，何处有何生活，是什么在限制我，控制我，如此而已。至于将来还要做什么，我也说不清楚。"

女孩慢慢左右摇头，盯住我的眼睛。

"没有将来的。"她说，"你还不明白？这里是真真正正的世界尽头，我们只能一辈子待在这里。"

我仰面躺倒看天。我所能看的，只是阴暗的天空。清晨淋过雨的地面又潮又凉，但大地那沁人心脾的清香仍荡漾在四周。

几只冬鸟扑棱棱地从草丛中飞起，越过围墙消失在蓝天之中。唯独鸟才可飞越围墙！低垂而厚重的云层，预告着严酷的冬季已迫在眉睫。

13

冷酷仙境
——法兰克福、门、独立组织

　　像往常那样，我的意识从视野的角落依序回归。首先捕捉我的意识的是视野右端的卫生间门扇和左端的台灯，一会儿，它们渐次转往内侧，如湖面结冰时一样在正中汇合。视野的正中间是闹钟，钟针指在十一时二十六分。这闹钟是在一个人的婚礼上得到的。要止住钟的闹声，必须同时按下其右侧的红钮和左侧的黑钮，否则便会闹个不停。这一设计很独特，目的在于防止尚未彻底醒来便条件反射地按钮止住闹声而旋即昏睡过去这种世间习惯性动作。的确，每次铃响，我都不得不好好地从床上坐起，把闹钟放在膝部，这样才能同时按下左右两个钮。这样一来，我的意识也就被迫一步步踏入觉醒的世界。我已啰嗦过几次，这闹钟是在一个人的婚礼上得到的，至于谁的婚礼则想不起了。二十五岁至三十岁之间，我周围还有相当一些可称为朋友或熟人的男女，一年中要碰上几次婚礼，这闹钟便是在其中某一次得到的。若我自己买，绝不至于挑这种必须同时按住两个钮才可止住闹声的繁琐闹钟。相对说来，我算是起床痛快的。
　　当我的视野同放闹钟的地方相结合的时候，我反射性地拿起

142

闹钟放在膝头，双手按下红黑两钮。随即我发现闹钟根本没响，我刚才并非睡觉，自然没有调钟，不过偶然把闹钟置于餐桌而已。我是在进行模糊运算来着，无需中止钟的闹声。

我把闹钟放回桌面，环视四周。房间的状况较之我开始模糊运算前毫无改变。报警器的红灯显示"ON"，餐桌一角放着空咖啡杯。代替烟灰缸的玻璃碟上直挺挺躺着她最后吸剩的半截香烟，牌子是"万宝路"，没沾口红。由此想来，她全然没有化妆。

接下去，我仔细看了眼前的手册和铅笔。原本削得细细尖尖的五支 F 铅笔，两支断了，两支贴根写秃了，唯有一支原封未动。右手中指还残留着长时间写东西造成的轻度麻痹感。模糊运算已经完成。手册上密密麻麻写满了十六页蝇头数值。

我按手册上的要求，将分类转换数值和模糊运算后的数值逐项合算，然后将最初用的一览表拿去水槽烧掉，把手册装进安全盒，连同录音机一起放入保险柜。最后，坐在沙发上吁了口气。任务已完成一半。至少下一天可以好好休养生息。

我往杯里倒了大约二指高的威士忌，闭目分两口饮下。温吞吞的酒精通过喉头，经肠道进入胃中。俄尔，温吞感沿血管扩散到身体各个部位，首先胸口和脸颊变暖，继之双手变暖，最后脚也暖和起来。我去卫生间刷了牙，喝了两杯水，小便，又进厨房重新削尖铅笔，整齐地摆在笔盘上。之后把闹钟放在床头枕旁，调回电话自动应答装置。时针指向十一点五十七分。明天还完整无缺地保留未动。我匆匆脱去衣服，换睡袍钻进被窝，把毛巾被一直拉到下巴，熄掉床头灯，准备美美地睡上十二个钟头。要在没有任何打扰的情况下足足睡十二个小时。鸟鸣也罢，世人乘电车上班也罢，天底下什么地方火山喷发也罢，以色列的装甲师毁掉中东某个村庄也罢，反正我要大睡特睡。

　　我开始考虑辞去计算士工作以后的生活。我要存一大笔钱，加上退休金，从从容容地打发时光，学习希腊语和大提琴。把琴盒放在小汽车后座，开上山去一个人尽情尽兴地练琴。

　　如果顺利，说不定能在山上买一幢别墅——一座带有像样厨房的整洁漂亮的小房，在那里读书，听音乐，看旧电影录像，烧菜做饭。提起饭菜，不由想起图书馆负责参考文献的长头发女孩，觉得和她一起在那里——那座小房——倒也不坏。我做，她吃。

　　如此思考饭菜的时间里，我坠入了梦乡。睡意如同天空塌落一般突然降临我的头顶。大提琴也好小房也好饭菜也好，统统烟消云散，了无踪影，唯独我存留下来，如金枪鱼一样沉沉睡去。

　　有人用钻头在我头上打洞，塞进一条硬纸绳般的东西。绳似乎很长，源源不断地塞入头中。我挥手想把绳拨开，但怎么拨都无济于事，绳依然连连进入头内。

　　我翻身坐起，用手心摸了摸脑袋两侧，并无绳，也无洞。有铃在响，持续地响。我抓起闹钟放在膝头，双手按下红钮黑钮，然而铃还是响个不停。是电话铃！时针指在四点十八分。外面尚黑——凌晨四点十八分。

　　我下床走去厨房，拿起话筒。每次半夜电话铃响，我都下定决心，睡前一定把电话移回卧室，但事后总是忘得一干二净。因此小腿肯定又要撞上桌腿或煤气取暖炉之类。

　　"喂喂。"

　　电话另一端无声无息，犹如电话机整个埋进了沙地。

　　"喂喂！"我大声吼叫。

　　但话筒仍寂无声息，既不闻喘息，又听不见"咯噔"声，静得险些使我也顺着电话线陷入沉默之中。我气呼呼地放下话筒，从电冰箱里拿出牛奶咕嘟嘟喝了，重新上床躺下。

电话铃再度响起是四点四十六分。我爬下床，沿同样路线摸到电话机前，拿起话筒。

"喂喂。"我开口道。

"喂喂，"一个女子的声音。听不出是谁。"刚才真对不起，音场乱套了，声音不时被整个消除。"

"声音消除？"

"嗯，是的。"女子说，"音场刚才突然混乱起来，肯定祖父身上发生了什么。喂，听得清？"

"听得清。"我说。原来是送给我独角兽头骨的那位奇特老人的孙女，那个身穿粉红色西服裙的胖女郎。

"祖父一直未归，音场又一下子乱成一团，情况肯定不妙。往实验室打电话也没人接……定是夜鬼对祖父下了毒手。"

"不会弄错？不会是祖父埋头实验而没有回来吧？上次不也是有一个星期忘记给你消音的事了？他就是那种类型的人，情绪一上来就把其他一切忘到了脑后。"

"不同的，情况不一样，这我心里清楚。我同祖父之间有一种相互感应，每当对方发生意外就有所感觉。祖父肯定发生了什么，肯定非同小可。况且声音护栏都已被毁掉，毫无疑问。所以地下音场才混乱不堪。"

"什么？"

"声音护栏，一种防止夜鬼靠近的发出特殊声音的装置。而这装置已被狠命弄坏，以致周围声音完全失去协调。绝对是夜鬼偷袭了祖父。"

"为什么？"

"因为都在盯着祖父的研究，夜鬼啦符号士啦等等。这伙家伙一心把祖父的研究成果据为己有，他们向祖父提出过做交易的事，祖父一口拒绝，因此怀恨在心。求求你，请你马上过来，肯定事情不妙，帮我一把，求你了！"

我脑海中推出夜鬼在可怖的地道中得意徘徊的情景。想到现在要钻到那种地方，我立时毛骨悚然。

"我说，实在抱歉，我的工作是负责计算，其他事项合同中没写，再说我也无能为力。当然，假如我力所能及，自然乐意从命，但我不可能通过同夜鬼搏斗而把你祖父抢救出来。那应该由警察或'组织'上的行家里手等受过专门训练的人来干才是。"

"警察除外，要是求那伙人帮忙，无疑会弄得满城风雨，不可收拾。而要是眼下就把祖父的研究公之于世，世界可真就完了。"

"世界完了？"

"拜托了，"女郎道，"快来帮我，要不然就无可挽回了。这次袭击我祖父，下次就轮到你。"

"怎么会轮到我呢？若是你倒情有可原，我对你祖父的研究却是一无所知的呀！"

"你是钥匙，缺你打不开门。"

"不理解你说的什么。"

"详情没工夫在电话里说，反正事情至关重要，远远超出你的想象。总之相信我好了，对你很重要哟！一定要尽快想办法，迟一步就统统报销，不是我危言耸听。"

"罢了罢了，"我看看表，"不管怎样，你也最好离开那里。如果你的预感不错，那里就太危险了。"

"到哪儿去呢？"

我把青山一家昼夜营业的超级商场位置告诉她。"在里面一间咖啡屋等我，我五点半前赶到。"

"我怕得很，总好像……"

声音再次消失。我朝话筒吼了几次，都无反应。沉默如同枪口冒出的烟一般从话筒口袅袅升起。音场混乱。我放回话筒，脱去睡袍，换上运动衫和棉布裤。而后去卫生间用电动剃须刀三下五除二刮了胡须，洗了把脸，对镜梳理头发。由于睡眠不足，脸肿得活脱脱成了廉价芝士汉堡。我真想尽情酣睡，睡好后精神抖擞地开始普通地道的生活。为什么人们偏偏不准我休养生息呢？独角兽也罢夜鬼也罢，与我有何相干！

我在运动衫外面套上尼龙风衣，把钱夹、零币和小刀装入衣袋。略一迟疑，又把独角兽头骨用两条毛巾团团包起，连同火筷一起塞入旅行包，再把已装进安全盒的模糊运算完毕的手册贴在其旁边投入包中。这间公寓套房绝对算不上安全，若是老手，不消洗一块手帕的工夫便可把房门和保险柜全部打开。

我穿上那双只刷洗了一只的网球鞋，夹起旅行包走出房间。走廊里不见人影。我避开电梯，沿楼梯下楼。天色尚未破晓，公寓里一片寂然，地下停车场也空无人影。

情况有点蹊跷，实在太静了。他们一直打我头骨的主意，有一两个放哨的人其实未尝不可，然而没有。看来彻底忘了我的存在。

我拉开车门，旅行包放在助手席，打开引擎。五点眼看就到。我一面巡视左右，一面驱车驶出停车场往青山赶去。路面空空荡荡，除了匆匆返回的出租车和夜行卡车，几乎不见车影。我不时瞄一眼后视镜，未发现有车跟踪。

事情的发展未免反常。我素知符号士们的惯用伎俩，他们不干则已，一干必定彻底，全力以赴，一般不至于收买什么虎头蛇尾的煤气检修员，不至于放松监视既定的目标，而总是选择最快捷最正确的方法毫不犹豫地付诸实施。两年前他们曾逮住五名计算士，用电锯把头盖骨上端整个锯下，从中读取活的数据，结果尝试失败，致使被掏空脑浆、掀去天灵盖的五具计算士尸浮东京湾。他们做事便是如此一不做二不休，而这次却一反常态。

五点二十八分时我把汽车开进超级商场的停车场，马上就到约会时间了。东方天际隐隐泛白。我夹着旅行包走入商场，空旷的商场内人影寥寥，收款台那里一个身穿条纹制服的年轻男店员正坐在椅子上翻阅待售周刊，一个年龄和职业都不易估计的女子独自推着装满罐头和速食品的购物车在过道上东张西望。我拐过摆满酒类的货架，走到咖啡屋。

柜台前排列的大约一打小圆凳上都没有她的身影。我在最靠边的凳子坐下，要来冰牛奶和三明治。牛奶冰得品不出什么滋味，三明治则是保鲜膜里的现成品，面包片黏糊糊地贴在一起。我慢悠悠地一小口一小口啃着三明治，滋滋有声地啜着牛奶。为了消磨时间，我看了好一会儿墙上贴的法兰克福观光广告画：季节为秋天，河边树木红叶纷披，河面天鹅戏水，身穿黑外套头戴鸭舌帽的老人在给天鹅喂食，河上有座颇为壮观的古石桥，远处可望到大教堂的塔。凝目细看，桥两头各有一座借用桥栏建的小石屋，开有几扇小窗，不清楚是何用途。蓝天，白云。河畔椅子上坐着很多人，全都裹着外套，女性则大多头戴围巾。照片相当漂亮。一看都觉得身上发冷。这一方面是因为法兰克福的秋景显得凄凉萧瑟，另一方面是我自身的缘故——我一看见高耸的尖塔就觉得寒意袭身。

于是，我把目光落在对面墙上贴的香烟广告。一个脸色光鲜的年轻男子指间夹着点燃的过滤嘴香烟，以茫然的眼神斜望前方。香烟广告模特为什么总是千篇一律地做出渺无所见了无所想的神情呢？

看香烟广告比不上看法兰克福广告花费时间，我便转过头去打量空荡荡的商场。柜台正面，水果罐头如庞大的蚁冢一般高高堆起，一堆桃，一堆葡萄柚，一堆柑橘，其前面摆着一张试尝桌。但天刚放亮，尚未开始试尝服务。没有人清早五时四十五分便试尝什么水果罐头。桌旁贴着一张题为"USA水果博览"的广告：游泳池前放着一套白色的庭园桌椅，一位女郎从装有各种水果的盘子里拿水果来吃。女郎长得很美，碧眼金发，双腿修长，晒得恰到好处。水果广告中出现的无一不是这样的金发女郎，无论注视多长时间，只消稍一转脸，就再也无从记起她们长得是何模样——便是这种类型的美女。而这种美世间的确存在，如葡萄柚一般无法分清彼此。

卖酒处的收款台是独立的，没有店员。正经人绝对不可能早餐前来买酒，所以这一角既无顾客又无店员，唯有酒瓶犹如刚刚栽好的小针叶树一般安分守己地各就各位。唯一可贵的是这里的墙上贴满广告画。略一数点，计有白兰地和波本威士忌和伏特加各一张，苏格兰威士忌和国产威士忌各三张，日本酒二张，啤酒四张。我不晓得何以酒广告如此之多，或许因为在所有食品当中酒最具有喜庆意味吧。

不管怎样，正好用来打发时间。我从头到尾依序看去。看罢十五张，我发觉所有酒中唯独加冰威士忌在视觉上最富有诗情画意。简言之，是摄影技术高超。一个宽底大玻璃杯里投进三四块菱形冰，再往里倒入沉稳的琥珀色威士忌。这么着，冰块溶出的白水同威士忌的琥珀色在交融之前漾出瞬间优美的泳姿，委实美不胜收。再注意细看，原来威士忌广告几乎全用加冰镜头。若是兑水的，恐怕印象淡薄；而若是纯威士忌，又大概不耐观赏。

另一发现，就是没有一张广告出现下酒菜。广告中喝酒之人，谁都不吃下酒菜，一律干喝。想必认为把下酒菜摄进画面会影响酒的纯粹性，也可能担心下酒菜会框定酒的形象，或顾虑看广告的人为下酒菜见异思迁。这似乎不难理解，我觉得任何做法都自有其相应的理由。

观看广告之间，不觉到了六点。胖女郎仍未出现。为什么这么久还迟迟不来呢？真令人纳闷。本来我让她尽快赶来，但这个问题怎么想都无济于事。我是以最快的速度来了，往下是她本身的事情。说起来此事原本就与我并无瓜葛。

我要了杯咖啡，没放糖没加奶地慢悠悠喝着。

时过六点，顾客三三两两多了起来。有来买早餐面包和牛奶的主妇，有来找东西聊以充饥的夜游归来的学生，也有来买卫生纸的妙龄女郎，以及来买三种报纸的白领职员。还来了两个肩扛高尔夫球具袋的中年男士，买了小瓶威士忌。虽说是中年，其实不过三十五六岁，同我不相上下。想来我也算是中年人了，只是因为没有穿那种怪里怪气的高尔夫球服才略显年轻。

我庆幸自己是在超级商场里等她。若是别的场所，不可能如此轻松地消磨时间。我最喜欢超级商场这块天地。

等到六点半，我到底失去了耐性，驾车来到新宿站，开进停车场，夹起旅行包走到短时行李寄存处前，求其代为保管。我说里面装的是易碎物品，请多加小心。值班男子于是把写有"小心易碎"字样并带有鸡尾酒杯图案的红色卡片别在提手处。我看着他把耐克牌蓝色旅行包认真地放在架上的合适位置以后，接过了提货证。接着，去报摊买了二百六十日元的信封和邮票，把提货证放入信封粘好，贴上邮票，写上以子虚乌有的公司名义设置的秘密私人信箱名称，用快信寄了出去。这样，除非有相当特殊的情况，否则不可能暴露实物。出于慎重，我时常使用这个办法。

把信投进邮筒之后，我开车离开停车场，返回住处。想到这回已无东西担心被盗，心情豁然开朗。我把车停进车场，上楼回到房间，冲罢淋浴上床，一身轻松地酣然入睡。

　　十一点有人进来。从事态发展分析，我想此时也该有人来，因此没太惊慌。不料来人没按门铃，竟直接体撞门扇，并且实际上远远超过一般撞门那种无所谓的程度，简直像用拆毁楼房的铁锤一般劈头盖脑地往门上猛砸，弄得地板上下颤抖，实在非比寻常。既然有如此力气，还不如勒死管理员抢走万能钥匙开门进来省事。就我来说，也还是由来人用万能钥匙开门为好，免得花钱修门。况且，经过如此一番胡乱折腾，我说不定会被逐出公寓。

　　来人以身撞门的时间里，我穿上长裤，把运动衫从脑袋套下，刀藏在腰带后面，去卫生间小便。为防万一，我打开保险柜按动录音机上的非常键，消去里边磁带的声音，随后从冰箱里拿出罐装啤酒和土豆沙拉，当午餐吃了。阳台上备有应急梯，若想逃走自然不在话下，但我已心力交瘁，懒得抱头鼠窜，再说逃窜也解决不了我面临的任何问题。我已面临或被卷入一种十分棘手的境地，靠一己之力无论如何都奈何不得，这点上我需要找人认真商谈。

　　我受一位科学家之托，去其地下实验室处理数据，其时接受了一件类似独角兽头骨样的东西。拿回家不久，便来了一个想必被符号士收买的煤气检修员，企图偷那头骨。翌日早晨，委托人的孙女打来电话，告知祖父遭夜鬼袭击求我前去救助。而我赶到约会场所，却不见她出现。我拥有两件重要物品。一件是头骨，一件是模糊运算完毕的数据，均被我暂时寄托在新宿站。

　　一切都莫名其妙，但愿能有人给自己一点暗示。否则，我很可能在如此状态下抱着头骨永远逃遁不止。

　　喝罢啤酒，吃完土豆沙拉，刚透过一口气，只听铁门发出一声爆炸般的巨响，陡然朝里打开，一个见所未见的大块头汉子闯进屋来。汉子身穿式样时髦的夏威夷衫，一条沾满油腻的土黄色军裤，脚上一双潜泳用的足鳍大小的白色网球鞋。和尚头，蒜头鼻，脖子粗如常人的腰，眼皮厚似深灰色铁片，眼球白色部分分外醒目，却不透明，浑如假眼。但仔细看去，发现黑眼珠不时晃动，知是天生如此。身高恐怕足有一米九五，肩甚宽，夏威夷衫尽管大得俨然两折床单围身，但仍显得紧紧绷绷，胸口纽扣几乎一触即开。

大块头用打量我拔掉的葡萄酒瓶塞那样的眼神扫了一眼他自行破坏的门扇，然后把目光转向我。看上去他对我个人并不怀有种类特别复杂的感情。他像打量房间设备一样看着我。可能的话，我还真恨不得变成房间里的设备。

大块头把身体靠到我身旁，后面又闪出一个小个子男人。小个子身高不足一米五十，单薄瘦削，五官倒还端正。他身穿浅蓝色鳄鱼牌 Polo 衫和驼色斜纹裤，脚上浅褐色皮鞋，估计是在某处高级儿童服装店买的。劳力士手表在手腕上闪闪发光——当然没有儿童用的劳力士——显得格外之大，活像《星球大战》或其他什么电影里出现的通讯装置。年纪大约在三十往后四十往前。身高倘若增加二十厘米，在电视剧中扮演奶油小生似也未尝不可。

大块头鞋也没脱就踏进厨房，绕到餐桌另一侧，拉过椅子。小个子随后蹀着方步走来，坐在上面。大个头则在烹调台坐定，把足有常人大腿根粗的手臂紧紧抱在胸前，将滞涩的目光定在我脊背的肾脏偏上一点位置。我后悔自己未借助应急梯从阳台逃走。最近一段时间，我的判断力显然出现了相当严重的失误。恐怕还是去加油站让人打开引擎盖检查一遍为好。

小个子看也没正眼看我一眼，更谈不上打招呼。他从衣袋里掏出香烟盒和打火机，摆在桌上。烟是本森＆黑吉斯牌（Benson & Hedges），打火机是金色的"都彭"，见此二物，我觉得所谓贸易不平衡大半是外国政府散布的流言蜚语。他把打火机用两只手指夹着，熟练地转动不已，倒像是登门访问的马戏团演员，但我当然并无发过此项邀请的记忆。

我在电冰箱的最上层摸索了一会儿，找出很久以前酒店给的带有美国百威啤酒标记的烟灰缸，用手指拂去灰尘，放在小个子眼前。小个子以短促而悦耳的声响为香烟点火，眯细眼睛往上喷了一口。他身体小得给人以奇妙之感，脸和手脚一齐小，如同将普通人的形体均匀地缩小复印下来一般。那支香烟也因而看起来大得仿佛一支崭新的彩色铅笔。

小个子闷声不响，只顾目不转睛地盯着燃烧的烟头。若是让·吕克·戈达尔的电影，应当出现"他正在盯视燃烧的香烟"这样的字幕，但不管是有幸还是不幸，那影片毕竟大大落后于时代了。烟头化作为量不少的烟灰后，他用手指"嗵嗵"敲了几下，磕落于桌面，对烟灰缸则全然不屑一顾。

"那扇门嘛，"小个子用铿锵有力的声音开口道，"有必要搞坏它，所以搞坏了。当然喽，如果乖乖用钥匙来开也是可以开的。希望别见怪才好。"

"家里空空如也——你一搜我想就知道了。"我说。

"搜？"小个子不无惊讶地说，"搜？"他口叼香烟，嚓嚓有声地搔了搔手心。"搜？搜什么？"

"噢，那我倒不知道，反正你不是来搜查的吗，破门而入地？"

"不大明白你的意思。"小个子说，"你肯定是误解了什么。其实什么都不想要，只是来和你说话，别无他图。什么也不搜，什么也不要。要是有可口可乐，倒想解解渴。"

我打开冰箱，拿出两罐为兑威士忌而买来的可乐，同杯子一起放在桌面，随后为自己拿出一罐惠比寿啤酒。

"他不也喝点？"我指着后面的大块头问。

　　小个子弯起手指示意，大块头悄然趋前，拿起桌上的可乐。长得虽牛高马大，动作却如风吹杨柳。

　　"喝完了干那个。"小个子对大块头说，然后转向我，说出两个字："余兴。"

　　我背过身，看大块头一口喝干可乐。喝毕，他把罐倒过来，确认再无一滴可乐后，放在手心里一攥，那空罐便不动声色地被攥得面目全非——只见红色的可乐罐发出风吹报纸般的瑟瑟声响，顿时变作一枚普普通通的金属片。

　　"这个嘛，哪个都会。"小个子说。

　　或许哪个都会，可我不会。

　　继而，大块头用两指夹起瘪平的金属片，嘴唇稍稍一扭，金属片便齐刷刷地纵向裂开。把电话簿一撕两半的光景我见过一次，而撕开瘪平的金属罐还是头一遭目睹。没试自然不明白，不过恐怕非同儿戏。

　　"百元硬币都能弄弯。这点却没什么人能如法炮制。"小个子说。

　　我颔首赞同。

　　"耳朵都能撕掉。"

　　我点头同意。

　　"三年前是职业摔跤手来着。"小个子说，"出类拔萃的选手。要不是膝盖受伤，拿冠军如探囊取物。年纪轻，有实力，别看他这样，腿脚快着哩。可惜伤了膝盖，一切顿成画饼。摔跤须有速度才行。"

　　见他看我的脸，我赶紧点头。

　　"那以后就由我照顾，他是我堂弟嘛。"

　　"你们这个家族就不出中间体型的人？"我问。

　　"再说一遍！"小个子死死盯住我。

"没什么。"我说。

小个子显得有些困惑，沉吟片刻，索性把烟掷在地上，用鞋底碾灭。对此我毫无怨言。

"你也必须再宽心些才行。要舒展心胸，放松心情，否则说话很难推心置腹。"小个子说，"双肩不要绷得太紧。"

"再从冰箱里拿罐啤酒可以么？"

"可以，当然可以。你的房间，你的冰箱，你的啤酒，不是么？"

"我的门。"我补充道。

"门就忘掉好了。老想那个，身体自然绷紧。不就是不值几个钱的一扇小门吗？你钱也挣得不少，该搬到门好些的住处才是。"

我只好不再想门，从冰箱里拿出啤酒喝着。小个子往杯里倒了可乐，等泡沫消失后，喝掉一半。

"啊，让你受惊，实在抱歉。不过一开始就已说了，我们是来帮助你的。"

"破门而入地？"

听我如此一说，小个子的脸急剧涨红，鼻孔骤然鼓大。

"不是跟你说把门忘掉吗，嗯？"他的语气极为沉静，接着把同样的问话向大块头重复一遍，大块头点头肯定。此人看来非常性急，我是不大乐意搭理如此性急之人的。

"我们来此是出于好意，"小个子说，"你正在不知所措，所以前来详加指点。不知所措这个说法如不合适，改说无所适从也可以，如何？"

"是不知所措，是无所适从。"我说，"无任何知识，无任何暗示，无门，门无一扇。"

小个子抓起桌上的打火机，端坐未动地朝冰箱门摔去。一声不祥的闷响，我的冰箱上随即出现一个显而易见的坑。大块头拾起落于地上的打火机，放回原处。一切恢复常态，唯独冰箱门落下一块伤痕。小个子像要平静自己心情似的喝掉另一半可乐。每次面对性急之人，我倒多少想试验一下其性急的程度。

"充其量不过是一两扇那副德性的门。想想事态的严重性好了！把这座公寓整个炸掉都在所不惜，看你还敢再说一句什么门！"

门——我在心中说道。问题不在于是否值钱，门是一种象征。

"门的事倒也罢了。问题是出了这种事我很可能被逐出这座公寓。毕竟这里住的全是正人君子，一向安安静静。"

"要是有谁向你说三道四把你撵走，就往我那里打电话，我保证想办法好好收拾他一顿。这回可以了吧？不给你找麻烦。"

我觉得，果真如此，事情难免更加复杂化。但我不想进一步刺激对方，便默默点头，接着喝啤酒。

"也许是多余的忠告——年过三十五，最好改掉喝啤酒的习惯。"小个子说，"啤酒那玩意儿是学生哥儿或体力劳动者喝的，一来使肚皮突起，二来使人粗俗。到了如此年纪，还是葡萄酒或白兰地有益于健康。小便排泄过频会损坏身体新陈代谢的功能。适可而止吧！喝贵一点的酒，要是每天都喝两万元一瓶的葡萄酒，你自觉神清气爽。"

我点头喝了口啤酒。多管闲事！喝啤酒归喝啤酒，腹部脂肪我是通过游泳或跑步来去掉的。

"不过，我也不能光说人家，"小个子道，"谁都有弱点。就我来说，就是嗜烟和偏爱甜食。尤其甜食，吃起来简直不要命。对牙不好，又容易得糖尿病。"

我点头赞同。

小个子又抽出一支烟，用打火机点燃。

"我是在巧克力工厂旁边长大的，喜欢甜食恐怕就是这个原因。说是巧克力工厂，但并非森永或明治那样的大厂，一家默默无闻的街道小厂罢了。对了，生产的就是小糕点铺或超级商场中削价处理的那类粗糙不堪没滋没味的货色。这么着，工厂每天每日都散发出巧克力味儿。好些东西都感染了这种味道，窗帘也好，枕头也好，猫也好，数不胜数。所以，直到现在我都喜欢巧克力，一嗅到巧克力味儿，就想起小时候的事。"

小个子扫了一眼劳力士表盘。我本打算再次提那扇门，又担心说来啰嗦，遂作罢。

"好了，"小个子说，"时间不多，闲言少叙。多少轻松些了吧？"

"一点点。"

"那就言归正传。"小个子说，"刚才讲过了，我此行的目的，在于多多少少为你排忧解难。所以如果有不懂的地方，只管发问，能回答的一定回答。"

随后，小个子朝我做出催问的手势："问什么都行。"

"首先，我想了解你们是什么身份，对事态把握到什么程度。"我说。

"问得好！"说着，小个子寻求赞同似的望着大块头。大块头点头后，他又把目光收回到我身上。"关键时刻头脑清醒，不讲废话。"

小个子把烟灰抖落在烟灰缸里。

"这么想好了：我是为帮助你而来这里的。至于属于哪个组织，眼下都没关系。同时，我们已经把握了大致事态。博士、头骨、模糊运算后的数据，基本上了如指掌，连你不知道的我们都知道。下一个疑问？"

"昨天下午可曾买通煤气检修员来盗窃头骨？"

"前面说了，"小个子道，"我们不稀罕什么头骨，我们什么都不稀罕。"

"那么又是谁呢？是谁买通煤气工的？是梦幻不成？"

"那个我们不知道。"小个子说，"此外还有不知道的，那就是博士正在搞的实验。他的所作所为我们固然一一心中有数，但不晓得其目标是什么。这点很想了解。"

"我也蒙在鼓里。"我说，"却惹了一身麻烦。"

"这我全都知道。你是一无所知，无非被人利用。"

"既然如此，来我这里也一无所获嘛。"

"只是来拜访一下。"说着，小个子用打火机角"咚咚"敲击桌面，"我们认为还是告知一声为好，而且相互汇拢一下信息和看法对今后很有益处。"

"想象一下可以吧？"

"请便。想象如小鸟一样自由，像大海一般浩瀚，任何人都无法阻止。"

"你们既非'组织'里的，又不属于'工厂'里的，做法和哪方面都不相同。估计是独立的小组织，而且瞄准新的市场。大概是想侵占'工厂'的地盘吧，我想。"

"你瞧你瞧，"小个子对大块头说，"刚才我说了吧，脑袋清醒着咧！"

大块头点头。

"住这种廉价房间的，脑袋好使得出奇；老婆跟人私奔的，脑袋也灵得不一般。"小个子道。

被人这么夸奖，作为我也时隔好久了。脸上一阵发热。

"你的推测大体不错。"小个子继续道，"我们是打算把博士开发的新方法搞到手，以便在这场情报大战中一鸣惊人，且已做了相应的准备，资金也不缺，为此需要得到你这个人和博士的研究成果，这样我们就可以彻底打破'组织'和'工厂'的两极结构。这也正是情报战好的地方，平等得很。谁能搞到新的先进系统，谁就稳操胜券，而且是决定性的胜券。和实绩什么的完全无关。况且目前的状况也不正常，岂非彻头彻尾的垄断！情报中的光照部分由'组织'垄断，阴影部分由'工厂'独吞，谈不上竞争。这无论如何都有违自由主义经济的法则。如何，你不认为不正常？"

"与我无关。"我说，"我这样的小喽啰不过像蚂蚁一样干活罢了，此外概不考虑。所以，如果二位是来这里拉我入伙的话……"

"你好像还懵懵懂懂，"小个子咂咂舌，"我们压根儿就没想拉你入伙，只是说想得到你。再下一个疑问？"

"想了解夜鬼。"我说。

"夜鬼是在地下生活的。住在地铁、下水道那样的地方，靠吃城里的残羹剩饭和喝污水度日，几乎不同人发生关系，所以很少有人晓得夜鬼的存在。一般不至于加害于人，但偶尔也把单独误入地下的人逮住吃掉，地铁施工当中就不时发生作业人员下落不明的事件。"

"政府不知道？"

"政府当然知道。国家这东西是不会那么傻的。那帮家伙一清二楚——不过也仅仅限于最高领导层。"

"那为什么不提醒大家，或让大家躲开？"

"第一，"小个子说，"如让国民知道，势必引起一场大混乱。不是么？要是大家晓得自己脚下有一群莫名其妙的活物动来动去，谁都心里不是滋味。第二，欲除无法。自卫队也不大可能钻到整个东京城的地下去把夜鬼全部斩尽杀绝，黑暗是它们最得意的场所。如果真的动手，必是一场恶战。

"第三，还会有这种情况：它们在皇宫下面筑有极大的巢穴，一旦事情不妙，就会捅开地面爬出，甚至能把地上的人拖入地下。那样一来，日本势必乱成一团，对吧？所以政府才不同夜鬼对阵，而是听之任之。再说，若和它们携手合作，反倒可以控制一股巨大的势力。政变也好，战争也好，只要同夜鬼协同作战，就绝对不会失利。因为纵使发生核战争，它们也会死里逃生。不过目前阶段，谁也没同夜鬼结为同党，因为它们疑心太重，决不轻易同地上的人交流。"

"听说符号士同夜鬼打得火热？"我说。

"倒是有此风声。即使实有其事，也不过是极少一部分夜鬼由于某种缘故暂时被符号士笼络住了，不会有更深的发展。不能设想符号士同夜鬼会结成永久性同盟。不必当一回事。"

"可是博士被夜鬼劫走了呀！"

"这也的确听说了。详情我们也不晓得。也可能是博士为掩人耳目而自导自演的一场戏——这种可能性也并非就不存在。毕竟情况过于错综复杂，发生什么都无足为奇。"

"博士是想做什么的吧？"

"博士在从事一项特殊研究，"说着，小个子开始从各个角度端详打火机，"为了同计算士和符号士这两大组织分庭抗礼而在推进自己独特的研究。符号士想超过计算士，计算士想排挤符号士，博士则在二者的夹缝中开展足以使整个世界结构彻底颠倒的研究，为此才需要你的帮助，而且需要的不是你作为计算士的能力，而是你本身。"

"我？"我愕然道，"为什么需要我？我又没什么特殊能力，平庸无奇。无论如何我都不认为自己会在颠覆世界方面推波助澜。"

"我们也在寻求这个答案。"小个子在手里团团转地玩弄着打火机,"有所觉察,但不明确。总之他把研究焦点对准了你。这已做了长时间准备,现已到了最后攻坚阶段,在你本身不知不觉之间。"

"等这攻坚战一完,你们就把我和研究成果搞过去,对吧?"

"可以这样说吧。"小个子道,"问题是形势渐渐蹊跷起来,'工厂'嗅到了什么并开始活动,因此作为我们也不得不采取行动。伤脑筋啊!"

"'组织'可晓得此事?"

"估计还没有察觉到。当然,已经在一定程度上对博士周围加以监视也是事实。"

"博士是何许人物呢?"

"博士在'组织'中干了好几年。他干的当然不是你那种事务性工作,是在中央研究室。专业是……"

"'组织'?"情况愈发微妙愈发复杂。尽管置身于话题的中心,却唯独我茫无所知。

"是的。也就是说博士曾是你的同事。"小个子说,"见面机会想必没有,仅仅隶属同一组织罢了。诚然,这组织——计算士组织——也的确过于庞大过于复杂,加之奉行近乎恐怖的秘密主义,因此只有一小撮头头才了解什么地方在进行什么。总之,右手干什么左手不知道,右眼看的与左眼看的不是同一物体。一句话,情报量太大,任何人自己都无法处理。符号士企图窃为己有,计算士则全力守住不放。然而即使再扩大组织,哪一方都不可能把握洪水般汹涌的情报信息:

"这样,博士有了自己的想法,他退出计算士组织,埋头搞自己的研究。他的专业面很广,大脑生理学、生物学、骨相学、心理学——大凡关于控制人类意识的研究，他都堪称出类拔萃的角色。在当今时代，不妨说是文艺复兴式的世界罕见的天才学者。"

想到自己曾对如此人物解释过何为分类运算何为模糊运算，不由自觉汗颜。

"现在计算士设计出的计算系统，即使说几乎全是他一人之功我想也不为过。你们不过是把他开发的秘密技术付诸实施的工蜂而已。"小个子说，"这样说不大客气吧？"

"没关系，不用客气。"

"话说回来，博士退出了组织。退出以后，不用说，符号士组织马上前来拉拢。毕竟退出组织的计算士大部分当了符号士。但博士拒绝了，说自己有必须独自开展研究的项目。这样一来，博士就成了计算士和符号士共同的敌手。因为，对计算士组织来说他过于了解秘密，对符号士组织而言他是敌阵中的一员。在那些家伙眼里，非友人即敌人。博士对此也了然于心，于是紧挨在夜鬼巢穴旁建造了实验室。实验室可去了？"

我点下头。

"这实在是条妙计。任何人都甭想靠近那个实验室。夜鬼就在那一带成群结队，无论计算士组织还是符号士组织都不是夜鬼的对手。他本人往来时则发出一种夜鬼讨厌的声波，使得夜鬼倏忽间无影无踪，就像摩西横渡红海时一样。堪称万无一失的防御系统。除去那个女郎，你是第一个得以进入实验室的人，或许。这就是说，你这一存在已重要到了如此地步。不管从哪方面看，博士的研究都到了最后关口，叫你去就是为了突破这道关口。"

我"唔"了一声。有生以来自己本身还从未曾如此举足轻重，这一点总使我觉得有些不很自然，不大习惯。"那么说，"我开口道，"博士让我处理的实验数据不外乎是叫我前去的诱饵，实质上没有任何价值可言。博士的目的在于把我叫去？”

"那也不尽然。"小个子扫了一眼手表，"那数据是严密设计出来的程序，好比定时炸弹，到时间就轰隆一声爆炸。当然这纯属想象，究竟如何我们也不得而知，要直接问博士本人才行，呃——时间越来越少了，谈话就到此为止如何？往下还有个约会。"

"博士的孙女怎么样了？"

"那孩子怎么样？"小个子不可思议似的问，"我们也不晓得，又不可能一一监视不放。莫非对她有意思？"

"没有。"我想大约没有。

小个子离座站起时依然不把视线从我脸上移开。他抓起桌上的打火机和香烟揣进裤袋。"双方的立场我想大致你已了解了。再补充一点：我们现在有个计划，就是说眼下我们掌握的情报要比符号士的详细，已经抢先一步。问题是我们的组织较之'工厂'弱小得多，假如他们真的加大马力，我们恐怕难免被甩在后面，被打得溃不成军，所以作为我们必须在此之前牵制住符号士。这层意思你可明白？"

"明白。"我说。明明白白。

"但是单靠我们是无能为力的，必须借助别人的力量。若是你，也是要借助别人力量的吧？"

"'组织'。"我说。

"啧啧，"小个子对大块头说，"我说他头脑清醒吧。"随即又注视我的脸，"这是需要诱饵的。没有诱饵谁都不肯上钩。拿你做诱饵好了。"

"兴致不大。"

"这不是兴致大不大的问题。"小个子说，"我们也志在必得。这回我倒有一点要问——这房间中你最珍惜的是什么？"

"什么也没有，"我说，"没有一样值得珍惜，清一色便宜货。"

"这我知道。不过，不希望被人破坏的东西总有一两件吧？哪怕再便宜，毕竟也靠它在此生活嘛。"

"破坏？"我吃了一惊，"破坏是怎么回事？"

"破坏……就是破坏嘛，比如门的下场。"说着，小个子指了指拉手和锁已不翼而飞的扭曲变形的门。"为了破坏的破坏。全都弄它个稀巴烂！"

"为什么？"

"一两句解释不清，再说不管解释与否反正都要破坏。所以，要是有不希望破坏的只管说。不乱来的。"

"录像机，"我只好直言，"监控电视。这两件贵，又刚买。还有壁橱上贮存的威士忌。"

"此外？"

"皮夹克和新做的三件套西装。皮夹克是美国空军轰炸机型的，领上带毛。"

"此外？"

我沉思片刻，看另外还有没有值钱之物。再没有了。我家不是保管贵重物那类场所。

"仅此而已。"

小个子点点头，大块头也点点头。

大块头首先逐个打开壁柜和抽屉，从抽屉中拉出锻炼肌肉的对拉弹簧链，绕到背后，贴着脊背拉直。我还从未见过把这弹簧链完全贴背拉直的人物，也算开了眼界。真个十分了得。

他像拿棒球棍一样双手握着对拉弹簧链，到卧室去了。我探长身子，看他做何举动。大块头在监控电视机前站定，将肩上的弹簧链对准电视荧屏狠命抡去。随着显像管粉身碎骨之声，以及浑似一百个闪光灯同时烧毁的声响，三个月前新买的二十七英寸电视机便如西瓜一般被砸得一塌糊涂。

"等等……"说着，我急欲起身。小个子啪地一拍桌面，把我止住。

继而，大块头举起录像机，把平面部分对准电视机角咬牙切齿地摔打不止。几个按键四下飞溅，拉线短路，一缕白烟犹如被超度的魂灵浮在空中。确认录像机已惨遭彻底毁坏之后，大块头将报废的机体扔在地板上，这回从衣袋中抽出一把刀，随着"咔"一声单纯明快的声响，明晃晃的刀身一闪而出。他随即拉开立柜，将两套加起来差不多价值二十万元的服装——轰炸机式夹克和三件套西服利利索索地划裂开来。

"怎么好这样胡来，"我对小个子吼道，"不是说不破坏贵重物吗？"

"我可没那么说，"小个子泰然自若地回答，"只是问你最珍惜什么，没有说不破坏。破坏就是要从珍贵的开始，岂非明摆着的事！"

"得得。"说着，我从冰箱里拿出一罐啤酒喝着，一面和小个子一起观看大块头破坏我这两室一厅的小而富有格调的住房。

14

世界尽头
——森林

　　不久，秋光杳然逝去。一天早晨睁眼醒来，但见秋天已经完结。天空已不复见金秋那潇洒飘逸的云影，而代之以阴晦厚重的云层。那云层俨然带来凶信的使者从北大山顶探出头来。对镇子来说，秋天是令人心情怡然的美的天使，可惜其逗留时间过于短暂，而其动身启程又过于猝然。

　　秋天远逝之后，有一段为时不长的空白。那空白很奇妙，静静的，既不似秋天又不同于冬日。包裹兽体的金毛渐渐失去光泽，恰如被漂白过一般明显地泛起白色，告诉人们寒冬即将来临。所有生物所有事象都为抵御冰雪季节而缩起脖颈，绷紧身体。冬天的预感犹若肉眼看不见的薄膜覆盖全镇，就连风的奏鸣、草木的摇曳、夜的静谧和人的足音都仿佛蕴含某种暗示一般滞重而陌生，甚至原来使我感到心旷神怡的河中沙洲的琤琮声，也不再抚慰我的心灵了。一切一切都为保全自己而紧紧闭起外壳，而开始带有一种完结性。对它们来说，冬天是不同于任何其他季节的季节。小鸟的鸣啭也变得短促变得尖锐，唯见其时而拍动双翅摇颤着这冰冷冷的空白。

"今年冬天怕是要冷得特殊，"老大校道，"一望云形就晓得。喏，你看。"老人把我领到窗边，指着压在北大山上的又黑又厚的云层说，"以往每到这一时节，北大山就有预示冬日来临的云片出现。它好比先头部队，我们可以根据当时云的形状来预测冬天寒冷的程度。若是呆板板平展展的云，说明是温暖的冬季，越厚则冬天越冷。而最糟糕的是状如大鹏展翅的云，有它出现，冬天肯定冷得滴水成冰。就是那种云！"

我眯缝起眼睛望着北大山的上空。尽管有些迷离，但还是能辨出老人所说的云形。云片横向拉长，足以遮蔽北大山的两端，中间则如山一样翼然膨胀开来，形状确实很像老人说的大鹏展翅。那是一只飞越山顶而来的不吉利的灰色巨鸟。

"滴水成冰的冬天五六十年才有一次。"大校说，"对了，你恐怕没有大衣吧？"

"嗯，没有。"我说。我有的只是进镇时发给的不很厚的棉衣。

老人打开立柜，从中拽出一件藏青色军大衣递到我手中。大衣重如石头，粗羊毛直扎皮肤。

"重是重了点，总比没有强。是近来专为你搞来的。但愿大小合适。"

我把胳膊伸进衣袖。肩部有点宽。真不习惯，重得真可以使人东倒西歪。不过看来还算合身。况且正如老人所言，总比没有强。我道了谢。

"你还在绘地图？"老大校问。

"嗯，"我说，"还剩下几部分，可能的话，想把它最后绘完。好容易绘到这个地步。"

"绘地图倒没什么要紧，那是你的自由，又不妨碍别人。不过，不是我说话不中听，冬天来到后不要出远门，不可离开房子附近。尤其像今年这么严寒的冬天，怎么小心都不为过分。这里虽说地方不大，但冬天里有许多你不知道的危险地带。绘地图要等明年春天再动手完成。"

"明白了。"我说，"可冬天要什么时候开始呢？"

"下雪。飘过一片雪花，冬天就算开始。而河中河洲的积雪化尽之时，便是冬天结束之日。"

我们一面望着北大山上的云层，一面啜着早间咖啡。

"另外还有一件要事。"老人说，"入冬后尽量别接近围墙，还有森林，冬天开始后它们的力量大得很。"

"森林里到底有什么呢？"

"什么也没有。"老人略一沉吟，"什么也没有的。至少那里没有任何你所需要的东西。对我们来说，森林是多余的场所。"

"里面一个人也没有？"

老人打开炉盖，扒去灰，添了几根细柴棍和煤块。

"估计今晚就要生炉子了。"他说，"这柴棍和煤块取自森林，蘑菇和菜等吃的东西也来自森林。在这个意义上，森林于我们是必不可少的。但仅此而已，再无他用。"

"既是这样，那么森林里该有人掘煤拾柴采蘑菇？"

"不错，那里是有人居住，他们搞来煤块柴禾蘑菇供应镇子，我们给他们粮食服装之类。这种交换由特定的人在特定的场所每周进行一次。此外概无交往。他们不靠近镇子，我们不走近森林。我们与他们是截然不同的存在。"

"什么地方不同？"

"在所有意义上。"老人说，"大凡可以想到的方面他们全与我们不同。不过要注意：切不可对他们发生兴趣。他们危险，他们很可能给你某种不良影响。因为——怎么说呢——你这人还没有安稳下来。在适得其所地完全安稳下来之前，最好对无谓的危险避而远之。森林不外乎森林，你在地图上只消标明'森林'即可。明白了？"

"明白了。"

"还有，冬天的围墙更是危险无比。一到冬天，围墙便愈发森严地围紧镇子，监视我们是否被万无一失地围在其中。大凡这里发生的事，没有一件能逃过围墙的眼睛。所以，无论你采取何种形式，都万万不可同围墙发生关系，切勿接近。我说过几次了，你这人还没有安稳下来。你迷惘你困惑你后悔你气馁，对你来说，冬天是最危险的季节。"

问题是，我必须赶在冬天到来之前横竖去一次森林，去看个究竟。已经到了向影子交地图的原定期限，并且他交待过我要察看森林。只要看了一次森林，地图就算完成。

随着北大山上的云层缓慢而稳健地展开双翼漫上镇子上空，太阳光骤然减弱了金辉。天空如罩上细细的粉尘，一片迷濛，阳光沉淀其中，奄奄一息。对我受伤的双眼来说，倒是求之不得的大好季节。天空再也不会晴得万里无云，呼啸的风也无力吹走这样的云层。

我从河边小路进入森林。为避免迷路，我决定尽可能沿墙根来窥看森林里面的情景，这样也才能够把包笼森林的围墙形状绘入地图。

但这场探索决不轻松。途中有深似地面整个下沉的陷陷的深壑，有比我个头还高出一截的茂密巨大的野莓丛，有挡住去路的沼泽。而且到处挂满黏糊糊的大蜘蛛网，缠绕我的脸、脖子和手臂。四周树丛里不时传来什么东西蠢蠢欲动的沙沙声。高耸的树枝遮天蔽日，使得森林如海底一般幽暗。树荫下长着大大小小形形色色的蘑菇，宛如令人毛骨悚然的皮肤病的预兆。

　　尽管如此，当我一度离开围墙而踏入森林里面时，眼前仍然展现出近乎不可思议的静谧而平和的天地。没有任何人染指的神秘的大自然所生成的大地那清新的气息充溢四周，静静地抚慰着我这颗心。在我眼里，根本看不出这就是老大校忠告以至警告过我的危险地带，这里有树木青草和各种微小生命组成的无休无尽的生命循环，哪怕一块石头一抔土都令人感觉出其中不可撼动的天意。

　　离开围墙后，越是深入森林，这种印象就越强烈。不吉祥的阴影淡然远逝，树形和草叶的颜色也仿佛变得沉稳而柔和，鸟的叫声听起来也悠扬悦耳。随处闪出的小块草地也好，缝线一般在密树间穿行的小溪也好，都未使人产生围墙附近森林所给予的那种紧张感和压抑感。我不明白何以有如此霄壤之别。或许由于围墙以其强力扰乱了森林的空气，也可能仅仅是地形上的原因。

　　但是无论森林里边的行走如何令我惬意，我仍然不敢完全离开围墙。森林毕竟深无尽头，一旦过于深入，甚至辨别方向都不可能。既无路可走，又无标识可循。所以，我总是在保持眼角可以瞥见围墙那样的范围内，小心翼翼地移动脚步。森林对我是朋友还是敌人，这点我还难以判断。再说，这种恬适与惬意乃是要把我诱入其中的幻景也未可知。不管怎么说，正如老人所指出的，我对于这个镇子来说还是个摇摆不定的弱小存在，怎么小心都不为过分。

　　我想也许是因为自己尚未真正走进森林的纵深处，没发现任何有人居住的迹象。既无脚印，又不见摸过什么的手痕。对于在林中同他们相遇，我半是感到害怕，半是怀着期待。但如此转了几日，全然没有发现暗示他们存在的现象。我猜想他们很可能住在林中更深远的地方，或者巧妙地躲着我。

　　探索到第三天或第四天时，在恰好东墙向南大幅度转弯的地方，我发现墙根处有一小块草地。在围墙拐角的胁迫下，草地呈扇面形舒展开来。周围密密麻麻的树林居然停止进犯而留出了这块小小的空间。奇怪的是，墙根景致所特有的令人心慌意乱的紧张感在这一角也荡然无存，漾溢着的是林中的安详与静谧。潮润而绵软的小草如地毯一般温柔地覆满地面，头上是一方被断然切成异形的天宇。草地的一端遗留着几块石基，说明这里曾有过建筑物。踏着一块块石基蹀去，发觉原来的建筑布局相当工整相当正规，起码并非临时凑合的小屋。曾有三个独立的房间，有厨房有浴室有门厅。我一边循着遗址蹀步，一边想象建筑物存在时的情形。至于何人出于何动机在林中筑此屋宇，之后又缘何尽皆拆毁，我则揣度不出。

厨房后侧剩有一口石井，井中填满了土，上面杂草葳蕤。埋井者想必是当时撤离这里的人，为什么我自是不得而知。

我在井旁弓身坐下，倚着古旧的石栏仰望天空。只见从北大山吹来的风微微摇曳着将这残缺的天宇围成半圆形的树枝沙沙作响，满含湿气的积云不紧不慢地横空而过。我竖起上衣领，注视着流云蹒跚的脚步。

建筑物遗址后面耸立着围墙。在森林中我还是第一次这般切近地目视围墙。挨近看来，的确可以感到墙在喘息不已。如此坐在东面林中豁然闪出的野地，背靠古井谛听风声之间，我觉得看门人的话还是可信的。倘若这世上存在完美无缺之物，那便是这围墙。想必它一开始便存在于此，如云在空中游移，雨在大地汇川。

围墙过于庞大，无法将其纳入一页地图。其喘息过于剧烈，曲线过于优美。每次面对围墙写生，我都觉得有一种漫无边际的疲软感席卷而来。围墙还能根据视角的不同而难以置信地明显变换表情，致使我难以把握其真实面目。

我决定闭目小睡。尖锐的风声持续不停，树木和墙壁密实地护拥着我，使我免受冷风的侵袭。睡前我想到影子，该是把地图交给他的时候了。诚然，细部还不准确，森林内部仍几近空白，但冬天已迫在眉睫，且入冬后反正也没有可能继续勘测。我已在速写本上基本勾勒出了镇的形状及其中存在物的位置和形态，记下了我所掌握的全部事实，往下就轮到影子以此为基础进行策划了。

虽然我对看门人让不让我同影子会面心中无数，但他到底同我讲定，允许我在白昼变短影子体力变弱之后同其相见。如今冬季即将来临，条件当已具备。

接下去，我仍然闭眼想着图书馆的女孩。然而越想我越觉得心中的失落感是那样的深重。它来自何处如何产生我固然无法确切地把握，但属于纯粹的失落感却是千真万确。我正在眼睁睁地看着她身上在失去什么，持续不断地。

我每天同她见面，可是这一事实并未填补我心中广大的空白。我在图书馆一个房间里阅读古梦时，她实实在在地存在于我的身旁。我们一块儿吃晚饭，一块儿喝温吞吞的饮料，我还送她回家，两人边走路边拉拉杂杂地闲聊。她谈她父亲和两个妹妹的日常起居。

但当我把她送到家门口分手之后，我的失落感似乎比见面前还要深重。对这片茫无头绪的失落感我实在束手无策。这口井太深，太暗，任凭多少土都无法填满空白。

我猜测，这种失落感说不定在某个地方同我失去的记忆相关相连。记忆在向她寻求什么，而我自身却做不出相应的反应，以致其间的差距在我心头留下无可救药的空白。这问题眼下的确使我感到棘手。我本身这个存在过于软弱无力风雨飘摇了。

终于，我把这些纷纭的思绪统统赶出脑海，沉入睡眠之中。

一觉醒来，周围气温低得可怕。我不禁打了个寒战，用上衣紧紧裹住身体。已是日暮时分。我从地上站起，抖落大衣上的草屑。这当儿，第一场雪轻飘飘地触在我脸上。仰首望天，云层比刚才低垂得多，且愈发黑了，透出不祥之感。我发现几枚形状硕大而依稀的雪片自上空乘风款款地飘向地面。冬天来了！

我离开前再次打量了一番围墙。在雪花飞舞阴晦凝重的天宇下，围墙更加显示出完美的丰姿。我往墙的上头望去，竟觉得它在俯视我，俨然刚刚觉醒的原始动物在我面前巍然矗立。

它仿佛在对我说：你为什么待在这里？你在物色什么？

然而我无法回答。低气温中短暂的睡眠从我体内夺走了所有温煦，向我头脑内注入了形态奇妙而模糊的混合物样的东西，这使我觉得自己的四肢和头脑完全成了他人的持有物。一切都那么沉重，却又那般缥缈。

我尽量不让目光接触围墙地穿过森林，急切切地往东门赶去。道路长不见头，暮色迅速加深，身体失去微妙的平衡感。途中我不得不几次止住脚步喘息换气，不得不聚拢继续前进的体力，把分散迟钝的精神集中在一起。暮色苍茫中，我觉得有一种异物劈头盖脑地重重压迫着自己。森林里恍惚听见有号角声传来，但听见也罢不听见也罢，反正它已不留任何痕迹地穿过了自己的意识。

勉强穿过森林来到河边时，地面早已笼罩在凝重的夜色中。星月皆无，唯有夹雪的冷风和寒意袭人的水声统治四野。背后耸立着在风中摇晃的森林。我已无从记起此后我是花了多长时间才走回图书馆的，我记得的只是沿着河边路永不间断地行走不止。柳枝在黑暗中摇曳，冷风在头顶呼啸。无论怎样行走，道路都漫不见头。

女孩让我坐在炉前，手放在我额头上。她的手凉得厉害，以致我的头像磕在冰柱上似的作痛。我条件反射地想把她的手拨开，但胳膊抬不起来。刚要使劲抬起，却一阵作呕。

"烧得不得了！"女孩说，"到底去哪里干什么来着？"

我本想回答，但所有语言都从意识中遁去。我甚至无法准确理解她的话语。

女孩不知从哪里找来了好几条毛毯，把我里三层外三层地团团包起，让我躺在炉旁，躺倒时她的头发碰到了我的脸颊。我不由涌起一股愿望：不能失去她！至于这愿望是来源于我本身的意识，还是浮自昔日记忆的断片，我则无以判断。失却的东西过多，我又过于疲劳。我感到自己的意识正在这虚脱感中一点点分崩离析。一种奇异的分裂感——仿佛唯独意识上升而肉体则全力予以遏止的分裂感俘虏了我。我不知道自己应寄身于哪个方向。

这时间里，女孩始终紧握着我的手。

"睡吧。"我听到她说。声音恍惚来自冥冥的远处。

15

冷酷仙境
——威士忌、拷问、屠格涅夫

大块头在水槽里把我贮存的威士忌打得一瓶不剩——的确一瓶也不剩。我同附近酒店的老板成了熟人，每次削价处理威士忌时，对方都送一两瓶过来，结果我现在的库存量相当可观。

大块头首先打烂了两瓶野火鸡，接着开始摔顺风，毁掉了三瓶Ⅰ·Ｗ哈珀，粉碎了两瓶杰克·丹尼，埋葬了四玫瑰，报销了翰格蓝爵，最后把半打芝华士一起送上西天。声音震天动地，气味直冲霄汉。毕竟同时打碎的是足够我喝半年的威士忌，气味当然非同小可，满屋子酒气扑鼻。

"光是待在这里都能醉过去。"小个子感慨道。

我万念俱灰，支着下巴坐在桌旁，眼看支离破碎的酒瓶在水槽中越积越高。在上的必然掉下，有形的必然解体。伴随着酒瓶的炸裂之声，大块头打起刺耳的口哨。听起来那与其说是口哨，莫如说是用牙刷摩擦空气裂缝那参差不齐的剖面所发出的声响。曲名则听不出来，或者没有旋律，不过是牙刷或上或下地摩擦剖面或在中间出入而已。一听都觉得神经大受磨损。我频频转动脖颈，把啤酒倒入喉咙。胃袋硬得活像银行外勤职员的公文包。

　　大块头继续进行并无意义可言的破坏。当然，对他俩来说也可能有某种意义，对我却是没有。他将床一把掀翻，用刀割裂床垫。又把立柜里的衣服一股脑儿掏空，把桌子抽屉统统摔在地上。接着掀掉空调器的配电盘，踢翻垃圾筒，将抽屉里的东西用不同的办法一一砸毁摔碎。雷厉风行，干脆利落。

　　卧室和客厅沦为废墟之后，即刻移师厨房。我和小个子则转到客厅，把靠背割得七零八落且上下倒置的沙发弄回原处，坐下观看大块头在厨房大发淫威。沙发坐垫几乎完好无缺委实堪称不幸中的一幸。这沙发坐上去极为舒坦，是我从一个摄影师熟人手里低价买下来的。那摄影师在广告摄影方面乃一把好手，可惜神经不知哪里出了故障，偏要躲进长野县的深山老林，临行前把事务所的沙发处理给了我。对他的神经我固然深感惋惜，但还是为能搞到这个沙发而暗自庆幸，至少可以不必另买。

　　我坐在沙发右端双手捧着罐装啤酒，小个子在左端架腿靠臂。尽管声音如此之大，左邻右舍却无一人前来过问。此层楼住的差不多都是单身，若非有相当例外的原因，平日白天几乎空无一人。这两人想必晓得个中情况才如此肆无忌惮地弄得震天价响。有此可能。他俩全都了然于心。表面上似嫌鲁莽，行动起来却精打细算，无一疏漏。

　　小个子不时觑一眼劳力士，确认作业进展状况，大块头则稳准狠地在房间里往来砍杀，片甲不留。给他如此搜查一遍，恐怕连一支铅笔都无处藏身。然而他们——如小个子起始宣称的那样——什么也没搜查，只是一味破坏。

　　为什么？

　　莫非想让第三者以为他们已统统搜过不成？

　　第三者是谁呢？

　　我不再思考，喝干最后一口啤酒，将空罐置于茶几。大块头拉开餐柜，将玻璃杯扫落在地，又向碟盘发起攻击。带过滤器的咖啡壶、茶壶、盐瓶、白糖罐、面粉罐，全部粉身碎骨。大米撒了一地，冷冻箱里的冷冻食品也惨遭同一下场。约有一打的冻虾、一大块牛菲力、冰淇淋、最高级的黄油、长达三十厘米的盐渍鲑鱼子和试做的番茄沙司，全都发出陨石群撞击沥青路面般的声响，凌乱不堪地滚落在漆布地板上。

进而，大块头双手抱起冰箱，先往前拉，然后将冰箱门朝下推倒在地。散热器的配线大概断了，溅出细小的火花。我大为头疼：该如何向前来维修的家电修理工说明故障原因呢？

破坏戛然而止，一如其开始之时。既无"可是""如果"，又无"然而""不过"，破坏于倏忽间完全止息，长时间的沉默笼罩四周。大块头不再打口哨，立在厨房与客厅间的门口处以空漠的目光望着我。我不知道自己房间变成这般狼狈模样花了多长时间，大约十五分钟到三十分钟。比十五分钟长，较三十分钟短。但从小个子目视劳力士表盘时现出的满意神情看来，我猜想这可能近乎破坏两室一厅住房所需标准时间。从全程马拉松所需时间到卫生纸一次所用长度，世上实在充满着各种各样的标准值。

"收拾怕是很花时间。"小个子说。

"算是吧，"我说，"而且花钱。"

"钱不钱当前不在话下，这是战争！算计钱是打不赢战争的。"

"不是我的战争。"

"至于是谁的战争倒无所谓，谁的钱也无所谓。所谓战争就是这么回事，听天由命。"

小个子从衣袋掏出雪白的手帕，捂住嘴咳嗽两三声。又察看一会儿手帕，揣回原来的衣袋。也许出于偏见，我是不大相信身上带手帕的男人。我便是如此存在着为数甚多的偏见，所以不很受人喜欢，因为不受喜欢，偏见也就越来越多。

"我们走后不久，'组织'那帮人就会赶来。他们要调查我们，看我们闯入你房间搜寻什么，问你头骨在哪里。但你对头骨一无所知。明白么？不知道的事无法告诉，没有的东西拿不出来，纵使受到拷问。所以我们同来时一样空手回去。"

"拷问？"

"免得你受怀疑。那些家伙不知道你去过博士那里，知道这点的眼下只有我们，所以你不至于受害。你是成绩优秀的计算士，那些家伙肯定相信你的话，而以为我们是'工厂'的，并开始行动。我们早已算计好了。"

"拷问？"我问，"拷问，如何拷问？"

"过会儿告诉你，别急。"

"假如我把分类运算的实情告诉给本部的人呢？"我试着问。

"那一来，你就会被他们干掉。"小个子说，"这不是骗你，真的！你瞒着组织去博士那里做了被禁止的模糊运算，光是这一件就已非同小可，何况博士又拿你来做实验。这可不是儿戏！你现在的处境比你自己想象的危险得多。听着，坦率地说，你一只脚已经站在桥栏，要好好想一想往哪边落才行。摔伤后可就追悔莫及了。"

我们在沙发左右两端面面相觑。

"有一点想问问，"我说，"我帮着你们对'组织'说谎究竟有何好处？作为现实问题，计算士毕竟属于'组织'，而关于你们我则毫不了解。我何苦非得同外人勾结来欺骗自己人呢？"

"简单得很，"小个子说，"我们掌握了你所面临的大致境况，正在利用你。而你的组织对你的处境还几乎浑然不觉，一旦发觉，很可能除掉你。我们的估算百发百中。简单吧？"

"可是，'组织'迟早总要发觉的，无论境况如何。'组织'极其庞大，而且不傻。"

"或许。"小个子说，"但那还需要一段时间。而在那一时间里，如果顺利的话，我们也好你也好说不定可以解决掉各自的问题。所谓选择就是这么一种东西。要尽量选择可能性多的，哪怕仅多百分之一。这和下国际象棋一样，受挫的时候就逃，逃的过程中对方很可能出错。纵使再厉害的对手也不能保证不出错。那么……"

说着，小个子看了下表，朝大块头"啪"地打个响指，大块头旋即像接通电源的机器人一般猛地扬起下颏，三步两步来到沙发跟前，屏风似的在我面前稳稳站定。不，与其说是屏风，莫如说更接近于露天电影场的巨型银幕，挡得前面一无所见。天花板的灯光整个被他遮住，淡淡的阴影包笼着我。我蓦然想起小时在校园里观看日食的情景，大家把蜡烛的黑色油烟涂在玻璃板上，用来代替过滤镜观望太阳。差不多已是四分之一世纪前的往事了。四分之一世纪的岁月似乎把我带到了妙不可言的场所。

"那么，"小个子重复道，"往下需要你稍微难受一下。稍微——或者说相当难受也未尝不可。这是为你本人着想，只能请你忍耐。我们其实也不是想干才干的，实属迫不得已。脱下裤子！"

我无可奈何地脱下裤子。反抗也于事无补。

"跪在地上！"

我乖乖地撤离沙发，在地毯上跪下。以只穿运动衫和短裤的形象跪在地上实在有些奇妙，但还没容我深想，大块头便绕到背后两手插进我腋下，拦腰攥住我的手腕，其动作一气呵成，恰到好处。被勒得特紧的感觉自是没有，但若想多少动一动身子，肩和手腕便如被拧一般作痛。接下去，他又用他的脚把我的脚腕死

179

死固定住。这么着，我便如同射击游戏室壁架上摆的假鸭子，全然动弹不得。

小个子去厨房拿回大块头放在桌子上的快刀，将刀身弹出大约七厘米，从衣袋里掏出打火机仔细烧了烧刀刃。刀本身倒也小巧玲珑，不给人以凶残之感，但我一眼即看出并非附近杂货铺卖的那类便宜货。就切割人体来说，其大小已绰绰有余。人体与熊体不同，绵软如桃，有七厘米管用的刀刃基本可以随心所欲。

用火消罢毒，小个子静候片刻，以便刀刃降温。随后，他把左手放在我白色短裤的腹部橡皮带处，往下拉到阳物露出一半的部位。

"有点痛，咬牙忍着。"他说。

我觉得有个网球大小的块状空气从胃涌至喉咙，鼻尖沁出汗珠。我很怕，害怕自己的阳物受伤。如若受伤，将永无勃起之日。

但小个子丝毫没有伤害我的阳物，而是在我肚脐往下约五厘米的地方横向切了一道六厘米左右的口子。仍有些发热的锋利刀刃轻轻吃进我的小腹，如用直尺画线一般往右一拉。我想收腹，但由于大块头顶在背部而纹丝动弹不得，更何况小个子还用左手紧紧握着我的阳物。我直觉得浑身所有的汗毛孔一齐冒出冷汗。稍顷，一股滞重的痛感猛然袭来。小个子用纸巾擦去刀口上的血，收起刀身，大块头随即离开我的身体。血眼看着把我的白色短裤染得通红。大块头从卫生间另拿来一条毛巾，我接过捂住伤口。

"缝七针就行。"小个子说，"多少会留下伤疤，好在那个位置别人看不见。可怜固然可怜，毕竟人有旦夕祸福，就忍耐一下吧。"

我把毛巾从伤口处拿开，看被割成什么样子。伤口不算很深，但仍可见到带血的淡粉色的肉。

"我们一离开，'组织'就有人赶来，你就亮出这伤口，说我们威胁你，逼你道出头骨下落，否则割得还要深，但由于实在不知头骨在什么地方，无法说出，所以我们才无可奈何地走了。这就是拷问。我们认真起来，干得比这还要厉害咧，不过有现在这个程度也足矣。要是还有几次机会，肯定叫你好好瞧瞧更厉害的。"

我用毛巾捂着小腹，默默点头。原因我说不清，总之觉得还是言听计从为妙。

"不过，那位可怜的煤气检修员果真是你们雇的吧？"我问，"莫非你们故意马失前蹄，以便我多加小心，好把头骨和数据藏起来不成？"

"聪明，"小个子说着，看了眼大块头的脸，"脑袋就该这样运转。这样才能在竞争中活下去，如果幸运的话。"

言毕，两人离开房间。他们无需开门，无需关门。我房间那扇拉手不翼而飞四框扭曲变形的不锈钢门，现在向全世界开放了。

我脱下沾满血污的短裤，扔进垃圾篓，用浸湿的软纱布擦净伤口四周的血。每次前后弯腰，伤口便火辣辣地痛。运动衫衣襟也有血迹，同样一扔了之。接着，我在散落一地的衣服当中拨弄了半天，挑出一件即使沾血也不显眼的T恤和一条算是最小的内裤穿了。这也费了不小的麻烦。

然后，我去厨房喝了两杯白水，边想问题边等"组织"来人。

过了三十分钟，本部来了三个人。一个便是经常来我这里取数据的盛气凌人的年轻男联络员，此人一如往常地身穿深色西服、白衬衫，打一条银行贷款员的那种领带。其余两人穿着胶底布面轻便鞋，一副运输公司搬运工的打扮。但看上去他们无论如何也不像银行职员和搬运工之辈，只不过扮成这副不引人注目的模样而已，眼睛总是不断打量前后左右，身上肌肉时刻绷紧，以随时应付一切事态。

他们也同样没有敲门，穿着鞋径直登堂入室。搬运工模样的两人仔仔细细地检查房间，联络员则从我嘴里听取情况。他从上衣内侧口袋里掏出一个黑皮手册，用活动铅笔记下谈话要点。我说有两人来搜寻头骨，出示了腹部伤口。对方对着伤口看了好一会儿，但未发表任何感想。

"头骨？头骨到底是什么？"他问。

"哪里晓得什么头骨，"我说，"我还想问人呢。"

"真的没有印象？"年轻联络员用没有抑扬顿挫的声调问道。"这点极其关键，请认真回忆一下，过后改口可就来不及了。符号士们不至于毫无根据地采取不必要的行动。既然他们来你房间搜寻头骨，那就说明他们有你房间存在头骨的证据。零是什么也产生不出的。而且那头骨具有搜寻的价值。不能认为你同头骨没有任何关联。"

"既然头骨那么宝贵，那么就请告诉头骨所具有的意义吧。"我说。

联络员用活动铅笔的笔尖"嗵嗵"敲着手册。

"这就开始调查。"他说，"彻底调查。只要动真格的，没有什么能瞒住我们。一旦查明你有所隐瞒，那就不是件小事。听明白了？"

明白了，我说。管它三七二十一，以后的事谁都无法预测。

"我们已隐约觉察出符号士们在密谋策划什么，那些家伙已开始行动，但还摸不准其具体用心，也可能什么地方同你有关。

头骨的含义尚不清楚，不过暗示次数越是增加，我们越能接近事态的核心，这点毫无疑问。"

"我该如何是好呢？"

"提高警惕，休养身体。工作请暂时辞掉，有什么情况马上同我们联系。电话能用吧？"

我拿起话筒一试，电话安然无恙。大概那两人有意放电话一条生路，究竟如何当然不得而知。

"能用。"我说。

"好么，"他说，"哪怕再小的事也请即刻同我联系，不要试图自行解决，不要存心隐瞒什么。那些家伙不是好惹的，下次光划肚皮怕是不能了结。"

"划肚皮？"我情不自禁地脱口而出。

检查房间的两个搬运工打扮的男子完成任务后折回厨房。

"彻头彻尾地搜寻了一遍，"年长的一个说，"没有一样得以幸免，顺序也无懈可击。老手干的，定是符号士无疑。"

联络员点下头，两人出房间走了。只剩下我和联络员。

"为什么搜头骨要割衣服呢？"我问，"那种地方藏不住头骨的嘛——就算是什么头骨的话。"

"那些家伙是老手。老手不会放过任何可能性：你或许会把头骨寄存在自助存物柜里，而把钥匙藏在什么地方。钥匙是什么地方都能藏的。"

"言之有理。"我说，的确言之有理。

"不过符号士们没向你提过什么建议？"

"建议？"

"就是把你拉入'工厂'的建议，例如金钱地位等等，或者来硬的一手。"

"那倒没听说，"我回答，"只是割肚皮打听头骨来着。"

"注意，好好听着，"联络员说，"即便那些家伙花言巧语拉你下水，你也不得动摇。你要是反戈一击，我们追到天涯海角也要把你除掉。这不是戏言，一言为定。我们有国家这个靠山，我们无所不能。"

"注意就是。"我说。

他们走后，我开始就事情的发展状况加以梳理归纳。但无论梳理得如何头头是道，我都没有出路。问题的关键在于博士到底想干什么，不弄清这点，一切推断都无从谈起。还有，我全然揣度不出那老人的脑袋里究竟翻腾着怎样的念头。

清楚的只有一点：我背叛了"组织"，尽管迫不得已。一旦真相大白——早早晚晚——势必如那个盛气凌人的联络员所预言的，我将陷入相当窘迫的境地，纵令是由于威胁而不得不说谎。我就算坦白交待，怕也得不到那伙人的饶恕。

为此思来想去之间，伤口又开始作痛。于是翻开电话簿，查到近处一家出租车公司的电话号码，叫车拉我去医院包扎伤口。我用毛巾按住伤口，外面套一条肥肥大大的裤子，穿上鞋。穿鞋向前弯腰时，痛得简直像身体要从中间断成两截。其实腹部不过被割出二三毫米宽的小口，整个人却变得如此狼狈不堪，既不能正常穿鞋，又无法上下楼梯。

我乘电梯下楼，坐在门口树下等出租车开来。表针指在下午一时半，距那两人破门而入才不过两个半小时。然而这两个半小时却异常之长，仿佛过了十个钟头。

提着购物篮的主妇络绎不绝地从我眼前走过。大葱和萝卜在超级商场购物袋口探头探脑。我不由得有点羡慕她们，她们既不会被砸坏冰箱，又不至于被刀子划破肚子，只消考虑一下葱和萝卜的烹饪方式和小孩的成绩，岁月即可风平浪静地流过。她们无

184

需抱住独角兽头骨不放，脑袋不必遭受莫名其妙的密码和复杂程序的困扰。这便是普普通通的生活。

我想到厨房地板上现在大约正在融化的冻虾冻牛肉和黄油番茄沙司。今天一天务必全部吃完，可我根本没有食欲。

邮递员骑着超级两用自行车赶来，把邮件熟练地分别放进大门口旁排列的信箱。观看之间，发现有的信箱已塞得满员，有的则一无所获，我那信箱他连碰都没碰，不屑一顾。

信箱旁边有一株盆栽橡胶树，盆内扔着冰棒和香烟头。看上去橡胶树也和我同样疲劳。人们随意往里扔烟头，随意撕叶片。此处何时开始有盆栽橡胶树的呢？我全然无从记起。从其脏污程度看，想必已经摆了很久。我每天都从前面经过，但在落得刀子划破肚皮而在门口等出租车的下场之前，根本没有注意到它的存在。

医生看罢我的伤口，问我何以弄成这样。

"在女人身上出现一点麻烦。"我说。此外无法解释。谁看都显然是刀伤。

"在这种情况下，作为我们院方有报告警察的义务。"医生道。

"警察不好办。"我说，"也怪我不好，所幸伤还不深，想私了算了。拜托了！"

医生口中嘟囔了一会儿，终究不再坚持，让我躺在床上，给伤口消了毒，打了几针，拿出针线麻利地缝合伤口。随后，护士用充满狐疑的目光瞪着我，"啪"的一声把厚厚的纱布贴在受伤部位，用橡胶皮带样的东西拦腰固定。我自己都觉得这样子有些滑稽。

"尽可能别做剧烈运动。"医生说，"也不要喝酒，不要性交，不要过分地笑。最好看看书，轻松些日子。明天再来。"

我道过谢，在窗口付款，领了消炎药返回住处，并且遵从医嘱，歪在床上看屠格涅夫的《罗亭》。本来想看《春潮》，但在这形同废墟的房间里找到这一本已费了好一番折腾，再说细想之下《春潮》也并不比《罗亭》好出许多。

于是我腰缠绷带，天还未晚就倒在床上看屠格涅夫富有古典情调的小说。看着看着，我开始觉得一切都无所谓怎么样都无所谓。这三天时间里发生的任何事情都不是我自己找的，一切都是主动找上门的，我不过受连累而已。

我走进厨房，在高高隆起于水槽中的威士忌瓶子碎片堆上专心拨弄。几乎所有的酒瓶都被击得粉身碎骨，残片四溅，惟见一瓶芝华士居然下半端幸免于难，里边尚存大约一杯分量的威士忌。斟进酒杯，对着灯光看了看，没发现玻璃屑。我持杯上床，一边干喝温吞吞的威士忌一边继续看书。第一次看《罗亭》时还在读大学，已是十五年前的事了。十五年后我腰缠绷带重读此书。重读之间，我意识到较之从前，自己开始对罗亭怀有类似好意的心情。人不能够改正自身的缺点。脾性这东西大约在二十五岁前便已成定局，此后无论怎样努力都无法改变其本质，问题是人们往往拘泥于外界对自身脾性的反应。也是借助醉意，我有些同情罗亭了。陀思妥耶夫斯基小说中的出场人物几乎都不令人同情，而对屠格涅夫笔下的主人公则马上会产生同情之心。我甚至同情《八十七分署》（87th Precinct）系列小说中出现的人物。这恐怕是因为我本身在人性上有诸多缺点，缺点多的人常常同情同样缺点多的人。陀思妥耶夫斯基小说人物身上的缺点很多时候很难使人视为缺点，因而我不可能对他们的缺点倾注百分之百的同情。托尔斯泰笔下的人物缺点则往往过于明显过于静止。

读罢袖珍本《罗亭》，扔到书架上面，又去水槽物色像样的威士忌残骸。发现有块瓶底剩有一点点杰克·丹尼黑标威士忌，赶紧倒入杯中，折回床开始看司汤达的《红与黑》。总之我好像喜欢看落后于时代的作品。当今时代到底有几多年轻人看《红与黑》呢？不管怎样，读着读着我又同情上了于连·索雷尔。在于连·索雷尔身上，缺点在十五岁以前便大局已定，这一事实也激发了我的同情心。人生的种种要素仅在十五岁便固定下来，这在别人看来也是非常不忍的事。他自行投入监牢也是如此。他蜷缩在四面墙世界里，不断地朝毁灭行进。

有什么打动我的心。

是墙壁！

那世界四面皆壁。

我合上书，把仅有的一点黑标威士忌倒入喉咙，就四面墙世界思索良久。我可以较为容易地在脑海中推出墙壁和门的样式，墙非常之高，门非常之大，且一片沉寂，我便置身其中。然而我的意识十分朦胧，看不清周围景致。整座城市的景致——甚至细微之处都历历在目。唯独自己周围扑朔迷离。有谁从这不透明的轻纱的对面呼唤我。

这简直同电影镜头无异。我开始回忆以前看过的历史影片中有无这样的场面。可是《万世英雄》(El Cid) 也好《宾虚》(Ben-Hur) 也好，《十诫》也好《圣袍》(The Robe) 也好《斯巴达克思》(Spartacus) 也好，均无如此镜头。那么，这景致恐怕是我一时心血来潮的幻想。

那墙壁所暗示的，我想肯定是自己被框定的人生。一片沉寂则是消音后遗症。四周之所以迷迷蒙蒙，是因为想象力面临毁灭性的危机。呼唤我的大约是那位粉红色女郎。

分析完这瞬间涌起的幻想之后，我又翻开书，但注意力再也无法集中在书上。我想，我的人生是零，是无，是彻底的无。迄今我做了什么？什么也没做。使谁幸福了？没使任何人幸福。拥有什么？什么也不拥有。我没有妻室，没有朋友，没有门，一扇也没有。阳物垂头丧气，甚至工作也朝不保夕。

作为我人生最终目标的大提琴和希腊语那片祥和的世界正面临危机，假如工作就此失去，我无论如何也不具有使之实现的经济余力。况且若被"组织"追至天涯海角，自然无暇背诵希腊语的不规则动词。

我闭目合眼，吸了一口深如印加水井的空气，再次回到《红与黑》上。失去的业已失去，再多思多想也无可挽回。

注意到时，天已完全黑尽。屠格涅夫并司汤达式的夜色在我周围合拢。或许由于静卧未动，肚皮的刀伤多少不那么痛了，犹如远方击鼓般的迟钝而隐约的痛感虽然不时从伤口驰往侧腹，而一旦过去，往下便太平无事，足可使人忘却伤口。时针已指在七点二十分，我依然没有食欲。早上五点半用牛奶送下去一个不管用的三明治，其后在厨房吃了一点土豆沙拉，到现在还什么也没进肚。一想到食物胃就似乎变硬。我筋疲力尽，睡眠不足，加之肚皮开裂，房间又如被小人国的工兵队实施爆破一般四处狼藉，根本没有产生食欲的余地。

几年前我读过一本描写世界垃圾遍布以至沦为废墟的科幻小说，而我的房间光景与之毫无二致。地上散乱扔着形形色色种种样样的废物：被割裂的三件套西服，毁掉的录像机、电视机，打碎的花瓶，折断脖子的台灯，踩烂的唱片，沧海横流的番茄沙司，断断续续的扩音器软线……扔得到处都是的衬衫和内衣大多或被穿鞋的脚踩得污七八糟，或溅上墨水，或沾上葡萄汁，几乎不堪再用。原来床头柜上一盘我三天前开始吃的葡萄，被扔得满地开花，踩得体无完肤。约瑟夫·康拉德和托马斯·哈代自甘寂寞的作品集被花瓶里的脏水淋得一塌糊涂。剑兰插花也像献给阵

亡者一样落在浅驼色的开司米毛衣胸口，袖子被百利金
（Pelikan）生产的皇室蓝墨水染上了高尔夫球大小的污痕。

全部化为废品。

一堆无处消化的废品。微生物死了变石油，大树倒了成煤
层，而这里的一切全都是没有归宿不折不扣的废品。毁掉的录像
机又能去哪里呢？

我又一次走进厨房，拨弄水槽里的威士忌瓶子碎片，遗憾的
是再也找不到一滴威士忌。剩下的威士忌未能进入我的胃袋，而
像俄耳浦斯一样统统顺着下水道流入地下的虚无，流入夜鬼横行
无忌的世界。

在水槽里不断拨弄之间，右手中指尖被玻璃片划破了。我看着
血从指肚溢出，继而一滴滴落在威士忌商标上，看了好久。受过一
次大伤后，这小伤便不足为奇了。没有人由于指尖出血而一命呜呼。

我任凭血液流淌，直至把四玫瑰商标染红。但血流个无休无
止，我只好不再看，拿纸巾擦净伤口，用药用胶布缠好。

厨房地板上躺着七八个啤酒罐，犹如一场炮战后的弹壳。我
于是拾起。罐的表面早已变得不凉不热，但终究强过没有。我一
手拿一罐啤酒上床，一边滋滋有声地啜着，一边接着看《红与
黑》。作为我，很想借助酒精排除三天来体内积蓄的紧张，顺势
大睡一场。不管明天如何纠纷四起——基本可以断言会发生
的——我都要尽情睡一大觉，至少睡到地球像迈克尔·杰克逊一
样旋转一周那样长的时间。新的纠纷让新的绝望感来迎接好了。

时近九点，睡魔袭来。我这如月球背面一般荒芜的斗室，睡
意居然也肯光顾。我把读了四分之三的《红与黑》扔在地上，按
下幸存的床头灯的开关，侧身弓腰，沉入梦乡。我是这荒芜房间
中的小小胎儿，在应该苏醒之前，任何人都无从打扰。我是处于
纠纷包围中的绝望的王子，我将一直沉沉昏睡，直到"大众"高

尔夫大小的癞蛤蟆来同我接吻。

　　然而出乎意料，只睡了不到两个小时，半夜十一点，身穿粉红色西服套裙的胖女郎走来摇我的肩膀。看来我的睡眠成了价格低得惊人的拍卖品，众人依序近前，像敲打半旧车轮胎似的踢动我的睡眠。他们不该有如此权利。我并非半旧车，尽管半新不旧。

　　"躲开！"我说。

　　"喂，求求你，起来，求你了！"女郎道。

　　"躲开躲开！"我重复道。

　　"不是睡觉的时候！"女郎说着，用拳头咚咚捶打我的侧腹。一股打开地狱之门般的剧痛穿过我的全身。

　　"快起来，"她说，"这样下去世界要完蛋的！"

16

世界尽头
——冬季的到来

睁眼醒来，我躺在床上。床发出熟悉的气味。床是我的床，房间是我的房间，可我觉得一切都与以前多少有些异样，活像照我的记忆复制出来的场景。天花板的污痕也好，右灰墙的伤痕也好，无一例外。

窗外在下雨。冰一样清晰入目的冬雨连连洒向地面。亦可听到雨打房顶之声，但距离感难以把握。房顶似乎近在耳畔，又好像远在一公里之外。

窗前有大校的身影。老人拿一把椅子端坐窗前，一如往常挺胸直背、岿然不动地注视着外面的雨。我不理解老人何以看雨看得如此执着，雨不外乎是雨，不外乎是拍打房顶淋湿大地注入江河之物。

我想抬起胳膊，用手心摸下脸颊，但抬不起来。一切都重得要命。想出声告知老人，声音也发不出。肺叶中的空气块也无从排出。看来身体功能已全线崩溃，荡然无存。我睁眼看窗看雨看老人。自己的身体何故狼狈到如此地步呢？我无法想起，一想脑袋便痛得像要裂开。

"冬天啦，"老人说着，用指尖敲敲窗玻璃，"冬天来了，这回你可以晓得冬天的厉害了。"

我微微点了下头。

不错，是冬天之壁在让我吃苦受罪。我是穿过森林赶到图书馆的。我蓦地记起女孩头发触摸脸颊的感触。

"是图书馆女孩把你带到这里的，请看门人帮的忙。你烧得直说胡话。汗出得不得了，足有一水桶。前天的事。"

"前天……"

"是的，你整整睡了两天两夜。"老人说，"还以为永远醒不来了呢。是到森林里去了吧？"

"对不起。"我说。

老人端下在炉子上加温的锅，把东西盛进盘子，随后扶我坐起，靠在床头靠背上。靠背发出"吱吱呀呀"的声响。

"首先得吃！"老人说，"思考也好道歉也好都放到后头去。可有食欲？"

"没有，"我说，"甚至对吸气都感到厌烦。"

"不过这个横竖得喝下去。三口就行，喝完三口，剩下的不喝也成。三口就完事。能喝吧？"

我点点头。

汤加了草药进去，苦得令人作呕，但我还是咬牙喝了三口。喝罢，直觉得浑身上下软成一团。

"好了，"老人把汤倒回盘子，"苦是有点苦，但能把恶汗从你身上排出去。再睡一觉，醒来心情会大有好转。放心地睡吧，醒时有我在这里。"

睁开眼睛时，窗外一片漆黑。强风把雨滴打在窗玻璃上。老人就在我枕旁。

"怎么样，心情好些了吧？"

"好像比刚才舒服了不少。"我说，"现在几点？"

"晚上八点。"

我急欲从床上爬起，但身体仍有点不稳。

"去哪儿？"老人问。

"图书馆。得去图书馆读梦。"

"瞎说，这样子连五米也走不了。"

"可我不能休息。"

老人摇摇头："古梦会等你的，再说看门人和女孩都知你寸步难行，图书馆也没开门。"

老人叹息着走去炉前，倒了杯茶转来。风每隔一些时候便来拍窗。

"依我看，你怕是对那女孩有些意思。"老人说，"我没打算听，但不能不听，一直陪在你身边嘛。发烧时人总要说梦话，没什么难为情的。青年人谁都恋爱，对吧？"

我默默点头。

"女孩不错，对你非常关心。"说着，老人呷了口茶，"不过，就事态发展来说，你对她怀有恋情恐怕是不合适的。这种话我原来不大想说，但事已至此，还是多少透露一点才好。"

"为什么不合适呢？"

"因为她不可能回报你的心意。这怪不得任何人，既不怪你，又不怪她，大胆说来，乃是世界的体制造成的，而这体制又不能改变，如同不能使河水倒流。"

我从床上坐起，双手摸腮。脸好像小了一圈。

"你大概指的是心吧？"

老人颔首。

"我有心她没心，所以无论我怎样爱她都毫无所得，是吧？"

"不错。"老人说，"你也正在失去。如你所言，她没有心，我也没有，谁都没有。"

"可是你十分关怀我呀，不是吗？你那样把我放在心上，不睡觉地护理我，这难道不是心的一种表现？"

"不，不对。关怀和心还不是一回事。关怀属于独立的功能，说得再准确一点，属于表层功能。那仅仅是习惯，与心不同，心则是更深更强的东西，且更加矛盾。"

我闭起眼睛，把四下飞散开去的思绪一个个拾到一起。

"我是这样想的，"我说，"人们心的失去，大概是影子的死去造成的，对吧？"

"完全正确。"

"就是说，她的影子已经死去，所以心也就不能失而复得，是吧？"

老人点头道："我去镇公所查过她影子的档案，所以不会弄错。那孩子的影子是她十七岁时死的，按规定埋在苹果林里。埋葬记录也还保留着。更详细的直接问她本人好了，总比听我说更容易使你理解。不过有一点需要补充——那孩子还未懂事时就同影子分离了，因此甚至自己曾有过心这点都稀里糊涂，和我这样年老后自愿抛弃影子的人不同。我毕竟还能够察觉出你心的动态，那姑娘却无动于衷。"

"可是她对自己的母亲记得一清二楚，说她母亲好像仍然有心，即使在影子死了之后。虽然我不知道为什么会那样，不过这点不能有所帮助吗？她也可能或多或少有心的残余。"

老人摇晃几下杯中的凉茶，缓缓地一饮而尽。

"跟你说，"大校道，"围墙是任何心的残渣剩片都不放过的。纵令有那么一点点残留下来，围墙也要统统吸光，如果吸不

194

光，就把人赶走，女孩的母亲便是如此下场。"

"你是说不能抱任何希望？"

"我不过是不想让你失望。这镇子坚不可摧，你则渺小脆弱。通过这次的事情你也该有所体会了。"老人目不转睛地盯着手中的空杯，盯了好一阵子。"不过你可以把她搞到手。"

"搞到手？"我问。

"是的，你可以同她一起睡觉，一同生活。在这个镇上，你可以得到你想得到的东西。"

"问题是其中没有心存在？"

"心是没有。"老人回答，"不久你的心也将消失。心一旦消失，也就没有失落感，没有失望，没有失去归宿的爱。剩下的只有生活，只有安安静静无风无浪的生活。你想必喜欢她，她也可能喜欢你。你若有意，那便是你的，谁都没有办法夺走。"

"不可思议啊！"我说，"我还有心，却有时找不见心，或者不如说找得见的时候不多。尽管如此，我还是怀有心终究要复归这样坚定的自信，正是这种自信维持着支撑着我这一存在。所以，我很难设想失去心是怎么回事。"

老人沉静地频频点头："再好好想想，还有时间供你去想。"

"试试看。"我说。

此后很长时间都不见太阳。刚一退烧，我便下床开窗，呼吸窗外的空气。起床后两三天里还是四肢乏力，甚至不能自如地抓紧楼梯扶手和门的球形把手。这期间大校仍每晚让我喝那苦涩的草药汤，做粥样的东西给我吃，还在枕旁讲往日的战争故事给我听，关于女孩和围墙则只字未提，我也不便询问，如有该指点我的，他早该指点了。

第三天，我恢复得可以借助老人的手杖沿官舍四周慢慢散步了。散步之间，我发觉身体变得非常之轻，想必体重因发烧而下减了，但又似乎并不尽然。是冬天给了我周围一切以不可思议的重量，唯独我一人尚未进入有重量的世界。

从官舍所在的斜坡看出去，可以把镇的西半边纳入视野：河、钟塔、围墙，最远处的西门也依稀可见。我戴着墨镜，视力不佳，无法一一辨认更加细小的景致，但仍可看出冬季的空气已给了镇子以前所未有的明晰轮廓，俨然北大山刮下的季风将街头巷尾所有色调暧昧的灰尘一股脑儿吹得无影无踪。

眺望镇景的时间里，我想起了必须交给影子的地图。由于卧床不起，已超过了交图期限近一个星期。影子或许在为我提心吊胆，也可能因为认定我已抛弃他而灰心丧气。想到这里，我不由黯然神伤。

我请老人找来一双旧工作鞋，撕开鞋底，把叠小的地图塞进去，又按原样缝好。我确信影子肯定会为了找地图而把鞋底拆得零零碎碎。之后我求老人前去面见影子，把鞋直接交到他手里。

"影子只穿双薄薄的运动鞋，一有积雪难免冻伤脚。"我说，"看门人是信不过的，我去恐怕不会让我们会面。"

"这点事不成问题。"说着，老人接过鞋。

日暮时分老人返回，告诉我已直接把鞋交给了影子。

"很为你担心的。"老大校说。

"他样子如何？"

"好像有点冷。不过不要紧，别担心。"

发烧后第十天傍晚，我勉强走下斜坡，来到图书馆。

推开图书馆门时，也许是神经过敏，总觉得里面的空气比从前浑浊滞重，犹如长久弃置未用的房间，感觉不到人的气息。炉火熄了，水壶也已凉透。打开壶盖，见里面的咖啡又白又浑。天花板好像比以前高出了许多，灯也全部关了，唯有我的脚步在幽暗中发出踩灰般的奇妙声响。女孩不在，柜台上落了一层薄灰。

我怅怅地坐在木椅上，等待她的到来。门没锁，她必来无疑。我冻得瑟瑟发抖，独自静静等待。但左等右盼仍不见她出来，暮色倒是越来越浓。恍惚间，似乎整个世界只有我和图书馆存留下来，其他一切均已灰飞烟灭。我在这世界尽头孑然一身，纵然手伸得再长，也什么都触摸不到。

房间里同样带有冬的压抑，所有的东西都好像被牢牢钉于地板和桌面。一个人在黑暗中枯坐，竟觉得身体各个部位失去了正常重量，而正在随意伸缩，恰如站在哈哈镜前做着微小动作。

我欠身离椅，按下电灯开关，把桶里的煤扔进炉膛，擦根火柴点燃，又折回椅子坐下。打开电灯，黑暗似乎愈发浓了；生起炉火，反倒像加重了寒气。

或许是我过深地把自己封闭在自我之中，也可能是残存在体内类似麻痹的感觉将自己拖入了短暂的睡眠。蓦地清醒过来时，女孩正站在我面前，悄然俯视着我。由于黄色粉末般的灯光照射着她的背部，其轮廓带有一圈若隐若现的阴影。我久久地仰视着她。她一如平日地身穿蓝色风衣，扎成一束的秀发绕到前边掖进领口，身上透出一股寒冷气息。

"以为你不来了呢，"我说，"一直在这等你。"

女孩把壶里的剩咖啡倒进水槽，冲洗后注入新水放在炉子上，随即将头发从领口拽出，脱下风衣挂在衣架上。

"为什么以为我不来？"她问。

"不知道，"我说，"只是那样觉得。"

"只要你需要，我就会来的。你还需要我吧？"

我点点头。我的确需要她。同她见面加深了我的失落感，但无论怎样加深我都需要她。

"希望谈谈你影子的事。"我说,"说不定我在往日世界里见到的就是你的影子。"

"嗯,是啊。最初我也想到这一层,在你说或许见过我的时候。"

她在炉前坐下,望了一会儿炉火。

"我四岁的时候,影子离开我到围墙外面去了。影子在外面的世界生活,我在里面的世界度日。我不晓得她在那里做什么,如同她对我也一无所知一样。我十七岁的时候,影子从外面回到镇上,死了。影子大凡临死前总要返回这里。看门人把她埋在了苹果林里。"

"于是你成为镇上地道的居民了?"

"是的。影子是同剩下的心一起被埋葬。你说过心和风差不多,但我想与风相似的恐怕更是我们本身吧?我们什么也不想,一路通过而已。既不年老,又不死去。"

"影子回来时你可见到她了?"

女孩摇摇头:"不,没见。我觉得好像已没有必要见她,她肯定已同我毫不相干了。"

"不过那也有可能是你本身。"

"或许。"她说,"但不管怎样,如今都是一码事。早已加箍封盖了。"

水壶开始在炉子上咕咕作响。在我听来,那仿佛是几公里外传来的风声。

"即使这样你也仍然需要我?"

"需要。"我回答。

17

冷酷仙境

——世界尽头、查理·帕克、定时炸弹

"快起来，"胖女郎说，"这样下去世界要完蛋的。"

世界完蛋更好，我想。肚子上的伤口痛得像有恶魔作怪，又如有一对健壮的双胞胎男孩在用四只脚猛踢我有限而狭窄的想象力边框。

"怎么了？哪里不舒服？"女郎问。

我静静地做个深呼吸，拿起身旁的T恤，用衣襟擦去脸上的汗。"有人用刀在我肚皮上切了个六厘米左右长的口子。"我像呼出空气似的说。

"用刀？"

"刀口很像贮币盒的投币口。"

"谁干的这种缺德事？为什么？"

"不明白，不知道。"我说，"事后我一直在想，就是想不出所以然。我倒还想发问呢——为什么大家都像踩门口的擦鞋垫一样践踏我？"

女郎摇头。

"我想，那两人是你的熟人或同伴也未可知，那两个拿刀的

家伙。”

胖女郎脸上浮现出莫名其妙似的表情，久久地凝目注视着我。“为什么这么想？”

“不知道。大概是想怪罪谁吧——把这种莫名其妙的勾当推到一个人头上，心里才舒服点。”

“可是什么也解决不了。”

“是什么也解决不了。”我说，“但那不是我的责任，事情不是我惹起来的。是你祖父加的油拧的开关，我不过遭受连累。干嘛非让我解决不可？”剧痛再次袭来。我紧闭双唇，像铁道口值班员等车通过一样。“今天的事也不例外。是你一大清早先打来电话，说你祖父去向不明，求我帮忙。我出去了，你却不见影。刚回家躺下睡觉，就来了两个不三不四的家伙，毁我房间，割我肚皮。接着，‘组织’来人对我好一阵盘问。最后你又来了。这难道不像早已精心策划好的吗？这和篮球队阵容有何区别！你到底了解情况到什么程度？”

“老实说，我想我了解的同你了解的怕没什么差距。我不过是为祖父帮忙，他怎么说我怎么做——打打杂，跑跑腿，写写信，挂电话，如此而已。至于祖父究竟搞的什么名堂，我也和你一样蒙在鼓里。”

“可你在帮助他搞研究吧？”

“所谓帮助，无非是处理数据等一些纯技术性活计。我几乎不具有专业知识，就算看到听到也根本摸不着头脑。”

“刚才你不是说这样下去世界要完蛋的么，此话从何谈起？世界为什么完蛋，怎么样完蛋？”

“不知道。祖父这么说的，说一旦我身上发生什么世界就完蛋了。祖父不是说这种笑话的人，他说世界要完蛋，基本上就是完蛋无疑。真的，世界是要完蛋。”

　　"莫名其妙啊，"我说，"世界要完蛋，这到底是怎么回事？你祖父果真一字不差地说'世界要完蛋'来着？而不是说'世界将消失'或'世界要毁掉'？"

　　"千真万确，是说'世界要完蛋'。"

　　我再度叩击门牙，思索何谓世界尽头。

　　"那么……就是说……我是在什么地方同世界尽头连在一起喽？"

　　"是吧。祖父说你是关键，说他好几年前就以你为核心进行研究来着。"

　　"你再多想起一些来，"我说，"那定时炸弹又是怎么回事？"

　　"定时炸弹？"

　　"用刀划我肚皮的人这样说的。说我为博士处理的数据就像定时炸弹，时间一到就爆炸，一声巨响。这究竟是什么把戏？"

　　"这不过是我的想象——"胖女郎说，"祖父一直在研究人的意识，在完成模糊程序后从未间断。他好像觉得模糊程序是一切的开端。之所以这么说，是因为祖父在开发出模糊程序之前，这个那个跟我说了很多，什么现在做什么啦，往下做什么啦等等。刚才我也说了，我几乎不具有专门知识，但我还是听得蛮有意思，也还听得懂。我最喜欢两人谈论这一话题。"

　　"可是在完成模糊程序以后就突然一声不吭了？"

　　"嗯，是的。祖父整天闷在地下实验室里，再不跟我谈专业方面的问题，守口如瓶，我要是问他，他也只是随口敷衍了事。"

　　"所以感到孤独？"

　　"是的，是孤独，十分孤独。"她又紧紧盯视一会儿我的脸，"喂，上床可以么？这里实在太冷。"

201

"如果不碰伤口不摇晃我的话。"我说。似乎全世界的女孩子都想钻到我床上来。

女郎绕到床的另一侧，没脱粉红色西服裙就毛手毛脚地钻进被窝。我把两个叠放在一起的枕头递过去一个，她接过"砰砰"拍了几下，使之鼓胀后塞到颈下，其脖颈发出初次见面时的那种香瓜味儿。我吃力地翻过身去面对着她，于是我们面对面地同床而卧。

"我嘛，跟男人这么亲近还是头一次。"她说。

"唔。"

"街都似乎没上过，所以没能找到碰头地点。本想再仔细问问路线，不料声音消失了。"

"把地点告诉出租车司机不就行了？"

"钱夹等于空的。走得太匆忙，哪里还想到要用什么钱。结果只好一路走来。"女郎说。

"家里没其他人？"我问。

"我六岁的时候，父母和兄弟都在一场交通事故中死了。坐车时被一辆卡车从后面压上来，汽油起火，都烧死了。"

"只你一人幸免？"

"我当时正住院，大家去看我，结果路上出了大祸。"

"竟是这样。"

"那以后我一直跟祖父生活。没上学，几乎不上街，也没有朋友……"

"没上学？"

"嗯。"女郎若无其事地说，"祖父说没有必要上学，课程全是祖父教的，从英语、俄语到解剖学。此外阿姨还教了烹饪和裁缝等等。"

"阿姨？"

"一位搞家务打扫房间的阿姨，就住在我家。人好得很，三年前患癌症去世了。阿姨去世后，就剩下祖父和我两个人了。"

"就是说，从六岁起你一直没有上学？"

"是啊，那又有什么呢？我什么都会，光外语就会四门。会弹钢琴，会吹中音萨克斯，会组装通讯仪器，还学过航海和踩钢丝，书也看了一大堆。三明治也做得可口吧？"

"可口。"

"祖父说，学校无非是花十六年时间来消耗脑浆的地方。祖父也差不多没进校门。"

"不简单！"我说，"不过，没有同龄朋友不寂寞？"

"怎么说呢，我特别忙，没时间想那么多。再说，反正我跟同龄的人怕也说不到一起。"

"呃。"或许如此。

"但对你极有兴趣。"

"为什么？"

"你看上去很疲劳，而疲劳却又像是一种精力。这点我不明白，我认识的人里边没有一个是这种类型。祖父绝不疲劳，我也同样。咦，真的很疲劳？"

"确实疲劳。"我恨不得反复说二十遍。

"疲劳是怎么一回事？"女郎问。

"感情有很多侧面都不明确。对自己的怜悯，对他人的愠怒；对他人的怜悯，对自己的愠怒——凡此种种，都是疲劳。"

"哪种都叫人糊涂。"

"最后一切都变得稀里糊涂，和转动各色圆球是同一回事：转速越快，越是辨不出彼此，终归一片混沌。"

"有趣。"女郎说，"对这种情况你肯定十分清楚，肯定。"

"不错。"关于蚕食人生的疲劳感，或者从人生的中心气喘

吁吁地涌出的疲劳感，我可以做出上百种解释，这也是学校教育
所不能教授的内容之一。

"你会吹中音萨克斯？"女郎问我。

"不会。"

"可有查理·帕克的唱片？"

"有，我想是有，但眼下乱糟糟的，绝对找不出来，何况音
响也坏了，总之欣赏不成。"

"会哪样乐器？"

"一样也不会。"

"碰一下身体可以么？"

"不行，"我说，"要是碰得不妥，伤口可就遭殃了。"

"伤好后可以碰吧？"

"如果伤好而世界又没完蛋的话。现在还是接着说要紧事
吧。你祖父自从开发出模糊系统之后，整个人就变了——是讲到
这里吧？"

"嗯，是的。那以后祖父变得判若两人。沉默寡言，郁郁寡
欢，自言自语。"

"他——你的祖父——在模糊系统方面说过怎样的话？想不
起来？"

胖女郎用手指摸着金耳环，一阵沉思。

"他说模糊系统是通向新世界的大门。虽然那是为重新组合
输入电脑里的数据而开发的辅助性手段，但若运用得法，很可能
使之发挥出足以改变整个世界结构的威力，正如原子物理学产生
原子弹一样。"

"就是说，我将成为开启模糊系统通往新世界之门的
钥匙？"

"总的说来，怕是这样的吧。"

我用指甲尖敲着门牙。我很想用大玻璃杯喝加冰块的威士忌，可惜冰块和威士忌早已在房间里销声匿迹了。

"你认为你祖父的目的就是使世界完蛋？"我问。

"不，不是那样。祖父的确脾气古怪我行我素惹人讨厌，但实际上又是个很好的人，同你我一样。"

"谢谢。"生来头一次听到这样的话。

"而且祖父非常担心自己的研究被人盗去滥用。他本人不至于用来干坏事吧？祖父离开'组织'也是因为担心若在那里继续研究，'组织'势必滥用其研究成果。所以他才辞职，一个人继续研究。"

"可是'组织'毕竟站在世上好的一方，与盗窃电脑情报兜售给黑市的符号士团体相对抗，维护情报的正当所有权。"

胖女郎定定地注视我的脸，耸了耸肩。

"至于哪一方善哪一方恶，祖父倒似乎不大在意。善与恶是人类根本素质上的属性，不能同所有权的归属趋向混为一谈。"

"唔，或许是那么回事。"我说。

"另外，祖父不信赖任何种类的权力。不错，祖父是曾一度从属于'组织'，但他说那不过是权宜之计，目的在于充分利用丰富的数据、实验材料和大型模拟实验设备。所以，在完成复杂的模糊系统之后，还是觉得一个人独自研究舒心得多有效得多。一旦开发出模糊系统，便再也用不着设备，剩下的只是意念性作业。"

"噢，你祖父退出'组织'时，没有把我的私人数据复印下来带走？"

"不晓得。"她说，"不过，要是有意，想必手到擒来。毕竟祖父作为'组织'里的研究所所长，对数据的占有和利用拥有一切权限。"

大概不出我所料，我想。博士带走我的私人数据，用于其个人研究，把我作为主要标本而将模糊理论大大推向前进。这样，情况即可大致理顺。如小个子所说，博士由于触及研究的核心而把我叫去，给我以适当的数据，让我进行模糊运算，从而使我的意识对其中潜在的特定语言作出反应。

果真如此，那么我的意识——或无意识——已经开始作出反应。定时炸弹，小个子说。我在脑袋中快速计算自己搞好模糊运算后到现在的时间。运算完毕睁眼醒来是昨晚快到十二点的时候，已经差不多过去了二十四个小时，时间相当之长。不知定时炸弹到底在几小时后爆炸，反正时针已走过了二十四个小时。

"还有一个疑问，"我说，"你是说世界要完蛋了吗？"

"嗯，是的，祖父那么说的。"

"你祖父说世界要完蛋，是在开始研究我的私人数据之前，还是之后？"

"之后。"她答道，"大概是之后。不过祖父准确地说出世界要完蛋则是最近几天的事。怎么？有什么关联？"

"我也不清楚。但有一点令人生疑：我进行模糊运算的通行令是'世界尽头'。这实在难以认为是偶然巧合。"

"你那个'世界尽头'，内容是什么？"

"不知道。尽管是我的意识，却藏在我鞭长莫及的地方。我所知道的，仅仅是'世界尽头'。"

"不能复原？"

"不可能吧。"我说，"即使动用一个师，也休想从'组织'的地下保险柜里抢走。戒备森严，且有特殊装置。"

"祖父利用职权带出来的？"

"想必。不过这仅是猜测，往下只有直接问你祖父才行。"

"既然如此，你肯把祖父从夜鬼手中搭救出来？"

206

我手捂伤口从床上坐起。脑袋针刺般作痛。

"恐怕别无选择。"我说,"你祖父口中的世界尽头究竟意味着什么,我自然不清楚,但总不能放任自流,一定得设法阻止。否则会有人倒大霉的,我觉得。"所谓有人,十之八九是我本身。

"不管怎样,为此你必须解救我祖父。"

"因为我们三人都是好人?"

"是的。"胖女郎说。

18

世界尽头
——读梦

　　我无法明确认识自己的心，而就这样重新开始了读梦。寒冷一天胜似一天，工作不能永远拖延下去。至少，在集中精力读梦的时间里，我可以暂且忘记心中的失落感。

　　然而另一方面，越是读梦，一种形式不同的虚脱感越是在体内膨胀。究其原因，在于我不能理解古梦所倾诉的形象性语言，无论我读得如何专心。我可以读它，却不能理解其含义，如同日复一日地阅读不知所云的文章，又如每天观看流逝的河水。哪里也没有我的归宿。读梦技术固然有所提高，但不能给我以慰藉。技术的提高仅仅使得我可以卓有成效地提高读梦的数量，而继续这种作业所带来的空虚却一发不可遏止。为了进步，人可以持续付出相应的努力，问题是无处可供我进步。

　　"我不明白古梦到底意味什么。"我对女孩说，"以前你说过我的工作就是从头骨中解读古梦，是吧？但那仅仅是从我体内通过而已，其实根本无从理解，越读越觉得自己本身受到了严重磨损。"

　　"话虽这么说，可你读起来简直就像走火入魔似的，什么缘故呢？"

"不知道。"我摇了摇头。有时是为了排遣失落感而忘我工作，但连我自己都觉得原因并不单单是这个。如她所言，我读起梦来的确像走火入魔一般。

"恐怕也是因为你本身的问题，我想。"女孩道。

"我本身的问题？"

"我想你应该进一步敞开心扉。关于心我倒不大明白，不过我觉得它好像处于严密封闭的状态。正如古梦希求你解读一样，你本身大概也在希求古梦。"

"何以见得？"

"因为读梦就是这么回事。就像鸟随着季节南来北往，读梦人也在不断地追求读梦。"

随后，她伸出手，隔桌放在我手上，莞尔一笑，笑得如云间泻下的一缕柔和的春光。

"敞开心扉！你不是犯人，你是空中逐梦飞翔的鸟！"

结果，我只能把古梦一个个拿在手里潜心阅读。我从书架上触目皆是的古梦中拿起一个，轻轻抱在怀里运往桌面。女孩帮着用微湿的抹布擦去灰尘，再用干布富有节奏地慢慢擦。细细磨罢，古梦便如积雪一般通体莹白。正面两个黑洞洞的眼窝，看上去犹如一对不知深有几许的幽幽古井。

我用双手轻轻掩住头骨上端，等待头骨在我体温的作用下开始微微发热。及至达到一定温度——如冬日里的阳光，并不很热——被磨得雪白的头骨便开始叙述其上面镌刻的古梦。我则闭目合眼，深深吸气，开启心扉，用指尖摸索头骨叙述的故事。但其语声过于细微，映出的图像犹如黎明时分空中的远星一样扑朔迷离。我从中读出来的，不过是几个不确切的片断，无论怎样拼凑，都不可能把握整体。

这里绵亘着不曾看见的风景，流淌着不曾听见的音乐，低吟着理解不了的话语。它时而突然跃上顶峰，时而急剧沉入黑谷。一个断片同另一断片之间不存在任何共通之处，恰如快速转动收音机的调频钮，从一个台调往另一个台。我试图用各种方法尽量将精神集中于指尖，结果纯属徒劳。我觉察得出古梦是想向我倾吐什么，而我却无法将其作为故事解读出来。

或许我的解读方式有某种缺陷，也可能由于他们的语言在漫长的岁月中已彻底磨损和风化，抑或他们构思的故事同我所构思的之间在时间性和背景方面存在着根本性差异也未可知。

不管怎样，我只能眼睁睁地默默看着这些异质片断忽而浮现忽而消失。当然，其中也有几幅我已司空见惯的极其平常的景致：青草在风中摇曳，白云在空中飘移，阳光在河面跳跃，毫无特色可言。然而这些平庸无奇的景致却使我心里充满无可名状不可思议的悲哀。我无论如何也不理解这些景致何以蕴含着令我如此黯然神伤的要素，一如窗外驶过的船，出现却又不留任何痕迹地杳然远逝。

大约持续十分钟后，古梦开始像退潮一样渐渐失去体温，不一会儿变回原来冷冰冰的纯粹的白骨。古梦于是再度长眠。所有的水滴都从我两手的指间滴落到地上。我这读梦作业永远周而复始。

等古梦彻底凉透，我便递给女孩，由她摆在柜台上。这时间里我双手拄着桌面，休息一下身体，放松一会儿神经。我一天所能解读的古梦顶多也就是五六个，超过此数，注意力便无法集中，指尖解读出的只是微乎其微的片言只语。房间里的挂钟指向十一点时，我已心力交瘁，好半天都不能从椅子上直起身来。

此时她总是端来最后一杯热咖啡，也有时从家里带来白天烤

210

的曲奇、面包和水果等作为夜宵。一般我们都几乎不再开口，面对面地喝咖啡，吃曲奇或啃面包。我累得好久说不出像样的句子，她也清楚这点，和我同样沉默不语。

"你打不开心扉是因为我的关系？"女孩问道，"我无法回应你的心，所以你的心才闭得紧紧的？"

我们一如往常地坐在旧桥正中通往沙洲的石阶上眼望河水。一弯凄冷清白的小小的月在河面瑟瑟发抖。不知谁系在沙洲木桩上的小舟让水声发生微妙的变化。由于并肩坐在狭窄的石阶上，我的肩一直感觉着她的体温。人们往往把心比做体温，然而心与体温之间却毫不相干，不可思议！

"不是那样的，"我说，"我的心不能充分打开估计是我本身的问题，怪不得你。我不能清楚认识自己的心，所以才惶惑不安。"

"心这东西你也捉摸不透？"

"有的时候。"我说，"有的东西不过很久是不可能理解的，有的东西等到理解了又为时已晚。大多时候，我们不得不在尚未清楚认识自己的心的情况下选择行动，因而感到迷惘和困惑。"

"我觉得心这东西似乎是非常不健全的。"女孩微笑着说。

我从衣袋里掏出双手，在月光下注视着。被月光染白的手看上去宛如一对雕像，一对完美地自成一统而又失去归宿的雕像。

"我也同样，也觉得它是非常不健全的。"我说，"不过会留下痕迹，我们可以顺着痕迹一路返回，就像顺着雪地上的脚印行走。"

"走去哪里？"

"我自身。"我答道，"所谓心便是这样的东西。没有心哪里也走不到。"

我抬头看月。冬月不自量力地散发出鲜亮亮的光，悬挂在高墙包围下的镇子的上空。

"没有一样可以怪你。"我说。

19

冷酷仙境
——汉堡包、天际线①、截止期限

我们做出的第一个决定是找地方填肚子。我虽然没有食欲，但由于往下不知何时能吃上饭，所以似乎还是吃点什么为妙。啤酒和汉堡包之类或许能勉强送入胃去。女郎说她中午只吃了一块巧克力，实在饥肠辘辘，她口袋里的钱只够买一块巧克力。

为了不刺激伤口，我小心翼翼地把两腿插进牛仔裤，在 T 恤外面套上运动衫，并加了一件薄毛衣。出于慎重，我又打开衣箱，拿出登山用尼龙防寒衣。女郎那套粉红色西装裙看上去无论如何都不适于地下探险，遗憾的是我衣箱里又没有适合她体型的衣裤。我比她高十来厘米，她大概比我重十多公斤。当然最理想的是去商店买一套容易施展拳脚的装备，但正值深更半夜，所有商店都已关门闭户。好在我以前穿过的一件美军处理的厚作战夹克还算符合她的尺寸，便递给了她。高跟鞋也成问题，她说事务所里有运动鞋和长胶靴可用。

"粉红色的运动鞋粉红色的长胶靴。"她说。

"喜欢粉红色？"

"祖父喜欢，他说我穿粉红色衣服恰到好处。"

"是恰到好处。"我说。不是随口敷衍，的确恰到好处。胖女人配粉红色衣服，往往如硕大的草莓糕给人以臃肿暧昧之感，而她却相得益彰。莫名其妙。

"你祖父喜欢胖女孩？"我不失时机地问。

"嗯，那还用说。"胖女郎道，"所以我才总是注意保持肥胖，吃东西也是如此。一旦掉以轻心，一下子就瘦下去的。黄油啦奶酪啦只管放开肚皮来吃。"

"唔。"

我打开壁橱，掏出背包，判认未被割裂之后，塞进两人用的外衣、手电筒、指南针、手套、毛巾、大号小刀、打火机、绳索和固体燃料。接着走进厨房，从一片狼藉的食品中拣出两个面包、咸牛肉罐头、香肠、桃和葡萄柚罐头，装进背包。水壶满满装了一壶水。最后抓起家里所有的现金塞入裤袋。

"活像去郊游。"女郎说。

"的的确确。"

出发前，我再度巡视一周我这浑如大块垃圾堆放场的房间。维持生存的活动莫不如此：构筑起来劳心费时，而毁坏则在顷刻之间。三个小房间之中，曾有过尽管不无疲惫却又自满自足的生活，然而这一切已在喝光两罐啤酒的时间里如晨雾般了无踪影。我的职业我的威士忌我的平稳我的孤独我的毛姆和约翰·福特影片集，统统化为毫无意义的废品。

草原的金辉，鲜花的荣光——我不出声地念念有词，随后伸出手，拉掉门口的电闸，切断家中所有的电源。

---

① Skyline。日产公司投放北美市场的一款中级车，是英菲尼迪 G 系列的前身。

　　由于肚皮伤口痛得过分加之累得过分，我无法深入思考问题，于是决定什么也不去想。与其半途而废，莫如一开始就不思不想。我大模大样地乘上电梯，下到地下停车场，打开车门把东西放进后座。有人监视就监视好了，想盯梢也悉听尊便，对于我怎么都无所谓了。因为首先，我到底该对谁提高警惕？符号士还是"组织"？抑或那两个持刀之徒？对现在的我来说，若以此三伙人为敌，虽说不至于落荒而逃，但毕竟体力不支。肚皮被横向划开六厘米的口子，睡眠不足，况且又要领着胖女郎在黑洞洞的地下同夜鬼殊死搏斗，这已足以使我焦头烂额。谁要干什么，只管下手就是。

　　可能的话，车也不想驾驶。我问女郎能否开车，她说不能。

　　"请原谅。马倒是能骑。"

　　"也好，说不定迟早有需要骑马的那一天。"我说。

　　我确认燃料显示计的指针贴近 F，将车开出，穿过七拐八弯的住宅地段，驶上大街。虽是夜半，车辆仍铺天盖地，大约一半是出租车，其余是卡车和客车。我实在想不明白这芸芸众生何以偏要在深更半夜乘车满街乱闯。他们为什么就不能六点下班回家十点前钻进被窝关灯睡觉？

　　但归根结蒂，这是别人的问题。无论我怎样左思右想，世界都将按其自身规律扩大下去，也不管我想什么，阿拉伯人都仍要挖油不止，人们都仍要用石油制造电气和汽油，都要在子夜街头设法满足各自的欲望。相比之下，我必须解决好当务之急。

　　我双手搭在方向盘上，在等信号的时间里打了个大大的哈欠。

　　前面停的是辆大型卡车，纸捆简直像要堆到天上去。右侧一辆运动版白色天际线上坐着一对年轻男女。不知是去夜游途中还是归来路上，两人都一副百无聊赖的样子。女的把戴两个银手镯的左腕伸出窗外，瞥了我一眼。她并非对我有什么兴趣，只是因为没什么可看的才看了我的脸。丹尼斯（Denny's）广告也罢，交通标识也罢，我的脸也罢，什么都无所谓。我也瞟了一眼她。还算是漂亮，不过这等面孔似乎随处可见，在电视剧里不外乎充当女主人公同伴那类角色——在茶室里一边喝茶一边问什么"怎么了？近来总好像无精打采的"云云。一般只出场一次，消失后便再也无从想起是何模样。

信号灯变绿后，我前面的卡车仍在磨磨蹭蹭，而白色天际线早已发出一串潇洒的排气声，随着车内组合音响杜兰杜兰乐队的旋律逃离了我的视野。

"留意一下后面的车好么？"我对胖女郎道，"要是有一直咬住不放的，报告一声。"

女郎点头注视后面。

"你以为会有人跟踪？"

"不晓得。"我说，"不过还是小心为好。吃的东西汉堡包可以吧？那东西节省时间。"

"什么都行。"

我把车停在第一个扑入眼帘的路边汉堡店前。身穿红色短连衣裙的女侍走来，把托盘贴在两旁车窗上问吃什么。

"双层芝士汉堡一份炸薯条外加热巧克力。"胖女郎说。

"普通汉堡包和啤酒。"我说。

"对不起，不备啤酒。"女侍道。

"普通汉堡包和可乐。"我改口道。路边汉堡店是不备有啤酒的，我怎么就没想到这点呢？

等食物的时间里，我注意着后面有无来车，结果一辆也未跟来。当然，假如真的盯梢，怕也不至于开进同一停车场，而应该埋伏在某个不引人注目的场所静等我们的车开出。我转而不再张望，将端来的汉堡包、炸薯条和高速公路通行证大小的生菜叶同可乐一起机械地送入胃中。胖女郎则慢吞吞地细细咀嚼，津津有味地咬着芝士汉堡，抓着炸薯条，啜着热巧克力。

"不吃点炸薯条？"女郎问我。

"不要。"

女郎将盘中物一扫而光，喝掉最后一口热巧克力，又舔净手指上沾的番茄酱和芥末，用纸巾擦了擦指头和嘴巴。从旁看来都觉得她吃得十分香甜。

"关于你祖父的事，"我说，"首先该去地下实验室看看吧？"

"恐怕是的。那里说不定能找到什么线索，我也可以帮忙。"

"问题是能从夜鬼巢穴旁边通过吗？夜鬼干扰器已被弄坏了吧？"

"不碍事，还有小些的可供紧急时使用。威力虽不很大，带在身上夜鬼还是不敢靠近的。"

"那就没问题了。"我放下心来。

"没那么简单，"女郎说，"由于电池的关系，便携式干扰器只能连续使用三十分钟，时间一到就要关掉开关充电才行。"

"唔。充电要花多长时间？"

"十五分钟。工作三十分钟，休息十五分钟。在事务所和研究室之间往返一次，这时间绰绰有余，所以容量搞得较小。"

我没了情绪，不再言语。毕竟比束手无策好，况且也只能凑合使用。我驱车驶出停车场，中途找见一家深夜营业的自选商场，买了两罐啤酒和一小瓶威士忌，而后停车把两罐啤酒喝光，威士忌则喝了四分之一。这么着，心情总算略有好转。剩下的威士忌拧好瓶盖，交给女郎装进背包。

"何苦这么喝酒？"女郎问。

"因为心里紧张吧。"

"我也紧张，可并不喝酒。"

"你的紧张和我的紧张是种类不同的紧张。"

"不大明白。"

"人上了年纪，无可挽回的事情的数量就越来越多。"

"所以疲劳？"

"不错，"我说，"所以疲劳。"

她转向我，伸手碰了下我的耳垂。

"不要紧，别担心，我一直守在你身边。"

"谢谢。"我说。

我把车开进女郎祖父事务所所在大厦的停车场，下车背起背包。伤口每隔一定时间就闷痛一阵子，如有一辆满载干草的板车缓缓碾过自己的肚皮。我姑且认定：这仅仅是普通的痛，是表层的痛，与我自身的本质并不相干。犹如阵雨，雨过天晴。我将所剩无几的自尊心尽皆收集起来，把受割之辱逐出心头，步履匆匆地跟在女郎后面。

大厦入口有个大个头年轻门卫，要求女郎出示本楼居住证，女郎从衣袋掏出塑料卡，递给门卫。门卫把卡塞进桌上电脑的吞吐孔，确认荧屏上出现的姓名和房间号之后，按动开关打开大门。

"这是座非常特殊的建筑物。"女郎穿过宽敞的大厅时对我解释道，"进入这里的人都有某种秘密，为保守秘密而建立了特殊的警卫体制。开展重大研究或秘密聚会时等等，在门口要像刚才这样检查身份，还通过监控电视看你去的是不是早已预定的场所。所以，就算有人尾随跟踪也别想进来。"

"那么，你祖父在这楼下挖地洞的事他们也知道？"

"呃——怎么样呢？我想未必知道。这座楼施工时祖父叫人搞了个特别设计，以便从房间直接进入地下。知道此事的仅限于极少几个人，不外乎楼主和设计师。对施工人员说是下水道，图纸申报方面也处理得天衣无缝。"

"肯定花了一大笔钱吧？"

"可能。不过祖父有的是钱。"女郎说，"我也同样，我也是个十分了得的阔佬。父母的遗产和保险都买了股票，越积越多。"

女郎从衣袋里掏出钥匙，打开电梯，两人跨进上次那个空荡荡的奇妙电梯。

"股票？"

"嗯。祖父教过我如何玩股票。如情报的取舍、行情的分析、逃税的办法、海外汇款的方式等等。股票很有意思，你可玩过？"

"遗憾。"我连定期都没存过。

"祖父成为科学家之前做过股东，靠股票攒钱。攒得太多了，这才不做股东，而当了科学家。厉害吧？"

"厉害厉害。"我赞同道。

"祖父干什么都是一流人才。"女郎说。

电梯运行速度同上一次一样，不知是上升还是下降，花的时间依然很长。想到这时间里一直受到电视摄像机的监视，心里不由七上八下。

"祖父说学校教育效率太差，培养不出一流人才。你怎么看？"

"是吧，大概是的。"我说，"我上了十六年学，是觉得没起太大作用，弄得我不会说外语，不会玩乐器，不晓得股票，不能够骑马。"

"那为什么不退学？要退不是随时可以退的吗？"

"噢，那倒是。"我思忖了一会儿。不错，想退学什么时候都能一退了之。"可我当时没想到这点。我家同你那里不同，是平平常常的普通家庭，从来就没想过什么自己会成为某一方面的一流角色。"

"不对，"女郎说，"任何人都具有某种成为一流的素质，问题只在于能否把它充分发掘出来。很多人之所以成不了一流，是因为一些不懂发掘方法的人一齐上前把它扼杀掉磨损掉了。"

"好比我。"

"你不同。我觉得你身上有一种特殊的东西。你的感情外壳非常坚硬，很多东西都原封不动地剩在里面。"

"感情外壳？"

"是啊，"女郎道，"所以现在也为时不晚。嗳，等这件事完了，和我一块儿过好么？不是什么结婚，只是共同生活。去希腊啦罗马尼亚啦芬兰那样悠闲的地方，两人一起骑马一块唱歌。钱任凭多少都有。那期间保准你脱胎换骨，大放异彩。"

"唔。"我应了一声。这话听起来不坏。反正我作为计算士的生活已经由于此次事件而处于微妙境地，何况在国外悠然度日也确有魅力。但我无论如何也不相信自己会真的成为一流角色。一流角色一般都具有坚定的自信，这也是成为一流的前提。倘若自己都不相信自己会成为一流，那么很难仅仅由于势之所趋而荣登一流宝座。

正如此呆呆思考之间，电梯门开了。女郎走出门，我也随之出来。她仍像初次见面时那样"咯噔咯噔"地带着高跟鞋声在走廊里匆匆急行，我则紧随其后，形状令人愉悦的臀部在我面前摇来摆去，金耳环闪闪发光。

"不过，就算真的那样，"我对着她的背部说，"也只是你这个那个地给予我，我却什么也给不了你。我觉得这非常不公平也不自然。"

她放慢脚步，同我并肩而行。

"真那样认为？"

"是的。"我说，"不自然，不公平。"

"我想你肯定有东西给我。"

"举例说？"

"例如你的感情外壳。我实在想了解这一点：它是如何形成的？具有怎样的功能？等等。这以前我还几乎没有接触过这样的外壳，兴趣实在大得很。"

"没那么神乎其神。"我说，"每一个人的感情都包有一层外壳，程度不同罢了。如有兴趣，随便多少都能发现。你没有踏上社会，不理解普通人的普通心态是怎么回事，如此而已。"

"你这人真的一无所知，"胖女郎说，"你不是具有模糊运算的能力么，是吧？"

"当然有。不过那终归是作为工作手段而由外部赋予的能力，是接受手术和训练的结果，只要训练，绝大多数人都能胜任愉快。和打算盘弹钢琴没多大差别。"

"不能那么一概而论。"她说，"的确，起初大伙都那么想来着。如你所说，以为只要接受训练，任何人——当然是通过某种程度的考试选拔出来的——都能毫无例外地掌握模糊能力。祖父也曾这样认为。况且事实上也有二十六个人接受与你同样的手术和训练，获得了模糊能力。这一阶段没有任何欠妥之处，问题发生在后来。"

"没听说，"我开口道，"据我听到的情况，计划进展一切顺利……"

"宣传上。其实并非如此。掌握模糊能力的二十六人中，竟有二十五人在训练结束后一年到一年半时间里死了，你算是硕果仅存。唯独你一个人活过三年，并且安然无恙地继续进行模糊作业。难道你还认为自己是普通人？你现在成了至关重要的人物！"

我依然双手插在衣袋里，默默在走廊上移动脚步。事态似乎已超过我个人能力的范围无休无止地膨胀开去，至于最终膨胀到何种地步，我已经无法判断。

"为什么都死了？"我问女郎。

"不知道。死因不清楚。死于脑功能障碍倒是知道，但何以如此则弄不明白。"

"假设总还是有的吧？"

"呃，祖父这样说来着：普通人大概承受不住意识核的照射，因而脑细胞试图制造与之作战的某种抗体，但反应过于剧烈，结果置人于死地。情况原本更为复杂，简单说来是这样。"

"那么，我又是因为什么活下来的呢？"

"你恐怕具备自然抗体，就是我说的感情外壳。由于某种缘故，那东西早已存在于你的脑中，使得你能够存活。本来祖父打算人为地制作那种外壳以保护大脑，但终究好像过于薄弱，祖父说。"

"所谓保护，作用就像瓜皮那样？"

"简而言之是。"

"那么，"我说，"抗体也罢保护层也罢外壳也罢瓜皮也罢，是我身上与生俱来的，还是后天的？"

"大概一部分是先天的，一部分是后天的吧？往下祖父什么也没告诉我，怕我知道太多反而招致过大的风险。只是，以祖父的假设为基础加以计算，像你这样具备自然抗体的人，大约每一百万至一百五十万人中才有一个，而且在目前阶段，只有在赋予模糊能力之后方能发现。"

"那么说，如果你祖父的假设正确的话，我能包括在二十六人之中纯属侥幸喽？"

"所以你才有作为标本的贵重价值，才成为开门的钥匙。"

"你祖父到底想对我做什么？他叫我进行模糊运算的数据和独角兽头骨究竟意味什么？"

"我要是知道，马上就可以把你解救出来。"女郎说。

"解救我和世界。"我说。

尽管不像我的房间那样严重，但事务所里也被糟蹋得相当狼狈。各种文件扔得满地都是，桌子掀得四脚朝天，保险柜撬得大敞四开，壁橱抽屉纷纷落马，被割得七零八落的沙发床上散乱着博士和女郎原本装在柜里的备用西服。她的西服的确一律粉红色：从深的粉红到浅的粉红，大凡粉红无所不有。

"不像话！"她摇头道，"估计是从地下冒出来的。"

"夜鬼干的？"

"不，不是，夜鬼一般上不到地面，即使上来也有气味留下。"

"气味？"

"像鱼像烂泥那样的土腥味。不是夜鬼下的手，估计和搞乱你房间的是同一伙人，手法也相似。"

"有可能。"说着，我再次环视房间：被掀翻的桌前，一盒回形针四溅开来，在荧光灯下闪闪生辉。以前我就对回形针有些耿耿于怀，便装出察看地板的样子，抓一把揣进裤袋。"这里有什么重要东西？"

"没有。"女郎道，"放在这里的几乎全是无足轻重的玩意

223

儿，账簿啦收据啦不很重要的研究资料啦等等，没什么怕偷的。"

"夜鬼干扰器可平安无事？"

柜前散乱地堆着好多零碎物品，有手电筒有收音机有闹钟有胶带切刀有瓶装止咳糖浆，林林总总。女郎从中挑出一件紫外线探测仪样的小仪器，反复按了几下开关。

"不要紧，完全能用。他们肯定以为是什么闲杂东西。而且这仪器的原理十分简单，小摔小打根本不碍事。"

随后，胖女郎走去墙角，蹲在地上打开插座盖，按下里边的小电钮，起身用手心悄然推了一下墙壁，墙壁随之敞开电话号码簿大小的空间，闪出状似保险柜的东西。

"喏，这样一来就找不到了吧？"女郎不无得意地说着，调整四位号码，打开保险柜的门，"把里面的东西全部摆上桌面好么？"

我忍住伤痛，把四脚朝天的桌子重新放好，拿出保险柜里的东西，在桌上摆成一排：有缚着胶皮带的足有五厘米厚的一叠存款折，有股票和证书，有二百万到三百万日元现金，有装进布袋的沉甸甸的重物，有黑皮手册，有褐色信封。她把信封中的东西倒在桌子上，原来是旧欧米茄手表和金戒指。欧米茄的玻璃表盘布满细小的裂缝，已整个变得焦黑。

"父亲的遗物。"女郎说，"戒指是母亲的。其他烧得精光。"

我点点头。

她把戒指和手表装回褐色信封，抓起一捆钞票塞入衣袋。"真的，早忘记这里还有现金了。"说罢，她解开布袋，取出一包用旧衬衣团团包着的东西，打开来给我看：一支自动手枪。从古旧的式样来看，显然并非玩具，而是打实弹的真家伙。对枪我所知无多，估计是勃朗宁或伯莱塔。枪身旁有一支备用枪筒和一盒子弹。

"枪打得可好？"

"何至于，"我吃了一惊，"摸都没摸过。"

"我可有两手哩！练了好几年。去北海道别墅时一个人在山里射击。十米左右的距离，明信片大小的目标保准穿透。厉害吧？"

"厉害。"我说，"这玩意儿从哪里搞来的？"

"你真是个傻子，"女郎显得不胜惊愕，"只要有钱，什么东西都手到擒来，这点都不知道？不过反正你不会用，我带着好了，可以吧？"

"请请。只是黑乎乎的，希望你别错打到我身上才好。再增加一处伤口，恐怕站都站不稳了。"

"哎哟，不要紧的，放心就是。我这人做事滴水不漏。"说着，她把手枪揣进上衣袋。也真是奇怪，她的衣袋任凭揣多少东西都一点也不见鼓胀，也不扭曲变形。可能有什么特殊机关，或者仅仅由于做工精良。

接着，女郎翻开黑皮手册正中那页，在电灯下神情肃然地盯视多时。我也往上面瞟了一眼，但见排列的全是莫名其妙的暗号和字母，我能看懂的却是一个也没有。

"这是祖父的手册，"女郎说，"上面的暗号只有我和祖父才看得明白，记载的是预定事项和当天发生的事。祖父告诉我，每当他身上发生什么，就看这手册。喔——等等。九月二十九号你分类运算数据完毕，是吧？"

"是的。"我回答。

"上面有①这个标记。大概指第一阶段吧。此后三十号夜间或十月一号早上你结束了模糊运算。不错吧？"

"不错。"

"这是②，第二阶段。其次，呃——十月二号正午，这是③，写道'程序解除'。"

"原定二号正午见博士，想必要在那里解除为我编制的特殊程序，以免世界完蛋。然而情况整个发生了变化，博士有可能遇害，或被拉去什么地方，这是当务之急。"

"等一下，再往下看看，暗号复杂得很。"

她看手册的时间里，我整理了背包，把手电筒电池换成新的。立柜里的雨衣和长筒靴都被胡乱扔在地板上，所幸并未损坏到不堪使用的程度。倘若过瀑布时不穿雨衣，无疑将淋成落汤鸡，冷到心里去。若身上发冷，伤口势必再度作痛。接着，我拾起一双同样扔在地板上的女郎粉红色的运动鞋装进背包。表盘的数字告诉我已时近半夜十二点，到程序解除的最后期限正好还有十二个钟头。

"往下是专业性相当强的计算，什么电气量、溶解速度、抵抗值、误差之类，我看不懂。"

"看不懂的跳过去，时间不多了，"我说，"只挑能看懂的看。解读一下暗号好么？"

"没必要解读。"

"为什么？"

她递过手册，指着那部分。那里什么暗号也没有，只有一个大大的 X 和日期时刻。较之周围几乎要用放大镜才看得清的密密麻麻的小字，这个 X 实在大得出格，加之形状的失调，愈发给人以不祥之感。

"这大概指的就是最后期限吧？"她说。

"想必。恐怕也就是④。假如③解除程序，那么不至于出现这个 X。问题是程序因某种原因未能解除，反而迅猛发展，终于导致 X 印的出现，我想。"

"那么就是说我们无论如何得赶在二号正午之前面见祖父喽？"

"如果我的推测正确的话。"

"能正确么？"

"能吧。"我放低声音。

"就算是吧。还有多少时间？"女郎问我，"到世界完蛋或宇宙爆炸之时？"

"三十六个小时。"我说。无需看表。不过是地球自转一周半的时间。这时间里，可接到两次晨报和一次晚报，闹钟可响两回，男人们可刮两遍胡须，运气好的人可性交两场至三场。三十六小时的用场无非如此而已。假定人活七十，也就是人生的一万七千零三十三分之一。而这三十六个小时过后，某种状况——大概是世界尽头——就要到来。

"往下如何行动？"女郎问。

我从躺在立柜前的急救箱里找出止痛药，连同水壶里的水一起吞下，背起背包。

"下地道，别无选择。"我说。

世界尽头
——独角兽之死

　　兽们已经失去了几头同伴。第一场大雪下了整整一个晚上，翌日清晨便有几头老兽发白的金色躯体被掩埋在五厘米厚的积雪下面。朝阳从支离破碎的云隙间泻下光线，给冻僵的景物涂上一层鲜亮的光泽。超过一千头的兽群吐出的气，在这片光泽中白濛濛地跃动不已。

　　天还没亮我就睁眼醒来，得知镇子已被白雪包得严严实实。这光景煞是好看。一片莹白之中，钟塔黑乎乎地拔地而起，如深色衣带般的河水从其脚下流向前去。太阳尚未升起，空中彤云密布，不见半点缝隙。我穿上大衣，戴好手套，下到寂寂无人的街道。看样子雪在我刚刚入睡便开始飘洒，一直飘到我快醒之时。雪上一个脚印也没有，抓一把在手中看，浑如细白糖一样柔软爽手。沿河的水洼结了层薄冰，上面斑斑驳驳点缀着积雪。

　　除了我呼出的白气，街上没有任何东西处于动态。没有风，甚至没有鸟影，唯独鞋底踏雪之声犹如合成的效果音响一般近乎不自然地大声回荡在房屋的石壁之间。

　　快到城门口时，在广场前见到了看门人。他钻进曾和影子一起修理过的板车底下，正在给车轴加机油。车板上并立着几个装菜籽油的油壶，用绳子紧紧缚于侧板以防歪倒。我感到纳闷，这么多油，看门人到底用来干什么呢？

　　看门人从车下立起身，扬手跟我打招呼。看上去情绪蛮好。

　　"起床好早啊！哪阵风把你吹来的？"

　　"来看看雪景，"我说，"从山冈上看漂亮得很咧！"

　　看门人放声大笑，一如往常地把手放在我背部。他连手套也没戴。

　　"你这人也够有意思的。雪景往后就怕你看厌了，何苦特意下到这里来看。真个与众不同。"

　　说罢，他一边吐着俨然蒸汽机一般的大团白气，一边目不转睛地望着城门那边。

　　"不过，你来得怕也正是时候。"看门人说，"上瞭望楼看看，可以看到奇特的冬日初景。过一会儿就吹号角，你好好往外看就是。"

　　"初景？"

　　"一看自然知晓。"

　　我懵懵懂懂地爬上门旁的瞭望楼，观看墙外景致。苹果林挂满白雪，恰似云片飘然落下。北大山和东大山也都差不多银装素裹，唯有隆起的岩石描出几道伤疤样的棱线。

　　瞭望楼脚下，独角兽们仍像往日那样沉睡未醒。它们对折似的弯着腿，纹丝不动地伏在地面上，雪一样纯白的独角笔直地向前伸着，各自尽情沉浸在静静的睡眠之中。兽们的脊背上积了厚厚的雪，但它们似乎全无感觉，睡得实在太死太沉了。

　　稍顷，头上的云层一点点裂开，阳光开始射向地面。我仍然在瞭望楼上伫立不动，继续观看周围光景。一来阳光不过像聚光灯似的仅有一束，二来作为我也很想亲眼见识一下看门人说的奇特景致。

不久，看门人打开城门，吹响号角，照例是一长三短。第一声吹得兽们睁开眼睛，抬头往角声传来的方向张望。从其呼出的白气的量，可以看出它们的身体已开始新一天的活动，而入睡时兽们的呼吸量是微乎其微的。

及至最后一声号角消失在大气中，兽们便欠身站起。首先尝试似的慢慢伸长前腿，挺起前半身，接着伸直后腿，继而把角朝空中晃几下，最后仿佛突然清醒过来似的抖抖身体，把积雪抖落到地面，开始向城门移步。

等兽们进入门内，我才明白看门人叫我见识的是何景象。原来像是酣睡的几头兽，已经就势冻死过去了。看上去，那几头兽与其说是冻死，莫如说更像在深思着什么重要命题。但对它们来说已不存在答案了。它们的鼻腔和口中已不见任何一缕白气升起，肉体已停止活动，意识已被吸入无边的黑暗。

在其他兽们朝城门走光之后，那几具死尸便如大地生出的小瘤一样剩在了那里。白雪寿衣裹着它们的身体，仅有独角依旧分外神气地刺向天空。活下来的兽们从它们身旁经过时，大多深深垂首，或低声刨蹄——是在悼念死者。

太阳高高升起，墙影往前拖得很长。我望着兽们悄无声息的尸体，直到阳光开始悄悄溶化大地的积雪。我觉得，朝阳仿佛连它们的死也一并溶化了，使得看似死去的兽们蓦然立起，开始平日那种晨光中的行进。

然而它们并未立起，任凭雪水浸湿的金毛在阳光下闪耀光辉。俄尔，我眼睛开始作痛。

走下瞭望楼，过得河，爬上西山坡返回房间，我发觉早晨的阳光刺激眼睛的程度远比自己料想的强烈。一闭眼睛，泪水涟涟而下，出声地落在膝头。用冷水洗了洗，没有效果。我拉合厚厚的窗帘，紧闭双眼，在失去距离感的黑暗中望着时而浮出时而遁去的奇形怪状的线条和图案，望了几个小时。

十点，老人端着咖啡托盘敲门进来，见我俯卧在床，便用冷毛巾擦拭我的眼皮。耳后火辣辣地作痛，但眼泪到底减少了些许流量。

"到底怎么搞的？"老人问，"早上的阳光比你想的强烈得多，尤其是积雪的早晨。明明知道'读梦'的眼睛承受不住强光，为什么还跑到外面去？"

"看兽去了，"我说，"死得真不少，八九头还不止。"

"往后死得更多，每当下雪的时候。"

"为什么那么容易死掉呢？"我仰面躺着，把毛巾从脸上拿开，询问老人。

"身体弱，饥寒交迫嘛。向来如此。"

"不会死绝么？"

老人摇摇头："这帮家伙已经在此生息了好几万年，以后也还将生息下去。寒冬期间固然死去不少，但春天一到就有小东西降生，更新换代而已。因为这地方生长的草木所能养活的数量有限。"

"它们为什么不迁往别处呢？森林里草木取之不尽，往南去又不怎么下雪。我看没有必要在这里坐以待毙。"

"我也不明白。"老人说，"但兽们就是不肯撤离。它们属于这座镇子，脱离不得，正如你我一样。兽们显然知道无法靠自己的本能逃出这个地方，也可能是因为只能食用这里生长的草木，或者翻越不了南面路上无边无际的石灰岩荒野。说千道万，兽们离不开这里。"

"尸体怎么处理？"

　　"烧掉，看门人烧。"老人用咖啡杯温暖着自己粗糙不堪的大手，"往后一段时间，那是看门人的中心工作。先把死兽的脑袋割下，取出脑浆眼珠，用大锅熬煮，制成漂亮的头骨。剩下的肢体堆起来浇上菜籽油，付之一炬。"

　　"然后把古梦放入头骨，摆到图书馆的书库里，是吧？"我依然闭目合眼，向老人问道，"为什么？头骨为什么干这个用？"

　　老人哑然不答，只听见他踩动木板的"吱呀"声。"吱呀"声由床头缓缓离去，在窗前止住。又是一阵沉默。

　　"等你理解古梦为何物时就明白了，"老人说，"明白为什么要把古梦放入头骨。这个是不能告诉的。你是读梦人，答案要自己来找。"

　　我用毛巾擦罢泪，睁开眼睛。老人在窗边的身影看起来模模糊糊的。

　　"冬天会使形形色色的事物现出本来面目。"老人继续道，"喜欢也罢不喜欢也罢，总之就是这样。雪要继续下，兽要继续死，谁都无可奈何。一到午后，就能望见焚烧兽们的灰色的烟。整个冬季天天如此，天天有白雪和灰烟。"

21

冷酷仙境

——手镯、本·约翰逊①、恶魔

　　壁橱里面仍像上次那样黑洞洞的。也许因为知道夜鬼存在的关系，更加觉得阴森森冷冰冰。至少在其他地方见不到这般完整无缺的黑暗。在城市使用街灯霓虹灯和陈列窗灯具撕裂大地黑幕之前，想必满世界都是这种令人窒息般的黑暗。

　　女郎领头爬下梯子。她把夜鬼干扰器揣进雨衣的深口袋里，斜挎大号手电筒，吱吱有声地踩着长胶靴一个人快速滑下黑暗的底部。片刻，语声随着水流声从下面传来："好了，下来吧！"旋即有黄色灯光摇晃。看样子这地狱之底比我想象的深得多。我把手电筒插进衣袋，开始沿梯下爬，梯格仍然湿漉漉的，稍不注意就可能一脚踩空。边爬边回想爬山车上那对男女和杜兰杜兰乐队的旋律。他们一无所知，根本不知道我怀揣手电筒和大号小刀、带着肚皮创伤正下往漆黑的洞底。他们头脑中有的，只是时速表的数字、性关系的预感以及从排名榜上一落千丈的不咸不淡的流行歌曲。当然我不能责怪他们，他们仅仅不知道罢了。

　　我如果也一无所知，也可以免遭这份苦难。我想象自己坐在天际线驾驶席上，身边载着女孩，随同杜兰杜兰乐队的旋律在夜幕下的都市里风驰电掣的光景。女孩在做爱时是否摘掉左腕上两只细细的银手镯呢？但愿不要摘掉。即使脱得一丝不挂，也不要摘去两只手镯，就像它已成为身体的一部分。①

问题是她很有可能摘掉，因为女孩淋浴时要卸去所有附件。这样，我势必要在淋浴前同她发生关系，或者央求她别摘掉手镯。我不知哪种做法合适，但不管怎样，务必千方百计地使她戴着手镯同我交合，这是关键。

我想象同戴着手镯的她同衾共枕的场面。面部全然无从想起，于是我调暗室内照明，暗了自然看不清面孔。扯掉藤色或白色或淡蓝色的玲珑剔透的内衣，手镯便成了她身上唯一的附着物。朦胧的灯光下，手镯泛着白光，在床单上发出令人心神荡漾的清脆声响。

如此想入非非地往下爬梯之间，我感觉阳物开始在雨衣下勃起，莫名其妙！何苦偏偏选在这种地方冲动？为什么在同图书馆女孩——那个胃扩张女孩——上床时它垂头丧气，却在这不伦不类的梯子正中神气活现？充其量不过两只银手镯，到底有何意味可言？况且正值世界即将完蛋即将步入尽头之际！

我爬下梯子，在盘石上站定。女郎把手电筒四下一晃，照亮了周围景象。

"夜鬼真的像在这一带转悠，"她说，"听得见声音。"

"声音？"我问。

"用腮叩击地面的'噗噗'声。很小，但注意听还是听得出的。还有气味。"

我侧耳倾听，又抽了抽鼻子。并未感到有什么异常。

"不习惯不行的，"她说，"习惯了就能略微听出它们的语

---

① Ben Jonson。英格兰文艺复兴剧作家、诗人、演员。

声。说是语声，其实不过近似声波罢了。跟蝙蝠类似，不同的是，一部分声波可涉及人的可听范围。它们之间则完全可以沟通。"

"那么符号士们是怎样同它们打交道的？语言不通岂非打不了交道？"

"那种仪器可以随便造出来，就是说可以把它们的声波转换成人的语声，同时把人的语声转换成它们的声波。估计符号士已经造了出来。祖父如果想造，当然不费吹灰之力，但一直没有动手。"

"为什么？"

"因为不想和它们交谈。它们是邪恶的，语言也是邪恶的。它们只吃腐肉和变质的垃圾，只喝发臭的水。过去住在坟场下面吃死人肉来着，直到实行火葬。"

"那么不吃活人喽？"

"抓到活人要用水泡几天，先从腐烂部位开始吞食。"

"罢了罢了，"我叹息一声，"真想就此回去，管它天塌地陷！"

但我们还是沿着河边继续前进。她打头，我随后。每次把手电筒照在她背上，那邮票大小的金耳环便闪闪发光。

"总戴那么大的耳环，不觉得重？"我从后面开口问道。

"在于习惯。"她回答，"和阳物一样，你觉得阳物重过？"

"没有，没有的，没那种感觉。"

"同一码事。"

我们又默然走了一阵子。看来她十分熟悉落脚点，边用手电筒东晃西照，边大步流星地迈进。我则一一确认脚下，鼓足了劲尾随其后。

"我说，淋浴或泡澡时你也戴那耳环？"为了使她免受冷

235

落，我又搭腔道。她只有说话时才多少放慢步履。

"也戴。"她应道，"脱光时也只有耳环还戴着。你不觉得这挺富有挑逗性？"

"那怕是吧，"我有些心虚，"那么说倒也可能是的。"

"干那种事你经常从前面干？面对面地？"

"啊，基本上。"

"从后面干的时候也有吧？"

"唔，有是有。"

"此外还有很多花样吧？比如从下面干，或坐着干，或利用椅子……"

"因为有各种各样的人，各种各样的场合。"

"那种事，我不很清楚。"女郎说，"没看过，也没干过。又没人教我是怎么回事。"

"那东西不是别人教的，是自己发现的。"我说，"你有了恋人同他睡过之后，也就如此这般地自然明白了。"

"我不大喜欢那种套数。"她说，"我喜欢更加……怎么说呢，喜欢更加排山倒海式的。排山倒海般地被干，排山倒海般地接受，而不是如此这般地自然明白。"

"你恐怕同年长的人待在一起的时间太长了——同天才的、具有排山倒海式素质的人。可是世上并非全部是那样的人，都不过是凡夫俗子，在黑暗中摸索着生活，像我这样。"

"你不同。你OK。上次见面时我也说了吧？"

但不管怎样，我决心把有关性的场景从脑海中一扫而光。勃起仍然势头未减。问题是在这黑漆漆的地下勃起也毫无意义，首先就影响行走。

"就是说，这干扰器发出夜鬼讨厌的声波喽？"我试着转移话题。

"正是。只要在发声波,大约十五米内夜鬼就别想靠近。所以你也得注意别离开我十五米,要不然它们会把你抓进地穴,吊入井里,先从腐烂部位大吃大嚼。你要从肚皮伤口烂起,肯定。它们的牙齿和爪子尖锐得不得了,简直是一排尖锥。"

听到这里,我赶紧贴在她身后。

"肚皮伤口还痛?"女郎问。

"敷过药,好像有点麻木了。身体动得厉害了倒是一剜一剜地痛,一般情况下还过得去。"我回答。

"要是能见到祖父,估计会把你的疼痛去掉。"

"你祖父?那怎么会?"

"简单得很。我也求他处理过几次,脑袋痛不可耐的时候。只要把促使忘却疼痛的信号输入到意识里边即可。本来疼痛对于身体是个重要的信息,是不可以采用这种做法的,但眼下处于非常事态,也未尝不可吧?"

"果真那样可就帮大忙了!"我说。

"当然这要看能否见到祖父。"

她左右摇晃着强有力的光柱,迈着坚定的步伐往地下河的上流继续行进。左右岩壁布满了裂缝豁然闪出的岔路和令人毛骨悚然的横洞。岩隙到处有水浸出,汇成细流淌入河中。河旁密密生着泥一样滑溜溜的地苔,地苔鲜绿鲜绿的,绿得近乎不自然,我不理解无法进行光合成的地苔何以有如此颜色。大概地下自有地下的奇妙规律吧。

"喂,夜鬼知道我们现在正这么走路么?"

"当然知道。"女郎一副轻描淡写的语气,"这儿是它们的领地,发生的任何事情都瞒不过它们。此时就在我们周围,眼睁睁地看着我们。我一直听见有窸窸窣窣的声响。"

我把手电筒往四周岩壁晃了晃,除了凹凸不平怪模怪样的岩石和地苔，别的一无所见。

"全部藏在岔路或横洞那样光照不到的暗处。"女郎说，"也有的跟在我们后头。"

"打开干扰器有多少分钟了？"我问。

女郎看了下表，答说十分钟。"十分二十秒。不要紧，再有五分钟就到瀑布。"

我们恰好用五分钟赶到瀑布跟前。消音装置似乎还在运转，瀑布几乎同上次一样无声无息。我们牢牢地戴好雨帽，系紧帽带，扣好风镜，钻进无声的瀑布。

"奇怪，"女郎说，"消音装置还在运转，说明研究室没遭破坏。要是夜鬼们袭击过，该把里边搞得一塌糊涂才是，本来就对研究室恨得要死。"

不出其所料，研究室的门好端端地上着锁。假如夜鬼闯入，断不可能离开时重新锁好。突袭这里的定是夜鬼以外的什么势力。

她很久才对准数码锁，用电子钥匙打开门。研究室里冷飕飕黑幽幽的，有一股咖啡味儿。她火速关门上锁，确认万无一失之后，按开关开了房间的灯。

研究室中的光景，同上面事务所和我住处的惨状大同小异。文件遍地，家具仰翻，碟碗粉碎，地毯翻起，上边洒有一桶分量的咖啡。博士何以煮这么多的咖啡呢？我自是揣度不出。再怎么嗜好咖啡，独自一人也绝对喝不下去的。

但研究室的破坏，较之其他两个房间有一点根本不同：破坏者将该破坏的东西和不该破坏的严格区分开来。他们将该破坏的糟蹋得体无完肤，而对另外的东西则全然不曾染指。电脑、通讯装置、消音装置和发电设备完完整整地剩在那里，按下电源开关便可迅即起动。唯独大型夜鬼干扰声波发射机被扭掉了几个部件，不堪再用。但若安上新部件，也可马上投入工作。

里面房间的情形也相差无几。乍看好像混乱得无可救药，其实一切都是经过精密计算才动手的。搁物板上的头骨安然无恙，研究所需的计量器具也一样不缺。被捣毁得面目全非的，仅限于可以买到替代品的廉价器械和试验材料。

女郎去墙壁保险库那里打开门，查看里面的情况。门没有锁，她双手满满地捧出白色的纸灰，洒在地上。

"看来紧急自动燃烧装置相当灵验，"我说，"那帮家伙落得个空手而归。"

"你看是谁干的？"

"人干的。"我说，"符号士或其他什么人勾结夜鬼来这里打开门，而进去翻东翻西的则只有人。他们为使自己事后能利用这里——我想大概是为了让博士能继续在此研究——而把关键设备完整保留下来，并重新把门锁好，以免夜鬼乱来。"

"可是他们没能得到重要东西呀！"

"有可能。"说着，我环视了一遍房间，"不过他们反正把你祖父弄到手了。若说重要，这是最重要的吧。这样我已无从得知博士在我身上做了什么手脚，完全束手无策。"

"不不，"胖女郎说，"祖父绝不至于被抓，放心好了。这里有条秘密通道，祖父一定从那里逃走了，使用和我们的同样的夜鬼干扰器。"

"何以见得？"

"确凿证据固然没有，但我心中有数。祖父为人十分谨慎，不可能轻易被俘。一旦有人企图撬门进屋，必定从通道一逃了之。"

"那么说，博士现在已在地上了？"

"不，"女郎说，"没那么简单。通道出口如同迷宫，加之和夜鬼老巢相连，再急也要五个小时才能出去。而夜鬼干扰器只能坚持三十分钟，因此祖父应该还在里边。"

"也许落入了夜鬼之手。"

"不用担心。为防万一，祖父在地下还保有一处夜鬼绝对无法靠近的安全避难所。估计祖父是藏在那里，静等我们到来。"

"果真无懈可击。"我说，"你晓得那个场所？"

"嗯，我想晓得。祖父详细告诉过我去那里的路线，而且手册上也有示意图，标明了好多应注意的危险点。"

"什么危险？举例说？"

"我想你还是不知道为好。"女郎道，"再打听下去，人会变得过于神经兮兮的。"

我喟叹一声，只好不再询问即将落到自己头上的危险。我现在就已变得相当神经过敏了。

"要多长时间才能到达夜鬼无法靠近的那个场所？"

"二十五分至三十分钟可走到入口。从入口到祖父存身的场所还要一个小时到一个半小时。只要到入口就再也不用担心夜鬼，问题出在抵达入口之前。必须走得很快，否则夜鬼干扰器的电池就会用完。"

"真用完怎么办？"

"那就只能凭运气了。"女郎说，"可以用手电筒光往身体上下左右照个不停以防止夜鬼接近，逃离危险。因为夜鬼讨厌光亮。可是只要光亮略一间断，夜鬼就会伸手把你我抓走。"

"糟糕糟糕。"我有气无力地说，"干扰器可充好电了？"

女郎看了看干扰器的电平表，又觑了眼手表："还要五分钟。"

"事不宜迟。"我说，"如果我的推断不错，夜鬼恐怕已经把我们来到这里的消息通报给了符号士，混蛋们马上会卷土重来。"

女郎脱去雨衣和长胶靴，穿上我带来的美军夹克和运动鞋，说：

"你也最好换一下。现在要去的地方，不轻装简行是通不过去的。"

于是我和她一样脱去雨衣，把防寒服套在毛衣外面，拉链一直拉到领口，然后背起背包，脱掉长胶靴换穿运动鞋。时针已接近十二点半。

女郎走去里面房间，拿出壁柜里的衣挂放在地上，双手抓住衣挂的不锈钢柄来回旋转不止。正旋转间，听得"咔"一声齿轮吻合的响动。女郎仍朝同一方向继续旋转，壁柜右下端随即闪出一个七十厘米见方的洞口。往里看去，但见一色浓黑，黑得像要把人的手吞噬进去，一股带有发霉气味的凉风直冲房间。

"巧妙至极吧？"女郎依然双手攥着不锈钢柄，转过头问道。

"的确妙极，"我说，"这地方居然有出口，一般人哪里想得到。实在偏执得可以。"

"哎哟，哪里谈得上偏执！所谓偏执，指的是死死拘泥于一个方向或倾向的人吧？祖父可不是那样，他在所有方面都超群出众，从天文学、遗传学到这种木工技术。"她说，"世上再无第二个祖父这样的人。电视荧屏和杂志封面倒出来不少人，吹得天花乱坠，其实全是冒牌货。真正的天才则是在自家领域安分守己的人。"

"问题是，即使本人安分守己，周围的人也不容你如此。他们偏要攻破你安分守己的壁垒，挖空心思利用你的才能，所以才发生了眼下这场横祸。无论怎样的天才怎样的蠢货，都不可能真正自成一统。哪怕你深深地潜身于地下，纵令你高高地筑墙于四周，迟早也还是有人会赶来捣毁，你祖父同样不能例外。惟其如此，我才被人用刀划破肚皮，世界才将在三十五小时后走入尽头。"

"只要找到祖父，一切都会转危为安的。"说着，她贴在我身旁踮起脚尖，在我耳下轻吻一口。被她如此一吻，我全身多少暖和了些，伤痛也好像有所减弱。或许我耳下有这种特异之点，也可能仅仅是好久未被十七岁女孩吻过之故。此前接受十七岁女孩的吻已是十八年前的往事了。

"如果大家都相信会万事如意，世上也就没什么好怕的了。"她说。

"年龄一大，相信的东西就越来越少，"我说，"和牙齿磨损一个样。既非玩世不恭，又不是疑神疑鬼，只是磨损而已。"

"怕么？"

"怕的。"我再次弓身往洞里窥看，"向来不习惯又窄又黑的地方。"

"不过已有进无退，是吧？"

"从道理上。"我说。我开始渐渐觉得自己的身体已非自己所有。高中时代打篮球时便常有这种感觉。球速过快，越是想使身体与之适应，意识就越是跟不上来。

女郎定定地看着干扰器的刻度，对我说声"走吧"。充完电了。

和刚才一样，女郎打头，我随后。一进洞，女郎赶紧回身，飞快地转动洞口旁的手柄，关上洞门。随着门扇的闭合，呈正方形射进的光亮一点点变细，进而成为一缕竖线，倏忽消失不见。于是比刚才还要完全彻底的、从未经历过的浓重黑暗从四面朝我拥来。手电筒光束也无法打破这黑暗的一统天下，只能钻开一个隐隐约约的令人忐忑不安的小小光穴。

　　"真有些不可思议，"我说，"你祖父何苦非要把逃跑通道选在连接夜鬼老巢的地方？"

　　"因为这样最为安全。"女郎用手电筒照着我身上说，"夜鬼老巢对它们来说是圣域，它们没有办法进入。"

　　"宗教性的？"

　　"嗯，想必。我自己没见过，祖父那么说的。祖父说由于实在令人厌恶，无法称之为信仰，但定是一种宗教无疑。它们的神是鱼，巨大的无眼鱼。"说罢，她把手电筒照向前面，"反正往前走吧，没多少时间了。"

　　地道的顶很低，必须弯腰行进。岩壁基本平滑，较少凹凸，但有时脑袋还是重重地磕在突起的岩石棱角上，而这又计较不得，毕竟时间有限。我把手电筒不偏不倚地照着女郎背部，盯准她，拼命前行。她身体虽胖，动起来却很敏捷，脚步也快，耐力也好像相当可以。总的说来，我也算身强体壮的，无奈一弯腰小腹伤口就阵阵作痛，如有一把冰锥嵌入腹部，衬衣早已被汗水浸透，浑身冷汗涔涔。但较之离开她而一个人孤零零地剩在这黑暗之中，这点伤痛还是可以忍耐的。

　　越往前走，身体并非自己所有的意识越是一发不可遏止。我想这恐怕是因为不能看见自己身体的缘故。可谓伸手不见五指。

　　不能看见自己身体这点总有些叫人觉得奇妙。假如长期处于如此状态，很可能觉得身体这东西不过是个假设。不错，头撞洞顶即觉疼痛，腹部伤口连连吃紧，脚心感觉出地面。然而这单单是痛感和触感，单单是建立在身体这一假设之上的概念。所以，身体业已消失而独有概念发挥功能这一情况也不是不能发生的。就像手术截腿之人，截去后仍存有关于趾尖感触的记忆。

　　好几次我都想用手电筒探照自己的身体以确认其是否还存

在，但终因害怕找不见她而作罢。身体依然存在，我自言自语。万一身体消失而唯独所谓灵魂存留下来，我应该变得更加逍遥自在。如果灵魂不得不永远背负我的腹伤我的胃溃疡我的痔，那么将去何处寻求解脱呢？而若灵魂不能从肉体分离，那么灵魂存在的理由又究竟何在呢？

我一边如此思索，一边追逐胖女郎身上的橄榄绿作战夹克和其下探出的正合身的粉红色西裙以及耐克牌粉红色运动鞋。她的耳环在光束中摇曳生辉，俨然一对围绕其脖颈往来飞舞的萤火虫。

女郎全然不回头看我，径自缄口疾行，仿佛早已把我这个存在忘到九霄云外去了。她边走边借助手电筒光迅速观察岔道和横洞，每到岔路口便止住脚步，从胸袋里掏出地图，用光束照着确认该往哪边前进，这时我便可赶上来。

"不要紧？路走得可对？"我问。

"没问题，眼下一点不差。"她斩钉截铁地回答。

"何以知道不差？"

"不差就是不差。"说着，她用手电筒照了照脚下，"喏，看这地面！"

我弓腰盯视她照射出的圆形地面，发现岩石凹陷处散落着几枚银光闪闪的小东西，拿在手里一看，原来是金属制的回形针。

"瞧，"女郎说，"祖父经过了这里，他估计我们会随后追赶，才留下这东西做标记。"

"果然。"我说。

"过了十五分钟了，得快走！"

前边又有几条岔路，但每次都有回形针指点，我们可以毫不犹豫往前急赶，这也节省了宝贵的时间。

有时地面豁然闪出深不可测的地穴。好在地图上用红记号笔标出地穴的位置，我们便在那附近稍微减慢速度，用手电筒小心照着地面前进。穴的直径有五十至七十厘米，或一跃而过或从旁绕行，很容易通过。我捡起身旁一块拳头大小的石块试着投下去，但无论多久都无声响传出，简直就像一直掉到巴西或阿根廷去了。万一失足掉进穴内——光这么一想胃部都有痉挛之感。

道路蛇一般左右拐来拐去，分出几条岔路之后，一直向下伸去。坡并不陡，只是一直下斜，似乎每走一步，地面那光朗世界便从脊背上被剥去一层。

途中我们拥抱了一次。她突然停止，回头关掉手电筒，双臂抱住我的身体，用手指摸到我嘴唇，吻在上面。我也把胳膊搂在她的腰肢上，轻轻抱拢。在一片漆黑中相抱甚是无可名状。司汤达好像写过什么黑暗中拥抱的事，书名我忘了，想也想不起来。莫非司汤达在黑暗中抱过女人？假如我能活着走出这里，并且世界还没完蛋的话，一定要找找司汤达的这本书。

女郎的脖颈已不再有香瓜型古龙香水味儿，而代之以十七岁女孩特有的气息。颈下发出我自身的气味，那是我沾在美军夹克上的生活气味，我做的饭菜我煮的咖啡我出的汗水等等的气味，它们已紧紧附在夹克上面。而在地下黑暗中同十七岁女孩相抱的时间里，我恍惚觉得那样的生活已成为一去不复返的幻影。我可以记起它的一度存在，却无法在脑海中推出回到那里去的情景。

我们长时间地静静抱在一起。时间飞速流逝，但我觉得这并非了不得的问题。我们在通过相抱来分担对方的恐惧，而这是此时此刻最为重要的。

进而，她把乳房紧紧贴在我的胸口，张开嘴唇，软绵绵的舌头随着热乎乎的呼气探进我的口腔。她用舌尖舔着我舌头的四周，指尖抚弄着我的头发，但持续不过十秒便突然离开了，以致我活像独自留在太空的宇航员，顿时跌入绝望的深渊。

我按亮手电筒，见她站在那里。她也打开自己的手电筒。

"走吧。"言毕，她猛地转身，以同样的步调开始前行。我的嘴唇还剩有她唇部的感触，胸口仍然感受到她心脏的律动。

"我的，很不错吧？"女郎头也不回地问。

"很不错。"我说。

"意犹未尽是吧？"

"是的，"我回答，"是有些意犹未尽。"

"什么意呢？"

"不知道。"我说。

此后沿平坦的路向下走了五六分钟，我们来到一个空旷的场所。这里空气的味道变了，脚步声也随之一变。一拍手，中央发出膨胀般的异样反响。

女郎掏出地图确认位置时，我始终在用手电筒四下照来照去。顶部恰呈穹隆形，四周也相应呈圆形，并且显然是经人工改造过的流畅的圆形。墙壁甚为光滑，无坑无包。地中间有个直径约一米的浅底坑，坑内堆积着莫名其妙的滑溜溜的东西。虽不臭气扑鼻，但空气中却飘有一股口臭般的令人作呕的气味。

"这大概是圣域的入口。"女郎道，"这下可以喘口气了，再往前夜鬼进不来的。"

"夜鬼进不来倒求之不得，可我们通得过么？"

"这就交给祖父好了，祖父定有办法。再说把两架干扰器交替使用，也可以一直把夜鬼排斥开来，是吧？就是说，一架干扰器工作时，另一架充电。这样就没什么好怕的了，也用不着担心时间。"

"有道理。"

"勇气可上来一点了？"

"一点点。"我说。

圣域入口的两旁饰有精致的浮雕,图案是两条巨大的鱼口尾相连地簇拥着圆球。一看就知是不可思议的鱼。头部宛如轰炸机的防风罩一般赫然隆起,无目,代之以两条又粗又长的触角如藤蔓一般卷曲着突向前去。较之身体,口大得很不协调,一直开裂到靠近鳃的地方,下面鳍根处跃出短粗而结实的器官,如同被截断的前肢。乍看以为是具有吸盘功能的部件,细瞧原来其端头生有三只利爪。带爪之鱼我还是初次目睹。背鳍则呈异形,鳞片如毒刺一样突出体外。

"这是传说中的生物? 还是实有其鱼?"我问女郎。

"这——怎么说呢,"女郎弓身从地上拾起几枚回形针,"不管怎样,我们总算没有走错路。好了,快进去吧!"

我再次用手电筒照了照鱼浮雕,跟上女郎。夜鬼们居然能在如此无懈可击的黑暗中完成这般精美工致的雕刻,对我是个不小的震动。即使我心里知道它们能够在黑暗中看清东西,但实际目击时的惊骇也不曾因此而减轻。说不定,此刻它们正从黑暗深处目不转睛地监视我们呢。

步入圣域之后,道路转为徐缓的土坡,顶部亦随之骤然升高。不一会儿,手电筒光便够不到顶部了。

"这就进山。"女郎说,"登山可习惯?"

"过去一周登一次来着,倒是没有摸黑登过。"

"不是什么大不了的山,"她把地图塞入胸袋,"算不得山的山,也就是小山包吧。不过对它们来说则是山,祖父说。这是地下唯一的山,神圣的山。"

"那我们不是要玷污它了?"

"不,相反。山一开始就是脏的,所有的脏物全都在这里集中。整个世界就像被地壳封住的潘多拉匣子,我们马上要从其中心穿过。"

"简直是地狱。"

"嗯，不错。真的可能像地狱。这里的大气通过下水道等各种各样的洞穴和钻孔吹上地表。夜鬼虽不能爬上地表，但空气可以上去，也可进入人们的肺叶。"

"进入后我们可还能存活？"

"要自信！刚才说过了吧，只要自信就无所畏惧。愉快的回忆、倾心于人的往事、哭泣的场景、儿童时代、将来的计划、心爱的音乐——什么都可以，只要这一类东西在头脑中穿梭不息，就没有什么可怕的。"

"想本·约翰逊可以么？"我问。

"本·约翰逊？"

"约翰·福特导演的旧影片中出场的善于骑马的演员，马骑得简直出神入化。"

她在黑暗中喜不自胜地吃吃笑道："你这人妙极了，非常非常喜欢你！"

"年纪相差悬殊，"我说，"且一样乐器也不会。"

"从这里出来，我教你骑马。"

"谢谢。"我说，"你在想什么？"

"想和你接吻，"她说，"所以刚才和你接吻了。不知道？"

"不知道。"

"可知道祖父在这里想什么？"

"不知道。"

"祖父什么也没想。他可以使头脑呈现一片空白。这也是他的天才。若使头脑一片空白，邪恶空气便无法进去。"

"原来如此。"

如她所言，越往前走，道路越是崎岖难行，终于成了不得不借助两手攀援的陡峭石崖。这时间里我一直考虑本·约翰逊，骑马的本·约翰逊形象。《要塞风云》（*Fort Apache*）、《黄巾骑兵队》（*She Wore a Yellow Ribbon*）、《原野神驹》（*Wagon Master*）以及《一将功成万骨枯》（*Rio Grande*）中都有本·约翰逊骑马的镜头，我尽可能使之在脑海中——浮现出来。骄阳朗照荒野，天空飘浮着浑如毛刷勾勒出的纯白的云絮，野牛群聚在山谷。女人们在门口用白围裙擦拭双手。水流潺潺，风摇光影，男女放歌。本·约翰逊便在这片风光中箭一样疾驰而过。摄影机在轨道上无限移行开去，将其雄姿纳入镜头。

我一边在石崖上物色落脚点，一边思索本·约翰逊和他的马。不知是否因此之故，腹部伤痛居然奇迹般地消失，可以在排除受伤意识困扰的情况下坦然前行了。如此想来，女郎所说的将特定信号输入意识可以缓和肉体痛苦也未必是言过其实。

从登山角度看，这种攀登绝对算不上艰苦。落脚点稳稳当当，又没有悬崖峭壁，适于抓扶的石坑伸手可及。用外面世界的标准衡量，可谓安全路线——适合初学登山者，星期天早晨小学生一个人攀登亦无危险。但若处于地下黑暗之中，情况就不同了。不用说，首先是什么也看不见。不知前面有什么，不知还要爬多久，不知自己处于怎样的位置，不知脚下是何情形，不知所行路线是否正确。我不晓得失去视力竟会带来如此程度的恐怖。在某种情况下，它甚至夺去了价值标准，或者附属于价值标准而存在的自尊心和勇气。人们试图成就某件事情的时候，理所当然地要把握住以下三点：过去做出了哪些成绩？现在处境如何？将来要完成多少工作量？假如这三点被剥夺一空，剩下的便只有心惊胆战、自我怀疑和疲劳感。而我眼下的处境恰恰如此。技术上的难易并非重要问题，问题是能自我控制到何种地步。

我们在黑暗中登山不止。手拿电筒无法攀登石崖，便把手电筒塞进裤袋。她也像挂绶带似的把手电筒挎在背后。我们的眼前于是一无所见，唯有她腰部摇摇荡荡的手电筒在朝漆黑的空中射出一道虚幻的光束，我则以此为目标默默攀登。

为了确认我是否跟上，她不时向我搭话——"不要紧?""马上就到。"等等。

"不唱支歌?"片刻，女郎道。

"什么歌?"我问。

"什么都行，只要有旋律带词就行。唱好了!"

"在人前唱不出来。"

"唱嘛，怕什么。"

无奈，我唱起《壁炉》(Pechka)：

> 燃烧吧，可爱的壁炉
> 在这雪花纷飞的夜晚
> 燃烧吧，壁炉
> 听我们讲那遥远的过去

下面的歌词记不得了，就自己随口编词哼唱。大意是大家正烤壁炉的时候有人敲门，父亲出去一看，原来是只受伤的驯鹿站在门外，说它肚子饿了，央求给一点东西吃，于是开桃罐头让它充饥。最后大家一起坐在壁炉前唱歌。

"这不挺好的么，"女郎夸奖说，"非常精彩，抱歉的是不能鼓掌。"

"谢谢。"

"再来一支。"她催促道。

我唱起《白色圣诞节》(White Christmas)：

> 梦中的白色圣诞节

　　皑皑的白雪
　　温馨的情怀
　　送你一个
　　古老的梦
　　那是我的礼物

　　梦中的白色圣诞节
　　如今闭起眼睛
　　依然萦绕在心怀
　　雪橇的铃声
　　雪花的莹白

　　"好极了!"她说,"歌词是你作的?"

　　"信口开河罢了。"

　　"冬天呀雪呀为什么总唱这个?"

　　"这——怎么解释呢?怕是因为又黑又冷吧,只能联想起这个。"我把身体从一个岩窝提升到另一个岩窝。"这回轮到你了。"

　　"唱《自行车之歌》可好?"

　　"请请。"

　　四月的清晨
　　我骑着自行车
　　沿着陌生的路
　　蹬往林木森森的山坡
　　刚刚买来的自行车
　　全身粉红色

车把粉红车座粉红
统统粉红色
就连车闸的胶皮
也是粉红色

"好像唱的你自己。"我说。
"那当然，当然唱我自己。"女郎说，"不中意？"
"正中下怀。"
"还想听？"
"当然。"

四月的清晨
最合适的是粉红色
其他颜色
一律不合格
刚买的自行车粉红
皮鞋粉红帽子粉红
毛衣也粉红
全是粉红色
裤子粉红内衣粉红
统统是粉红色

"你对粉红色的感情，我完全理解了。继续往下进行
好么？"
"这部分必不可少。"她说，"嗳，你看太阳镜可有粉红
色的？"
"艾尔顿·约翰（Elton John）好像什么时候戴过。"

252

"呃，"她说，"无所谓的。听我往下唱。"

> 骑车路上
> 我遇见了祖父
> 祖父的衣服
> 全是蓝色
> 好像忘了刮胡须
> 胡须也是蓝色
> 深蓝深蓝
> 犹如长长的夜晚
> 长长的夜晚
> 总是一片蓝色

"指的是我？"我问。
"哪里。不是你，你不在歌中出场。"

> 祖父告诉我
> 森林去不得
> 森林里面
> 是野兽的居所
> 即便四月的清晨
> 河水也绝不会倒流
> 也绝对倒流不得

> 但我主意已定
> 依然蹬着自行车
> 驶往林木森森的山坡

在粉红色的自行车上
在四月晴朗的早晨
没有什么可怕的
不用害怕
只要不下自行车
不是红色不是蓝色不是褐色
而是不折不扣的粉红色

　　她唱罢《自行车之歌》不大一会儿，我们终于像是爬到了崖顶，来到一片高台般宽阔的平地。稍事歇息，两人用手电筒照了照四周。看样子高台面积相当大，俨然桌面一样平光光的地面无限延展开去。女郎在高台入口那里蹲了半天，发现了六七枚回形针。

　　"你祖父到底跑到哪儿去了？"我问。

　　"马上到，就这附近。这高台听祖父不止提起过一次，大体不致弄错。"

　　"那么说，你祖父以前也来过这里好多次？"

　　"那还用说。祖父为了绘制地下地图，这一带点点处处全都转过。没有他不知道的，从小岩洞的出口到秘密通道，无所不知。"

　　"就一个人到处转？"

　　"嗯，是的，当然。"女郎说，"祖父喜欢单独行动。倒不是说他本来就讨厌人不信任人，不过是别人跟不上他罢了。"

　　"似乎可以理解。"我赞同道，"对了，这高台又是怎么回事呢，究竟？"

　　"这座山原来有夜鬼们的祖先居住来着。它们在山间掘了洞，全都住在洞里。我们现在站的这块平地，是它们举行宗教仪

254

式的场所，是它们的神居住的地方。祭司或巫师站在这里，呼唤黑暗之神，献上牺牲。"

"所谓神，莫不是那个怪模怪样的带爪鱼？"

"不错，它们深信是那条鱼统治着这片黑暗王国，统治着这里的生态系统、形形色色的物象、理念、价值体系以及生死等等。它们传说其最初的祖先是在那条鱼的引导下来到这里的。"她用手电筒照亮脚下，让我看地面上挖出的深约十厘米宽约一米的沟。这道沟从高台入口处一直朝黑暗深处伸去。"沿这条路一直过去，就是古代的祭坛，我想祖父大概就藏在那里。因为即使在这圣域之中，祭坛也是至为神圣的，无论哪个都靠近不得。只要藏在那里，就绝对不用担心被俘。"

于是两人顺着这沟一样的路径直前行。路不久变为下坡，两旁的石壁亦随之陡然增高，简直像要左右拥来把我们夹成肉饼。四下依然如井底一般死寂，不闻任何动静，唯独两人胶底鞋踩地的声响在壁与壁的夹缝中奏出奇异的节奏。行走之间，我几次朝上仰望。人在黑暗中，总是习惯性地搜寻星光和月光。

然而无须说，头上星月皆无，只有黑暗重叠地压在身上。亦无风，空气沉甸甸地滞留在同一场所。我觉得环绕我的所有东西都比先前沉重得多，就连我自身也似乎增加了重量。甚至呼出的气和足音的回响以至手的上下摆动都像泥巴一样被吸往地面。与其说是潜身于地底深处，莫如说更像降落于某个神秘的天体。引力也好空气密度也好时间感也好，一切一切都与我记忆中的截然不同。

我举起左手，按下电子表的显示灯，细看一眼时间：两点十一分。进入地下时正值子夜，因此不过在黑暗中逗留了两小时多一点点，但作为我却好像在黑暗中度过了人生的四分之一。就连电子表那点微光，看久了眼睛里也针扎似的作痛。想必我的眼睛正被黑暗慢慢同化。手电筒光也同样刺眼。长此以往，黑暗便成了理所当然的正常状态，而光亮反倒令人觉得是不自然的异物。

我们缄口不语，只管沿着狭窄的深沟样的路不断往下移步。路平坦笔直，且无撞头之虞，我便关上手电筒，循着她的胶底鞋声不停地行走。走着走着，渐渐弄不清自己是闭目还是睁眼。睁眼时的黑暗同闭目时的黑暗毫无二致。我试着时而睁眼时而闭眼走了一会儿，最后竟无法判断二者的区别。人的一种行为同一种相反的行为之间，本来存在着显而易见的差异，而若差异全部消失，那么隔在行为 A 与行为 B 之间的墙壁也就自动土崩瓦解了。

我现在所能感觉到的，仅有女郎那在我耳畔回荡的足音。由于地形、空气和黑暗的关系，她的足音听起来甚是异乎寻常。我试图将这奇异的动静化为标准发音，然而任何发音都与之格格不入，简直同非洲或中东我所不知晓的语言无异。我无论如何也无法在日语发音的范围内将其框定下来。若用法语德语或英语，或许能勉强与之接近。我暂且用英语一试。

最初听起来似乎是：

Even — through — be — shopped — degreed — well

但实际说出声来，却又发觉与足音迥然有别。准确的应该是：

Efgvén — gthǒuv — bge — shpèvg — égvele — wgevl

而这又很像芬兰语，遗憾的是我全然不知芬兰语为何物。就语言本身印象而言，似乎是"农夫在路上遇上了年老的恶魔"，但这终归是印象，无任何根据。

我边走边以各种词汇同这足音相配，并在脑海中想象她那粉红色耐克运动鞋在平坦的路面上交替落地的情景：右脚跟着地，重心移向脚尖，左脚跟在右脚尖离地前着地，如此无穷尽地循环反复。时间的流逝遽然放慢，仿佛螺丝脱落的表针，迟迟移动不得。粉红色的运动鞋则在我朦朦胧胧的头脑中一前一后地缓缓前行。足音回响不已：

Efgvén — gthǒuv — bge — shpèvg — égvele — wgevl

Efgvén — gthǒuv — bge — shpèvg — égvele — wgevl

Efgvén — gthǒuv — bge ……

　　年老的恶魔在芬兰乡间小道的一块石头上坐下身来。恶魔有一两万岁，一看就知道已经疲惫不堪，衣服和鞋沾满了灰尘，胡须都磨损得所剩无几。"急急忙忙的到哪里去？"恶魔向农夫搭话道。"铁锹尖缺了个口，赶去修理。"农夫回答。"忙什么，"恶魔说，"太阳还高挂中天，何苦忙成那个样子！坐一会儿听我说话好了。"农夫警觉地注视恶魔的脸。他当然知道和恶魔打交道不会有什么好事，但由于恶魔显得十分穷困潦倒心力交瘁，农夫因而……

　　有什么打我的脸颊——软乎乎，平扁扁，不大，温煦可亲。是什么来着？正清理思绪，又一下打来。我想抬起右手挡开，却抬不动。于是又挨了一下。眼前有个令人不快的发光体在晃动。我睁开眼睛。这以前我没意识到自己原来已闭起双眼。我是闭着双眼的。我眼前的是女郎那大号手电筒，打我脸颊的是她的手。

　　"住手！"我吼道，"那么晃眼睛，又痛。"

　　"说什么傻话！在这种地方睡过去，你不想活了？好好站起来！"

　　"站起来？"

　　我打开手电筒，照了照四周。原来不觉之间我已靠墙坐在地上，迷迷糊糊睡了过去。地面和石壁全都湿漉漉的，如水淋过一般。

　　我慢慢直身站起。

"怎么搞的，稀里糊涂睡过去了？既没觉得坐下，又没有要睡的感觉。"

"那些家伙的阴谋诡计，"女郎说，"想让我们就势在这里昏睡过去。"

"那些家伙？"

"就是住在山上的嘛。是神是鬼不晓得，反正有什么东西存心陷害我们。"

我摇摇头，抖落掉头脑里残存的疙疙瘩瘩的感觉。

"脑袋昏昏沉沉，越走越搞不清是睁眼还是闭眼，而且你的鞋发出的声响又很怪……"

"我的鞋？"

我告诉她年老的恶魔如何在她的足音中粉墨登场。

"那是骗术，"女郎道，"类似催眠术。要不是我发现，你肯定会在这里一直睡到无可挽回的地步。"

"无可挽回？"

"嗯，是的，无可挽回。"但她没有解释是怎样性质的无可挽回。"绳子大概你装在背包里了吧？"

"唔，一条五米来长的绳子。"

"拿出来。"

我从背后放下背包，把手插进去，从罐头威士忌水壶之间掏出尼龙绳递给女郎。女郎把绳的一端系在我的腰带上，另一端缠在她自己腰上，而后顺绳拉了拉双方的身体。

"这回不怕了，"她说，"这样绝不会走散。"

"如果两人不一起睡着的话。"我说，"你不怎么困吧？"

"问题是不要造成可乘之机。要是你由于睡眠不足而开始同情自己，邪恶势力必然乘虚而入。明白？"

"明白。"

"明白就走吧。没工夫磨磨蹭蹭。"

我们用尼龙绳拴住双方的身体,继续前进。我尽量把注意力从其鞋音上移开,并把手电筒光照准她的脊背,盯着橄榄绿美军夹克挪动脚步。记得这夹克是一九七一年买的。一九七一年越南战场仍在交火,当总统的是长着一副不吉利面孔的理查德·尼克松。当时所有的人都留长发穿脏鞋,都听神经兮兮的流行音乐,都身披背部带和平标记的处理的美军作战服,都满怀彼得·方达(Peter Fonda)般的心情。一切恍如发生在恐龙出没的远古时代。

我试图想起当时发生的几件事,却一件也无从想起。无奈,便在脑海中推出彼得·方达驾驶摩托飞驰的场面。俄顷,这场面便同荒原狼乐队(Steppenwolf)的《天生狂野》(Born to be Wild)重合起来,而《天生狂野》不觉之间又变成了马文·盖伊的《小道消息》(I Heard It Through the Grapevine)。大约是序曲相近的缘故。

"想什么呢?"胖女郎从前面投过话。

"没想什么。"我说。

"唱支歌?"

"歌就算了。"

"那,你看做什么好?"

"说话吧。"

"说什么?"

"说下雨如何?"

"好的。"

"你记得的雨是怎么样的呢?"

"父母兄弟死的那天下雨来着。"

"说点愉快的吧。"

"不要紧，是我想说。"女郎道，"况且除了你，我也没人可说这种话……要是你没情绪听，当然不说也可以。"

"既然想说，还是一吐为快的好。"我说。

"那是一场分不清下还是不下的雨。从一大清早便一直是那样的天气。满天空是灰濛濛的云，一动也不动。我躺在医院病床上，始终仰望天空。时间是十一月初，窗外长着樟树，很大的樟树，叶子差不多落了一半，从树枝空隙能望到天空。可喜欢看树？"

"啊，怎么说呢，"我应道，"算不上讨厌，只是没特别注意看过。"

老实说，我还真分不出柯树与樟树有何区别。

"我顶喜欢看树。一向喜欢，现在也喜欢。一有时间就坐在树下，或摸树干或仰望树枝，就那样呆呆地度过几个小时。当时我住院的那家医院院子里长的，也是一棵相当气派的树。我躺在床上，无所事事，只顾看那棵樟树枝和天空，一看就是一整天，最后连每条树枝都一一印了脑海里。对了，就像铁道迷对线路名和站名能够倒背如流一样。

"樟树上常有鸟飞来。各种各样的鸟：麻雀、伯劳、白头翁，还有不知名的颜色好看的鸟，有时鸽子也来。飞来的鸟在树枝上歇一会脚，又不知飞去了哪里。鸟对下雨十分敏感，知道？"

"不知道。"我说。

"每当下雨或快要下雨的时候，鸟们绝对不会出现在树枝上。但雨一停就马上飞来，唧唧喳喳叫个不停，简直像在一齐庆贺雨过天晴。不明白是为什么。或许雨过后虫子马上爬出地面，也可能单单因为鸟喜欢雨停。这么着，我得以知道天气的变化，见不到鸟便是有雨，鸟一来叫雨就停了。"

"住院时间很长？"

"嗯，将近一个月。以前我心脏瓣膜有问题，必须动手术。据说手术非常难做，家里人都对我不抱多大希望，结果却只有我活下来并活得好好的，其他人都死了，也真是不可思议。"

她就此止住话头，默默前行。我边走边想她的心脏、樟树和小鸟。

"所有人都死了的那天，也是鸟忙得不可开交的一天。因为雨下下停停停停下下，不知是下是停，鸟便随之忽儿飞来忽儿离去折腾个没完。那天很冷，像冬天来临的预告。病房里通了暖气，窗玻璃迷濛一片，我不得不再三擦拭。从床上爬起，用毛巾擦罢，又折身回来。本来是不能下床的，但我很想看树看鸟看天空和雨。住院时间久了，那些东西竟成了命根子。你住过院?"

"没有。"我说。总的说来，我健康得如春天的熊。

"有一种红翅膀黑脑袋的鸟，行动时总是成双成对。相形之下，白头翁的装束朴实得活像银行职员。但它们都同样雨一停便来树上啼叫。

"那时我这样想来着:世界这东西是多么神奇啊!世界上长着几百亿几千亿棵樟树——当然也可以不是樟树——上面有阳光照射有雨水浇淋，有几百亿几千亿只鸟儿歇息或飞离。每当想起这幅光景，我就不由涌起莫可名状的感伤。"

"为什么?"

"世界上大概有不可胜数的树木不可胜数的小鸟不可胜数的雨珠，而我却连一棵樟树一个雨珠都好像理解不了，永远理解不了。或许将在这连一棵樟树一个雨珠都无法理解的情况下年老死去。想到这里，我就感到无可救药的怅惘，独自掉下泪来，边掉泪边盼望有人紧紧搂抱自己。然而没有这样的人，只好孤零零地在床上哭个不止。

"哭着哭着，日落了，天黑了，鸟们也看不见了，我也再不能确认雨下还是不下。就在这天傍晚，我的家人全都死了，而我知道这个噩耗则是那以后很久的事。"

"知道时很难过吧？"

"记不确切。当时也可能什么感觉都没有。我记得的只是没有任何人能在那个秋雨飘零的黄昏紧紧拥抱自己。对我来说，那简直就像是世界的尽头。在又黑暗又孤寂难过渴望别人拥抱的时候周围却没有人拥抱自己——你知道那是什么滋味吗？"

"知道，我想。"

"你失去过所爱的人？"

"不止一次。"

"所以如今只身一人？"

"那也不是。"我一边用手指撸着腰带上系的尼龙绳一边说道，"在这个世界上，任何人都不可能只身独处。大家都在某处多少相接相触。雨也下，鸟也叫，肚皮也被割，也有时在一团漆黑中同女孩接吻。"

"不过，如同没有爱世界就不存在一样，"胖女郎说，"如果没有爱，那样的世界就和窗外一掠而过的风没什么区别，既不能用手抚摸，又不能嗅到气味。即使花钱买很多很多女郎同床，即使同很多很多萍水相逢的女孩睡觉，也都不是实实在在的，谁都不会紧紧搂抱你的身体。"

"我可没动不动就买女孩，也没见谁和谁睡觉。"我表示抗议。

"一回事。"

也许，我想。任何人都不会紧紧搂抱我，我也不会紧紧搂抱别人。我就这样一年老似一年，像贴在海底岩石的海参一样孤单单地一年年衰老下去。

由于想得入神，没有注意到女郎已在前面站定，我撞到了她

262

软乎乎的背部。

"对不起。"我说。

"嘘！"她抓住我的手腕，"有什么声音，注意听！"

我们定定地站在那里，侧耳倾听黑暗深处传来的声音。声音似乎发自我们所行道路前面很远的地方。音量很小，不注意察觉不到，既像微乎其微的地动之声，又如沉重的金属块相互摩擦的音响。但不管怎样，声音持续不断，并且似乎随着时间的推移而一点点加大音量。声音给人以阴森森冷冰冰的感觉，仿佛一条硕大的虫子蠕动着爬上自己的背脊。而且音量很低，勉强触及人耳的可听范围。

就连周围的空气也好像开始随其声波摇摇颤颤。混浊而滞重的风俨然被水冲卷的泥沙一般在我们身旁由前而后地缓缓移动。空气也似乎饱含水分，湿漉漉凉浸浸。一种预感——正在发生什么的预感弥漫在四周。

"莫不是要地震？"我说。

"哪里是什么地震，"胖女郎道，"比地震严重得多！"

22

世界尽头
——灰色的烟

　　如老人所言，烟天天不断。灰濛濛的烟从苹果林一带升起，直接融入上空阴沉沉厚墩墩的云层。静静观望之间，不由会产生一阵错觉，以为所有的云絮都是从苹果林里产生的。升烟时刻为下午三点整，持续时间的长短则取决于死兽的数量。若是风雪交加或骤然降温之夜的翌日，那令人联想起山火的粗大烟柱便一连持续几个小时。

　　人们为什么就不想方设法使它们免于一死呢？委实令人费解。

　　"干嘛不找地方给它们搭窝棚呢？"我利用下国际象棋的间隙询问老人，"干嘛不保护兽们免受风雪和严寒的摧残呢？其实也费不了多少麻烦，只要稍微有围墙，带个顶棚，就不知可以挽救多少生命了。"

　　"无济于事。"老人头不抬眼不撩地说，"就算搭窝棚兽们也不肯进去。自古以来它们就始终露天睡觉，即使丢掉性命也不改初衷。它们宁愿顶风冒雪寒流袭身。"

　　大校把主教放在王的正面，森森然加固阵角，两侧用双角埋下火线，静等我挥兵进击。

"听起来好像兽们自愿找死似的。"我说。

"在某种意义上，很可能的确如此。但对它们来说则是自然而然的，寒冷也罢痛苦也罢。在它们身上，或许不失为一种解脱。"

见老人再不言语，我将猴塞到壁的旁边，以诱使壁移位走开。大校始而中计，继而猛醒，将骑士撤后一步，把防御范围如针山一般缩于一处。

"你也似乎渐渐狡猾起来了嘛！"老人笑道。

"还远远不是你的对手。"我也笑着说，"不过你说的解脱是什么意思？"

"就是说它们可能由于死而得到拯救。不错，它们是死了，但到春天又重新降世，获得新生。"

"新生儿长大后又再次痛苦地死去，对吧？它们何必这么折磨自己呢？"

"命中注定。"老人说，"该你走了。你要是不消灭我的主教，可就输定喽！"

雪断断续续下了三天三夜，之后魔术般地朗然大晴。太阳把久违的光线投在冰封雪掩的镇子上，于是积雪消融，水声四起，银辉闪烁，炫目耀眼。到处传来雪团从树枝落到地上的声响。为了避光，我拉合窗帘蜷缩在房间里不动。我可以把身体藏在拉得严严实实的厚窗帘后面，然而无法逃避光线。银装素裹的镇子如一块切割得恰到好处的巨大宝石，从所有角度反射着阳光，把锐不可当的光线巧妙地投入屋内，刺激我的双眼。

在这样的下午，我只好俯卧在床，把眼睛贴在枕头上，倾听着鸟鸣。鸣声各种各样的鸟时而飞来我的窗边，时而飞去别的窗口，它们知道住在官舍的老人每人都在窗台上撒有面包屑。也可以听到老人们坐在官舍朝阳处聊天的语声，唯独我一人远远避开太阳温煦的爱抚。

日落时分，我从床上爬起，用冷水洗了下浮肿的眼睛，戴上墨镜，走下积雪的山坡，来到图书馆。在这明晃晃的阳光刺痛眼睛的日子，我读的梦没有往常那么多。处理罢一两个头骨，古梦发出的光便刺得眼睛如针扎一般痛，眼球里面渺茫的空间也变得滞重起来，仿佛填满了沙子，指尖亦随之失去了平素微妙的感觉。

每当这时，女孩就用湿冷的毛巾轻揉我的眼睛，热一些清汤或牛奶让我喝下去。而清汤也好牛奶也好，都似乎异常滞涩，舌感不适，味道也不够柔和。但喝得多了，便渐渐习惯了，能品味出其特有的香味。

我这么一说，女孩不无欣慰地微微一笑。

"这说明你已开始慢慢习惯这个地方了。"她说，"这地方的食物和别处的略有不同。我们用种类极少的材料做出很多花样，看似肉而不是肉，看似蛋而不是蛋，看似咖啡而不是咖啡，一切都做得模棱两可似是而非，这汤对身体大有好处。怎么样，身体是暖和过来了，脑袋里也好受些了吧？"

"的确。"我说。

由于汤的作用，身体确实恢复了温暖，头重之感也比刚才减轻了许多。我闭起眼睛道谢，放松四肢休息脑袋。

"你现在怕还需求什么吧？"女孩问。

"我？除你以外？"

"说不明白，只是突然这样觉得。如果还有需求，说不定你封闭的心会由于冬天的关系而多少开启一点。"

"我需要的是阳光。"我摘下墨镜，用布擦墨镜片，重新戴上，"可这又得不到，眼睛承受不了阳光。"

"肯定是微不足道的东西，打开你心扉的微不足道的事。如同刚才我用手指按摩你眼睛一样，应该有什么办法打开你的心。想不起来？在往日居住的地方，心变硬闭紧时你做什么来着？"

我耐住性子逐一搜寻所剩无几的记忆残片，可惜一无所获。

"不成啊，一样也想不来。固有的记忆已丧失殆尽。"

"哪怕再小的也好，想起来只管脱口而出。两人一块儿想想看，我很想多少帮你一把。"

我点点头，再次集中全副神经来发掘埋葬在往日世界里的记忆，但是岩盘太硬，无论我怎样用力都丝毫奈何不得。脑袋又开始痛了。想必我这个自我在同影子分离时便已无可挽回地失去了，剩下的不过是一颗虚而不实的、杂乱无章的心，并且这样的心也正因冬日的寒冷而紧紧关闭起来。

她把手心贴在我太阳穴上，说："算了，以后再想吧，说不定无意间会猛然想起什么。"

"最后再读一个古梦。"我说。

"你看上去很累，还是明天再继续吧，嗯？别勉强，反正古梦多久都会等你的。"

"不，总比没事闲待着好受，至少读梦时间里可以什么都不想。"

女孩看着我的脸，稍顷点下头，从桌旁起身，消失在书库里。我在桌面上手托下巴，闭起眼睛，沉浸在黑暗中。冬天将持续多长时间呢？老人说冬天漫长而难熬，而眼下冬天才刚刚开始，我的影子能够挺过这漫长的冬季吗？不光影子，就连我本身能否在如此纷纭复杂忐忑不安的心境中度过冬日都是疑问。

她把头骨放在桌上，一如往常地拿湿布拭去灰尘，再用干布磨擦。我依然支颐坐着，定定地注视她手指的动作。

"我能为你做点什么吗？"她蓦地抬起脸来。

"你已经做得很好了。"我说。

她停下擦头骨的手，坐在椅子上，迎面看着我："我说的不是这个，而是别的，比如睡到你床上。"

我摇摇头说："不，不是想同你睡觉。你这么说我倒高兴……"

"为什么？你不是需要我吗？"

"当然需要，但起码现在不能同你睡觉。这跟需要不需要不是同一回事。"

她略一沉吟，再次开始慢慢磨擦头骨。这时间里，我抬头望着高高的天花板和黄色的吊灯。纵使我的心再封闭僵化，也无论冬天如何使我痛苦，现在我都不能同她在此睡觉。如果那样，我的心势必比现在还要困惑得多，失落感也将更为深重。我觉得，大概是这镇子希望我同她睡觉，对他们来说，这个办法最容易掌握我的心。

她将磨完的头骨放在我面前。我没有动手，只是看着她桌面上的手指。我试图从那手指中读出某种意味，但不可能，终不过是纤纤十指而已。

"想听一下你母亲的情况。"我说。

"什么情况？"

"什么都行。"

"是啊——"她边摸桌上的头骨边说，"我对母亲怀有的感情是不同于对其他人的。当然已是很久以前的往事了，很难记得真切，但我总有这个感觉。那种感情也好像不同于我对父亲对妹妹的感情，至于为什么倒是不晓得。"

"所谓心便是这样的东西，绝对不会一视同仁，就像河流，流势会随着地形的不同而不同。"

268

她淡淡一笑："那似乎不大公平。"

"正是这样。"我说，"你现在不是仍然喜欢母亲吗？"

"不知道。"

她在桌上不断地转换着头骨的角度，目不转睛地看着。

"问得太笼统了吧？"

"嗯，或许，或许是的。"

"那，谈其他的好了。"我说，"你母亲喜欢什么可记得？"

"呃，记得一清二楚：太阳、散步、夏天游泳，还喜欢以动物为伴。天气暖和的日子，我们经常散步来着。镇上的人一般是不散步的。你也喜欢散步吧？"

"喜欢。"我说，"也喜欢太阳，喜欢游泳。其他还有想得起来的？"

"对了，母亲时常在家里自言自语，不知她是否喜欢这样，总之常常自言自语。"

"关于什么的？"

"不记得了。不过不是普通意义上的自言自语，我解释不好，反正对母亲来说像是件特殊事。"

"特殊？"

"嗯。似乎语调非常奇妙，用词一会儿拉长一会儿缩短，就像被风吹得忽高忽低似的……"

我看着她手中的头骨，再次在依稀的记忆中往来搜寻。这回有什么拨动了我的心弦。

"是歌！"我说。

"你也会说那个？"

"歌不是说的，是唱的。"

"唱唱看。"

我做了个深呼吸，想唱点什么。可是，居然一首也无从想起。所有的歌都已离我远去。我闭目喟叹一声。

"不行，想不起来。"

"为什么想不起来呢？"

"要是有唱片和唱机就好了。啊，这恐怕不大现实。哪怕有乐器也好，有乐器弹奏之间，说不定会想起支什么歌。"

"乐器是什么形状的？"

"乐器有几百种之多，一两句概括不了。由于种类不同，使法也不同，声音也不一样。既有四个人才勉强抬得动的，又有可以放在手心里的，大小和形状千差万别。"

如此说罢，我发觉记忆之线正在——尽管是一点点——松缓开来。或许事情正往好的方面发展。

"说不定这座楼尽头处的资料室里有那样的东西。说是资料室，现在塞的全是过去的破烂货，我也只是一晃看过一眼。如何，不找找看？"

"找找看。"我说，"反正今天看来读不成古梦了。"

我们穿过一排排摆满头骨的大书库，进入另一条走廊，打开一扇镶着与图书馆大门上一样的不透明玻璃的门。门的圆形黄铜拉手薄薄地落了层灰，但没有锁。女孩按下电灯开关，迷濛濛的黄色光线照亮细细长长的房间，将地上堆着的各式物体的阴影投在白墙上。

地上的东西大多是旅行箱和手提包，也有带外壳的打字机和带套网球拍之类，不过这是个别存在，房间的大半个空间堆的是大大小小各种各样的皮包，约有一百个吧，而且皮包命中注定似的积满了大量灰尘。我不知道这些皮包是通过何种途径来到这里的，逐个打开怕是件相当费劲的差事。

我蹲下身，打开一台打字机的外壳，白灰顿时像雪崩时的雪烟一般向上蹿去。打字机大小如收款机，键是圆形，型很旧，看样子用了很久，黑漆斑斑驳驳的。

"知道这是什么吗？"

"不知道。"女孩站在我身旁抱着臂说，"没见过，是乐器？"

"哪里，打字机。印字用的，很老很老了。"

我关上打字机外壳，放回原处。这回打开旁边一个藤篮，篮里有一整套野餐用具，刀叉、杯碟、一套发黄褪色的旧餐巾齐整整叠放在里面。同样是颇有年代之物，在铝碟和纸杯问世之后，谁都不会带这套东西郊游。

猪皮大旅行箱里装的主要是衣物。西装、衬衫、领带、袜子、内衣——大多被虫子蛀得惨不忍睹。还有牙具袋和装威士忌用的扁壶，牙膏剃须膏早已变硬结块，扁壶打开壶盖也闻不出一丝酒味。此外再无别物，没有书没有笔记本没有手册。

我一连开了几个旅行箱和手提包，内容大同小异，无非衣物和最低限度的日用品，仿佛是赶在出门旅行之前急匆匆随手塞进去的。每个旅行者都缺少某件一般应备的随身用品，给人一种不甚正常的印象。任何人旅行时都不至于仅仅携带衣物和牙具。总之，箱里包里找不到任何使人感觉到其持有者的人品和生活的东西。

相对而言，西服也全是极为普通的货色，既无特别高级的，又没有过于寒伧的。种类和样式固然因时代、季节、男女及其年龄的不同而不尽一致，但没有一件给人留下特殊印象，甚至气味都很难区分。衣服十有八九被虫蛀过，并且都没标名字，仿佛有个人把所有名字和个性从每件衣物上逐个一丝不苟地剔除一净，剩下来的无非每个时代所必然产生的无名遗物而已。

打开五六个旅行箱和手提包之后，我便失去了兴趣。一来灰尘势不可当，二来哪个看上去都绝对不可能有乐器。即使镇上什么地方有乐器，也不会在这里，而应在截然不同的另一场所，我觉得。

"走吧，"我说，"灰尘太厉害，眼睛都痛了。"

"找不到乐器，失望了？"

"那倒也是。还是到别处找找吧！"我说。

和女孩分手后，我一个人爬上西山。凛冽的季节风像要把我卷走似的从背后吹来，在树林中发出撕裂长空般的尖锐的呼啸声。回头看去，但见几乎缺了半边的冷月，形单影只地悬浮在钟塔的上方，周围涌动着厚厚的云团。月光之下，河面黑乎乎的，犹如流动的焦油。

蓦地，我想起在资料室旅行箱中发现的似乎很暖和的围巾，尽管被虫子蛀出几个大洞，但若多围几层，仍足以御寒。我想不妨问问看门人，那样许多事都可了然于心。包括那些货物的所有者是谁，我能否使用里边的东西。围巾也不缠地站在这寒风之中，耳朵痛得真如刀割一般，明天就去见看门人。况且也需要了解一下我影子的情况。

我重新转身，沿冰冻的山坡路朝官舍走去，把镇子抛在后面。

23

冷酷仙境
——洞穴、蚂蟥、塔

"哪里是什么地震，"胖女郎道，"比地震严重得多。"

"比如说？"

一瞬间，她深深吸了口气，似乎想告诉我，但旋即作罢，摇摇头道："现在没时间解释，反正只管往前走好了，此外别无出路。想必你肚皮上的伤口有点痛，但总比死了好吧？"

"或许。"

我们依然用绳子系着双方的身体，全力以赴地沿坑道朝前奔跑。她手中的电筒随着她的步调大幅度地上下摇晃，在坑道两侧刀削般地笔直高耸的壁面上绘出犬牙交错的曲线。我背上背包里的东西"叮叮咣咣"地摇来摆去，有罐头有水壶有瓶装威士忌，不一而足。可能的话，我真想只留下必不可少的部分，其他统统甩掉，但不容我停住脚步，只能跟在她后面一个劲地跑，甚至想一想腹部伤痛的工夫都挤不出来。既然两人的身体被绳子拴在两头，那么就不可能由我单方面放慢一下速度。她的呼气声同我背包的摇晃声在这切割得细细长长的黑暗里富有节奏地回荡开来，不久，地动声也凑热闹似的一声高似一声。

愈往前行，那声音愈大，愈清晰，这是因为我们径直朝声源逼近，加之音量本身也逐渐加大。起始听起来仿佛发自地层深处，就像肺叶排出的大量气体在喉咙里面变成不成声音的声音时的那种动静。无独有偶，坚固的岩盘也随之发出连续的呻吟，地面开始不规则地震颤。是什么还不清楚，总之我们的脚下正在发生不吉祥的变异，企图将我们一口吞没。

我实在不情愿继续朝声源那边跑，无奈女郎已认准了那个方向，由不得我挑挑拣拣，只好孤注一掷，跑了再说。

所幸坑道不拐弯，又无障碍，平坦得如飞机跑道，我们得以放心大胆地跑个不停。

呻吟声慢慢缩短间隙，仿佛在急剧摇撼地底的黑暗，朝着不容选择的目标一路突进。时而传来巨大的岩石以排山倒海之力相互挤压相互摩擦的声响，似乎封闭在黑暗中的所有的力都在为撬开一丝裂缝而拼命挣扎。

声音响了一阵后戛然而止。旋即，四周又充满了像是几千个老人聚在一起同时从牙缝吸气般的奇妙的嘈杂声，此外不闻任何声响，地动声也罢，喘息声也罢，岩石摩擦声也罢，岩盘呻吟声也罢，统统屏息敛气，唯独"嘘嘘嘘"这种刺耳的空气声在一片漆黑中回响，听起来既像是养精蓄锐静待猎物步步走近的猛兽那兴奋的呼吸，又像是地底无数条毛虫在某种预感的驱使下如手风琴一般蠕动着令人毛骨悚然的躯体。不管怎样，都是我闻所未闻的充满强烈恶意的可怖声响。

这声响之所以在我听来可怖至极，是因为我觉得它是在挥手招呼——而并非拒绝——我们。他们知道我们走近，邪恶之心为此兴奋得颤抖不已。想到这里，我吓得脊梁骨都好像冻僵了一般。的确远非地震可比，如她所说，是比地震还要可怕，而我又完全猜想不出其为何物。事态的发展早已超出我所能想象的范围，或者说已达至意识的边缘。我已根本无法想象，只能最大限度地驱使自己的肉体，一个接一个跳过横在想象力与事态之间的无底深沟。较之什么也不做，毕竟继续做点什么强似百倍。

我觉得我们持续奔跑的时间相当之长，准确的弄不清楚，既像三四分钟左右，又好像三四十分钟。恐怖以及由此带来的迷乱麻痹了体内对正常时间的感觉。无论怎么跑都感觉不出疲劳，腹部伤口的痛感也已被排挤出意识之外，只是觉得两个臂肘分外地发酸发硬，这也是我奔跑当中唯一产生的肉体上的感觉。可以说，我甚至意识不到自己是在不断奔跑。双脚极为机械地跨向前去，踏击地面，简直就像有浓厚的空气团从背后推动我，迫使我不停顿地勇往直前。

当时我还不明白，其实我两肘的酸硬之感是由耳朵派生出来的，因为我无意中把耳朵肌肉绷得很紧，以便使其不去注意那可怖的空气声响，于是这种紧张感从肩部扩展到臂肘。而觉察到这点，是我猛地撞在女郎肩上把她撞倒在地并且自己飞也似的倒在她前头的时候。她吼叫着发出警告，但我的耳朵已分辨不清。不错，是好像听到了什么，但由于我已在耳朵所能分辨的物理声响同由此产生的分析其含义的能力之间的连接线路上加了封盖，所以无法把她的警告作为警告来把握。

这就是我在一头栽倒在坚硬地面上的一瞬间首先想到的。我不知不觉地调节了听力，简直有点同"消音"无异，我想。看来一旦身陷绝境，人的意识这东西便可发挥出各种奇妙的功能。或者我正在一步步接近进化也未可知。

其次——准确说来应该是同时——我感觉到的绝对可以说是一侧头部的疼痛。仿佛黑暗在我眼前飞珠泻玉般地四溅开来，时间止步不前，身体随即被这扭曲的时空弄得严重变形——便是如此程度的剧痛。我真以为头骨肯定不是开裂就是缺边，不然就非塌坑不可，抑或脑浆飞得了无踪影，我本身已因此一命呜呼。然而独有意识依然循着支离破碎的记忆犹如一条蜥蜴尾巴在痛苦地挣扎不已。

但这一瞬间过后，我还是清醒地认识到了自己仍然活着，仍在活生生地继续呼吸。作为其结果我可以感觉出头部的痛不可耐，感觉出泪水涟涟而下打湿脸颊。泪珠顺颊滴在石地上，也有的流进嘴唇。有生以来头部还是头一次遭受如此沉重的打击。

我原以为自己真的会就势昏死过去，不料有一种东西把我挽留在了痛苦与黑暗的世界，那便是记忆碎片——关于我正在从事什么的模模糊糊的记忆碎片。是的，我是正在从事什么，为此跑到半路绊倒在地。我企图逃离什么。不能在此昏睡。尽管记忆模糊不清得不成样子且零零碎碎，但我仍在拼出浑身力气用双手紧抓其碎片不放。

我的的确确在抓住它不放。片刻，随着意识的恢复，我才觉察到自己抓住不放的不过是记忆碎片罢了。尼龙绳结结实实地拴在身上。刹那间，我恍惚觉得自己成了一件随风飘摆的沉甸甸的洗涤物，风、重力及其他一切都急欲将我击落在地，而我硬是不从，偏要努力完成自己作为洗涤物的使命。至于何以有如此想法，自己也浑然不晓，大概由于沾染了一种习惯，习惯于把自身的处境权且改换成各种各样的有形物。

再其次我感觉到的，是下半身所处状态不同于上半身这一事实。正确说来，下半身几乎没有任何感触。我基本上已经可以充分体察上半身的感触：头痛，脸颊和嘴唇紧贴着冰冷坚硬的石地，双手紧攥绳索，胃蹿到喉咙，胸口垫着一块有棱角的东西。至此固然一清二楚，但再往下则全然不得而知，不知究竟是何状况。

我想，下半身很可能已不复存在。由于摔倒在地的重创，身体从伤口处一分为二，下半身不翼而飞，包括我的脚（我想是脚）、我的趾尖、我的肚子、我的阳物、我的睾丸、我的……但无论怎么想都不合乎常理。因为，假如下半身荡然无存，我感到的疼痛当不止这个程度。

我试图更为冷静地分析事态：下半身应该依然完好无损，只不过处于麻木不仁的状况。我紧紧闭起眼睛，把波涛一般前仆后继的头痛感弃之不理，而将神经集中于下半身。我觉得这种努力同设法使阳物勃起的努力颇有些相似。就好像往什么都没有的空间狠命用力一样。

与此同时，我想起图书馆那个胃扩张长发女孩。啧啧，我又不禁想道，为什么同她上床时阳物死活不肯挺起呢？一切都是从那时开始失去章法的，可是不能总是对这点耿耿于怀，毕竟使阳物勃起不是人生的唯一目的，这也是我很久以前读司汤达《帕尔马修道院》时的一点感受。于是我将勃起之事逐出脑海。

我认识到，下半身处于一种不上不下的状态，似乎悬于半空。对对，下半身悬在岩盘前面的空洞中，上半身则在勉为其难地阻止下落，两手为此牢牢地抓住绳索。

一睁开眼睛，发现刺目的光束正对着我的面孔。是胖女郎在用手电筒照我。

我一咬牙，狠命拉着绳索想把下半身搭上岩盘。

"快！"女郎吼道，"再不快点，两人都没命了！"

我力图把脚搭在岩石地面，但未能如愿，也没有凸起处可搭。无奈，我使劲扔开手中的绳索，两臂稳稳支在地上，以便把整个身体用悬垂的办法向上提升。身体重得出奇，地面格外地滑，似乎满地血污。我不晓得何以如此光滑，也无暇去想。腹部伤口由于擦在岩角上，痛得简直像重新被刀子割开一般。似乎有人用鞋底狠狠践踏自己的身体，要把我的身体我的意识我这一存在踩成粉末而后快。

尽管如此，我大约还是成功地把自己的身体一点点向上提起。我感觉皮带刮在岩角，同时系在皮带上的尼龙绳急欲将我往上拉拽。然而事实上与其说这是在协助我，莫如说在刺激腹部伤口从而妨碍我意识的集中。

"别拉绳子！"我朝光束射来的方向吼道，"让我自己来，别再拉绳子！"

"能行吗？"

"不要紧，总有办法。"

我在岩角仍挂住皮带扣的情况下使出吃奶力气抬起一只脚，终于逃出了这个莫名其妙的黑洞。我确认自己安全脱险之后，女郎来到我旁边，像检查我身体各部位是否完好似的用手摸着我的全身。

"对不起，没能把你拉上来。"她说，"我死命抓住一块岩石，这才使得两人没有一起掉下去。"

"这倒也罢了，可你为什么不事先告诉我这里有地洞呢？"

"没时间啊。所以我不是停下大声喊叫了么？"

"没听见。"

"算了，得尽快逃离这里。"女郎说，"这里有很多洞，脚下当心。走出这里，目的地很快就到，可要是不抓紧，血就会被吸干，就此睡着死去。"

"血？"

她用电筒照了照刚才我险些掉下去的地洞。洞像用圆规画出似的十分之圆，直径约一米。随着光束的四下晃动，我发现目力所及之处，地面到处布满同样大小的洞穴，令人联想起巨大的蜂窝。

路两侧一直拔地而起的岩壁早已无影无踪，唯见缀着无数洞

穴的地面。地面如在洞穴之间飞针走线一般延展开去，最宽的地
方有一米，最窄处是仅有三十厘米的通路，给人以岌岌可危之
感。不过只要小心，通过估计还是可以通过的。

问题是地面看起来摇摇晃晃，情景甚是奇特。原本应该坚硬
牢固的岩盘，居然浑身扭来扭去。同流沙无异。最初我怀疑由于
脑袋遭到重创致使眼神经出了故障，便用电筒照照自己的手，手
一不摇动二不扭摆，一如往常。由此看来，并非神经受损所致，
而的确是地面在动。

"蚂蟥！"女郎说，"蚂蟥群从洞里爬上来了。再不快点，血
就要被吸光，身体就成空壳啦！"

"糟糕糟糕！"我说，"这就是你所说的更厉害的？"
"不不，蚂蟥不过是先兆，真正可怕的随后才到，快走！"
我们依然用绳子连着身体，踏上满是蚂蟥的岩盘。网球鞋底
踩上无数蚂蟥那种滑溜溜的感触从脚板一直爬上脊背。

"脚别打滑！掉进洞里可就再没救了！里边全是蚂蟥，蚂蟥
的海洋。"

女郎紧紧抓住我的臂肘，我死死攥牢她的夹克衣襟。从宽仅
三十厘米且滑溜溜容易摔倒的岩盘通过实在非同儿戏。被踩碎的
蚂蟥那黏糊糊的液体如果冻一般厚厚地沾在脚底，很难牢牢站
稳。大概是刚才跌倒时附在衣服上的蚂蟥在脖子和耳朵周围爬来
爬去吮吸不止，尽管我明显感觉得出，却不能将其打掉，因为我
左手握着电筒，右手抓着女郎衣襟，两只手都放松不得。如此用
电筒确认脚下行走之间，不得不眼睁睁地看着蚂蟥群。数量多得
简直令人头晕，而且仍在不断地从黑洞中爬出。

"肯定夜鬼们过去把牺牲品扔进地洞里了，是吧？"我问
女郎。

"是的。你还真挺明白。"

"这点事总看得出来。"我说。

"蚂蟥被视为某种鱼的使者，也就是鱼手下的喽啰吧。所以夜鬼像把牺牲品献给鱼那样同时献给蚂蟥。那可是有血有肉的活生生的牺牲品哟！一般都是从哪里抓来的地面活人。"

"这风俗现在没有了吧？"

"嗯，想必。祖父说，人肉由它们自己食用，仅仅把脑袋作为牺牲品的象征割下来献给鱼和蚂蟥。至少这里成为圣域之后，再也没有谁进来过。"

我们穿过了几个地洞，鞋底碾碎的滑溜溜的蚂蟥估计有几万条之多。我也罢女郎也罢有好几次险些失足，每次我们都撑住对方的身体，勉强躲过灾难。

"嘘嘘嘘"那种讨厌的空气声似乎是从黑洞底部涌出来的。它犹如夜间的树木一般从洞底伸出触手，把我们团团围在中间，侧耳倾听，确乎是嘘嘘嘘之声，就像被砍去头颅的一大群人用全方位开放的喉咙在鸣冤叫屈。

"水快到了。"她说，"蚂蟥仅仅是先兆。蚂蟥消失后，接踵而来的就是水。所有的洞穴马上有水喷出，这一带全成沼泽。蚂蟥晓得这点，所以不再出动。无论如何得在水来之前赶到祭坛。"

"你这不是知道底细吗？"我说，"干嘛不一开始就告诉我？"

"说老实话，我也不很清楚。水并非每天都喷，一个月才喷一两回，没想到今天偏巧赶上。"

"祸不单行啊！"我把这句从一清早起便萦绕在我脑际的话说出口来。

我们小心翼翼地在地洞边缘之间继续前进，但无论怎么走也走不出地洞群，一直连到地的尽头也未可知。鞋底沾足了死蚂蟥，以致几乎失去了脚板落地的感触。如此每迈一步都绷紧神经，脑袋便不由晕乎起来，身体的平衡也渐渐难以保持。虽说肉体功能在千钧一发的紧急关头往往有超常发挥，但精神的集中力却比本人预想的有限得多。无论情况是多么的刻不容缓，只要同样情况持续个没完没了，集中力也必然开始下降。时间拖得越久，应付危机的具体判断力和对死的想象力越是迟钝，意识中出现了明显的空白。

"快了快了，"女郎招呼道，"很快就到安全地带。"

我已懒得开口，默默点了下头。点罢头，才发觉在黑暗中点头毫无意义。

"听清楚了？不要紧？"

"不要紧。只是有点恶心。"

恶心已开始好久了。地面蠢蠢欲动的蚂蟥，它们释放的奇臭，及其黏糊糊的体液，令人恐怖的空气声，浓得化不开的黑暗，身体的疲劳和对睡眠的渴望——凡此种种结成一体，如铁环一般勒紧我的胃，致使臭得叫人作呕的胃液一直涌到舌根。神经集中力似乎正在接近极限。我觉得好像在弹一架只有三个音阶且五年都未调音的钢琴。我到底还要在这黑暗中走几个小时呢？外面的世界现在是几点呢？天空已泛白了么？晨报已开始派发了吗？

就连看一眼手表都不可能。光是用电筒照着地面一点点挪动双脚都已搞得我无暇别顾。我很想看到渐次泛白的黎明时分的天宇，想喝热气蒸腾的牛奶，想闻早晨树木的清香，想翻晨报的版面。黑暗蚂蟥地洞早已使我忍无可忍。我体内一切器官所有细胞都在追求光明，都想看并非什么电筒光的真正光亮，哪怕再微乎其微也好，再支离破碎也好。

一想到光，我的胃便像被什么抓了一把似的收缩起来，口中充满讨厌的臭味，臭得就像腐烂变质的萨拉米香肠比萨。

"走出这里让你吐个够，再忍耐一会儿。"女郎说着，用力抓紧我的臂肘。

"不吐。"我呻吟似的说道。

"相信我，"她说，"一切都会过去的。或许真的是祸不单行，但终归要过去的，不会长此以往。"

"相信。"我回答。

然而地洞仍绵延不断，甚至觉得始终在原地兜圈子。我再次想起刚刚印出的晨报。晨报十分之新，墨迹几乎可以印在指肚上。中缝有广告，极厚。晨报无所不登，囊括地球上生命体的所有活动。从首相起床时间、股票行情、全家自杀到夜宵的制作方法、裙子的长度、唱片评论、不动产广告，应有尽有。

问题是我没有订报。大约三年前就戒掉了读报的习惯。至于何以不再读报，自己都说不出所以然，反正是不再读了，大概因为我的生活涉及的范围同新闻报道和电视节目毫不相干吧。我同社会的联系仅限于将所给的数据在头脑中揉搓转换成其他形式之时，其余时间只管一个人看过时的小说，用录像机看往日的好莱坞电影，喝啤酒喝威士忌打发时光。因此用不着看什么报纸杂志。

但是，在这失去光亮的莫名其妙的黑暗中，在无数地洞无数蚂蟥的包围之下，我却如饥似渴地想看报。我要坐在有阳光的地方，像猫舔奶碗那样一字不漏地把报纸上下看遍左右看遍，然后把世人在阳光下开展的各种生之片断吸入体内，滋润每一个细胞。

"祭坛出现了！"她说。

我刚想抬起眼睛，不料脚下一滑，没能扬起脸来。管它祭坛是何颜色呈何形状，反正要走到跟前才能计议。我最后动员起注意力，亦步亦趋地朝前移步。

"还有十来米。"女郎说。

就在她说这句话之时，地穴深处传出的空气嘘嘘之声即告消失。消失得甚是唐突甚是不自然，简直就像地底下有人抡起锋利的大刀一举斩断声源。没有任何前兆，亦无半点余韵，这从地底涌出又久久压在地面上的刺耳的空气声转瞬间尽皆消失。与其说是消失，莫如说仿佛含有这声音的空间本身整个归于毁灭。由于消失得过于始料未及，刹那间我的身体也险些失去平衡滑倒。

沉寂——几乎使耳朵变痛的沉寂笼罩了四周。漆黑中突然出现的沉寂比任何不快而可怕的声音都不吉利。在声音面前——无论什么声音——我们都可以保持相对的立场。然而沉寂是零，是无，它包围着我们，但它并不存在。我的耳中产生了类似气压改变时的那种若有若无的压迫感，耳部肌肉无法很好地适应突如其来的变化，从而力图提高功效，在沉默中捕捉某种信号。

可是这沉默是不折不扣的沉默。声音消失后再未出现。我和她都保持原来姿势，在沉默中侧耳倾听。为了缓解耳朵的压迫感，我咽了口唾液，但无甚效果，只在耳内发出类似唱针碰在唱盘边角时的那种不自然地夸大的声响。

"水退了不成？"我试着问。

"往下才喷水。"女郎说，"刚才的空气声是弯弯曲曲的水道里的空气被水压排挤出去的声音。全部排光之后，就再没有东西能阻止水流了。"

女郎拉起我的手，穿过最后几个洞穴。也许是精神作用，觉得石板上蠕动的蚂蟥好像略少了一些。穿过五六个洞穴，我们再度来到空旷的平地。这里没有洞穴没有蚂蟥。蚂蟥看来也逃到与我们相反的方向去了。我总算脱离了险象环生的地带。纵令在这里溺水而死，也比掉进蚂蟥洞里丧命要好得多。

　　我几乎下意识地伸出手，想把贴在脖子上的蚂蟥扯掉。女郎一把抓住我的手制止了我。

　　"别管那个，先上塔，免得淹死。"说着，她抓着我的手腕急步前行。"五六条蚂蟥死不了人，再说强拉硬扯会把皮肤也扯掉的。不晓得？"

　　"不晓得。"我说。我就像航标灯底下的沉砣一样又暗又笨。

　　走了二二十步，女郎把我拉住，用手里的大号电筒照出耸立在我们眼前的巨大的"塔"。"塔"呈光秃秃的圆筒形，笔直地朝头顶黑暗伸去，像一座灯塔一样从基座往上渐次变细。我不知道它实际上有多高，因为它过于庞大，无法用电筒上下照遍而把握其整个构造，况且我们也没有足够的时间。女郎只往"塔"的表面刷地一照，随即不声不响地跑到跟前，沿着塔侧的阶梯向上爬去。我当然也赶忙尾随而上。

　　从稍远的地方用不很亮的光束照着看去，这"塔"很像一座人们花费了漫长岁月和叹为观止的技巧构筑成的精致而宏伟的纪念碑。然而近前用手一摸，原来不过是凹凸不平形状怪异的巨石，是自然侵蚀作用的偶然产物。

　　夜鬼们在这巨石周身凿出的螺纹状的螺旋阶梯，作为阶梯未免过于粗糙马虎，不整齐不规则，宽窄勉强能放下一只脚，且不时缺少一阶，缺的部分可以借助附近凸起的石棱放脚。但由于我们不得不用双手抓住石块来支撑身体以防止跌落，因此没有办法用电筒光一一确认下一个石阶，抬起的脚有好几次悬在半空，险些跌落。在黑暗中洞察一切的夜鬼倒也罢了，对我们则是伤透脑筋的不便之物。两人紧贴石壁，活像蜥蜴一步一挪，不敢有半点疏忽。

　　登至三十六级——我有数阶梯的毛病——脚下黑暗中响声骤

起，仿佛有人将一枚巨大的烤牛肉狠狠摔在平壁上，声音扁平而似带潮气，并且蕴含着不由分说的强烈意志。随后便是一瞬间的沉默，如同正欲下落的鼓槌突然止住而有意留下的一拍间歇。这是分外令人厌恶的静寂的间歇。我双手死死抓住石棱，紧贴石壁，等待意外的发生。

随即发生的是地地道道的水声，是水从我们穿过的无数洞穴中一齐喷出的声音。水量非比寻常。我想起上小学时从新闻纪录片中看到的水库开闸庆典的场面。一个知事模样头戴安全帽的人一按电钮，闸门打开，粗大的水柱伴随着水烟和轰隆声鼓涌而出，直冲霄汉。那还是电影院上映新闻片和动画片时代的事。我一边看纪实镜头，一边想象假如自己由于某种缘故而置身于如此翻江倒海般的水库下面该落得何种下场，幼小的心灵于是不寒而栗。但在其后四分之一世纪里，实际上自己从来也未设想过万一身陷此境的情景。小孩子总是习惯性地以为有一种神圣的力量最终会将自己从世间可能发生的几乎所有种类的灾难中解救出来，至少我在儿童时代是如此。

"水到底要上升到什么程度呢？"我问上面距我两三步远的女郎。

"相当程度。"她简短地回答，"如果你想活命，只能再往上一点。水总不至于上到顶端。我知道的就这么多。"

"到顶还有多少阶？"

"相当不少。"她答道。答得巧妙，可以诉诸想象力。

我们以尽可能快的速度沿着螺旋"塔"攀登。据水声判断，两人身体紧贴着的这个"塔"大概矗立于空旷平地的正中央，周围则是黑压压的蚂蟥洞穴。果真如此，我们便是在这恰好建在无数巨型喷水孔中间的装饰性立柱上一步步爬向顶端。若女郎说得不错，那么这广场般空荡荡的空间势必水积如沼，唯有这"塔"

作为孤岛在水中露出上半端或顶端。

女郎身上斜挎的电筒在她腰间不规则地摇摆着，光束在黑暗中画出零乱的圆形。我则以这光亮为目标攀援不止。途中已数不清爬了多少阶，不过也就在一百五十至二百阶之间。最初猛然撞击脚下石壁而厉声呼啸着从空中摔下的水流，不久转而发出落入水潭般的声响，继之变为"咕嘟咕嘟"沉闷的声音，似被封上了盖子。水位稳步上升。看不见脚下，不晓得水面到达的位置，但我觉得即使冷冰冰的水马上冲刷脚腕也不足为奇。

所有一切都像是心情不快时做的一场噩梦：有什么朝我追来，而双腿却不能驱动自如，追击者迅速逼近身后，伸出滑溜溜的手要抓住我的脚腕。纵使作为梦也是令人绝望的梦，而若是活生生的现实，自然更为严重。我不再理会什么阶梯，只管双手紧抓石棱，将身体悬空向上提去。

蓦然心生一计：如果等水涨上来借水势游上顶端如何？这样既不费力，又无跌落之虞。如此在脑袋里估算半天，作为一条独创之计，似乎并无不好。

但告知女郎时，她当即断言行不通。

"水面下水流很强，又卷着漩涡，一旦被卷进去还哪里谈得上什么游泳，浮都浮不起来。就算碰巧浮上来，如此黑漆漆的，哪里也游不到。"

总之一句话：再怎么着急也只能这么一步步爬。水声犹如一点点减速的马达，音阶一刻低于一刻，最后变成粗重的呻吟，水位则不停顿地持续上升。我想，要是有真正的光就好了，哪怕再微弱也好。只要有真正的光，爬这等石壁根本不在话下，也可确认水到了什么地方，总之可以免受不知脚腕何时被抓这场噩梦的可怕折磨。我对黑暗这东西算是深恶痛绝，追得我透不过气的并非水，而是横亘在水面与我脚腕之间的黑暗，是黑暗把凉沁沁不知底细的恐怖灌入我的体内。

新闻纪录片仍在我脑海里转换。银幕上那巨大的拱形水库朝我眼下这研钵状的石底永远排水不止。摄影机以各种角度执着地捕捉这幅光景。镜头或从上方或从正面或从侧面如整个舔遍似的对准奔腾飞溅的水流。水流映在水泥坝壁上的影子清晰可见。水影浑如水本身那样在扁平的白色混凝土上飞舞弄影。凝视之间，水影居然成了我自己的身影。是我的身影在鼓出的水库坝壁上跳跃不已。我坐在电影院椅子上，目不转睛地观看自己的身影。是我自己的身影这点当即看出来了，但作为电影院的一名观众，我不知应相应采取怎样的行动。我还是个九岁或十岁软弱无力的少年。也许我应该跑上银幕把影子收回，或者冲进放映室将胶片一把夺走。至于这样做是否得当，我则无从判断。这么着，我只好一动不动地继续观看自身的影子。

身影永无休止地在我眼前跳跃，浑如扑朔迷离的地气中不规则地袅袅摇曳的远景。影子看上去不能开口讲话，也不能用手势表达什么，然而他确实想向我倾诉。影子完全知道我坐在这里注视他的形象，可惜他同我一样软弱无力，毕竟只是影子而已。

除我以外，任何观众都似乎未觉察到水库坝壁上的水流之影实际上是我的身影。哥哥就坐在我旁边，他也无动于衷，如果他觉察到，绝对会向我耳语告之，因为哥哥看电影时总是不厌其烦地耳语不止。

我也丝毫无意把那便是自己身影一事告诉别人，估计他们不会信以为真。看情景影子只想对我一个人传达某种信息，他是在不合适的场所不合适的时间借助电影银幕这个媒体对我诉说什么。

在那鼓出的混凝土坝壁上，我的影子孤苦伶仃，谁都不予理睬。我不知道他如何来到坝壁，也不知其此后的打算。想必不久他将随着夜幕的降临而消失不见。他很可能被汹涌的水流冲入大海，在那里继续履行作为我身影的职责。想到这里，不由黯然神伤。

很快，水库新闻放完，画面换成某国国王加冕大典的光景：好几匹头顶饰物的马拉着美轮美奂的马车穿过石板广场。我在地面上寻觅自己的身影，却只有马、马车和建筑物的影子。

我的回忆至此为止。但我无法判断这是否真的曾发生在自己身上。因为刚才在这里蓦然想起之前，我从未把这一事实作为往日的记忆在脑海中推出。也可能是我在这异乎寻常的黑暗中耳听水声之间心血来潮地描绘出的意念性图像。以前我在一本心理学书中看过有关此类心理作用的叙述，那位心理学家认为：当人陷入无以复加的困难境地时，往往在脑海中描绘出白日梦场面以保护自己免受严酷现实的摧残。但若称之为心血来潮式的意念性图像，那浮现于眼前的场景未免过于栩栩如生淋漓尽致，对我的存在本身未免过于息息相关。我可以清清楚楚地记起当时环绕我的气息和声响，可以切身感受到九岁或十岁的我所感觉的困惑、慌乱和无可名状的恐怖。无论谁怎么说，那确实发生在自己身上，尽管它已被某种力封闭在意识深处，但其封条已由于我身陷绝境而脱落，从而使其浮上表面。

某种力？

肯定起因于为掌握模糊能力而施行的脑手术。是他们把我的记忆推上意识之壁，长期以来是他们从我身上夺走了我的记忆。

如此想来，我渐渐气愤起来。任何人都不具有剥夺我记忆的权利。那是我自身的记忆！剥夺他人的记忆无异于劫掠他人的岁月。随着怒气的上升，我觉得什么恐怖云云都不足挂齿。不管怎样，反正我要活下去，决心活下去。我一定要活着走出这个令人神经错乱的黑暗世界，要使被剥夺的记忆重归己有。世界完蛋也罢完好也罢，关我何事！我必须作为完全的自我获得再生！

"绳子！"女郎突然叫道。

"绳子？"

"喂，快来，有绳子垂下。"

我急步跨上三四阶，到她身旁用手心摸石壁。果然有条绳子。绳子是登山用的，不太粗，但很结实。绳头已垂到我胸部。我抓在手里，小心地稍微用力拉了拉。根据手感，应该是牢牢实实地拴在什么上面。

"肯定是祖父，"女郎说道，"是祖父为我们垂下了绳子。"

"为慎重起见，还是再爬一圈吧。"我说。

我们急不可耐地物色下脚处，绕这螺旋"塔"爬了一周。绳子仍垂在同一位置。绳子每隔三十厘米打一个结，以便于我们搭脚。如果绳子果真直通"塔"顶，我们可以节省很多时间。

"是祖父，毫无疑问。他那人心细得很。"

"果然。"我说，"能爬绳子？"

"当然，"女郎道，"爬绳子从小就很拿手。没说过？"

"那么你先爬。"我说，"爬到顶朝下晃晃电筒，我再开始爬。"

"那样水可就淹上来了，还是一起爬好，不好么？"

"爬山时原则上一条绳子一个人。因为绳子强度有限，再说两人一起爬不容易，时间也花得多。况且就算淹上来，只要抓住绳子也总可以爬上去。"

"真看不出你这人倒挺勇敢的。"女郎说。

我猜想她可能再吻我一下，便在黑暗中静静等着，不料她没有理睬，已开始迅速上爬。我双手抓住岩角，仰望她随着胡乱摇晃的电筒光束往上爬去，那光景恰似酩酊大醉的灵魂踉踉跄跄地返回天空。凝望之间，我很想喝一口威士忌，但威士忌装在背部的背包中，无论如何也不可能在如此摇摇欲坠的状态下扭过身体卸下背包从中取出威士忌瓶子，于是打消这个念头，而代之以在脑海中想象自己喝威士忌的情景。整洁幽静的酒吧，装着核桃的大碗，低声流淌的现代爵士四重奏（MJQ）的《旺多姆》(Vendome) 旋律，60 ml 双份威士忌加冰块。我把酒杯置于台面，袖手注视良久。威士忌这东西一开始是要静静观赏的，观赏够了才喝，同对待漂亮女孩一样。

想到这里，我发觉自己没有西服和轻便风衣。我所拥有的像样西服全被那两个神经病用刀子割得体无完肤。糟糕！该穿什么衣服去呢？去酒吧之前需要先解决西服。我打定主意：做一套藏青色苏格兰呢料西装好了。青色要格调高雅，纽扣三个，肩部要浑然天成，腋下要不收紧的传统样式，就是六十年代初乔治·佩帕德穿的那种货色。衬衫要蓝色的，蓝得沉稳而略带漂白之感。质地为厚实的牛津布，领口色调则尽可能普通正规。领带双色条纹即可。红与绿。红为赭红，绿则如怒涛翻腾的大海，或者蓝也未尝不可。我要去一家时髦的男士用品店购置齐全，穿戴好再走进一间酒吧，要双份苏格兰威士忌加冰。蚂蟥也好夜鬼也好带爪鱼也好，任凭它们在地下世界横行霸道，我可要在地上世界身穿藏青色苏格兰呢料西装，品味苏格兰进口的威士忌。

蓦地注意到时，水声已经停了。大概洞穴已不再喷水。或许水位过高而听不到水声。但对于我，似乎怎么都无所谓。水想上来就上来好了。我已下定决心，无论如何要活下去，并使记忆失而复得。任何人都再也别想随心所欲地操纵我。我恨不得对全世界高喊：任何人都再也别想随心所欲地操纵我！

可是，在这黑洞洞的地底下体附岩石之时，即使高喊也全无效用。于是我并不喊，而歪头向上打量。女郎爬得比我想的高得多，不知已拉开几米距离，若以商店楼层计算，怕有三四层了——已到女服柜台或和服柜台。我无可奈何地想，这石山究竟有多高呢？我和她已经爬过的那部分都已有相当的高度，而若继续扶摇直上，其整个高度必然十分了得。我曾一度兴之所至地徒步登上过二十六层高楼，但这次登攀似乎还不止那个高度。

不管怎样，黑漆漆望不见下面反倒不失为好事。虽说我是登山老手，但若在没有任何装备的情况下只穿普通网球鞋危危乎爬到如此高处，也必定吓得不敢俯视。这无异于在摩天楼正中不借助安全绳和吊车来擦拭玻璃。什么也不思不想地一个劲向上攀登当中倒还算好，而一旦停住脚步，不容我不为这高度而渐感心神不安。

我再次歪头仰望。看样子她还在奋力攀援，电筒光同样摇来晃去。较之刚才，位置已高出许多。她的确善于爬绳，如她本人所说，但也实在高得可观，高得近乎荒谬。归根结蒂，那老头儿何苦逃窜到这等神乎其神的场所来呢？如能挑一个简便易行的地方静等我们到来，我们也大可不必遭此劫难。

如此呆呆思考之间，头上好像传来人的语声。抬头一看，但见小小的黄色光点如飞机尾灯一般缓缓闪烁。估计她总算到顶了。我一只手抓绳，一只手拉过电筒，朝上边送出同样的信号，又顺便往下照了照，想看看水面升到多高，但电筒光很弱，几乎什么也看不清。黑暗过于浓重，除非相当靠近，否则根本看不出究竟。手表指在凌晨四时十二分。天还未亮，晨报尚未派发，电车尚未启动，地上的人们应当还在酣然大睡。

我双手攥紧绳索，深深吸了口气，慢慢向上攀援。

24

世界尽头
——影子广场

　　一连三日光朗朗的晴天，在这天早晨睁眼醒来时便结束了。天空被厚厚的乌云遮蔽得不见一丝缝隙，好容易爬上地面的太阳早已被夺去固有的温煦与光辉。在这灰濛濛阴沉沉冰冷冷的天光中，树木将摇尽叶片的枝条如海中鱼栅一般刺向空中，河流将冻僵的水声播往四方。看云势，随时都可飘下雪来，却没有下。

　　"今天怕不至于下雪，"老人告诉我，"那不是下雪的云。"

　　我打开窗户再次仰望天空，但分不清什么样的云可以降雪什么样的云不能。

　　看门人正坐在大铁炉跟前脱鞋烤脚。火炉和图书馆里的一般形状，上面是足可放两个水壶或锅的炉盖，最下面有块掏灰用的活动铁板，正面像西式装饰橱似的有两个大金属把手。看门人坐在椅子上，双脚搭于把手。房间被水壶蒸汽和廉价烟斗的气味——想必是代用烟——弄得潮气弥漫，直令人窒息。当然其中也混杂着他脚上的臭味。他坐的椅子后面有张大大的木桌，上面整齐地摆着磨石、柴刀和斧子，无论哪把刀斧都使得相当厉害，以致手握部分完全变了颜色。

"围巾的事,"我开口道,"没有围巾脖子实在冻得受不住。"

"啊,那怕是那样的。"看门人煞有介事地说,"这一点我十分清楚。"

"图书馆里头的资料室有谁也不用的衣物,如果可以使用一部分的话,我想……"

"噢,那个么,"看门人说,"那个随便你怎么用。你用是没有问题的,围巾也罢大衣也罢悉听尊便。"

"没有物主么?"

"物主你不必介意,就算有也早忘了。"看门人说,"对了,你好像在找乐器?"

我点下头。此君无所不知。

"原则上本镇不存在乐器这种东西,"他说,"但也并非完全没有。你工作勤勤恳恳,要件乐器怕也没有什么不合适。可以去发电站问问那里的管理员,说不定会找到一件。"

"发电站?"我讶然。

"发电站之类还是有的。"说着,看门人指指头上的电灯,"你以为这电是从哪里来的? 总不至于以为是苹果树上结的吧?"

看门人笑着勾勒出去发电站的路线:"沿河南边的路一直往上游走。约走三十分钟右边会出现一座旧粮仓,粮仓既无房盖又没门扇。往右拐再走一会儿,有一座山,山那边是森林,往森林里走五百米就是发电站。明白了?"

"我想明白了。"我说,"不过冬天进森林不危险吗? 大家都那么说,我本身吃过苦头。"

"啊,是的是的,这点我倒忘个干净,还是我用板车把你推上坡去的呢。"看门人说,"现在可好了?"

"不要紧了。谢谢。"

"有点心有余悸吧?"

"嗯,是有点。"

看门人狡黠地一笑,调换一下搭在火炉把手上的双脚。"心有余悸是好事,这样人才会变得小心谨慎,免得进而皮肉受苦。出色的樵夫身上只有一处伤,不多不少,仅仅一处。我说的你可理解?"

我点点头。

"不过发电站那里你尽可放心前去。森林边上有入口,路也只是一条,不会迷路,而且碰不上森林里的人。危险的是森林深处和围墙旁边。只要避开这两处就无需担惊受怕。只是切切不可偏离道路,不可到发电站里边去,去的话又要倒霉。"

"发电站管理员可是住在森林里的人?"

"不,那家伙不是。他既不同于森林住户,又不和镇上的人一样,是个半吊子男子。他深入不得森林,也返回不了镇子,无危害,无胆量。"

"森林里住的是什么样的人呢?"

看门人歪起脖子,默然看了一会儿我的脸,说道:"一开始我就有言在先,问什么是你的自由,答不答是我的自由。"

我点下头。

"算了吧,反正我不乐意回答。"看门人说,"对了,你不是一直说想见你的影子么,怎么样,这就见见如何?已是冬天,影子虚弱了许多,见面怕也没什么不妥。"

"情况不妙么?"

"不不,生龙活虎。每天都放到室外几个钟头让他运动,食欲也旺盛得很。只是冬季昼短夜长越来越冷,不论什么样的影子都上不来情绪。这不是哪个人的责任，属于极为正常的自然规律，既怪不了我也怨不得你。马上让你去见，和本人直接面谈。"

看门人摘下墙上挂的钥匙串揣进上衣袋，边打哈欠边穿上结结实实的系带皮鞋。鞋看上去极重，鞋底打了铁钉，以便于雪中行走。

影子的住处介于镇子与外界的中部地带。我不能走去外界，影子不能进入镇子，所以说"影子广场"是失去影子之人与失去人之影子相见的唯一场所。走出看门人小屋的后门即是影子广场，说是广场，其实徒有其名，占地不大，仅比普通人家的院子略微宽敞一点，四面围着阴森森的铁栅栏。

看门人从衣袋里掏出钥匙串打开铁门。先让我进去，自己随后进来。广场为端端正正的正方形，尽头处是镇子的围墙。一个墙角有一株古榆，下面摆着一条简易凳子。榆树已经发白，不知是活着还是死了。

另一墙角有用旧砖和废料临时搭的小房子。窗口没有玻璃，只有上下推拉式的木板套窗。没有烟囱。由此观之，恐怕也没有取暖设备。

"你影子就住在那里。"看门人说，"看上去不大舒服，其实没那么糟。基本上有水，有厕所，还有地下室，地下室一点风也挤不进去。宾馆固然谈不上，遮风避雨还是绰绰有余。进去看看？"

"不，在这儿见就可以了。"我说。由于看门人小屋空气极端恶劣，我有些头痛，哪怕稍冷点也还是能呼吸新鲜空气的地方好得多。

"也罢，就领来这里。"言毕，看门人独自走进小房子。

我竖起大衣领，坐在榆树下的凳子上，用鞋后跟刨着地面等待影子到来。地面很硬，到处是硬邦邦的残雪，墙脚处因阳光照射不到，雪仍然原封不动地保留着。

片刻，看门人领着影子从小房子出来，他像要用打有铁钉的皮鞋底踏烂冰冻地面似的大踏步穿过广场，后面缓缓跟着我的影子。看起来影子并不像看门人说的那么神气活现，脸比以前瘦了些，眼睛和胡须格外引人注目。

"两人单独待一会儿吧，"看门人说，"想必攒了一肚子话，慢慢说好了。不过时间不可太长。弄不好再贴在一起，重新分开可就费事了。况且你们那么做也是徒然，只能给双方增加麻烦。对吧？"

我点头表示赞同。想必如其所说，合为一体也还是要被分开，无非给他故伎重演的机会。

我和我的影子用眼睛瞄着看门人，看他锁好门往看门小屋走去。鞋钉"咔哧咔哧"啃咬地面的声响渐离渐远，俄顷传来沉重的木门关合声。看门人不见之后，影子在我身旁坐下，和我一样用鞋跟在地面刨坑。他上身穿着坑坑洼洼的粗眼毛衣，下面是工作裤，脚上是那双我送的旧工作鞋。

"身体可好？"我试着问。

"谈不上好。"影子说，"太冷，伙食又差。"

"听说每天运动。"

"运动？"影子费解地看着我的脸，"噢，那哪里称得上运动！不过是每天被看门人从这里拽出去帮他烧独角兽。把尸体堆到板车上，拉去苹果林，浇油焚烧。点火前看门人用柴刀把兽头一刀砍掉。你也见过他收藏的那些漂亮柴刀吧？那小子怎么看都不地道，只要情况允许，他笃定想把世界上所有的东西都砍个稀巴烂。"

"他也是镇上的人？"

"不，不是。那家伙是雇来的。专门以烧独角兽为乐，而镇上的人是不感兴趣的。入冬后已烧了好多好多。今早死了三头，一会儿就得去烧。"

影子和我一样用鞋跟刨了一阵子冻得硬如石头的地面。冬季的鸟儿尖剌剌地叫着从榆树枝上腾空飞去。

"地图找到了。"影子说，"比预想的画得好，文字说明也得要领，只是迟了一步。"

"把身体搞坏了。"

"听说了。不过入冬后就太晚了，本想早些拿到手，那样事情办得就会更为顺利，计划也可更快制定出来。"

"计划？"

"从这里逃跑的计划，还用说！此外还能有什么计划？莫非你以为我要地图是为了消磨时间不成？"

我摇头道："我还以为你想教给我这座奇特镇子有什么名堂哩。因为我的记忆差不多全都给你带走了。"

"不是那样的。"影子说，"不错，我是拥有你的大部分记忆，但不能够充分地利用，那必须在我们合为一体后才能办到，而这又不现实。果真那样，我们就再也别想相见，计划也随之落空。所以眼下我只能一个人琢磨，琢磨这座镇子的名堂所在。"

"琢磨明白了？"

"一点点。还不能对你讲。因为还没有说服力，要把细节补充完整才行。再让我考虑考虑。我觉得再考虑不久就可有所领悟。问题是届时很可能为时已晚。毕竟进入冬天以来，我的身体的确一天不如一天。照此下去，即使搞出逃跑计划我恐怕也没力气实行了，所以我才想赶在入冬前得到地图。"

我仰望头上的榆树。从粗大的树枝之间，可以看到分崩离析的冬日阴云。

"这里是逃不出去的。"我说,"地图仔细看了吧?哪里都没出口,这里是世界尽头。后无退路,前无通途。"

"说世界尽头倒有可能,但出口必有无疑,这点我清清楚楚。天空上这样写着,写着有出口。鸟飞越围墙是吧?飞去哪里?外部世界嘛。墙外必定别有天地,惟其如此才用墙把镇子围起来不让人们出去。外边要是一无所有,也就无需特意修筑围墙。而且肯定有出口。"

"或许。"我说。

"我一定要找到它,同你一道逃走。我可不想在这么凄惨的地方死去。"说罢,影子沉默下来,接着刨击地面。"记得一开始就对你说过,这镇子是不自然不正常的,"影子说,"现在我仍坚信不疑:不自然,且不正常。但问题在于这座镇子就是如此不自然不正常地自成一统。因为一切都扭曲都不自然,所以结果上又一切都正相吻合,无懈可击。它就是这样天造地设。"

影子用鞋跟在地面画着圆圈,继续道:"我们被关在这里面,天长日久,这个那个考虑起来反倒会渐渐觉得它们正确而自己是错误的,因为它们看上去简直浑然天成一般完美无缺。我说的你可明白?"

"明明白白。我也时常有此感觉,觉得较之这座镇子,自己恐怕过于渺小、软弱、不知所措。"

"但这是错的。"影子在圆圈旁边画着看不出意思的圆形,"正确的是我们,它们才是错误的。自然的是我们,那帮家伙才是不自然的。我是这样相信的,坚信不疑。否则,势必会在自己都不知不觉之间被这镇子吞噬。被吞噬后可就悔之莫及了!"

"可是,何为正确何为错误毕竟是相对的,更何况我已被剥夺了作为比较二者的尺度的记忆。"

影子点头道:"我十分清楚你的迷惑。不过这样想好了:你

298

可相信永恒运动的存在？"

"不，理论上不存在永恒运动。"

"同一道理。这镇子的安全性和完整性同永恒运动是一回事。理论上所谓的完整无缺的世界根本不存在，而这里却是完整无缺的。这样，必定某处做了手脚。就像看上去仿佛处于永恒运动状态的机器在背后利用肉眼看不见的外来动力一样。"

"你发现了那个？"

"还没有。刚才也跟你说了，这是我的一个假设，还必须补充具体东西，为此还需要一段时间。"

"把假设告诉我好么？说不定我也可以在具体补充方面助一臂之力。"

影子从裤袋里掏出两手，往上面哈口热气，在膝盖搓了起来。"不，那怕是难为你。我伤的是身体，你伤的是心，应该首先修复的是你，要不然等不到逃走两人就要同归于尽。这方面我来考虑，你想法救你自己，这是当务之急。"

"我的确不知所措。"我看着地上画出的圆圈说，"你说得很对。该往哪边前进都看不准，甚至对自己过去曾是怎样一个人都稀里糊涂。一颗迷失的心又能有多大作用呢？况且是在这拥有如此强大力量和价值标准的镇子里。自从进入冬季，我一直对自己没有信心，一天不如一天。"

"不不，不是那样。"影子说，"你并未迷失自己，不过是记忆被巧妙隐匿起来而已，所以才导致你不知所措。然而你并没有错。即使失去记忆，心还是朝着既定方向前进的。心这东西本身就具有导向能力，那才成其为自己。要相信自己的力量，否则你就将随波逐流地置身于莫名其妙的场所。"

"尽力而为吧。"我说。

影子点点头，遥望阴沉沉的天空，稍顷沉思似的闭起眼睛。

"想不明白的时候我总是看鸟。"影子说,"一看鸟就恍然大悟,知道自己并不错。对鸟来说,镇子的无懈可击也罢什么也罢了不相干,围墙城门号角也毫无关系。这种时候你也不妨看鸟。"

栅栏口传来看门人喊我的声音。会面时间已过。

"往后一段时间别来看我。"分别时影子对我耳语,"必要时我想办法见你。看门人生性多疑,见得多了肯定提防我们,怕我们搞什么名堂,那一来我的事情就难办了。要是问起你就装出和我话不投机的样子,懂么?"

"懂了。"

"怎么样啊?"刚进小屋看门人就问我,"阔别重逢,其乐融融吧?"

"说不清楚。"说着,我摇头表示否定。

"就那么回事。"看门人露出不无满足的神情。

25

冷酷仙境
——吃喝、象厂、圈套

　　爬绳不知比登梯舒服多少倍。绳上每隔三十厘米就打一个牢牢实实的结，而且粗细恰到好处，容易把握。我双手紧握绳索，身体略微前后摇晃着，有节奏地一步步向上爬去。自觉颇像荡秋千的电影镜头。诚然，秋千绳是不打什么结的，因为打结会遭到观众的轻蔑。

　　我不时仰望一眼，但由于电筒光迎面直射，很晃眼，很难看清距离。想必她担心我，正在静静地从顶端看我往上爬。腹部伤口随着心脏的跳动而闷闷地阵阵作痛。跌倒时跌伤的头依然痛个不止。虽说不至于影响爬绳，但痛毕竟是痛。

　　越是接近顶端，她手中的电筒越是将我的身体及周围情形照得光亮起来。但这总的说来是一种多余的关心，因我早已习惯摸黑攀援，给这光线一照，反而乱了步调，脚登空了好几次。我无法把握光照部分同阴影部分之间距离的平衡，看上去光照部分比实际突出得多，阴影部分则凹陷得多，而且过于耀眼炫目。人的身体可以很快适应任何环境，纵使很久很久以前潜入地下的夜鬼们能改变身体使之适应黑暗，也没有什么不可思议，我觉得。

301

爬到六七十个绳结的时候，总算摸到了类似顶端的东西。我两手扣住石沿，像游泳运动员爬上游泳池那样向上爬去。由于绳子太长，胳膊早已累得没有了力气，花了好长时间才爬上顶部。竟好像游了两三公里自由泳。她抓住我的皮带，帮我最后一把。

"好险的地方！"她说，"再晚四五分钟我们两人就都报销了。"

"这下可好了。"说着，我躺在岩石平面上，深深吸了几口气。"水到什么地方了？"

她放下电筒，一点点往上拉绳子。拉过大约三十个结时，把绳子递到我手里。绳子湿得一塌糊涂：水已涨到相当高度。再晚爬四五分钟，可就非同小可。

"可你能找到你祖父么？"我问。

"没问题，"她说，"就在祭坛里边。不过脚扭伤了，说是逃跑时脚踩进深坑来着。"

"脚扭伤还能来到这种地方？"

"当然能。祖父身体好，我们这个家族都身体好。"

"像是。"我说。我也算是身体好的，但较之他们还是望尘莫及。

"走吧，祖父等着呢。他说有很多话要跟你说。"

"我也一样。"

我重新背起背包，跟着她往祭坛那边走去。所谓祭坛，其实不过是岩壁上一个圆洞而已。洞内状似大房间，洞壁凹陷处放着一个气瓶样的灯盏，放出朦朦胧胧的黄色光亮，使得参差不齐的石头洞壁上爬满无数奇形怪状的阴影。博士身裹毛巾被坐在灯旁，脸有一半背光。由于灯光的关系，眼睛看上去深深下陷，但实际上可以说精神十足。

"噢，怕是死里逃生吧？"博士不无欣喜地对我说，"出水我是知道的。本以为能早些赶到，也就没怎么在意。"

"在街上迷路来着，爷爷。"胖孙女说，"差不多整整晚了一天才见到他。"

"好了好了，怎么都无所谓了。"博士道，"事到如今，费时间也罢省时间也罢都是同一码事了。"

"到底为什么是同一码事？"我问。

"算啦，这话说起来啰嗦得很，以后再说吧。还是先坐下，把脖子上的蚂蟥弄掉，要不然可就要留下痕迹啰！"

我坐在稍离开博士一点的地方，他孙女坐在我旁边，从衣袋掏出火柴擦燃，把附在我脖子上的蚂蟥烧掉。蚂蟥早已喝饱了血，鼓胀得足有葡萄酒瓶塞那么大，被火一燎，"滋"地发出一声带水汽的声响，落在地上还扭动了一会儿，女郎用运动鞋底一脚碾碎。皮肤被火烧了一下，紧绷绷地作痛。我使劲往左歪了歪脖子，觉得皮肤好像熟过头的番茄的薄皮似的直欲开裂。这种生活不消一个星期，我的全身恐怕就要变成受伤的标本，就像挂在药店墙上的脚癣病例图那样制成精美的彩色版分发给大家。肚皮伤口，头部肿包，蚂蟥吮吸的红瘢，甚至性功能不全都可能包括进去。也只能这样才生动逼真。

"没带来什么吃的东西？"博士对我说，"情况紧急，没时间带够食物，从昨天就只吃巧克力来着。"

我打开背包，拿出几个罐头、面包和水壶，连同罐头刀一起递给博士。博士首先不胜怜爱地喝了水壶里的水，然后像察看葡萄酒年代似的一一仔细检查了罐头，把桃罐头和咸牛肉罐头打开。

"你们也来一个如何？"博士问我们。

我们说不要，在这种地方哪里上得来食欲。

博士把面包撕成片状，卷上咸牛肉，大口大口吃得十分香甜。又吃了几块桃，把罐头盒对在嘴上吱吱有声地喝里面的汁。这时间里，我拿出小瓶威士忌喝了两三口。由于威士忌的作用，身体各部位多少没那么痛了。这倒不是痛感减轻，而是因为酒精麻痹了神经，使我觉得痛感仿佛成了同我本身没有直接关系的独立生命体。

"啊，谢天谢地！"博士对我说，"这里一般备有应急食品，能保证两三天不饿。可这回因一时马虎没有补充，自己都感到窝囊。一旦过惯了舒服日子，就难免放松警惕，这是个很好的教训，晴天糊伞备雨时——古人说得实在妙极。"

博士独自嘀嘀嘀笑了半天。

"现在饭也算吃完了，"我说，"差不多进入正题吧。从头按顺序说好么——你到底想干什么？已经干了什么？结果如何？我应该怎么办？一五一十地。"

"恐怕专业性很强，我想。"博士不无怀疑地说。

"专业性强的地方从略就是。明白基本轮廓和具体方案也可以了。"

"要是全部捅出，估计你会生我的气，这可实在是……"

"不生气。"我说。事到如今，生气也于事无补。

"首先我恐怕必须向你道歉。"博士道，"虽说是为了研究，但毕竟欺骗了你利用了你，把你逼得走投无路，对此我正在深刻反省。不光是口头，我从内心觉得对你不起。不过话说回来，我所进行的研究，可以说是相当重要相当可贵的，几乎无与伦比的，这点无论如何得请你理解。科学家这种人，在知识宝藏面前眼睛是看不到其他东西的。也惟其如此，科学才得以取得不间断的进步。说得极端些，科学这东西正因为有其纯粹性才获得繁殖……呃，可读过柏拉图？"

"几乎没有。"我说，"不过还是请你抓住要点。关于科研目

304

的的纯粹性已经完全明白了。"

"抱歉抱歉，我只是想说科学纯粹性这东西有时往往损伤很多人。这和所有纯粹的自然现象都在某种情况下给人们造成损害是一样的：火山喷发掩埋居民点，洪水把人们冲走，地震毁掉地面的一切。但如果说这类自然现象一律有害的话……"

"爷爷，"胖孙女从旁插嘴了，"能不能说得快点？要不然来不及的。"

"对对，说得对。"博士拉过孙女的手，啪啪拍了几下，"可是，啊——从哪里说好呢？我很不善于按纵向顺序把握事态，不知该说什么如何说。"

"你不是给我数据让我进行模糊运算了么？这里有什么名堂？"

"说明这点要追溯到三年前。"

"请追溯好了。"

"当时我在'组织'的研究所工作来着。不是正式研究员，也就类似个体别动队吧。我手下有四五名人员，有堂而皇之的设备，钱也随便使用。我对钱无所谓，性格上也不愿意受制于人，但'组织'提供用于研究的丰富实验材料却是得天独厚的，而更有魅力的，是能够将研究成果付诸实践。

"那时'组织'的处境相当危急。具体地说，他们为保护情报所编排的各种数据保密系统，可以说已被符号士们破译殆尽。'组织'如果将方法复杂化，符号士便用更复杂的手段破译，如此反复不止。这简直同争建高墙无异，一家建了高墙，另一家就斗气建得更高。几个回合之后，墙便由于建得过高而失去实用性。然而哪一家又都不肯罢手，因为一罢手就等于失败。一旦失败，势必失去其存在的价值。于是，'组织'决定依据全新的原理来开发无法破译的数据保密方式，我便是作为这一开发项目的负责人而应聘的。

"他们选我是非常英明之举。因为，当时——当然现在也是——我在大脑生理学领域是最有能力最有干劲的科学家。我没有干发表学术论文或在学术会议上作报告那样的傻事，所以在学会里始终不引人注意，但在大脑知识的深度上任何人都无可与我匹敌。'组织'知道这一点，正因如此才把我作为合适人选聘去。他们希望搞出一种完全不同的构想，不是将既成方式复杂化或改头换面，而是从根本上改弦易辙。而这种作业，那些在大学研究室里从早到晚埋头写无聊论文或计算工资的学者是无能为力的。真正具有独创性的科学家必须是自由人。"

"可你是由于加入'组织'而放弃自由人立场的吧？"我问。

"不错，是那样的，"博士道，"你说得不错。对此我也在以我的方式反省。不后悔，而是反省。并非自我辩解——我急欲得到能够将自己的理论付诸实践的场所。那时我头脑中已形成了一整套严密的理论，只是苦于无法实际验证。这也是大脑生理学研究方面的困难所在，不可能像其他生理学研究那样用动物进行实验。这是因为，猴脑不具备对人的深层心理和记忆做出反应的复杂功能。"

"所以你，"我说，"就拿我们做人体实验对吧？"

"喂喂，别急于下结论，先让我简单阐述一下我的理论。暗号上有个一般性理论，即'没有不能破译的暗号'。这固然不错。为什么呢，因为暗号这东西是基于某种原则才成立的，而原则这东西无论多么复杂和精细，归根结蒂精神上都有一个共通点，即能为大多数人所掌握。所以，只要掌握了这个原则，暗号就不难破译。暗号中信赖度最高的，是书对书系统，即互发暗号的两个人具有同一版的同一本书、以页数和行数决定单词的系统。但即使是这一系统，只要找到书也就算寿终正寝了，这就首先要求时刻把那本书留在手头，可是这样危险太大。

　　"于是我这样想：万无一失的暗号只有一个，那就是要用任何人都无法掌握的系统进行保密，也就是要通过万无一失的黑匣子来保存情报，又反过来把经过处理的东西通过同样的黑匣子加以保存。对黑匣子里的内容和原理，甚至本人都蒙在鼓里，可以使用，却不知其为何物。因为本人都不明白，所以他人便不可能凭借暴力窃取情报。如何，万无一失吧？"

　　"你说的那黑匣子就是人的深层心理？"

　　"是的，正是。再让我解释一下。是这样的：每一个人都是依照各所不同的原理行动的，不存在相同的人。总之这是Identity的问题。何谓Identity？就是每一个人由于过去积累的体验和记忆而造成的思维体系的主体性。简言之，称为心也未尝不可。每个人的心千差万别，然而人们不能把握自己的大部分思维体系，我如此，你也不例外。我们所把握的——或者说以为把握的——部分不过是其整体的十五分之一到二十分之一罢了，连冰山一角都称不上。譬如我问你一个简单问题：你是勇敢的，还是怯懦的？"

　　"不知道，"我老实回答，"有时候可以勇敢，有时候则是怯懦的，无法一言定论。"

　　"所谓思维体系恰恰是这么一种东西，无法一言定论。根据不同情况和对象，你可以在一瞬间差不多自然而然地在勇敢和怯懦之间选定一个点。这种缜密的程序早已在你身上形成，可是你几乎不了解程序的具体区划和内容，也没有必要了解。即使不了解，作为你本身也可以照常使之运转，这跟黑匣子完全是同一道理。就是说，我们头脑中埋藏着一个犹如人迹未至的巨象的墓场般的所在。应该说，除去宇宙，那里是人类最后一块未知的大地。

"不不，象的墓场这一说法并不贴切。那里并非死去记忆的堆放场。准确说来，称为象厂倒也许接近。因为无数记忆和认识的断片在那里筛选，筛选出的断片在那里被错综复杂地组合起来制成线，又将线错综复杂地组合为线束，由线束构成体系。这正是一家'工厂'，从事生产的工厂。厂长当然是你，遗憾的是你不能去那里访问。就像漫游仙境的爱丽丝，要进入必须有一种特殊的药才行。刘易斯·卡罗尔的这个故事实在编得精彩。"

"也就是说，我们的行动方式是由象厂发出的指令来决定的了？"

"完全正确。"老人道，"换言之……"

"请等等，"我打断老人的话，"让我提个问题。"

"请请。"

"大致意思我是明白了，但不能把行动方式扩展到属于表层的日常性行为的决定上面去。例如早晨起床是吃面包喝牛奶还是喝咖啡喝红茶，岂不是兴之所至的琐事么？"

"言之有理。"博士深深点了下头，"另一个问题是人们的深层心理总是处于递变之中。打个比方，就像每天都出修订版的百科全书。为了使人们的思维体系稳定下来，就需要将这两个故障清除掉。"

"故障？"我问，"什么地方算是故障？难道不是人们极为理所当然的行为吗？"

"这个嘛，"博士安抚似的说，"深究起来，会涉及到神学上的问题，也就是所谓决定论吧。就是说人的行为这东西是由神早已决定了的，还是彻头彻尾属于自发的这个问题。进入近代以后，科学当然是以人类的生理性思维结构为重点发展过来的，但若问何谓自发性，谁都无法提供圆满的回答，因为任何人都未能

把握我们体内象厂的秘密。弗洛伊德和荣格倒是发表过各种各样
的推论，但其发明的终究不过是能够对此加以表述的术语而已，
方便固然方便，却未能确立人类的思维结构。依我看来，那无非
是在心理科学外面涂上一层繁琐哲学的油彩罢了。"

　　说到这里，博士又嘀嘀嘀笑了一通。我和女郎静等他笑完。

　　"相对说来，我的思维方式富有现实性。"博士继续道，"借
用一句古语，属于神的归神，属于恺撒的归恺撒。所谓形而上
学，归根结蒂不外乎关于符号的家常闲话。在热衷于这玩意儿之
前，需要在有限的场所完成的事项简直堆积如山。例如黑匣子问
题。仅仅把黑匣子作为黑匣子而不去管它诚然可以，直接利用黑
匣子的性能也未尝不可，可是……"说着，博士竖起一个指头，
"可是，必须解决刚才说的两个问题。一个是表层行为这一档次
中的偶然性，另一个是黑匣子伴随新体验的增加所出现的变化。
而解决这两个问题绝非轻而易举。为什么呢？因为正如你刚才所
说——就人而言，这是理所当然的行为。只要生命不息，人就要
经历某种体验，这种体验就要分秒不停地积蓄于体内，喝令其停
止就如同令人死掉。

　　"这样，我就产生了一个设想：在一瞬间把人当时的黑匣子
固定下来如何。如果其后出现变化，只管听之任之，不必理会。
只是固定黑匣子时要固定得完整无缺，以便呼叫时可以毫不走样
地呼叫出来，类似瞬间冷冻。"

　　"等等，"我说，"那就是让同一个人具有两种不同的思维体
系是吧？"

　　"正是正是，"老人道，"诚哉斯言。你理解得很快，我没有
看错。恰恰如你所说。思维体系 A 是恒定不变的。在另一状态
下，它则是 A'、A"、A"'不断变化着的。这就像右边裤袋里装停
止不走的表，左边裤袋里装走动的表。可以根据需要随便取出哪

309

一只。这样，一个问题就解决了。

"用同一原理来解决另一问题是可能的。就是说，把原始思维体系 A 表层上的选择性去掉即可。明白吧？"

我说不明白。

"一言以蔽之，就是像牙医削珐琅质那样削掉表层而只留下具有必然性的中心要素即意识核。这样一来，便不至于产生可称为误差的误差。进而将削掉表层的思维体系冷冻起来投入水井，'扑通'一声。这就是模糊运算方式的原型。我在加入'组织'之前建立的理论大致就是这么一种东西。"

"就是说要做脑手术？"

"脑手术是需要的。"博士道，"若研究再推进一步，做脑手术的必要性也可能逐渐失去，而用类似某种催眠术的方法通过外部操作制造出同样状态。但在目前阶段还做不到这一步，只能给脑以电刺激，即人为地改变脑的环状流程。这并没有什么稀罕，不过是多少运用一点现在仍对精神性癫痫患者施行的定位脑手术而已，以便将脑的扭曲变态所产生的放电一举消灭……专业性部分省略掉可以吧？"

"可以。"我说，"只说要点即可。"

"总之就是设置脑波流程的中继站，也算是分流点吧。在其旁边埋入电极和小型电池，并用特定信号来'咔哧咔哧'转换中继站。"

"那么说，我的脑袋里也已埋入电池和电极了？"

"当然。"

"乖乖！"

"不不，它既没你想得那么可怕又没什么特殊，大小也只有小豆粒那个程度，体内带着这么大的东西走来走去的人世上多的是。此外有一点必须说明的是：原始思维体系即停止不走的那只表的线路是盲线。一旦进入盲线，你就再不能认识自己思维的所有流程。就是说，那时间里你根本不晓得你在想什么做什么。如果不是这样，恐怕你就会自行改变思维体系。"

"另外还有已削掉表层的纯粹意识核的照射问题吧？手术后从你的一个助手那里听说来着，说那种照射有可能给人脑以强烈影响。"

"是的，是有这个问题。不过并非在这点上已经有了明确见解，当时还仅仅是个推论，就是说没有试过，只是估计有此可能。

"刚才你提到过人体实验，坦率地说，这种实验我们已做过不止一例，因为不能一开始就让你们这些身为宝贵人材的计算士遭遇不测。'组织'找来十个合适人选，我们对他们施行了手术，看了结果。"

"什么样的人？"

"这个我们无可奉告，反正是身强力壮的健康男性。条件是没有精神病史，智商在一百二十以上。至于是如何将这些人带来的，我们并不了解。实验结果还说得过去。十人之中有七人中继站运转良好，其余三人则全然无动于衷，思维体系或单一或相互混合。好在七人没出差错。"

"混合的人怎么了？"

"当然使之复原了，害处是没有的。剩下的七人在继续训练过程中明显暴露出几个问题点。一是技术问题，二是被实验者本身的问题。首先是中继站的转换呼号容易混淆。最初我们用任意的五位数编排呼号，但不知为什么，有几个人竟因天然葡萄汁的气味而致使中继站自动发生转换。这是午餐供应葡萄汁时看出来的。"

胖女郎在旁边"哧哧"作笑，但对我则不是一笑了之的事。

拿我来说，在接受模糊处理之后，有时也对各种气味敏感得不行，例如一闻到她那带香瓜味的古龙香水味儿，脑袋里就好像听到什么声音了似的。倘若每次嗅到什么思路都发生转换，那可不是儿戏。

"这个问题，通过将特殊声波夹入数字之间的办法获得了解决。这其实很像某种嗅觉因呼号而做出的反应。另一点是这样一个事实：有的人即使在中继站发生转换的情况下，其原始思维体系也不能很好地运转。经详细察看，结果发现是被实验者本人的思维体系存在问题。因为被实验者的意识核本身在质上不稳定而且稀薄。尽管身体健康智力正常，但精神主体性尚未确立。也有相反的例子：自控能力不足。主体性固然绰绰有余，但若不做出有条理的安排，也是不能加以利用的。总之，并非任何人只要接受手术就能胜任模糊运算，也还是有适应不适应这个问题。这点毋庸置疑。

"如此一来二去，最后只剩下三个人。这三个人可以按照指定呼号准确无误地进行转换，从而可以使冻结的原始思维体系卓有成效地稳定地发挥功能。一个月时间里在他们身上一再实验，获得了成功的信号。"

"再往下我们就接受了模糊运算处理？"

"不错。通过反复考试和面谈，我们从将近五百名计算士中录取了二十六人。二十六人都具有坚定的精神主体性，身体健康，没有精神病史，可以控制自己的行动和情绪。这是一项非常麻烦的作业，因为有的部分光通过考试和面谈是无法澄清的。随即，'组织'分别汇编出了这二十六人的详细资料：童年情况、学习成绩、家庭、性生活、饮酒量……总之无所不包。就是说你们像刚出生的婴儿那样被整个洗了一遍，所以我对你了如指掌。"

"有一点我不明白。"我说,"据我听到的情况,我们的意识核即黑匣子是保存在'组织'的图书馆里。这是怎么实现的呢?"

"我们将你们的思维体系无一遗漏地扫描下来,进行模拟试验,将其结果作为主要备用品加以保存。因为若不这样处理,一旦你们身上发生意外就将全然动弹不得。可以说类似一种保险。"

"模拟试验结果可是完整的?"

"啊,当然不至于完整,因为只有有效地去掉表层部分才容易模拟。不过功能上还是近乎完整的。说得详细点,模拟结果是由三种平面坐标和全息摄影构成的。以往的电子计算机当然不能胜任,而当今新的计算机由于其本身含有相当程度的象厂式机能,因此可以适应意识的复杂构造。一句话,问题在于影像的固定性。这点说起来啰嗦,免了吧。最浅显地说来,扫描方法是这样的:首先将你意识的几种放电方式输入电脑。放电方式此一时和彼一时存在着微妙差异,因为要调整扫描线中的末端,编排光束中的扫描线。编排过程中,既有计测上无意义的,又有有意义的。这点由电脑判断。无意义的剔除,有意义的作为基本方式编排进去。这要以百万次为单位不知重复多少次,如同一张张叠放塑料纸。在确认任何一张都不再里出外进之后,将其方式作为黑匣子保存下来。"

"再现大脑不成?"

"不,不是。大脑是绝对再现不出来的。我们从事的不过是把你的意识系统用影像固定住,而且是在一定的时间性范围内。对于时间性和大脑功能的灵活性,我们是完全无可奈何的。但我做的并不止于此,我还在黑匣子图像化上面取得了成功。"说着,博士交替看了看我和胖孙女的脸。"意识核的图像化。这点

313

迄今为止尚无任何人染指。因为不可能。但我使之成为可能。你猜我如何进行的？"

"猜不出。"

"让实验对象看某种物体，分析由视觉产生的脑电反应，再转换为数字，进而转换成点。起始浮现的图形极为粗糙，经过反复修整和具体补充，才将实验对象所目睹的图像显现在电脑屏幕上。实际作业可没有嘴说这么轻松，不知花了多少时间和精力。简单说来就是这样。如此翻来覆去，电脑终于吃透了程序，将脑电反应自动绘成图像。电脑这玩意儿实在可爱得很，只要我这里发令不止，它就工作不息。

"其次，要把黑匣子输入业已吃透程序的电脑之中。这么着，意识核的状况便被奇迹般地制成了图像。诚然，图像还极其支离破碎，混沌不堪，而这样是毫无意义可言的。因此需要编辑，对了，正如电影剪辑那样。剪贴图像集成，有的去掉，有的进行各种组合，使之成为一个有头有尾的故事。"

"故事？"

"这没什么可大惊小怪吧。"博士说，"优秀的音乐家可以将意识转换为旋律，画家可以转换成色彩和形状，小说家则可转换为故事，同一道理。当然，既是转换，便算不得真正准确的模拟，不过对于把握意识的大致状况的确便利。因为纵令再准确无比，而若看到的只是一片混沌的图像罗列，也绝对不可能充分把握全貌。此外，由于并非要使用可视图像达到什么目的，也就没必要非弄得全都毫厘不爽不可。这种视觉化终究只是作为我个人爱好进行的。"

"爱好？"

"过去——还是战前——我干过电影编辑助理。因为这个关系，这方面的作业我非常得心应手。也就算是赋予混沌以秩序的工作吧。这样，我不用其他人员，只管独自一头扎在研究室里忙个不停，估计大家都不晓得我在搞什么名堂。我就把图像化了的数据作为私有物偷偷带回家中，归为私有财产。"

"二十六人的所有意识都图像化了？"

"是啊，基本上。而且每个都取了名称，同时也是每个黑匣子的名称。你的大概是'世界尽头'。"

"是的，是'世界尽头'。我时常觉得莫名其妙，不知何以取这么一个名称。"

"这个以后再说吧。"博士道，"反正没有人晓得我将二十六个意识成功地制成了图像，我也没告诉任何人。我很想把这项研究在不同'组织'发生关系的地方进行下去。我已经完成了'组织'委托的项目，我所需要的人体试验也已结束，再没心思为别人的利益研究下去。我渴望重返随心所欲的生活，多方面开展自己感兴趣的研究。我不大属于潜心于单项研究那种类型，而适合平行推进几个项目：例如那边研究骨相学，这边研究音响学，再加上脑医学等。而若受雇于人，就根本无从谈起。所以，我在研究告一段落之后，便向组织申请辞职，说交给我的使命已经完成，剩下的只是技术性工作，自己差不多该走了。然而他们死活不肯答应，因为我对那个项目了解得过多，他们担心我可能跑到符号士那里去，而致使目前阶段的模糊计划化为泡影。对他们来说，非友人即敌人。'组织'求我再等三个月，让我只管在研究所里自己喜欢什么就研究什么，工作一点不干也没关系，还付给特别奖金，告诉说在这三个月时间里叫人完成严格保密系统，之后我即可离开。我生来喜欢自由自在，如此受人束缚自然感到极其不快，但作为事情倒也不坏。于是我决定在那里悠然自得地生活三个月。

"问题是人一悠闲起来，必然节外生枝。由于时间太多，我便心生一计，想在实验对象——也就是你们——大脑中继站里追加一条不同的线路，即第三条思维线路，并把我重新编排的意识核加进线路。"

"为什么做这种事？"

"一来我想观察这将给实验对象带来怎样的影响，想了解由他人重新安排编制的意识在实验对象身上如何发挥功能。人类历史上还没有这类明确的例证。二来——当然是心血来潮——我想既然'组织'允许我随心所欲，我何不随心所欲地对待他们，做几个他们不知晓的功能。"

"就因为这个，"我说，"你就把电气机车线路那样无事生非的东西塞到我脑袋里来了？"

"哎呀，那么说我可就无地自容了，实在无地自容。不过你恐怕还不理解，科学家的好奇心这东西是怎么也抑制不住的。对于那些协助纳粹的生物学家在强制收容所里进行的无数活体实验，我当然深恶痛绝，但内心深处也这样想过：反正是干，为什么不能干得巧妙干出成效来呢？以活体为对象的科学家所朝思暮想的，其实完全是同一内容。况且我所干的绝非危及生命的勾当，不过把两个东西变成三个罢了，只是稍微改变一下环形流程罢了。这并不特别增加大脑负担，无非是使用同样的字母卡造出另一单词而已。"

"可是，事实上除我以外所有接受模糊运算处理的人都死了，这点你作何解释？"

"我也不知道，"博士说，"如你所说，二十六个接受模糊运算手术的计算士中，的确死了二十五人。死法如出一辙，晚上躺下，早上死了。"

"那么，我也同样，"我说，"说不准明天就同样一命呜呼，对吧？"

"情况没那么简单。"博士在毛巾被里慢吞吞地蠕动着身体，"那二十五人的死时间集中在半年里，也就是手术后一年零两个月到一年零八个月之间。二十五人全部死于那一期间，而唯独你在过了三年零三个月的今天还能安然无恙地继续进行模糊运算。这样，不能不认为只你一人具有别人所没有的特殊素质。"

"特殊是什么样意义上的特殊呢？"

"且慢。手术之后，你可出现过某种奇异症状？如幻听、幻觉、神志不清等等？"

"没有，"我说，"幻听幻觉都没有，只是觉得对某种气味十分敏感，大多像是水果味儿。"

"这点所有人无一例外。特定水果味对中继站是有影响的。原因不清楚，反正有影响。但作为结果，没造成幻觉、幻听和神志不清，是吧？"

"是的。"我回答。

"唔。"博士沉吟片刻，"别的呢？"

"这倒是我刚刚感觉到的：有时好像逝去的记忆重新回来了。此前由于是支离破碎的东西而没怎么注意，而刚才出现的则相当清晰而且持续时间长。原因我晓得，是水声诱发的。但不是幻觉，是地地道道的记忆，毫无疑问。"

"不，不是的。"博士斩钉截铁，"也许你觉得像是记忆，其实只是你本身捏造的人为的桥梁。总而言之，在你自身的主体性同我编排输入的意识之间存在极为情有可原的误差，而你为使自身存在正当化而力图在这误差之间架设桥梁。"

"不好理解。过去一次也没发生过，为什么现在突然出现了呢？"

"因为我在转换中继站时解放了第三条线路。"博士说，"不过还是按顺序讲好了，否则很难讲清，你也不易明白。"

我又掏出威士忌喝了一口。看来事情的发展比我想象的严重得多。

"第一批八个人接连死去时，'组织'把我叫去，要我查明死因。老实说，作为我虽然不愿意插手这桩事，但毕竟是我开发的技术，加之事关人的生死，不容我袖手旁观。不管怎样，我还是决定去看看情况。他们向我介绍了八人死亡的经过和脑解剖结果。如我刚才所说，八人的死法　模　样，全都死因不明。躯体和大脑毫无损伤，都如静静熟睡一般咽的气，简直同安乐死无异，脸上也全然没有痛苦的痕迹。"

"死因弄不明白？"

"弄不明白。当然推论和假定之类还是做得出的，毕竟接二连三死去的八人全是接受模糊运算手术的计算士，不可能以偶然情况视之，而必须尽力采取对策。无论如何这是科学家的义务。我的推论是这样的——是否脑中设置的中继站功能迟滞、烧毁或消失，从而导致思维体系发生混淆和大脑功能承受不住其力量的冲击？倘若中继站没有问题，那么根本症结是否在于解放意识核（尽管时间很短）本身？而这对于人脑是否不胜负载？"说到这里，博士把毛巾被一直拉到下巴，停顿一会儿，"这是我的推论。确凿证据固然没有，但根据前后情况再三斟酌，死因或是二者之一，或二者都是。我觉得这样推测是最为稳妥的。"

"做脑解剖也没搞清？"

"脑这东西不同于电烤炉，又有别于洗衣机，看不见接线和开关，改变的只是肉眼看不见的放电流程。所以人死之后，不可能取出中继站来检查。活脑出现异常可以判明，对死脑则只有徒呼奈何。当然，若有损坏或脓肿，自然一目了然，但无此症状，完好无缺，十全十美。

318

"于是，我们把活着的十名实验对象叫进研究室复查了一遍。取出脑波，转换思维体系，确认中继站运转是否顺利，并详细进行了面谈，询问身体有无异常，有无幻觉幻听。然而没发现任何堪称问题的问题，身体全都健康，模糊运算作业也一帆风顺。这样，我们估计死的人可能大脑有某种先天性缺陷，不适合从事模糊运算。至于何种缺陷尚不明了，但可以在研究过程中逐步澄清，赶在施行第二代模糊手术之前解决。

"但终归还是失算了，因为此后一个月又死了五人，其中三人还是我们彻底复查过的实验对象。复查也认为毫无问题的人为时不久也那般轻易地死了，这对我们实在是沉重打击。二十六人中，已有一半莫名其妙地死去。如此下去，适合不适合倒是次要的，主要的是将带来一个根本性问题，亦即将两套思维体系交相转换使用这点对于大脑来说原本就是不可能的。据此，我向'组织'提议冻结这个项目，就是说将中继站从依然存活的人的脑中取出，中止模糊运算作业，若不然，说不定会全军覆没。但'组织'说此事办不到，拒绝我的提案。"

"为什么？"

"他们说，模糊系统运行得极有成效，事实上已无法就此刹住而将整个系统重归于零。若果真如此，'组织'机能势必瘫痪。况且又不是说肯定全体死光，如果有人活下来，不妨将其作为有说服力的标本进行下一步研究。于是我退下来了。"

"而且只我一个逃生。"

"是这样的吧。"

我把后脑壳贴在岩壁上，怅怅地望着洞顶，用手心摩挲着脸颊茁壮的胡须。我记不准上次是什么时候刮的须，想必我的面目十分怕人。

"那我为什么没死？"

"终归是一种假设，"博士说，"假设又加假设。不过，依我的直觉，还不至于不着边际。具体说来是这样：你原本就是将数套思维体系区分使用的，当然是无意识的，是在自己都不知不觉之间将自身的主体性一分为二。用我前面那个比喻来说，就是右边裤袋的表和左边裤袋的表。你本来就有中继站，因而已经具有精神上的免疫力。这是我作的假设。"

"可有什么根据？"

"有的。还是在两三个月以前，我把已制成图像的二十六人的黑匣子即思维体系重新一一看了一遍，有一点引起了我的注意，就是你那部分最为完整，没有破绽，脉络清晰。一句话，完美无缺，几乎可以改编成小说或电影。但其他二十五人则不是这样，统统紊乱不堪，浑浊不清，一盘散沙，无论怎么修改编排都不成条理，难以收拾，就像拼接梦境。而你的却截然相反，不可同日而语，好比拿专业画家的画比幼儿习作。

"为什么会这样呢？我就此想了很多。结论只有一个：你是用自己的手归纳整理过的，所以才有如此井井有条的结构存在于图像集成之中。再打个比方，就好像你亲自下到自己意识底层的图像工厂亲手制作图像，而且是在不知不觉之间。"

"难以置信，"我说，"何以发生这种情况呢？"

"有各种各样的因素，"博士答道，"儿时体验、家庭环境、自我的过于客体化、犯罪感……尤其要指出的是你性格上有过于自我封闭的倾向。不是吗？"

"或许。"我说，"这到底将会怎样呢，假如我真是这样的话？"

"顺其自然。如果顺利，你也许就这样长命百岁。"博士说，"但现实生活中是不可能一切顺利的。对吧？你的处境是：无论愿意也罢不愿意也罢，你已经成为左右这场荒唐的情报战趋

320

势的关键。'组织'恐怕不久就要以你为典型开发第二项目，你将被彻底解析，用各种方式搅拌不已。具体如何我已不得而知，但不管怎样，你肯定要遭遇种种倒霉之事。我是不甚了解社会，但这点还是看得出来的，作为我也很想拉你一把来着。"

"得得。"我说，"你再不参加那个研究项目了吗？"

"我再三说过，我是不喜欢为别人一点点耗费自己的学问的，更不想参与将来不知牺牲多少人的研究项目。我也有许多地方需要反省。正因为这些琐事弄得我心烦意乱，我才把研究室设在避开世人的地下。'组织'倒也罢了，符号士们居然也在打我的主意。总之我这人不大喜欢大的组织，组织考虑的只是自身利益。"

"那你为什么在我身上搞小动作？说谎把我叫来，故意让我计算？"

"因为我想赶在'组织'和符号士把你抓去胡乱糟蹋之前来验证我的假设。这点一旦弄清，你也不必被折腾得一塌糊涂了。我给你的计算数据之中，含有转换为第三思维系统所需的暗号。就是说，你在转换成第二思维系统之后换了一个点，而用第三思维系统进行了计算。"

"所谓第三思维系统，就是你在经过图像化的基础上重新编排的系统？"

"完全正确。"博士点头道。

"可是这何以证明你的假设呢？"

"误差问题。"博士说，"你是无意间——把握自己的意识核的，所以在使用第二思维系统阶段没有任何问题。但第三线路是我重新编排的，二者之间自然存在误差，而这种误差应该给你造成某种反应。作为我，就是想计测一下你对误差的反应。根据计测结果，应当可以进一步具体推测出封存于你意识底部的那个东西的强度、性质及其成因。"

"应当?"

"是的,是应当。可惜眼下一切都落空了。符号士们和夜鬼沆瀣一气,把我的研究室破坏得面目全非,所有资料都被洗劫一空。那伙浑蛋撤离后我回去看过一次,重要资料一点也没剩下,误差计测已根本无从谈起,就连制成图像的黑匣子也被带走了。"

"这点与世界完蛋有什么关系呢?"

"准确地说,并非现存的这个世界完蛋,而是世界在人们心中完蛋。"

"不明白。"我说。

"一句话,那就是你的意识核。是你意识所描绘的世界归于终结。至于你的意识底层何以藏有这种东西我不清楚,反正是世界在你的意识中走到尽头。反过来说,你的意识是在世界尽头中生存的。那一世界里缺少这个现存世界中应有的大部分东西。那里没有时间没有空间没有生死,没有正确含义上的价值观和自我,而由兽们来控制人的自我。"

"兽?"

"独角兽。"博士说,"那座镇子有独角兽。"

"莫非独角兽同你给我的头骨有某种关系?"

"那是我复制的,惟妙惟肖吧?依照你的意识图像制作的,费了好大的劲。倒也没什么特殊用意,只不过出于对骨相学的兴趣罢了。送给你。"

"请停一下,"我说,"自己意识深处存在那样一个世界这点我基本明白了。你以更显而易见的形式将其编排出来,作为第三线路植入我的脑中,之后送进暗号,将我的意识注入这条线路,使之模糊起来。至此没有失误吧?"

"没有。"

"随着模糊作业的完成，第三线路自动关闭，我的意识返回原来的第一线路。"

"不对。"说着，博士"咔咔"搔了几把后颈，"若是那样事情自然简单，但并非那样。第三线路不具有自动关闭功能。"

"那么说，我的第三线路一直开放着？"

"可以这样认为。"

"但我现在是按第一线路思考、行动的呀。"

"因为第二线路已经封口。用图来表示，结构是这样的。"博士从衣袋掏出便笺和圆珠笔，画了张图递到我手里。

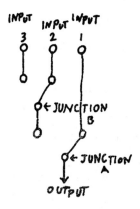

"是这样。这就是你的通常状态。中继站 A 连接输入点 1，中继站 B 连接输入点 2。但现在是这样的。"

博士在另一张纸上又画了幅图。

"明白吗？中继站 B 连接第三线路，在这种情况下将中继站 A 通过自动转换同第一线路相连。这样，你可以用第一线路思考和行动。但这终究是暂时性的，而必须尽快将中继站 B 转换到线路 2。这是因为，准确说来第三线路并非属于你自己的。如果听

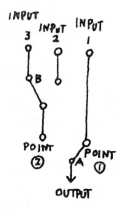

之任之，势必产生误差能，烧毁中继站 B，致使永远同第三线路连在一起，以其放电将中继站 A 拉向点②，进而烧掉那个中继站。我本应该在此之前计测误差能，使之完全复原。"

"本应该？"我问。

"现在已经无能为力。刚才说过，我的研究室已被那帮浑蛋毁掉，珍贵资料荡然无存。我已无可奈何，十分抱歉。"

"如此下去，"我说，"我将永远嵌在第三线路之中，无法复归原位了？"

"想必是的，想必要在世界尽头中生活。我也觉得于心不忍……"

"于心不忍？"我一阵茫然，"这可不是光于心不忍就能了结的问题吧？你说于心不忍或许未尝不可，可我到底如何是好？事情本来是你惹起的，不是吗？开哪家的玩笑！还没听说过如此恶毒的勾当！"

"可是我做梦也没想到符号士会同夜鬼狼狈为奸。那帮家伙晓得我在着手干什么，一心想把模糊系统的秘密窃为己有。而且目前'组织'恐怕也已知道此事。对'组织'来说，我们两人是双刃剑。明白么？他们认为我和你搭档瞒着'组织'开始另搞名堂，并晓得符号士们正对此虎视眈眈。其实符号士们是有意让'组织'知道的，这样'组织'就会为保守机密而设法把我们除掉。不管怎么说，我们已背叛了'组织'。就算模糊方式暂时受挫，他们也还是不想放过我们。因为你我二人是第一次模糊计划的关键，一旦我们同时落入符号士之手，必然惹出一场大祸。另一方面这也正是符号士的阴谋所在。如果我们被'组织'斩草除根，模糊计划也就寿终正寝；假如我们脱险投奔符号士，自然正中其下怀。总之符号士一无所失。"

"一塌糊涂。"我说。闯入我房间胡作非为、割开我肚皮的到底是符号士。他们之所以大动干戈，目的就在于把"组织"的注意力引到我身上。果真如此，我正好落入他们设下的圈套。"那么说，我已经山穷水尽了？符号士和'组织'两面夹击，如此下去，我这一现实存在肯定化为乌有。"

"不，你本身不会完蛋，不过进入另一世界罢了。"

"半斤八两。"我说，"听着，我自己也知道我这个人渺小得几乎要用显微镜才看得出。过去就是这样，看毕业照也要花好半天时间方能找到自己。我一无家室，二无朋友，马上乌有也没人受累没人悲伤，这我完全清楚。不过说来你也许奇怪，我已经基本满足于这个世界，原因倒不清楚。或许我在与我自身一分为二又相互争执的凄惨情况下依然会自得其乐也未可知，说不明白。反正我还是觉得活在这个世界心里踏实。我是讨厌世上存在的大多数东西，对方想必也讨厌我，但其中也有我中意的，而且中意的就非常中意，这和对方中意不中意我没有关系。我就是这样生存于世的。我哪里也不想去，也不需要死。年纪的增长固然有时令人伤感，但这不光我一个人，任何人年纪都同样越来越大。独角兽和围墙也不稀罕。"

"不是围墙，是墙壁。"博士纠正道。

"什么都无所谓。围墙也罢墙壁也罢，哪样都不需要。"我说，"可以发一点火么？我很少发火，可现在越来越难以克制。"

"这种时候，怕也是情有可原。"老人搔着耳垂说。

"归根结蒂，责任百分之百在你身上。我毫无责任。策划的是你，实施的是你，把我卷进去的是你。是你在人家脑袋里擅自编织线路，出具假委托书令我做模糊运算，让我背叛'组织'，使我遭受符号士的围迫迫害，把我领进莫名其妙的地下，现在又要使我进入世界尽头。如此惨无人道的勾当闻所未闻。你就能对此无动于衷？反正请为我复原好了！"

老人"唔"了一声。

"人家说的不错，爷爷，"胖女郎插嘴道，"你有时候太热衷于自己的事情，以致连累别人。搞足鳍实验时不也是这样的么？无论如何得想个办法才行。"

"我的出发点原是好的，后来越来越糟实在是由于迫不得已的情况。"老人歉然说道，"现在已发展到了我束手无策的地步。我已无计可施，你也无法可想。车轮越来越快，谁都不能使它停下。"

"一塌糊涂！"我叹道。

"不过，你大概可以在那个世界里挽回你在这里失去的东西，已经失去的，和正在失去的。"

"我失去的？"

"是的。"博士说，"挽回你失去的一切，一切都在那里。"

26

世界尽头
——发电站

读罢古梦，我提起要去发电站的事，女孩的脸阴暗下来。

"发电站可是在森林里的哟！"她边说边把烧得红彤彤的煤块埋进沙里熄掉。

"只是入口。"我说，"看门人都说没什么问题。"

"天晓得看门人想的什么。就算是森林入口也还是危险的。"

"横竖我想去看看，无论如何得弄到一件乐器。"

她把煤块全部掏出，打开下面炉口，将里面堆积的白灰倒入桶内，摇了好几下头。

"我也跟去。"她说。

"为什么？你不是不想靠近森林吗？再说我也不愿意拖累你。"

"因为不能放你一个人出去，你还没有充分了解森林的厉害。"

我们在阴晦的天空下沿河边向东走去。这是个使人联想到和煦春光的早晨。没有风，水流声听起来也似乎带有缠绵的柔情，一改往日冰冷的明快。走了十或十五分钟，我摘掉手套，解下围巾。

"像是春天。"我说。

"是啊。可惜只有一天，向来如此。冬天马上回头杀来。"

穿过桥南岸零零星星的人家，路右侧映入眼帘的便只有农田了，石子路也随之变成了狭窄的泥路。田垄之间，几道结冻发白的积雪如搔伤遗痕似的存留下来。左边河岸排列着柳树，柔软的枝条依依垂向河面。小鸟落在弱不禁风的枝上，为保持平衡而摇动了几次树枝，终于改变主意，往别的树飞去。阳光淡淡的，轻柔而和煦。我几次扬起脸，享受这静静的温馨。女孩右手插在自己的大衣袋里，左手放进我的大衣袋。我左手提着一个小皮箱，右手在衣袋里抓着她的手。皮箱里装着我们的午餐和给管理员的礼物。

春天来了，各种事情肯定会变得愈加开心，我握着她暖和的小手心想。如果我的心能熬过这个冬季，影子也同样挺过去的话，我就有可能以更为正确的形式恢复自己的心。如影子所说，我必须战胜冬天。

我们一边观赏周围风光，一边漫步往上游行走。这时间里我和她都几乎没有开口，倒不是无话可说，而是无说的必要。沿着大地坑洼处的白皑皑的积雪，口衔小红果的鸟儿，田里战战兢兢的厚叶冬菜，河的流水在各处形成的清澈水洼，白雪覆盖的山脊——两人边走边确认似的一一打量不已。目力所及，所有景物都仿佛尽情呼吸着这突如其来的短暂的温暖气息，将其传往全身每一个部位。遮蔽天空的阴云也不似往日那样沉闷压抑，而给人一种莫可名状的亲昵感，俨然以柔软的手合拢我们这个小小的天地。

也可以碰到在枯草地上往来觅食的独角兽。它们身上披满泛白的淡黄色的毛，毛比秋天的长得多也厚得多，但一眼即可看出远比以前衰弱，形销骨立，犹如从旧沙发里支出的弹簧。嘴角的肉也松弛下垂得不成样子，令人目不忍睹。眼睛黯淡无光，四肢关节球一样膨胀起来。一成不变的唯有前额凸起的一支白角，角始终如一且不无自豪地直刺长空。

它们三三五五顺着田垄从一小片树丛走往另一小片树丛。树上的果实和适于食用的绿叶已经寥寥无几，高高的树枝上虽还剩有几颗果，可惜以它们的个头是无论如何也够不到的。它们徒劳无益地在树下寻找掉在地面的果实，或用可怜巴巴的眼神一动不动地望着鸟儿啄食树果的情景。

"兽们为什么不动地里的农作物呢？"我问女孩。

"一向如此，为什么我也不知道。"她回答，"兽们决不动人吃的东西。当然如果我们给，有时也是吃的，否则决不轻举妄动。"

河边有几头兽跪下前腿，弓身喝水洼里的水。我们从近旁走过时，它们也依然头也不抬地喝水不止。水面历历映着它们的白角，恰似掉在水里的白骨。

看门人告诉的不错，沿河岸走三十分钟跨过东桥时，有条小道向右拐去。道很小很细，不注意很容易忽略。这一带同样没有农田，道两旁唯见又高又密的野草，在东部森林和田地之间像有意把二者分开似的伸展开去。

沿荒草间的小径前行不久，迎来一段徐缓的坡路，草也随之疏落起来。继而坡路变成山坡，终于成了石山。好在虽是石山，但并非光秃秃的需要攀援，而有颇为正规的石阶。岩石是较软的沙岩，石阶的边角已被踩圆了。登了十多分钟，我们上到山顶，就整体高度来说，恐怕多少低于我住处所在的西山。

　　石山南侧不同于北侧，坡势缓缓而下，山脚连着一片相当宽阔的草地，再往前便是黑压压的东部森林，如海洋一般推向远方。

　　我们在山顶坐下歇息，观望了一会儿四周风景。从东面看去，镇景与我平时得到的印象有很大差别。河流直得令人吃惊，全然没有沙洲，直挺挺地流动不息，活像是人工渠。河对面是北部那片沼泽。沼泽右侧隔河是飞地一般蚕食大地的东部森林。河的这一侧左边，可以望见我们刚刚走过的农田。极目远眺，渺无人烟，东桥也寂寂无人，令人不由怆然。凝目细览，可以认出职工住宅区和钟塔，但那更像从远方过来的虚无缥缈的幻影。

　　歇息片刻，我们下坡朝森林走去。森林入口有一泓浅可见底的水池，中央立着半截白骨样的枯树桩，上面落着两只白色的鸟，定定地看着我们。雪很硬，鞋踩上去丝毫不留脚印。漫长的冬日已使林中景色大为改观，里面不闻鸟鸣，不见蝉影，唯有大树从不可能结冻的地层深处汲取着生命力，向阴沉沉的天宇刺去。

　　沿着林中路行走之间，耳畔传来一种奇妙的声音，近乎林中流窜的风声，而四周却又没有一丝刮风的样子，况且作为风声未免过于单调而缺少速度变化。越往前行，声音越大越清晰。我们不解其义。女孩来这发电站附近也是头一次。

　　透过巨大的柞树，可以望见前面空空荡荡的广场。广场尽头有一座类似发电站的建筑物，然而又没有任何足以表示其为发电站的功能性特征，简直像座巨大的仓库，既没有独具一格的发电设备，又没有高压线拉出。我们捕捉到的奇妙声响总好像是从这座砖瓦建筑中传出的。入口是两扇对开的坚固铁门，墙的最上端有几个小小的窗口。道路通到广场为止。

“看来这就是发电站了。”我说。

正门似乎上着锁，两人一起推也岿然不动。

我们绕建筑物转了一圈。发电站正面到后面有一定长度，两侧墙壁同正墙一样高高排列着窗口，窗口传出奇异的风声。但没有门，只有无任何抓手的平光光的砖墙拔地而起，看上去同镇上的围墙毫无二致。但近前细看，发现这里的砖同围墙用砖的质量截然不同，纯属粗制滥造，手感也相当粗糙，缺陷触目皆是。

后面相邻的是同为砖瓦建筑的不大的住宅，大小同看门人小屋差不多，开有极为普通的窗户，窗上挂的不是窗帘，而是装谷物的布袋，房顶立着熏黑的烟囱。至少这边可以感觉出少许生活气息。我在木门上每次三下地敲了三次，没有回音。门锁着。

“对面发电站有入口。”女孩说着拉起我的手。往她指的那里看去，果然建筑物后面拐角处有个小门，铁门朝外开着。

往门口一站，风声愈发大了。建筑物内部比预想的黑暗得多。用双手罩着往里看，直到眼睛适应黑暗才看出名堂：里面一个灯也没有——发电站居然全无灯盏真有点令人称奇——仅有高高的窗口射进的微弱光线好歹投在天花板上。风声在这空空的房间里肆无忌惮地东奔西窜。

瞧这光景，打招呼也不会有人听到，我便站在门口不动，摘下眼镜，静等眼睛习惯黑暗。女孩站在我稍后些的地方。看样子她想尽可能离这建筑物远点，风声和黑暗已足以使她战战兢兢。

由于我平时就熟悉黑暗，没费多长时间就看清了房间地板正中站着一个男子。男子又瘦又小，一动不动地注视着面前直径约三四米的直捅天花板的大圆铁柱。除了这个圆柱，再无其他像样的设备和机器，房间如室内跑马场一样空空如也。地板和墙壁也同样用砖铺就砌成，浑似巨大的炉灶。

我把女孩留在门口，独自进入里面。从门口走到中间圆柱，男子似乎觉察到了我的存在。他身体纹丝不动，只把脸对着这边，静静地注视着我的临近。男子很年轻，大概比我小几岁，外表在所有方面都同看门人形成鲜明对比，手脚和脖颈细细的，脸皮白皙滑润，几乎没有刮须痕迹，头发一直退到宽额头的最上端，衣着也利利落落整整齐齐。

"你好！"我说。

他双唇紧闭，凝视我的脸，稍顷微微点了下头。

"不打扰吗？"因风声很大，我不得不提高嗓门。

男子摇摇头，表示并不打扰，然后指着圆柱上明信片大小的玻璃窗，意思像是叫我往里看。细看之下，原来玻璃窗是门的一部分。门用螺栓固定得结结实实。玻璃窗里面，贴地安着一台巨大的风扇，势不可当地飞速旋转，似乎内部有一台不知几千马力的驱动马达。想必风扇是借助某处吹来的风力旋转而发电的。

"是风吧？"我问。

男子点头称是，接着拉起我的胳膊朝门口走去。他比我大约矮半个脑袋。我们像一对要好的朋友并肩走向门口，门口站着女孩，年轻男子像对我那样朝女孩轻轻点了下头。

"你好！"女孩寒暄道。

"你好！"男子也应了一声。

他把我们领到几乎听不到风声的地方。屋后有片树林拓出的农田，我们坐在排列成一片的几个树墩上。

"对不起，我不能大声说话。"年轻管理员自我辩解似的说。"你们是镇上的人吧？"

我答说是的。

"您都看到了，"年轻男子说，"镇子的电力是靠风力供应的。这儿的地面开有一个特大的洞，利用里面吹出的风来发电。"男子缄口沉默了一会儿，盯着脚下的农田。

　　"风每隔三天吹上来一次。这一带地洞很多，里面风来水往。我在这里负责设备保养，没风的时候拧紧风扇螺栓，涂润滑油，或采取措施防止开关上冻，发出的电通过地下电缆输往镇子。"

　　说罢，管理员环视了一遍农田。农田四周被森林像高墙一般团团围住，田里的黑土被细细整过，尚无农作物的影子。

　　"闲的时候我一点点砍树开荒，扩大耕地面积。只我一个人，大事当然干不成。大树就绕过去，尽可能选择容易下手的地方。不过自己动手干点什么的确不坏，春天来了可以种瓜种豆。你们是来这里见习的么？"

　　"正是。"我说。

　　"镇子里的人一般是不来这里的，"管理员说，"森林中也没人进来。当然送东西的人除外，那人每周来送一趟粮食和日用品。"

　　"一直一个人住在这里？"我问。

　　"嗯，是的，已经很久了。光听声音都晓得机器的一举一动，毕竟每天都同机器对话，天长日久，这点事自然了然于心。机器运转正常，我本身也心里坦然。此外还通晓森林的动静。森林发出的声音可多着哩，简直像活物似的。"

　　"孤零零住在森林里不难受吗？"

　　"难受不难受这问题我不大明白。"他说，"森林位于这里，我住在这里，如此而已。总得有人在此照看机器才行。况且我所在的不过是森林入口，里面的情形不很清楚。"

　　"此外还有像你这样住在森林里的人么？"女孩问。

　　管理员沉思片刻，微微点了几下头道："知道几个人。住在很远很远的里边。是有几个。他们挖煤、开荒、种田。但我遇到的只是极少数几个，而且极少搭话，因为他们不接受我。他们在森林里度日，我在这里过活，两不相干。或者森林里有更多的人，可是我只了解这么多。我不到森林里边去，他们几乎不来这入口。"

"见到过女的吗？"女孩问，"三十一二岁的。"

管理员摇头道："没有，女的一个也没见到。见到的清一色是男子。"

我看了一眼女孩的脸。她再未开口。

27

冷酷仙境
——百科事典棒、不死、回形针

"一塌糊涂！"我说，"真的一点办法也没有了么？依你计算，眼下情况已发展到何种地步？"

"你是说你脑袋里的情况？"博士问。

"那还用说！"此外又能有什么情况。"我的大脑已毁坏到了什么程度？"

"我试着算了一下：恐怕中继站 B 已经在大约六小时前溶解了。这里所说的溶解，当然只是权宜性说法，实际上并非脑的一部分溶化，就是说……"

"第三线路被固定，第二线路死了，是吧？"

"是这么回事。所以如我刚才所说，你大脑中已开始架设辅助桥。总之已开始生产记忆。打个比方，连接那里和表层意识的管道正在根据你意识底层象厂式的变化而得到修补。"

"那么说，"我接道，"中继站 A 已经不能正常运转，也就是意识底层的线路泄露情报了，对吧？"

"准确说来不是那样。"博士说，"管道是固有的。虽说思维线路发生分化，也不可能连管道都一举堵塞。这是因为，你的表

335

层意识即线路 1 是吸收你深层意识即线路 2 的养分才得以存在的。管道既是树根，又是地线，没有它人的大脑就别想运转。所以我们才留下了管道，当然压缩在最低限度，压缩在正常情况下不至于有不必要的漏电和逆流的程度以内。不料，中继站 B 的溶解所引发的放电能给了管道以非正常冲击，致使你大脑由于受惊而开始了维修作业。"

"那一来，记忆的再生产往后要一直持续下去啰？"

"有可能。简言之，有些类似 déjà-vu①。原理上是不会有多大变化的。这种情况估计要持续一段时间，不久你将迈向新记忆重新构成的世界。"

"重新构成的世界？"

"是的。眼下你正为迁往另一世界作准备。所以你现在目睹的世界也随之一点点变化。认识这玩意儿就是这样的，世界的变化完全取决于认识。不错，世界是实实在在的。但从现象角度来看，世界不过是无限可能性中的一种罢了。具体说来，在你为迈右脚还是迈左脚而踌躇之间世界即已大为改观。世界因记忆的变化而变化——这完全不足为奇。"

"听起来像是诡辩。"我说，"实在过于主观。你忽视了时间性，那种情况成为问题只限于时间自相矛盾之时。"

"在某种意义上，这恰恰是时间的自相矛盾。"博士说，"你通过生产记忆而创造了属于你私人的多元世界。"

"那么说，我现在体验的世界正在一点点脱离我本身固有的世界不成？"

"这点无法核实，谁都不能证明，我只能说这样的可能性也不是没有。当然这里指的并非科幻小说那种荒诞不经的多元世

---

① 法语。意为从未经验过的事情仿佛在某处经验过的错觉，既视感。

界，而终究只是认识上的问题，那是通过认识所把握的世界。我想它在各方面都处于变化之中。"

"经过变化，中继站 A 发生转换，出现迥然不同的世界，我就在那里边生存，是吧？而且我不能逃避这种转换，只能坐以待毙，嗯？"

"是这么回事。"

"这个世界持续到何时为止？"

"无休无止。"

"不明白，"我说，"何以无休无止？肉体应该是有期限的。肉体死大脑即死，大脑死意识也随之告终，不是吗？"

"不是。思维是没有时间的。这也是思维同梦的区别所在。思维这东西一瞬间可以洞察一切，可以体验永恒，可以闭合电路永远在其中绕行不止，这才成其为思维，而不至于像梦一样中断。它类似百科事典棒。"

"百科事典棒？"

"所谓百科事典棒，是某处一位科学家想出的理论游戏，就是说把百科事典刻在一支牙签上。知道怎么刻？"

"不知道。"

"简单得很。把信息也就是百科事典的文字全部置换成数字。每一个字用两位数表示，A 为 01，B 为 02，00 为空白，标点符号也同样数字化，并在其最前面置以小数点。这样，就会出现如下无限长的小数点：0.173 200 063 1……然后，把这个数字刻在牙签与数字正相符的位置。具体地说，就是把与 0.500 00……相符的部分刻在牙签正中，若是 0.333 3……则刻在距前端三分之一处。意思可明白？"

"明白。"

"这样，无论信息多长，都可以一股脑儿刻在一支牙签上。

诚然，这毕竟是理论上的东西，实际上行不通，以当今技术还不可能刻得那么细致。不过作为思维这玩意儿的性质你还是可以理解的吧？时间就是牙签的长度，所容纳的信息量同牙签长度无关，它可以任意延长，也可以无限缩短。若诉诸循环数字，更是无尽无休，永无终止。明白吗？问题在于软件，同硬件毫无关系。牙签也罢二百米长的木头也罢赤道也罢，都无所谓。即使你的肉体死了意识没了，你的思维也将把那一瞬间的一点捕捉下来，永远分解下去。想想古代关于飞箭的自相矛盾的说法好了。大概说是'飞箭停止'。肉体之死就是飞箭，朝着你的脑笔直飞去，任何人都无法回避。人迟早会死亡，肉体必然毁灭。时间把箭推向前去。但是——如我刚才所说——思维这东西将永无休止地把时间分解下去。所以那种自相矛盾事实上是成立的。箭射不中。"

"就是说，"我应道，"不死。"

"是的。进入思维中的人是不死的。准确说来，纵使并非不死，也无限接近于不死，永恒的生。"

"你研究的真正目的就在这里？"

"不，不是这样。"博士说，"最初我也没注意到。起始只是出于些许兴趣开始这项研究的，研究过程中才碰到这点发现了这点。人并非通过扩延时间达到不死，而是通过分解时间获得永生。"

"于是你就把我拖入了这个不死世界？"

"不不，这纯属事故，我原本没那种打算，请你相信。真的，我真的没有那样做的念头。但事到如今，已别无选择，能使你免进不死世界办法只有一个。"

"什么办法？"

"马上死掉。"博士用事务性口气说，"在中继站 A 连线之

338

前死去，这样就什么也剩不下来。"

深重的沉默笼罩着石洞。博士咳嗽一声，胖女郎喟然叹息，我喝了口威士忌，谁都默不开口。

"那是……是怎样的世界呢？"我问博士，"就是那不死的世界？"

"刚才已经说过，"博士道，"那是个静谧安宁的世界，你自身创造的世界。在那里你可以成为你自身。那里无所不有，又一无所有。那样的世界你可想象得出？"

"想象不出。"

"然而你的深层意识可以把它创造出来。这并非任何人都能做到的事。有的人将永远彷徨在矛盾交织莫名其妙的混沌世界里，唯独你不同，你适合于不死。"

"这世界的转换什么时候发生啊？"胖女郎问。

博士看表，我也看表：六时二十五分。天已大亮。晨报已送发完毕。

"据我的初步计算，还有二十九个钟头三十五分钟。"博士回答，"也许有四十五分钟误差，基本差不多。为容易掌握，我已经调到正午：明天正午。"

我摇了下头。容易掌握？随即又喝了口威士忌，但无论怎么喝体内都全然没有酒精进入之感，甚至威士忌的味道都品味不出。胃袋竟像成了化石，也真是奇怪。

"往下打算怎么办？"胖女郎把手放在我膝头问道。

"这——不知道。"我说，"反正想到地面上去。我可不愿意在这等地方听天由命。到有太阳的地方去，往下的事出去再说。"

"我的解释还算充分？"博士问。

"充分。谢谢。"

"生气了吧？"

"多多少少。"我说，"不过生气也无济于事，况且事出突然，实际上还不能彻底融会贯通。时间再长一点，或许更为生气，当然那时候我恐怕已不在这个世上了。"

"说实话，我真不想说得这么详细来着。"博士道，"因为这种事如果不知道也就在不知道中过去了，说不定这样精神上更好受些。但是，这不是死，只是意识永远丧失。"

"半斤八两。"我说，"但不管怎样我都想弄明白情况，至少是我的人生嘛，我可不愿意稀里糊涂地被人随便转换开关。自己的事自己处理。请告知出口在哪里。"

"出口？"

"这里到地面的出口。"

"很花时间，又要从夜鬼巢穴旁经过，不要紧的？"

"不要紧。落到如此地步，也就没什么可怕的了。"

"好！"博士说，"下这座石山就是水面。水已经完全平静，游泳没问题。游的方向是西南偏南。方位我用电筒照着。一直游过去，对面岸壁离水面稍上一点有个洞，钻过洞是下水道，下水道直通地铁轨道。"

"地铁？"

"是地铁，地铁银座线外苑前站和青山一丁目站的正中间。"

"为什么通到地铁？"

"因为夜鬼们控制着地铁。白天倒也罢了，一到夜晚它们就在地铁沿线飞扬跋扈。东京的地铁工程大大扩展了夜鬼的活动范围，简直是为它们建设的通道。它们时常抓护路员吃掉。"

"为什么不报道呢？"

"因为一旦报道势必惹出一场乱子：社会上知道了谁还肯在

地铁工作？谁还肯乘地铁？当局当然心中有数，就加厚墙壁，堵塞漏洞，增加照明，严阵以待。但这点措施是不足以抵御夜鬼的，它们一到晚上就打穿墙壁，咬断电缆。"

"既然出去便是外苑前站和青山一丁目的中间，那么这一带究竟是什么地方呢？"

"呃——大约是明治神宫的表参道附近吧。确切位置我也不清楚，总之只此一条路。路窄，又相当弯曲，要多花些时间，但不至于迷路，是吧？你首先从这里往千驮谷方面去，记住：夜鬼巢穴大致靠近国立体育场，所以路是往右拐的，往右拐往神宫球场方向，从那里也就是从绘画馆上到青山大道的银座线。到出口约需两小时。大致明白了吧？"

"明白了。"

"夜鬼巢穴那里尽量快些通过，在那种地方磨磨蹭蹭的话凶多吉少。另外小心地铁，有高压线，电车又川流不息。毕竟正是上班高峰，好容易爬出去，要是给电车轧死可就前功尽弃了。"

"小心就是。"我说，"可你往后怎么办呢？"

"脚扭伤了，眼下出去也摆脱不掉'组织'和符号士的追捕，就先在这里藏一段时间，这里谁也追不来。好在有你送的食物，我吃得少，足可保证三四天饿不死。"博士说，"请先出去好了，不必担心我。"

"夜鬼干扰器怎么解决？我去出口需要两个，那一来你手头就只剩一个了。"

"让孙女领你出去。"博士说，"那孩子送走你再回来领我。"

"好的好的。"他孙女满口答应。

"万一她发生什么如何是好，例如被抓走？"

"抓不走的。"她说。

"放心。"博士说,"她年纪轻轻,但老练得很。我信得过。再说万一出事,也不是没有非常手段。其实只要有干电池、水和薄铁片,当即就可把夜鬼赶跑。原理很简单,效力也不如干扰器,不过我熟悉这里的地理,甩掉它们不成问题。对了,来这里的路上我不是撒下铁片了么?夜鬼是很讨厌那玩意儿的。效力倒是只能保持十五至二十分钟。"

"铁片指的是回形针?"我问。

"对对。回形针最合适不过。便宜,不占地方,能很快带磁,又可以连环戴在脖子上。总之这东西最理想。"

我从防寒服口袋里掏出一把回形针递到博士手里:

"这回可以了吧?"

"太好了太好了!"博士又惊又喜,"真是雪中送炭。说实话我在来路上撒多了些,正担心数量不够呢。你这人真是聪明过人,可敬可佩。如此机警的人实属罕见。"

"差不多该出发了,爷爷,"他孙女道,"时间不多了。"

"千万当心,"博士说,"夜鬼那东西可马虎不得。"

"不碍事,保准安全归来。"说着,孙女在博士额头上轻轻一吻。

"就结果而言,我觉得十分对你不起。"博士转向我说,"如能替换,我真想替你受过。反正我已经尽情享受了人生,别无遗憾,对你则或许有点为时过早。事出突然,心理准备还没完成,留在世上没做完的事也怕多的是。"

我默然点头。

"但不必过于害怕。"博士继续道,"用不着怕。好么,这不是死,是永恒的生,而且在那边你可以成为你自身。相比之下,现在这个世界无非徒具其表的幻景而已。这点请别忘记。"

"好了,走吧。"女郎拉起我的胳膊。

28

世界尽头
——乐器

发电站的年轻管理员将我们两人领进小屋。一进屋他就查看炉火，拿起煮沸的水壶走去厨房，又端茶折回。我们已给森林的寒气冻透了全身，能喝上热茶委实求之不得。喝茶时间里，风声一直响个不停。

"茶叶是森林里采的。"管理员说，"用整个夏天阴干，足够喝一冬。既有营养，又暖和身子。"

"好喝得很！"女孩说。

清香四溢，带有质朴的甜味。

"是什么植物的叶片？"我问。

"啊，名称还真不晓得。"年轻人说，"森林里的一种草。因味道好闻，就试着采来当茶。草很矮，绿色，七月开花，开花时掐小叶晒干。独角兽喜欢吃花。"

"独角兽也来这里？"我问。

"嗯，直到初秋。冬天一临近它们就再不靠近森林了，暖和的时候三五成群地赶来同我玩耍，我分东西喂它们吃嘛。但冬天不行，即使知道能得到吃的，它们也不接近森林，所以整个冬天我都孤单单一个人。"

"可以的话，一起吃午饭好么？"女孩说，"带来了三明治和水果，两人吃像是多了些。怎么样？"

"那当然好。"管理员说，"好久没吃过别人做的东西了。我这里有用林中蘑菇做的炖菜，尝尝如何？"

"恕不客气。"我说。

于是三人吃女孩做的三明治，吃炖蘑菇，吃饭后果子，喝茶。吃喝时我们差不多没有开口。沉默起来，风声仿佛透明的水浸入房间，淹没了沉默。刀叉碟盘相碰的声音夹杂在风声里，听起来带有某种非现实韵味。

"不走出森林么？"我问管理员。

"不走出。"他静静摇头，"这是早已安排好的：我始终守在这里管理发电站。或许迟早会有人前来接替，什么时候自然不晓得，但只有那时我才能离开森林返回镇子。一步也不能走出森林，在此等待每三天来一次的风。"

我点头喝掉杯里的剩茶。风声响起到现在没有多长时间，估计还将持续两三个小时。如此静听风声，恍惚觉得身体都被一点点拖往那边了。一个人在林中空荡荡的发电站里听这种风声，想必寂寞难耐。

"对了，二位恐怕不是为看发电站才来这里的吧？"年轻人问我，"刚才也说过，镇上的人一般是不来这里的。"

"我们是来找乐器的。"我说，"别人告诉说来你这里可以知道乐器在什么地方。"

他点了几下头，目不转睛地看了一会儿盘子上叠放的刀叉。

"不错，这里是有几件乐器。很老了，不知能不能用，要是能用，尽管拿去就是。反正我也不会弹拉，摆着观赏罢了。看一下吗？"

344

"如果可以的话……"我说。

他拉开椅子立起，我也随之起身。

"请这边来。在卧室里摆着。"

"我在这儿收拾碟碗，煮点咖啡。"女孩说。

管理员打开通往卧室的门，拉亮电灯，把我让进里边。

"就这儿。"他说。

沿卧室墙壁摆着各种各样的乐器，全都旧得堪称古董。大部分是弦乐器：曼陀林、吉他、大提琴、小竖琴等等。几乎所有的弦都生了红锈、断掉了或全然不见了，镇子上恐怕很难找到替代品。

其中也有我没见过的乐器。有件木制乐器俨然洗衣板，上面立着一排指甲样的金属突起物。我拿在手里试了一会儿，毫无声音发出。还摆着几个小鼓，甚至带有专用鼓槌，但似乎不可能击出鼓点。也有状似巴松管的大型管乐器，看样子我也无能为力。

管理员坐在小木床上，注视着我一件件查看乐器。床单枕头都很干净，收拾得整整齐齐。

"可有能用的？"他搭话道。

"啊，怎么说呢，"我应道，"毕竟全是旧的。找找看。"

他欠身离床，去门口关上门转回。卧室没有窗口，关门后声音变小了。

"我收集这些东西，你不觉得蹊跷么？"管理员问我，"镇上没人对这东西感兴趣。镇上的任何人都不对东西怀有兴趣。当然生活必需品是人人都有的，如锅碗菜刀床单衣服之类，但即使这类东西只要有也就满足了，够用即可，谁都没有更多的欲望。可我不是这样，我对这些东西极感兴趣，为什么我也不知道。偏偏被这些东西迷住了——形状精致的或漂亮好看的。"

他一只手放在枕头上，另一只手插进裤袋。

　　"所以说实话，这发电站我也喜欢。"他继续道，"喜欢风扇喜欢各种仪表和变压器。或许我身上原本就有这种倾向，所以才被派到这里，也可能来后在单独生活的过程中染上了这一倾向。来这里已是很久很久之前的事了，那以前的事早已忘到九霄云外，所以我有时觉得自己恐怕很难重返镇子。估计只要我有这种倾向，镇子就绝不会接纳我。"

　　我拿起一把仅剩两根弦的小提琴，用手指弹了下弦，小提琴发出一声干巴巴的断奏声。

　　"乐器从哪里搜集来的？"我问。

　　"四面八方。"他说，"是托送粮人找来的。很多人家的抽屉里仓库中往往藏有乐器，大部分都已派不上用场，被当做木柴烧了，但仍有小部分剩下，我就托他找到带来。乐器这东西形状都那么精美，我不懂使法，也不想使，但光是看就足以叫人动心。巧夺天工，恰到好处。我时常坐在这里呆呆欣赏。仅此足矣。这种感受你不觉得奇怪？"

　　"乐器这东西是非常好看的东西，"我说，"谈不上什么奇怪。"

　　我目光落到躺在大提琴和大鼓之间的一把手风琴上，便拾起查看。式样很老，用按钮代替键盘，蛇腹管已经硬了，到处布满了细小的裂缝，不过看上去不至于漏气。我把手插进两头的皮带，伸缩了几次。虽然用力比预想的要大，但若键不出问题，看样子还能使用。手风琴这东西只要不漏气，很少有其他故障，即使漏气也容易修好。

　　"可以弄出声音么？"我问。

　　"请请，随便。本来就是干这个用的。"青年说。

　　我把蛇腹管左右伸缩着，从下端依序按键。其中有的只能发出很小的声音，但音阶基本准确。我再次从上往下按了一遍。

"不可思议的声音。"青年饶有兴味地说，"声音简直像变色了似的。"

"按这个键发出的声音波长不同。"我说，"每一个都不一样。因波长有的吻合有的不吻合。"

"吻合不吻合这点我不大明白。吻合是怎么回事？互有所求不成？"

"是那样的。"说着，我按了一段和音。尽管音阶不甚准确，但还不算刺耳。至于歌曲却无从记起，只能按和音。

"这就是吻合的音？"

我说是的。

"我是外行，"他说，"听起来这声音还不仅仅是不可思议。我还是头一次听到，不知道怎样表达才好，既不同于风声，又不同于鸟叫。"

如此说罢，他双手置于膝头，比较似的看着手风琴和我的脸。

"反正这乐器送给你就是，随你用多长时间。这东西还是放在懂得使用的人手上最好。我拿着也没用。"说到这里，他侧耳听了一会儿风声。"我再去看一眼机器，每隔三十分钟就得检查一次，看风扇转动是否正常，变压器运作有无问题。在那边房间等我好么？"

青年出去后，我返回餐厅兼卧室，喝女孩端上的咖啡。

"这就是乐器？"她问。

"乐器的一种。"我说，"乐器五花八门，声音各不相同。"

"活像风箱。"

"同一原理嘛。"

"可以摸摸？"

"当然可以。"我把手风琴递过去。她像对待容易碰伤的幼小动物似的用双手轻轻接住,细细打量起来。

"真有点不可思议。"她不安地微微笑道,"不过还好,总算搞到了乐器,高兴吧?"

"算是不虚此行吧。"

"那个人没能完全去掉影子,还剩有一点点。"她小声说,"所以在森林里。他胆子不很大,不敢走进森林深处,可又不能返回镇子,够可怜的。"

"你以为你母亲也在森林里?"

"也许,或者未必。"她说,"实情不得而知,一闪之念罢了。"

七八分钟后青年回到小屋。我感谢他赠送的乐器,打开皮箱,取出里边的礼物摆在桌上:小旅行钟,国际象棋,充油打火机。都是从资料室旅行箱里搜罗的。

"这是乐器的回礼,请收下。"我说。

一开始青年固辞不受,终归还是收了下来。他看了钟,看了打火机,又一个个看了国际象棋子。

"用法知道吗?"我问。

"没关系,没那个必要。"他说,"只这么看着就觉心旷神怡,用法慢慢自己会摸索出来的,最富有的就是时间嘛。"

我说该告辞了。

"那么急吗?"他有些不舍地说。

"天黑前要赶回镇子,睡一觉好开始工作。"

"倒也是。"年轻人说,"明白了。送到门口吧。本该送到森林入口,但工作当中,脱不开身。"

三人在小屋外面告别。

"以后请再来,也请让我听听那乐器的声音。"年轻人说,

"随时恭候。"

　"谢谢。"我说。

　随着发电站的远去,风声也一点点减弱下去,快到森林出口时便完全消失了。

冷酷仙境
——湖水、近藤正臣、连裤袜

游泳的时候，为避免弄湿，我和胖女郎把东西卷成一小团包在备用衬衣里，固定在头顶上。一看就觉得好笑，却又没时间一一发笑。食品、威士忌和多余的装备都已留下，因此包裹还不算高，里面无非电筒、毛衣、鞋、小刀和夜鬼干扰器之类。她的东西也大同小异。

"一路平安！"博士说。

在幽暗的光线中看去，博士比最初见时苍老得多了，皮肤松弛，头发活脱脱像栽错地方的植物似的乱蓬蓬一团，脸上到处是褐色斑痕。如此观看，他竟成了不折不扣的疲惫的老人。天才科学家也罢什么也罢，人都要衰老、死去。

"再会。"我说。

我们在黑暗中顺着绳子下到水面。我先下，下去后用电筒发出信号，女郎跟着落下。摸黑把身体泡进水里，实在有点叫人不是滋味，心灰意懒，可又容不得说三道四。我首先伸一只脚进去，接着把肩浸入。水冰凉凉的，好在水质本身似乎没什么问题。极普通的水，不像有混杂物，比重也不特殊。四周如井底一般阒无声息，空气也好水也好黑暗也好，全都凝然不动，唯有我们激起的水声极为夸张地在暗中回响，仿佛一头巨大的水生动物在咀嚼什么猎物。下水后，我才想起把请博士治疗伤痛的事忘得一干二净了。

"这里大概不至于有那带爪鱼游来游去吧？"我朝女郎可能在的方位询问。

"没有，"她说，"估计没有。应该只是传说。"

尽管如此，我还是担心那条庞大的鱼冷不防从水底冒出把我的脚一口咬掉，而且无论如何都无法把这个念头逐出脑海。黑暗这东西实在助长着各种各样的恐怖。

"蚂蝗也没有？"

"有没有呢？不会有的吧？"她回答。

我们依然把身体系在绳子两头。为了不浸湿东西，我们用慢速绕"塔"蛙泳一周，在背面恰好发现博士照出的电筒光束。光束宛如倾斜的灯塔一般笔直地穿透黑暗，将一处水面染成淡淡的黄色。

"一直朝那边游就可以了。"她说。也就是说，使自己同水面上的手电筒光并为一列即可。

我游在前头，她随后跟着。我的手的划水之声同她的手的划水之声交相起伏。两人不时停下回头张望，以确认方向，调整路线。

"注意别让东西沾水。"女郎边游边提醒我，"弄湿干扰器可就不能使用了。"

"放心！"我说。

不过说实话，我必须付出很大努力才能保证东西不湿。一切都笼罩在黑暗之中，哪里有水面都无从判断，有时甚至自己的手在何处都浑然不知。游着游着，我想起俄耳甫斯为赴死亡之国而必须渡过的那条冥界的河流。世上有数不胜数林林总总的宗教和神话，但围绕人死所想到的基本千篇一律。俄耳甫斯乘船渡过暗河，我则头顶包裹蛙泳而渡。在这个意义上，古希腊人比我潇洒得多。伤口令人担忧，担忧也于事无补。所幸大概由于紧张的关系，没有觉得怎么痛，再说即使缝口裂开也不至于断送性命。

"你真的没生祖父的气？"女郎问。由于黑暗和奇特的反响，我全然搞不清她在哪里离我多远。

"不知道，自己也不知道！"我朝她可能在的方向吼道。就连自己的声音也似乎来自莫名其妙的方向。"听你祖父叙说的时间里，我觉得怎么都无所谓了。"

"怎么都无所谓？"

"既不是了不起的人生，又不是了不起的大脑。"

"可你刚才还说对自己的人生感到满足呀！"

"玩弄词句而已。"我说，"任何军队都要有一面战旗。"

女郎思考了一会儿我话中的含义。这时间里我们只管默默游泳。像死本身一般深重的沉默支配着这地下湖面。那鱼在什么地方呢？我开始相信，那条怪模怪样的带爪鱼肯定就在某处。莫非在水底静静酣睡不成？还是在其他洞窟里往来游动呢？抑或嗅到我们的气息而正在朝同一方向游来呢？想到鱼爪抓住我脚时的感触，不禁打了个寒战。哪怕不久的将来我将死掉或消失，我也必须免使自己葬身鱼腹——至少不在这般凄惨的地方。既然终有一死，还是想在自己熟悉的阳光下死去。尽管两臂已被冷水弄得沉甸甸的软弱无力，但我依然奋力向前划动。

"你真是个顶好不过的人。"女郎道。语声里听不出半点疲劳，如同进浴池时那样朗然明快。

"很少人这样认为。"我说。

"我这样认为。"

我边游边回头。博士射出的手电筒光已被我远远抛在后头，但手仍未触到所要到达的岸壁。为什么这么远呢？我有些厌战了。若是如此之远，也该交待一声才是道理，那样我也好相应地下定决心。鱼的动向如何呢？还没有觉察到我的存在吗？

"不是我为祖父辩护，"女郎说，"祖父并无恶意，只是一旦执着起来，就无暇顾及周围的事物了。就这件事来说，原本也是出于好心，是打算赶在'组织'对你胡乱下手之前尽可能弄明白你的秘密以便挽救你。祖父也在以祖父的方式为协助'组织'做人体实验而感到羞愧，那是错误的。"

我继续游泳。事到如今，承认错误也为时已晚。

"所以请你原谅祖父。"

"我原谅也好不原谅也好，反正跟你祖父都没有关系，我敢肯定。"我回答，"可是你祖父为什么将那个项目半途而废呢？既然感到自己难辞其咎，本应该在'组织'里边继续研究下去以避免出现更多的牺牲品，不对吗？就算再讨厌在大组织里工作，毕竟其研究所及，人一个接一个都死了嘛！"

"祖父变得不再相信'组织'这种存在了。"女郎说，"他说无论计算士的'组织'还是符号士的'工厂'，不外乎同一人的左右手。"

"何以见得？"

"就是说'组织'也罢'工厂'也罢，所干之事在技术上几乎是同样的。"

"那是技术上，目的则截然不同：我们保护情报，符号士盗窃情报。"

"不过，"女郎说，"假如'组织'和'工厂'是由一人之手操纵的呢？就是说左手偷东西右手来保卫。"

我一边摸黑游泳，一边反复思索女郎的话。此事固然难以置信，但也并非绝无可能。不错，我是在为"组织"工作，但若问我"组织"内部结构如何，我实在一无所知。因为"组织"过于庞大，而且采取秘密主义来控制内部情报，我们只是接受上头的指令将其逐一消化完毕的渺小存在。至于上头的所作所为，我这样的小喽啰完全蒙在鼓里。

"如果你说得不错，真是桩大发横财的买卖。"我说，"通过唆使双方竞争，使价格无限上涨，只要让二者势均力敌相持下去，就不必担心跌价。"

"祖父在'组织'里进行研究的过程中就觉察出了这点。说千道万，'组织'不过是把国家拉进来的私营企业罢了。私企的目的就是追求利润，为了利润什么都干得出来。'组织'对外挂的是保护情报所有权的招牌，无非装潢门面。祖父预测：要是自己继续研究下去，事态恐怕将变得更加不可收拾。如果让可以随便改造乃至改变大脑这项技术发展下去，整个世界和人类势必混乱不堪，必须适可而止才行。然而'组织'和'工厂'全无这个念头，所以祖父才退出了研究项目。是很对不起你和其他计算士，但研究不能再进行下去了，否则往下还会有许多人成为牺牲品。"

"有一点想问问，你从头到尾了解整个过程是吧？"

"嗯，了解的。"女郎略一迟疑后如实相告。

"那为什么不一开始就全盘告诉我呢？那样我就大可不必特意跑来这种鬼地方，又可节省时间。"

"因为想让你面见祖父从而正确了解情况。"她说，"况且即使我告诉了你，你也肯定不会相信的吧？"

"有可能。"的确，就算有人风风火火地告诉我什么第三线路什么不死之类，我也怎么都不会信以为真。

此后游了不一会儿，手尖突然触及硬物。由于正想着问题，脑袋一时转不过弯，不知硬物意味着什么，但马上恍然大悟：是岩壁！我们总算游完了地下湖。

"到了！"我说。

女郎也来到身旁确认岩壁。回首望去，手电筒光如一颗小星在黑暗中微微闪烁。我们顺着那光线往右移动了十多米。

"大约是这里了。"女郎说，"水面往上约五十厘米的地方应该有个洞。"

"不会淹到水下去么？"

"不会。水面总这个样子，不上不下。原因倒不晓得，反正就是这样，保持五十厘米不变。"

我们在注意不使东西"噼里啪啦"落下的状态下从头顶的包裹里取出小手电筒，一只手搭在岩壁凹陷处维持身体平衡，另一只手往五十厘米高的上边照了照。岩石在耀眼的黄色光照中显现出来。眼睛等了好久才适应光亮。

"好像没有什么洞啊！"我说。

"再往右移移看。"

我把手电筒在头上照着沿岩壁移动，还是没有发现。

"真是右边不成？"我问。

一旦停止游泳在水中静止不动，便觉得冰凉彻骨，阵阵生寒，浑身上下的关节都仿佛冻僵似的难以活动，嘴巴也无法开闭自如。

"没错，再往右一点。"

我簌簌发抖地继续右移，不久贴在岩壁的手碰到了感触奇特的物体。它如盾一样圆圆地隆起，整个有黑胶唱片大小。用指尖一摸，表面原来有人工雕琢过的痕迹。我用手电筒照着仔细查看。

"浮雕！"女郎说。

我已不能出声，便默默点头。浮雕图案的确同我们进入圣域时看到的那个一模一样，两条怪里怪气的带爪鱼首尾相连地搂抱着世界。这圆形浮雕浑如海面摇摇欲坠的月轮，三分之二浮在水上，三分之一潜入水中，同来时看的那个同样精雕细刻。在如此起伏不定、没有踏脚处的场所居然创作出这般精美之物，一定花费了不少时间和力气。

"这就是出口。"她说，"估计入口和出口都有这块浮雕。往上看看！"

我用手电筒依序照出上面的岩壁。岩体略微前倾，影影绰绰的看不清楚。不过终于看出了好像有什么东西。我把手电筒递给女郎，然后往上攀登。

浮雕上面恰好有可以搭手的槽。我使出所有力气提起发硬的身体，脚蹬在浮雕上，而后伸右手抓住岩石棱角，把身体往上一提，脑袋探出岩壁之上。那里果然开有一个洞口。黑乎乎看不真切，但可感觉出微风的流动。风很凉，带有类似檐廊底下发出的恼人气味，不过这点是清楚的：反正有洞在此。我将双臂搭于岩角，把身体撑到上面。

"有洞！"我忍住伤痛朝下面叫道。

"得救啦！"

我接过手电筒，抓住她的手把她拉上来。我们并坐在洞口，任凭全身抖了好一阵子。衬衣和裤子早已水淋淋地湿透了，冷得像进了电冰箱，仿佛刚刚游过一个巨大的冰镇酒杯。

我们从头上卸下包裹解开，换上衬衣。我把毛衣让给女郎，将湿漉漉的衬衣和外衣一扔了之。下半身依然湿着，但也无可奈何，没有带备用长裤和内裤。

她校正夜鬼干扰器的时间里，我把手电筒光交替闪灭了几下，通知"塔"上的博士我们已平安到达洞口。那孤零零地浮现

356

在黑暗中的小小的黄色光点也随之闪灭两三下消失了。于是世界再度恢复了彻头彻尾的黑暗，恢复了无的世界——距离也罢厚度也罢深度也罢全都无从知晓。

"走吧！"女郎说。

我按下手表的显示灯觑一眼时间：七点十八分。电视台正在一齐播放早间新闻，地面上的人们正在边吃早餐边把天气预报、头痛药广告以及对美出口汽车问题的进展情况塞入睡意犹存的脑袋。谁也不会知道我已摸索着在地下迷宫中整整奔波了一夜，不知道我在冰水中游泳不知道我被蚂蝗饱饱地吮吸了一顿不知道我在忍受腹部伤口的疼痛，不知道我的现实世界即将在二十八小时四十二分以内告终。电视新闻节目根本不会报道这种事。

洞穴比这以前我们通过的窄小得多，只能爬似的弓腰前进，而且忽上忽下忽左忽右如内脏一般弯弯曲曲。也有的像竖井，必须直下直上。又有的浑似游乐场的过山车轨道一般兜着复杂的圆圈。恐怕这并非夜鬼们挖掘而成，而是自然侵蚀作用的结果。夜鬼们即使再诡谲莫测，也断不至于不厌其烦地如此操办。

走了三十分钟，换了夜鬼干扰器。之后又走了十来分钟，蜿蜒曲折的通道突然终止，来到一处高挺宽敞的场所，这儿寂静幽暗，如旧楼的门厅，荡漾着发霉的气息。通道呈丁字形左右伸开，徐缓的风从右向左流去。女郎用大号手电筒交互照了照左右两条路，路笔直地分别融入前面的黑暗。

"往哪边走好呢？"我问。

"右边。"她说，"作为方向是右边，风也从右边吹来的。祖父说过，这一带是千驮谷。往右拐大约通往神宫球场。"

我头脑中浮现出地面的情景。如果她说得不错，那么这上边该有两家面食店、河出书房和 Victor Studio。我常去的理发店也在这附近，那里我已去了十年。

"这附近有我常去的理发店。"我说。

"是吗？"女郎显得兴味索然。

我觉得，赶在世界完蛋之前去一次理发店理理发倒也不坏。反正二十四个小时也干不成什么像样的事情，顶多洗个澡，换件干爽清洁的衣服，去一趟理发店。

"小心，"她说，"眼看接近夜鬼巢穴了，都听到声音了，怪味也嗅到了，紧贴着我，别离开！"

我侧耳倾听，又抽了抽鼻子，但觉察不出有什么动静和气味。"唏唏嘘"的声响倒若有所闻，但无从辨别清楚。

"那些家伙知道我们走近不成？"

"那还用说，"女郎道，"这里是夜鬼的领地嘛！没有它们不知道的。而且都很恼火——因为我们穿过它们的圣域并向其巢穴逼近。说不定会抓住我们给点厉害看看，千万别离开我哟！哪怕离开一点点，它们都会伸出胳膊把你拖到什么地方去的。"

我们把连着两个人的绳子缩得很短，保持五十厘米左右的距离。

"注意，这边的壁没有了。"女郎用尖声说道，用手电筒照着左侧。

如她所说，左侧的壁不知何时无影无踪了，而代之以浓黑浓黑的空间。光线如箭一般穿透黑幕，消失在前方更浓重的黑暗里。这黑暗宛似喘息的活物一般在不停地蠕动，黑得是那般令人毛骨悚然，犹如稠稠的果冻。

"听见了？"她问。

"听见了。"

现在我也可以真切地听见夜鬼的声音了。不过准确说来，那较之声音更近乎耳鸣。是穿过黑暗如钻头一般直刺耳鼓的无数飞蛾的呻吟。呻吟声在洞壁之间剧烈地回响，以奇异的角度旋转着钻进我的耳鼓。我恨不得当即扔开手电筒，蹲在地面用双手死死捂住耳朵。似乎全身上下所有的神经都在遭受仇恨的锉刀的折磨。

这种仇恨不同于迄今为止我体验过的任何一种仇恨。它们的仇恨如地狱之穴刮出的疾风一般试图将我们一举摧毁，毁得粉身碎骨。我感到将地下的黑暗一点点收集浓缩起来的阴暗念头和在失去光和眼睛的世界里被扭曲污染的时间河流正聚成巨大的块体，劈头盖脑地朝我们压来。我还从不知道仇恨居然有如此的重力。

"不要停步！"她朝我耳朵吼道。声音干巴巴的，但不发颤。

经她如此一吼，我才意识到自己已止住了脚步。

她使劲一拉系在两人腰间的绳子，说："不能停，停下就完了，就要被拖到黑处去。"

然而我的脚还是没动。它们的仇恨将我的双脚牢牢固定在地面。我觉得时间正朝着触目惊心的太古记忆倒流，自己则无处可去。

黑暗中她狠狠打了我一个嘴巴，一瞬间使我耳朵都聋了。

"右边！"我听到她在大声吼叫，"右边，迈右脚，右边！笨蛋！"

我好不容易向前抬起簌簌发抖的右脚，同时觉察出它们的声音里混杂着一丝失望。

"左边！"

在她吼叫之下，我迈出左脚。

"对了，就是这样，就这样一步步往前移动。不要紧？"

我答说不要紧。其实自己也搞不清说没说出声来。我所知道的，只是夜鬼像女郎警告的那样力图把我们拖入更浓郁的黑暗，为此它们把恐惧通过我们的耳朵潜入体内，首先把脚固定，再慢慢拉到手里。

一旦起步，这回我不由得涌起一股大步快跑的强烈冲动，恨不能马上逃离这个险境。

女郎似乎看出了我的心情，伸手紧紧握住我的手腕。

"照着脚下，"她说，"背贴墙，一步步横走，明白？"

"明白。"

"千万别往上照。"

"为什么？"

"夜鬼就在那里，就在头顶。"她窃窃私语似的说，"绝对不能看夜鬼，看见就再也别想迈步了。"

我们在手电筒光下确认着落脚处，一步步横走。不时掠过脸颊的冷风送来一股死鱼般的令人作呕的气味，每次我都要屏住呼吸，恍惚进入巨鱼那内脏溢出蛆虫蠕动的腹腔。夜鬼的声音仍响个不停。声音很令人不快，仿佛从不该出声的地方勉强挤压出来似的。我的耳鼓依然敞着被钻开的洞，口中酸臭的唾液连连涌出。

但我还是机械地横迈脚步，全神贯注地交替移动左脚和右脚。女郎有时向我说句什么，可惜我的耳朵听不确切。我猜想，恐怕只要我还活着，就无法把它们的声音从记忆中抹除。它们的声音不知何时将再度连同黑暗朝我袭来，并且迟早会用黏糊糊的手牢牢抓住我的脚腕。

我已弄不清进入这噩梦般的世界后过了多长时间。她手中的夜鬼干扰器上，表示还在运作的小绿灯依旧亮着，时间应当不会很久，但我还是觉得有两三个小时了。

不一会儿，我突然感到空气的流势遽然一变。腐臭减弱，耳朵里的压力如潮水般退去，声响也有变化。觉察到时，夜鬼的声音也已变成遥远的海啸。最险恶的地段已经穿过！女郎把手电筒往上照去，光亮重新照出岩顶。我们靠着岩壁，深深吁了口气，用指尖抹去脸上黏糊糊凉丝丝的汗水。

两人都久久缄口不语。夜鬼遥远的声音也很快消失，沉寂再次笼罩四周。唯有某处水滴落地的低微声响在传向虚幻之中。

"它们恨什么恨得那么厉害呢？"我问。

"恨光明世界和住在那里的我们。"

"很难相信符号士会同它们一个鼻孔出气，即便有利可图的话。"

她没有回答，只是猛地攥紧我的手腕。

"嗳，可知道我现在想什么？"

"不知道。"我说。

"我想，要是我也能跟你一起去那个你即将去的世界该有多妙啊！"

"抛弃这个世界？"

"嗯，是的。"她说，"这世界没什么意思。在你的意识中生活倒美好得多。"

我默默摇头。我可不愿意在自己的什么意识中生活，不愿意在任何人的意识中生活。

"反正先往前走吧。"她说，"不能总待在这里，得找到当出口用的下水道才行。现在几点？"

我按下手表上的小钮亮起表盘灯。手指仍在微微发颤，不知何时才能恢复。

"八点二十。"我说。

"该换干扰器了。"说着，女郎打开新的干扰器，将用过的切换成充电状态，随手揣进衬衫与裙子之间。如此看来，进洞后刚好过了一小时。按博士的说法，再稍走一会儿，该有一条路向左拐往绘画馆林荫路方向。到了那里，地铁就在眼皮底下。至少地铁是文明的延伸线，这样我们即可好歹脱离夜鬼之国。

走了一阵子，路果然呈直角向左拐去。估计来到了街旁银杏树的下面。初秋时节，银杏应该缀满了依然密密麻麻的绿叶。我在脑海中推出暖洋洋的太阳光线、绿茵茵的草坪气息和乍起的秋风。我真想在那里躺几小时仰望长空——去理发店理完发就直接去外苑，倒在草坪上仰望白云蓝天，然后尽情喝一通冰镇啤酒，在世界完蛋之前。

"外面是晴天？"我问走在前面的女郎。

"是不是呢？搞不清。也是没法搞清的吧？"

"没看天气预报？"

"没看。我不是整整找了一天你的住处嘛！"

我力图回想昨晚离开家门时空中有无星星，但想不起来，想得起来的只有坐在天际线上用车内音响听杜兰杜兰乐队的青年男女。根本想不出星斗的有无。想来我已有好几个月未曾抬头望过星星了，纵使三个月前星星全部撤离天空，我也肯定毫不知觉。我看的记的无非是女孩手腕上的银镯、橡胶树栽培盆里扔的冰棒之类，如此而已。想到这里，我觉得自己已送走的人生委实荒唐而空虚，不由蓦地浮起疑念：说不定我是在南斯拉夫乡下作为牧羊童而降生于世，每晚看着北斗七星长大的。天际线也罢杜兰杜兰乐队也罢银手镯也罢藏青色苏格兰呢西装也罢，一切都恍若遥远的梦境。所有种类的记忆都奇异地变得扁平扁平的，犹如被超级压力机压成一张铁板的汽车。记忆在纷纭杂陈的状态下成了一枚信用卡样的薄片，虽然从正面看去仅仅给人以稍欠自然之感，但横看则不过是几乎无意义的一条细线。里面固然压缩着我的一切，而其本身不外乎一枚塑料卡片，解读时除非插进专用装置的吞吐口，否则全然不知所云。

我想象，大概第一线路正在逐渐变薄，所以我才觉得自己的实际记忆如此扁平如此与己无关。想必意识正在离开我此时的自身远去。我的主体性卡片必将越来越薄，薄成一张纸，进而了无踪影。

我跟随在她后面一边机械地移动脚步，一边再次回想天际线上的那对男女。我自己都不明白何以对这两人如此念念不忘。总之除此之外一概无从想起。那一男一女现在干什么呢？早晨八点半他们在搞什么名堂？我完全想象不出。或许依然在床上酣然大睡，也可能乘通勤电车奔赴各自的公司。我无法判断，现实世界的动向同我的想象力已经不能协调自如。若是电视剧作家，笃定可以编出像模像样的情节：女的赴法留学期间同一法国男子结婚，婚后不久丈夫遭遇交通事故成了植物人。女的于是心力交瘁忍无可忍抛下丈夫返回东京，在比利时或瑞士大使馆工作。银手镯是结婚纪念品。这里插入冬日尼斯海岸的倒叙镜头。她总是把银手镯戴在手腕，洗澡和性交时也不例外。男方是从安田讲堂动乱中死里逃生的，像《灰烬与钻石》中的主人公那样经常戴一副太阳镜。他是电视台正走红的节目主持人，做梦总是梦到催泪弹，妻子五年前割腕自杀了。此处再次出现倒叙镜头。总之这部电视剧倒叙镜头纷至沓来。每当他看到女方左腕上晃动的手镯，便不由想起妻子那被血染红的割开的手腕，因此他请求女方把银手镯换到右手腕。

"不嘛，"女方说，"我只戴在左腕上。"

其实可以像《卡萨布兰卡》那样出现一个钢琴手，嗜酒如命的钢琴手。钢琴上面总是放一杯只加柠檬片的纯杜松子酒。此君是两人共同的朋友，知道两人的秘密，原本是才华横溢的爵士乐钢琴手，可惜被酒精搞垮了身体。

想到这里，到底觉得傻气，就此打住。这样的情节同现实毫无关联，可是若问究竟何为现实，头脑却更加乱成一团。现实如塞满大纸箱的砂料一样滞重，且无头绪可言。我甚至好几个月都没看见星星了。

"好像忍无可忍了。"我说。

"对什么？"她问。

"对黑暗、腐臭、夜鬼，一切一切，湿裤子和肚皮上的伤口也算在内。连外面什么天气都不晓得。今天星期几？"

"马上就到，"女郎说，"马上就过去。"

"脑袋里乱糟糟的。"我说，"别的事偏偏记不起来，想什么就想到歪道上去。"

"想什么呢？"

"近藤正臣、中野良子和山崎努。"

"忘掉好了！"她说，"什么也别想，再坚持一会儿就让你离开这里出去。"

于是我决定什么也不再想。而这样一来，又觉得裤子冰冷冷地裹着大腿，以致浑身发冷，腹伤又开始木木地作痛。奇怪的是，尽管身上如此冷不可耐，却感觉不出有必要小便。此前最后一次小便是什么时候来着？我上下左右搜遍所有的记忆，结果一无所获。想不起曾什么时候小便。

起码进入地下后一次也没有小便。之前呢？之前我开汽车来着。吃汉堡，看天际线上的一男一女。再往前呢？再往前我睡觉来着，胖女郎赶来把我叫醒。那时小便了吧？可能没有。女郎像往皮包里塞东西似的将我打醒领出。连小便工夫都没有。再再往前？再再往前发生什么我已记不确切。去找医生了，大概。医生为我缝合肚皮。但已忘了医生是何模样，总之是医生无疑。是身穿白大褂的医生在我阴毛偏上一点的部位缝合伤口。那前后我小便了没有呢？

不知道。

也许没有吧？假如那前后果真小便了，我该清楚地记得小便时伤口的疼痛程度才合乎道理。既然没记得，那么我肯定未曾小便。如此说来，我已有好长时间没有小便。几个小时？

一考虑起时间，头脑便又乱成了天明前的鸡舍。十二小时？二十八小时？三十二小时？我的小便到底何处去了？那期间我喝了啤酒，喝了可乐，喝了威士忌——那么多水分跑去哪里了呢？

不不，我被割开肚皮去医院或许是前天的事，而昨天则似乎是截然与此不同的另外一天。可昨天是怎样的日子呢？我却又如坠五里云雾。所谓昨天，不过是模模糊糊的一个时间集合体罢了，其形状同吸足水分膨胀起来的巨大洋葱毫无二致。哪里有什么，哪里会一摁就出来什么，统统捉摸不定。

形形色色的事件犹如旋转木马一般忽儿拉近忽儿离远。那两个歹徒划破我肚皮到底发生在什么时候呢？黎明时分我在超级商场的酒吧里一人独坐——是在这之前还是之后呢？我什么时候小便的呢？还有，我何苦对小便一事如此耿耿于怀呢？

"有啦！"说着，女郎回过头一把拉住我的臂肘，"下水道！出口！"

我把小便的事从脑海里赶走，看着她手电筒照出的一方岩壁。只见那里开有一个垃圾滑槽样的四方洞口，大小仅可容一人勉强通过。

"可这不是下水道呀！"我说。

"下水道在这里边。这是直通下水道的洞。喏，有泥腥味！"

我把脸探进洞口使劲抽了几下鼻子，果然有熟悉的泥腥味。在地底迷宫转来转去转到最后，甚至对这泥腥味都产生了一种久别重逢的亲昵感，同时感到有明显的风从里边吹出。稍顷，地面有节奏地微微发颤，洞穴深处传来地铁电车驶过钢轨的声音。声音持续十至十五秒后，如关水龙头那样渐细渐微以至消失。毫无疑问，这是出口。

"总算像是到了。"说罢，女郎在我脖子上吻了一口。"什么心情？"

"别问这个，"我说，"说不大清。"

她率先一头扎进洞口。等她柔软的臀部消失在洞中，我随后进入。洞穴很窄，笔直地向前伸展。我的手电筒只能照出她的臀部和腿肚子，那腿肚子使我联想起珠滑玉润的中国蔬菜。裙子早已湿透，像无依无靠的孩子一样紧紧贴着她的大腿。

"喂，没事儿吗？"她吼道。

"没事儿。"我也吼了一声。

"地上有鞋。"

"什么鞋？"

"黑色男皮鞋，单只。"

不一会儿我也找到了。鞋很旧，后跟已经磨歪，鞋尖沾的泥已经发白变硬。

"这地方怎么会有鞋呢？"

"这——说不明白。或许是被夜鬼抓到的人掉在这里的吧。"

"有可能。"我说。

因为没有别的东西可看，我便边走边观察她的裙子下摆。裙子不时卷到大腿往上的地方，闪出没有沾泥的白生生胖乎乎的肌肤。用过去的说法，就是束腰金属搭扣的部位。过去长筒袜上端边缘同束腰之间是有一道露出肌肤的间隙的。那还是内裤和长筒袜合二为一以前的物品。

　　一来二去，她那白色肌肤使我想起很久以前——吉米·亨德里克斯、奶油乐队、甲壳虫乐队以及奥蒂斯·雷丁那个时代的事。我打起口哨，吹了皮特与戈登《I Go To Pieces》的开头几小节。很不错的歌，甘美凄婉，比什么杜兰杜兰乐队强似百倍。不过也许因为我年纪大了才有如此感受，毕竟是二十年前流行的东西。二十年前又有谁能预见内裤长筒袜会合二为一呢？

　　"干吗吹口哨啊？"她吼道。

　　"不知道，想吹罢了。"我回答。

　　"什么歌？"

　　我告以标题。

　　"不晓得。那种歌！"

　　"你出生以前流行的嘛。"

　　"内容怎样？"

　　"身体土崩瓦解七零八落。"

　　"为什么用口哨吹这个？"

　　我想了想，想不出所以然。兴之所至而已。

　　"不知道。"我说。

　　我正想着其他歌曲，两人来到了下水道。说是下水道，其实不过是普普通通的粗水泥管，直径约一米半，底部流淌着深约两厘米的水，水以外的地方长有滑溜溜的青苔样的东西。前方几次传来地铁电车通过的声音，声音现在已清晰得近乎嘈杂，甚至可以窥见隐隐约约的黄色光亮。

　　"下水道为什么同地铁相连？"我问。

　　"准确说来，这不是下水道，"她说，"而是这一带集中流进地铁路沟的地下水。只是结果上由于渗入了生活废水，水也就脏了。现在几点？"

　　"九点三十五。"我告诉她。

女郎从裙子里抽出夜鬼干扰器，按下开关，把刚才用的换掉。

"好了，马上就到。不过也别马虎大意，这地铁也是夜鬼的势力范围。刚才看见鞋了吧？"

"看见了。"

"吓一跳？"

"差不多。"

我们沿着水泥管内的水流前进，胶鞋底溅起的水声回响在周围，如舔舌头的"吧唧"声。与此同时，电车声不时由远而近由近而远。有生以来我还是第一次对地铁行车声感到如此欢欣鼓舞，听起来像生命本身一样生机勃勃吵吵嚷嚷，充满了绚丽的光彩。各种各样的人挤上车去，一边看书看报一边奔赴各自的岗位。我想起车中悬吊的五颜六色的广告，以及车门上方的行车路线图。路线图上，银座线总是以黄色表示，至于何以用黄色我却不得而知，反正必是黄色无疑，所以每逢想起银座线便想到黄色。

到出口所花时间不多。出口处横着铁栅栏，已被破坏得刚好可容一人出入。混凝土被凿个深坑，铁条拔得一根不剩。这显然系夜鬼所为，但这次——唯有这次——我不能不感谢它们。倘若铁栅栏原封未动，我们便只能眼巴巴地看着外面徒呼奈何。

圆形出口外面，可以望到信号灯和工具箱样的四方木箱。隔在轨道与轨道之间的颜色发黑的水泥立柱如桩子一般等距排列开去。立柱上的灯盏迷迷濛濛地照着地铁坑道，但在我眼里，那光线却格外耀眼炫目。由于长时间潜入无光的地下，眼睛已完全习惯了黑暗。

"在这等一等，让眼睛习惯光亮。"女郎说，"这种光亮，等上十分或十五分钟就会习惯的。习惯了就往前走几步，然后再等

368

眼睛习惯更强的光亮。否则就会双目失明。这时间有电车通过也绝对不能看，懂了？"

"懂了。"

她挽住我的胳膊，让我坐在水泥地干燥的地方，自己也贴在我身旁坐下，双手像支撑身体似的抓住我右臂肘略微偏上的部位。

听到电车声越来越近，我们低头朝下紧紧闭起眼睛。黄色光亮在脸皮外一晃一晃闪烁不已，须臾伴随着震耳欲聋的轰隆声消失了。眼睛晃得涌出好几颗大大的泪珠，我用衬衫袖口擦了一把脸颊。

"不要紧，很快就适应的。"女郎说。她的眼睛也流出了泪水，泪水顺颊而下。"再过三四趟车就可以了，眼睛就习惯了，我们就可走到车站近旁。那时夜鬼即使再凶也无法靠前，而我们则可走上地面。"

"上次也有同样感觉。"我说。

"在地铁里走来着？"

"哪里，不是指那个。我说的是光，光晃得眼睛流泪。"

"谁都不例外。"

"不尽然，跟这不是一回事。那属于特殊的眼睛，特殊的光，而且非常寒冷。我的眼睛和刚才同样由于长时间习惯于黑暗而见不得光线。眼睛极其特殊。"

"其他的能想起来？"

"只这么多，只能想起这么多。"

"定是记忆倒流。"女郎说。

她靠在我身上，我的胳膊能感觉出她乳房的丰满。由于仍穿着湿裤子，我已经全身凉透，唯独贴住她乳房的部位暖融融的。

"这就要上地面了，你有什么打算——去哪里？想干什么？

想见谁？"说着，她看了看表。"还有二十五小时五十分钟。"

"回家洗澡，换衣服，也可能去一次理发店。"我回答。

"时间还有剩。"

"往下的事到时候再想。"

"我也一道去你家可好？"女郎问，"我也想洗个澡换衣服。"

"没关系。"

第二列电车从青山 丁目方向开来，我们脸朝下闭起双目。光依然闪闪炫目，但眼泪已没那么多了。

"头发还没长得非去理发店不可。"女郎用手电筒照着我脑袋说，"而且你肯定适合留长发。"

"长发早留腻了。"

"反正还没长到必须去理发店的地步。上次什么时候去的？"

"不清楚。"我说。实在记不起上次去理发店的时间了。连昨天什么时候小便都稀里糊涂，何况几周前的事。简直同古代史无异。

"你那里可有适合我身体尺寸的衣服？"

"有没有呢？大概没有。"

"算了算了，总有办法可想。"她说，"你用床？"

"用床？"

"就是说是否找女孩子同床。"

"啊，这事还没想。"我说，"恐怕不至于。"

"那，我睡在上面可以？想睡一觉再赶回祖父那里。"

"那倒无所谓。问题是我的房间很可能有符号士或'组织'杀来。毕竟我最近好像突然成了风云人物，加上门又锁不上。"

"哪里顾得上那么多！"

也许真的顾不上，我想。每人顾及的对象各不相同。

从涩谷方向驶来的第三列电车从我们眼前疾驶而过。我闭目合眼在脑袋里慢慢数点。数到十四时，电车最后一节车厢掠过。眼睛已几乎不再痛了。这样，走上地面的第一阶段总算得以完成，再也不会被夜鬼抓去吊在井里，再也不会被那巨鱼咬碎嚼烂。

"好了！"说罢，女郎放开我的胳膊站起身，"该动身啦。"

我点头立起，跟在她后面迈下路轨，朝青山一丁目走去。

世界尽头
——坑

早晨醒来，觉得森林中发生的一切都恍若梦境。但又不可能是梦，那部古旧的手风琴宛如一头衰弱的小动物一般楚楚可怜地蜷缩在桌上。一切都实有其事：利用地底吹来的风旋转的扇片也罢，满脸不幸神情的年轻管理员也罢，五花八门的乐器藏品也罢。

然而我的头脑里一直鸣响着另一种非现实的声音，是一种似乎一个劲儿把某种东西刺入我的脑袋的声音。声音无休无止地把一种扁平之物刺进头内。头并不痛。头极其正常。只是非现实而已。

我在床上环视房间，没有发现有什么特别之处。天花板、方壁、略微变形的地板、窗帘，全都一如昨日。有桌子，桌上有手风琴。墙上挂有大衣和围巾，手套从大衣袋里探出。

接着，我小心翼翼地试着动了动自己的身体，所有部位都活动自如，眼睛也不痛。无任何可疑之处。

尽管如此，那扁平的声音依然在脑袋里响个不停。声音很不规则，是混合的，几种同质声响交织在一起。我力图弄清这声音来自何处，但无论怎样侧耳谛听都辨不出方向。声音仿佛发自自己的脑袋。

为慎重起见，我下床往外观望。这时我才明白声音的起因：窗口下面的空地上，三位老人正在用锹挖一个很大的坑，声音即是锹尖啃咬冰冻的地面时发出来的。由于空气紧绷绷的，声音奇异地颤抖着，以致弄得我莫名其妙。各种各样的怪事接踵而来，神经多少有些亢奋，而这也可能是其原因之一。

时针已指向近十点。这种时候睡觉还是第一次。大校为什么没叫醒我呢？除我发烧之时，他一天不少地九点钟将我叫醒，把装有两人分量早餐的托盘端进房间。

直到十点半，大校仍未出现。无奈，我自己去下面厨房领了面包饮料，拿回房间独自吃了，也许因为长时间都是两人共进早餐，自己吃起来总觉得索然无味。我只吃了一半面包，其余留给独角兽，然后围着大衣坐在床上，等待炉火烘暖房间。

果不其然，昨天神话般的温煦一夜之间便尽皆逝去，房间里一如往日地充满着滞重阴冷的空气。周围景致已彻底恢复了冬日本来的面目，挟雪的阴云铺天盖地地低垂在北大山和南面荒野之间。

窗前空地上，四位老人仍在挖坑不止。

四人？

刚才看时好像仅有三人，是三位老人在挥锹挖坑，而现在成了四人，想必中途加进了一人。这也不足为奇，官舍里老人多得数不胜数。四位老人分别在四个位置不声不响地挖着脚下的坑。时而掠过的冷风猛然掀起老人们薄薄的外衣底襟，但老人们看上去全然不以为意，双颊红红的一下接一下用锹触着地面。甚至有人出汗脱去了外衣，外衣浑如秋蝉的空壳挂在树枝上随风摇摆。

房间烘暖后，我坐在椅子上拿起桌上的手风琴，试着慢慢伸缩蛇腹管。带回自己房间一看，发现比在森林里看时的印象要精致得多。琴键和蛇腹管尽管已完全变旧褪色，但木琴盘的涂漆一处也未剥落，周边细腻的云卷式花纹也完好无损，与其说是乐器，莫如说更像一件美术工艺品。蛇腹管的伸缩固然有些僵硬，但还不至于影响使用，想必是经年累月放在那里无人触动的缘故。至于它以前曾被何人弹奏过，经过怎样的途径到达那里，我无法得知，一切都是谜团。

不仅是装饰面，就乐器性能而言这手风琴也相当考究。首先是小巧玲珑，折叠起来完全可以整个装入大衣口袋，可又并未因此而牺牲乐器性能，大凡手风琴应具有的它都有。

我伸缩了好几次。熟悉蛇腹管的伸缩状况后，依序按了按右边的琴钮，同时按了一遍左右的和音钮。等其全部发出音来，我停下手来倾听周围动静。

老人们挖坑之声仍在响个不停。四把锹尖啃咬冻土的声响汇成杂乱无章的韵律，异常真切地涌入房间。风时而吹响窗扇，窗外残雪点点的斜坡触目可见。我不知道手风琴声是否传至老人们的耳畔，大概不至于，一来声小，二来逆风。

拉手风琴已是很久以前的事了，而且是新键盘式的，因此好半天才得以熟悉这老式结构和按钮的序列。由于小巧玲珑，按钮也小，且间距极近，妇女或小孩倒也罢了，而男人的大手要弹奏自如远非易事，更何况还要一边注意旋律一边有效地控制好蛇腹管。

尽管如此，一两个小时过后，我终于能够随机应变地准确弹奏出几个简单的和弦了。不过，旋律却横竖浮现不出。我翻来覆去按动琴钮，力图回想起类似旋律的声音，结果想起的仍然只是毫无意义的音阶的罗列，无法把我带入音乐境界。时而也有几个音的偶然组合使我蓦然为之动念，可惜即刻就被空气吞噬得无影无踪了。

我觉得，自己所以搜刮不出任何旋律，恐怕也同老人们的锹声不无关系。当然不是唯一的原因，不过他们发出的声响妨碍我集中精神也是事实。锹音那样清晰地声声入耳，以致我竟开始恍惚觉得老人们大概是在我的脑袋里挖坑。他们挖得起劲，我脑袋里的空白也在一点点扩大。

时近中午，风势愈发凶猛，并夹杂着雪粒。雪粒打在玻璃窗上，发出"噼里啪啦"干巴巴的声响，而后变得冰一般坚硬的小白粒落在窗棂上不规则地排开，稍顷被风吹走。虽不是能积留下来的雪，但不久恐怕就将变成潮乎乎软绵绵的雪团，向来如此，随后大地将再度银装素裹。硬雪粒一般都是大雪来临的前奏。

然而老人们仍在继续挖坑，看样子根本没把雪放在心上，甚至根本就不晓得雪从天降。谁也不望天，谁也不停手，谁也不开口，挂在树枝上的衣服仍在原先位置任凭狂风猛吹。

老人已增至六位，后加进的两人使用的是丁字镐和手推车。拿丁字镐的老人跳入坑内刨开硬邦邦的地面，推手推车的老人用锹把掘出坑外的土铲进车内，推往斜坡卸下。坑已挖到齐腰深。风声再大也已无法消除他的挥锹抡镐的声响。

我打消回忆歌曲的念头，将手风琴放在桌上，去窗边观看了一会儿老人们的作业。作业现场似乎没有指挥模样的角色，大家平等地劳作，没有人指手画脚发号施令。手持丁字镐的老人卓有成效地摧毁冻土，四位老人用锹铲土到坑外，另外一人默不作声地推车把土运往山坡。

如此静静观望挖坑的时间里，我开始产生几个疑问。其一，作为垃圾坑未免过大，无需那么大；其二，眼看就要下雪。也许用于其他什么目的也未可知。不管怎样，雪无疑要被吹入坑内，明天一早恐怕坑就会被埋得了无痕迹，而这点老人一看云势即当了然于心，持续飘落的雪已封到了北大山的腰部，山腰依稀莫辨。

如此思来想去，终究不能明白老人们作业的意义何在，便折回炉前在椅子上坐下，不思不想地怅怅看着通红的煤块火苗。我想，自己恐怕再也记不起歌曲了，乐器有没有都是一回事。纵使音发得再好，若不成曲也终不过是音的罗列，桌面上的手风琴也终不过是精美的物体而已。我似乎理解了发电站那位管理员所说的话。他说：没有必要出声，光看就足以叫人动心。我闭目合眼，继续倾听雪打窗扇的声音。

中午，老人们终于停止作业返回了官舍，地面剩下的只有随手扔开的锹和丁字镐。

我在窗前椅子上坐下，望着空无人影的坑。望着望着，隔壁大校来敲我房间的门。他依旧身穿那件厚大衣，带檐的工作帽拉得很低，大衣和帽子都厚厚落了一层白色雪粒。

"看样子今晚会有相当厚的积雪。"他说，"午饭拿过来？"

"那当然好。"我说。

十分钟后，他双手端锅返回，放在炉子上，然后像甲壳动物随着季节更迭而脱壳那样慎之又慎地逐一脱去帽子、大衣和手套，最后用手指捋着纵横交错的白发，坐在椅子上叹了口气。

"对不起，没能来吃早饭。"老人道，"一大早就有事非做不可，没工夫吃饭。"

"该不会是挖坑吧？"

"挖坑？啊，你指的是那个坑吧。那不是我的工作，尽管我不讨厌挖坑。"说着，大校"哧哧"笑了起来，"在镇里做事来着。"

等锅温热，他把里面的食物分在两个盘里放在桌上。加了面的炖菜。他一边吹气，一边津津有味地吃着。

"那坑到底干什么用的？"我问大校。

"不干什么用。"老人把勺子送进嘴里，"他们是为挖坑而挖坑。在这个意义上，可谓极其纯粹的坑。"

"费解啊。"

"十分简单，他们是想挖坑才挖的，此外谈不上任何目的。"

我嚼着面包，思索这所谓纯粹的坑。

"他们经常挖坑，"老人说，"大概和我迷上国际象棋是同一道理吧。既无意义，又无归宿。但无所谓，因为谁也不需要什么意义，更不想找什么归宿。其实我们每一个人都在这里分别挖着纯粹的坑。没有目的的行为，没有进步的努力，没有方向的行走——你不认为这样很好？谁也不伤害谁，谁也不受谁伤害；谁也不追赶谁，谁也不被谁追赶。没有胜利，没有失败。"

"你说的我好像可以理解。"

老人点了几下头，把盘里最后一口炖菜倒进嘴里。

"在你眼睛里，或许这镇子的几种情况有欠自然，但对我们来说则是自然的。自然、纯粹、安详。我想总有一天你也会恍然大悟，也希望你大悟。我曾作为军人送走了漫长的岁月，这也罢了，并不后悔，毕竟自得其乐。现在还有时想起那硝烟那血腥那刀光剑影那冲锋号声，然而是什么东西驱使我们驰骋沙场却无从记起，包括什么名誉呀爱国精神呀斗志呀仇恨呀等等。可能眼下你在为心的失去而惶惶不可终日，我也惶恐不安。这没有什么不好意思的。"说到这里，大校略略顿了顿，寻觅词句似的注视着室内，"但一旦丢掉心，安详即刻来临。那是一种你从来不曾体味过的深切的安详感——这点你可不要忘记。"

我默默点头。

"对了，在镇里听到了你影子的消息。"老人用面包蘸起所剩的炖菜说道，"听说你影子相当无精打采，吃进去的几乎呕吐一空，好像已经整整卧床三天，或许将不久人世。你要是不嫌弃，就去见他一次好么？对方估计也很想见你。"

"是啊，"我装出不无迷惘的样子，"我倒无所谓，可看门人能允许见吗？"

"当然允许，影子快不行了嘛。本人有见影子的权利，这是规定得清清楚楚的。对于镇子，影子之死是一种庄严肃穆的仪式，看门人再厉害也不得阻拦，也没有阻拦的理由。"

"那么，我这就去见见。"过了一会儿，我说道。

"是啊，这就对了。"说着，老人凑到身旁拍了下我的肩膀，"趁还没有天黑积雪时去。不管怎么说，影子对人是再亲近不过的，要好好体谅他的心情，以免留下遗憾，让他死得舒畅些。或许你会难过，但终究是为你本身。"

"完全明白了。"说罢，我穿好大衣，缠上了围巾。

31

冷酷仙境
——出站口、"警察"、合成洗衣粉

　　从管道出口到青山一丁目车站没有多远的距离，我们走在地铁线路上，电车来时就躲在立柱后面等它通过。车内光景历历在目，而乘客对我们则不屑一顾。地铁乘客没有人往窗外张望，他们或看报纸，或干脆怔怔发呆。地铁无非是方便人们在都市空间移动的权宜性工具而已，任何人都不会为乘地铁而喜出望外。

　　乘客数量不很多，几乎无人站立。虽说上班高峰已经过去，但依我的记忆，上午十时后的银座线该更挤些才是。

　　"今天星期几？"我问女郎。

　　"不知道，从来不理会星期几。"女郎回答。

　　"就平日来说，乘客未免过少。"我摇了摇头，"说不定星期天。"

　　"星期天又怎么样？"

　　"也不怎么样，星期天不外乎是星期天。"我说。

　　地铁线路比预想的好走得多。坦坦荡荡，无遮无拦。没有信号，没有车辆，没有街头募捐，没有醉汉。墙上的荧光灯以适当的亮度照亮脚下，空调器保持着空气的清新，至少比地下那霉烂

气味强似百倍，无可挑剔。

最先从身旁通过的是开往银座方面的电车，其次是开往涩谷的电车疾驰而过。走到青山一丁目站旁时，从立柱背后窥视了站台情况。如果在地铁线路上行走时被站务员逮住，那可是件麻烦事，因为想不出如何解释才能使对方相信。站台最前头有一架梯子，翻越栅栏估计轻而易举，问题只在于怎样避开站务员的视线。

我们站在立柱后面，静静看着开往银座方向的电车进站台停下，开门放客，又载上新的乘客后关门。列车长下到站台，确认乘客上下情形，又上车关门，发出开车信号。电车消失后，站务员便不知去了何处。对面站台也已不见站务员的身影。

"走吧。"我说，"别跑，要装得若无其事。跑的话会招致乘客的怀疑。"

"明白。"

两人从立柱背后走出，快步走到月台的这边一头，然后装出习以为常且毫无兴致的样子爬上铁梯，跳过木栅栏。有几个乘客看见我们，露出费解的神情，想必在怀疑我们担当的角色。无论怎么看，我们都不像是地铁有关人员，满身污泥，裤子裙子湿得一塌糊涂，头发乱蓬蓬一团，眼睛被灯光晃得直流泪。如此人物当然不会被看成地铁工作人员，可究竟又有谁会乐此不疲地在这地铁线路上行走呢？

不等他们得出结论，我们已三步两步穿过站台，朝出站口走去。走到跟前才意识到没有车票。

"没票。"我说。

"就说票丢了，付钱补票可以吧？"女郎道。

我向出站口的年轻站务员说票弄丢了。

"好好找过了？"站务员说，"衣袋左一个右一个的，再找一遍试试？"

于是我们在出站口前装出把全身上下摸遍的样子。这时间里站务员不无疑惑地定定注视着我俩的装束。

还是没有。我说。

"从哪里上的？"

涩谷，我回答。

"花了多少钱，从涩谷到这里？"

"忘了，"我说，"不是一百二十元就是一百四十元。"

"记不得了？"

"想问题来着。"

"真从涩谷上的？"站务员问。

"开进这站台的不都是涩谷始发的吗？如何骗得了人！"我提出抗议。

"从那边的站台来这边也是可能的，银座线相当长嘛。比方说可以从津田沼乘东西线到日本桥，从那里换车来这里。"

"津田沼？"

"比方说。"站务员道。

"那么津田沼到这里多少钱？照付就是。这总该可以了吧？"

"从津田沼来的？"

"哪里，"我说，"根本就没去什么津田沼。"

"那为什么要照付？"

"你不是那么说的么！"

"所以我不是说打比方吗？"

此时又开来一列电车，下来二十多个乘客，通过出站口走到外面。我看着他们通过。没一个人丢票。随后我们重新开始交涉。

"那么说，从哪里付起才能使你满意？"我问。

"从你上车那里。"站务员说。

"所以不是从涩谷吗？"

"却又不记得票价。"

"忘了嘛，"我说，"你可记得麦当劳的咖啡价格？"

"没喝过什么麦当劳的咖啡，"站务员说，"纯属浪费。"

"打个比方嘛，"我说，"就是说这类琐事是很容易忘记的。"

"反正丢票的人总是往少报，全都到这边站台说是从涩谷来的，无一例外。"

"所以不是说从哪里起算都照付就是么？你看从哪里起算合适？"

"那种事我如何晓得！"

我懒得再这么无休无止地争论下去，便放下一张千元钞票，擅自走到外面。背后传来站务员的喊声，我们装作没有听见，兀自前行。在这世界即将步入尽头之际，实在懒得为这一两张地铁票挖空心思。其实追究起来，我们根本就没乘地铁。

天上在下雨，针一般的霏霏细雨将地面和树木淋得湿漉漉的，想必从夜里便一直在下。下雨使我心绪多少有些黯然。对我来说，今天是宝贵的最后一天。不希望下什么雨，最好一两天万里无云，而后像Ｊ·Ｇ·巴拉德小说中描写的那样连降一个月倾盆大雨，反正已不关我事。我只想躺在灿烂阳光照耀下的草坪上听着音乐痛饮冰凉冰凉的啤酒，此外别无他求。

然而事与愿违，雨不像有止息的迹象。仿佛包了好几层塑料包装纸的色调模糊的阴云把天空遮掩得密密实实，雨不间断地从中泻下。我想买份晨报看看天气预报，但买报必须走到地铁出站口附近，而一到出站口势必又要同站务员重开那场徒劳无益的论战。于是我只好放弃买报的打算。一天刚开头就这样不顺心。连今天星期几都无从判断。

人们撑伞而行，不撑伞的唯独我们两人。我们站在大楼的檐下，像观看古希腊卫城遗址似的茫然注视着街景。雨中的十字路口，五颜六色的车辆熙来攘往。无论如何我也无法想象在这下面有个广大而离奇的夜鬼世界。

"幸好下雨。"女郎说。

"好在哪里？"

"要是晴天，肯定晃得我们好久都不敢走上地面。下雨好吧？"

"倒也是。"

"往下怎么办？"女郎问。

"先喝点热东西，再回家洗澡。"

我们走进附近一家超市，在门口处的三明治店要了两份玉米浓汤和一个火腿鸡蛋三明治。柜台里的女孩见我们这副狼狈相，起初像是相当惊愕，旋即若无其事地用职业性口气应对下来。

"浓汤两份火腿鸡蛋三明治一个。"女郎道。

"一模一样。"我说。接着问，"今天星期几？"

"星期日。"对方回答。

"瞧，"我对胖女郎说，"猜得不错。"

汤和三明治上来之前，我翻阅邻座丢下的《体育日本》来消磨时间。尽管看体育报也解决不了什么，但总比什么也不看好些。报纸日期为十月二日星期日。体育报上没有天气预报，不过赛马专版报道的雨情相当详细：傍晚可能雨停，好在并不影响最后一场的赛马，而这一场的竞争恐怕相当激烈。神宫球场上进行的是棒球比赛，养乐多燕子队对中日龙队的最后一场，结果养乐多燕子队以二比六败北。谁都不晓得神宫球场的正下方即是夜鬼庞大的巢穴。

女郎说她想看最上面的那版,我便分下来递过去。她想看的似乎是那篇《喝精液是否有助于皮肤美容》,其下面是篇小说类的东西:《关入笼子被强奸的我》。我无法想象如何强奸关入笼子的女士。想必自有其行之有效的手段,但不管怎样,肯定很费操办,我可做不来。

"喂,喜欢给人喝精液?"女郎问我。

"怎么都无所谓。"我回答。

"可这里是这样写的:'一般来说,男子喜欢在被爱抚时由女性吞下精液,由此确认自己被女性所接受。此乃一种仪式,一种承认。'"

"不大明白。"我说。

"可让人喝过?"

"记不得了,大概没有。"

她"唔"了一声,继续看那篇东西。

我则阅读中央联盟击溃太平洋联盟的前后经过。

汤和三明治端了上来。我们喝着汤,把三明治一掰两半,于是吐司、火腿和蛋清蛋黄味儿荡漾开来。我用纸巾擦去嘴角沾的面包屑和蛋黄,再次喟然长叹,长得仿佛把全身所有的叹息都汇成了这一声,如此深长的喟叹整个一生里都不会出现几次。

走出店门,拦了辆出租车。由于浑身脏污,等了好些时间才碰上一辆肯停下来的。司机是个留长发的小伙子,副驾驶席上放一台组合音响式的大型收录机,里面淌出"警察乐队"的歌声。我大声告以去处,然后深深缩进座席。

"喂,怎么脏成这样?"司机对着后望镜问道。

"在雨中抓打起来了。"女郎回答。

"嗬,厉害厉害。"司机说,"不过也太狼狈了。脖子侧面红一块青一块的。"

"知道。"我说。

"没关系，这个我不在乎。"司机说。

"为什么？"胖女郎问。

"我只拉看上去喜欢听流行歌曲的年轻人，哪怕脏点也无所谓，只听这个就足够开心的了。喜欢警察乐队？"

"差不多。"我适当应和一句。

"公司不让放这种歌，要我用收音机放电台的音乐节目。开哪家的玩笑！什么 Matchy（近藤真彦）啦松田圣子啦，谁听那无聊玩意儿！警察乐队才叫绝！听一天都听不厌。雷鬼也蛮好。你看呢，雷鬼如何？"

"不坏。"我说。

警察乐队磁带转罢，司机给我们听鲍勃·马利的现场版。仪表板上堆满了盒式磁带。我早已筋疲力尽，加之又冷又困，全身活像要散架似的，谈不上欣赏音乐。但不管怎样，能让坐他的车已算是谢天谢地了。我从后面木然望着司机一边手扶方向盘一边用肩头打着拍子。

开到我住处门前停下，我付罢车费下车，给了一张千元小费："买磁带好了。"

"太高兴了！"司机说，"能再次碰到一起？"

"是啊！"

"不过，你不认为再过十年十五年世上大多数出租车都会大放流行歌曲？你不觉得那样很好？"

"是很好。"我说。

但我想那是不可能的。吉姆·莫里森死了十多年了，我还从未碰上哪辆出租车放着大门乐队的音乐赶路。世间有变化的有不变化的，不变化的永远一成不变，出租车上的音乐便是其中之一。

出租车收音机播放的永远是歌曲节目或粗俗的脱口秀或棒球赛转播之类。商店扩音器传出的是雷蒙·勒斐夫（Raymond Lefevre）管弦乐团，啤酒屋放的是波尔卡舞曲，年末商业街上听到的是投机者乐队的圣诞歌。

我们乘电梯上楼。房间的门本应依然处于合叶脱尽的状态，不料不知何人已将门整个嵌入门框，乍看似乎门关得好好的。谁干的不晓得，肯定花了不少时间和气力。我像克罗马努人①打开洞窟盖子那样卸掉不锈钢门，把女郎让入室内，又从里面把门移过来，以免房间里的光景给人看见，而后自欺欺人地扣上防盗链。

房间收拾得整整齐齐。一瞬间我甚至怀疑昨天那狼狈场面是自己的错觉。原先所有四脚朝天的家具全部各就各位，一片狼藉的食品被清除干净，打碎的瓶罐和餐具的残片了无踪影，书和唱片返回书架，衣服被收进立柜，厨房卫生间卧室也已被擦洗得闪闪发光，地板不见半点垃圾。

不过仔细检查的话，仍可随处发现遗痕。打烂的显像管如时间隧道一样赫然开着空洞；电冰箱呜呼哀哉，里边空空如也；四分五裂的衣服已被统统扔掉，剩下的仅能装满一小皮箱；餐橱里仅存几个盘子和玻璃杯；挂钟停了；没有一件电器运转正常。显然，有人把不堪再用的东西挑出处理掉了，房间因而给人以神清气爽之感，宽宽敞敞，别无多余之物，甚至必不可少的东西想必都不止缺少一种。然而我又有些茫然，弄不清对于现在的我到底何为必不可少之物。

我去卫生间打开燃气热水器，确认未被坏之后，开始往浴缸里放水。香皂剃须刀牙刷毛巾洗发水基本剩在那里，淋浴没有

---

① Cro-Magnon，欧洲的史前人种。

问题，浴巾也在。卫生间应当有许多物品不翼而飞，但我想不起失去的是什么，一件也想不起。

我往浴缸放水和巡视房间的时间里，胖女郎躺在床上看巴尔扎克的《农民》。

"法国也有水獭，嗯？"她说。

"有的吧。"

"现在也有？"

"不晓得。"我回答。那种事我哪里晓得。

我坐在厨房椅子上，动脑思索究竟何人为我收拾了这形同垃圾场的房间。是有人出于某种目的富有耐性地彻头彻尾拾掇了房间，或许是那两个符号士，也可能是"组织"里的人。我无法想象他们所思所为依据的是何基准，但不管怎样，我都得感谢谜一样的对方把房间整理得如此整洁漂亮。回到这样的房间的确令人心情舒畅。

水放满后，我让女郎先洗。女郎在书里夹上一枚书签下床，在厨房里三下两下脱去衣服。脱得十分潇洒自然，我不由坐在床沿怔怔地看着她的裸体。她的体形很妙，既像孩子又像大人。浑身都是白白嫩嫩的肉，俨然普通人的身体上上下下涂了一层果冻，而且胖得十分匀称，不注意会险些忘记她长得胖这一事实。胳膊大腿脖颈腰部都膨胀得赏心悦目，如鲸鱼一般珠滑玉润。较之身体，乳房并不很大，紧绷绷地隆起。臀部也丰满得恰到好处。

"我的身体不坏吧？"女郎从厨房问我。

"不坏。"

"让肉长到这个程度是件很辛苦的事。要吃很多很多饭，还得吃蛋糕啦油炸的东西啦等等。"

我默然点头。她洗澡时，我脱去衬衫和湿裤子，换上剩下的衣服，倒在床上思忖下一步怎么办。时间已近十一点半，剩余时间仅有二十四小时多一点点。必须好好筹划一番才行，绝不能让人生的最后二十四小时稀里糊涂地过去。

外面仍在下雨，静静的细细的雨，几乎分辨不出。若窗前没有雨滴顺檐滴下，甚至下没下雨都无从知晓。汽车不时从窗下驶过，传来溅起路面薄薄积水的声响。也可听到几个小孩招呼谁的声音。女郎在卫生间里哼着听不清旋律的小曲，大概是她自己创作的。

躺到床上不久，睡意汹涌袭来。但不能就势睡去，一睡必是几个小时，什么也做不成。

但若问不睡干什么，自己也全然不知干什么好。我取下床头灯伞上的橡胶圈，摆弄了一会儿又放了回去。反正不能待在房里不动，闷在这里一无所得。要去外面做点什么，至于做什么走到外面再作打算不迟。

想来，人生仅剩二十四个小时这点颇有点妙不可言。该干的事原本堆积如山，实际上却一个也想不起来。我又取下台灯伞的橡胶圈，用手指来回旋转。蓦地，我想起超级商场墙壁上贴的法兰克福旅游宣传画：有河，河上有桥，河面浮着天鹅。地方似乎不坏。去法兰克福终此一生倒也十分可取。问题是二十四小时以内不大可能赶到，即使可能也要被塞在飞机座位上十几个小时，不得不吃下机上那索然无味的食品，况且亲眼目睹时又未必有画上的那么好看。看来无论如何只能如此心灰意冷地结束此生了，无可回避。既然这样，也就无需计划旅行。旅行太费时间，而且大多不如预想的那般开心惬意。

结果我能想得起来的，只有同女孩一起美美地吃上一顿喝上一通，此外没有任何感兴趣的事。我翻开手册，找到图书馆电话号码，拨动转盘，唤来负责参考文献的那个女孩。

"喂喂。"女孩招呼道。

"最近有关独角兽的书,实在谢谢了。"我说。

"哪里哪里,应该谢谢你的招待才是。"

"如果方便的话,今晚再吃一顿如何?"我放出引线。

"吃一顿?"她重复道,"今晚有研究会呀!"

"研究会?"我也复述一遍。

"关于河流污染的研究会。噢,例如合成洗衣粉造成鱼类灭绝等等,就研究这个。今晚轮到我报告研究成果。"

"倒像很实用的研究。"我说。

"嗯,那当然。所以如果可能,吃饭的事最好改到明天,好么?明天星期一,图书馆休息,尽可慢慢来。"

"明天下午我已不在。电话中说不清楚,总之我要远离一段时间。"

"远离?旅行不成?"她问。

"算是吧。"

"对不起,等一下。"

女孩似在接待来参考文献室商谈什么的人。从听筒里不难感觉出周日图书馆大厅的光景:一个小女孩大嚷大叫,父亲则好言劝慰。电脑键盘声也传来了。看来世界安然无恙。人们在图书馆借书,站务员向无票乘车者投以火眼金睛,赛马场的马在雨中飞奔。

"关于民房拆迁的资料,"女孩解答对方提问的语声清晰可闻,"F5 号书架上有三册,请到那边看看。"

接着又听得对方就此说了什么。

"抱歉抱歉,"女孩返回拿起听筒,"OK,好了,研究会就算啦。肯定得给大家说三道四。"

"对不起。"

"没什么。反正这一带河里鱼已死绝,我的研究成果迟一周报告也无所谓。"

"也许是那样。"我说。

"在你那里吃?"

"不不,我的房间报废了。电冰箱一命呜呼,餐具也几乎荡然无存。做不成饭菜。"

"知道。"她说。

"知道?"

"嗯,不是收拾得很整齐吗?"

"你收拾的?"

"当然。不行么?今早上班顺路前去送另一本书,发现门掉了,里面乱七八糟,就打扫了一下,上班倒是晚了点儿。也算是对你招待的回报吧。帮倒忙了?"

"哪里哪里,"我说,"实在求之不得。"

"那,傍晚六点十分左右能来图书馆门前接我?只有星期日是六点闭馆。"

"好的。"我说,"谢谢。"

"不客气。"说罢,女孩放下电话。

我正在寻找吃饭时穿的衣服,胖女郎从卫生间出来了。我把毛巾和浴巾递给她。女郎接过后却不动,在我面前伫立片刻。洗过的头发紧紧贴着额头和脸颊,尖尖的耳朵从中直挺挺地竖起,耳垂上仍戴着金耳环。

"总是戴着金耳环洗澡?"我问。

"那自然。上次不是说过么?"女郎答道,"绝对掉不下来,别担心。喜欢这耳环?"

"是不错。"我说。

卫生间里晾着她的内衣、裙子和衬衫。粉红色胸罩粉红色内裤粉红色裙子粉红色衬衫。泡在浴缸里一瞧见这些物件，两个太阳穴便一剜一剜地作痛。我本来就不喜欢什么内衣长筒袜晾在卫生间里。原因说不上来，反正就是不喜欢。

我三下五除二洗了头发，洗了身体，刷了牙，刮了须。而后走出卫生间拿浴巾擦干身体，穿上裤头和长裤。尽管鲁莽的行动接二连三，但腹部伤痛却比昨天轻了许多，洗澡前我甚至想不起还有伤口在身。胖女郎坐在床上，一面用吹风机吹头发一面继续看巴尔扎克。窗外细雨依然，没有止息的迹象。如此目睹卫生间晾着内衣、床上坐着女孩用吹风机吹发看书、外面细雨飘零的时间里，我恍若回到了几年前的婚姻生活。

"不用吹风机？"女郎问。

"不用。"

吹风机还是妻子离家出走时留下的。我头发短，用不着吹风。

我坐在她身旁，背靠床头闭起眼睛。一闭眼，黑暗中便有各种颜色时闪时灭。回想起来，我足有好几天没像样睡过觉了，每次躺下都有人来把我叫醒，以致现在一合眼皮，睡意顿时急不可耐地将自己拖进深重的黑暗，犹如夜鬼之手企图把我拉入暗处。

我睁开眼睛，双手搓脸。由于时隔好久才洗脸刮须，皮肤紧如鼓面，搓脸简直像在搓别人的脸，被蚂蟥叮过的地方火辣辣地痛。想必两条蚂蟥没少吸我的血。

"嗳，"女郎把书放在一边，"真的不想让人喝精液？"

"现在不想。"

"没那个情绪？"

"嗯。"

"不想同我睡觉？"

"现在不想。"

"嫌我胖?"

"哪里,"我说,"你的身子十分诱人。"

"那干嘛不想睡?"

"不明白。"我说,"原因我不明白。总觉得现在不该同你睡。"

"是出于道德上的原因?还是因为违背你的生活伦理?"

"生活伦理。"我重复一句。这四个字眼很是不同凡响。我眼望天花板思索了一会儿。

"不,不是,不是那么回事。"我说,"两码事。可能近乎本能或直觉吧,或者同我的记忆倒流有关,很难解释清楚。其实我现在极想同你睡觉,但有什么从中作梗,说眼下不到时候。"

女郎胳膊支在枕头上凝视我的脸。

"不是说谎?"

"这方面是不说谎的。"

"真那样想?"

"那样感觉。"

"可有证据?"

"证据?"我愕然反问。

"就是说可有什么东西能让我相信你想同我睡觉?"

"已经勃起。"我说。

"看一眼!"

我略一迟疑,终归还是脱掉裤子亮相。我实在筋疲力尽,无心继续争辩,况且我已不久人世,即使向十七岁女孩出示勃起的健全的阴茎,我也不认为会发展成为重大社会问题。

"唔。"女郎看着我说,"可以摸摸?"

"不行。"我说,"作为证据总可以了吧?"

"也罢,算啦!"

我提起裤子。外面传来重型卡车从窗下缓缓驰过的声响。

"什么时候返回你祖父那里?"我试着问。

"睡一会儿,等衣服干了就走。"女郎说,"水要到傍晚才能消,消了才好再经地铁返回。"

"这种天气晾衣服,得等到明天才能干。"

"真的?"她说,"那如何是好?"

"附近有家自动洗衣店,去那里烘干就是。"

"可我没出门的衣服啊!"

我歪头想了想,但想不出好办法,看来只好由我跑去自动洗衣店把她的衣服扔进烘干机了。我走进卫生间,将她的湿衣服塞入汉莎航空公司的塑料袋,然后从剩下的衣服中挑出橄榄绿卡其裤和蓝色扣下领衬衫穿了,鞋穿的是褐色乐福平底鞋。这么着,剩给我的宝贵时间的几分之一便将在自动洗衣店那寒伧的电镀椅上毫无价值地消耗掉了。时间已指向十二点十七分。

世界尽头
——垂死的影子

打开看门人小屋，看门人正在后门口劈柴。

"看样子要下大雪喽，"看门人手持斧头说道，"今早死了四头，明天估计死得更多。今冬冷得特殊。"

我摘下手套，走到炉前烤手。看门人把劈得细细的木条捆起搬进仓库，关好后门把斧头放回墙根，而后来到我身旁同样烤手。

"看来往后一段时间我得一个人烧独角兽的尸体了。那些家伙活着的时候倒没少给我乐趣。不过也没办法，毕竟是我的工作嘛。"

"影子的情况相当不妙？"

"不能说是很妙。"看门人在肩头上一圈圈地摇晃着脖子说，"不大理想，三天卧床不起了。我当然打算尽我的努力照料，可寿命这东西是谁也奈何不得的，人能办到的事有限。"

"可以见影子么？"

"啊，可以，当然可以，只是仅限三十分钟，三十分钟后我得去烧独角兽。"

我点下头。

看门人从墙上摘下钥匙串，打开通往影子广场的铁门，在我前头快步穿过广场，打开影子小屋让我进去。小屋里空空荡荡，一件家具也没有，地上铺着冰冷冷的砖块。寒风从窗缝里吹进来，空气仿佛都要冻僵了似的。简直同冷库无异。

"这怪不得我，"看门人自我辩解似的说，"不是我故意把影子塞进这种地方的。让影子住这里是早已有之的规定，我不过照章办事罢了。你的影子还算幸运，糟糕的时候甚至两三个影子一起住在这里。"

反正说什么也无济于事，我便默默点头。我是不应该把影子丢在这种地方不理不管的。

"影子在下面。"他说，"往下去，下面多少暖和些，只是有点臭味。"

看门人走到墙角，拉开潮乎乎的黑木拉门。里面没有楼梯，仅有架简易梯子。看门人自己先爬下几格，然后招手让我跟下。我拍掉大衣上的雪，跟他下去。

一进地下室，粪便味首先扑鼻而来。由于没窗，臭气全都憋在里面。地下室大小如贮物室，床就占了三分之一，彻底消瘦下去的影子脸朝我这边躺在床上，床下可以瞥见陶瓷马桶。有一张东摇西晃的旧木桌，桌上点着一支已燃烧多时的蜡烛，此外见不到一个灯盏或暖气片。地面就是泥地，满屋子潮湿的寒气，几乎冷入骨髓。影子把毛毯一直拉到耳根，用毫无生气的眼睛一动不动地朝上看着我。老人说得不错，怕是活不长久了。

"我这就走了。"看门人大概受不了臭气，"往下你们两个聊吧，聊什么都行，影子已没有力气同你合为一体了。"

看门人消失后，影子注意了一会儿动静，招手把我叫到枕旁，低声道："麻烦你看一下看门人是不是站着偷听，好么？"

　　我点头爬上梯子，开门观望外面的情形，确认没有任何人影，然后返回。

　　"谁也没有。"我说。

　　"有话跟你说。"影子开口道，"其实我并没有你看到的那么衰弱，不过是为了蒙混看门人而演的一场戏。身体相当虚弱固然不是假象，但呕吐卧床纯属逢场作戏。站起来走路完全不成问题。"

　　"为了逃走吧？"

　　"那还用说！要不然何苦这么折腾。我已经赚了三天时间，三天内要逃出才行，三天后我可能真的再也站不起来。地下室的空气对身体非常有害，冷得要命，骨头都像吃不消。外面天气怎么样？"

　　"下雪。"我仍然双手插在大衣袋里说，"入夜会变得更冷。这次寒流恐怕非比一般。"

　　"一下雪独角兽就死很多。"影子说，"一死很多看门人的工作量就增大，我们就趁此时逃离这里，趁那家伙在苹果林里烧独角兽的时候。你摘下墙上挂的钥匙串开门，两人一起逃。"

　　"从城门？"

　　"城门不行。门外上着锁，再说逃出去也免不了当即给看门人逮住。围墙也没办法，高得只有鸟飞得过。"

　　"那么从哪里逃呢？"

　　"交给我好了。计划已经周密得不能再周密了，毕竟充分收集了有关这镇子的情报。你的地图我差点看出来，从看门人那里也了解了许多情况。那家伙以为我不会逃走，不厌其烦地讲了镇上的事情。幸亏你麻痹了那家伙的警惕性。时间倒比起初预想的花得多，不过计划本身一帆风顺。看门人说得不错，我是没了同你合为一体的力气，但跑去外面即可恢复如初，那时再同我合成一个人。如果成功，我就可以不在这种地方送命，你也能使记忆失而复得，恢复原来的你自身。"

我一声不响地盯视着蜡烛的火苗。

"怎么样，到底？"影子问。

"所谓原来的自身究竟又是什么呢？"

"喂喂，怎么搞的，你总不至于还在执迷不悟吧？"

"是执迷不悟，真的执迷不悟。"我说，"首先我想不起原来的自身是怎么回事。那个世界果真值得我回去，那个自身果真值得我恢复不成？"

影子刚要开口，被我扬手制止了。

"等等，让我说完。对过去的自身我已经忘得一干二净，现在的自身已经开始对这镇子产生了一种类似眷恋的感情。一来倾心于在图书馆认识的女孩，二来大校也是个好人。冬天诚然冷不可耐，而其他季节则风景十分迷人。在这里，大家互不伤害，相安无事。生活虽说简朴，但并不缺什么，而且人人平等。没有人飞短流长，更不争夺什么。劳动倒是劳动，但都觉得乐在其中。那是纯粹为了劳动的劳动，不受制于人，不勉强自己，也不羡慕他人。没有忧伤，没有烦恼。"

"也不存在金钱、财产、地位，既无诉讼，又无医院。"影子补充道，"而且不必担心年老，无需惧怕死亡，对吧？"

我点头道："你怎么看？我到底又有什么理由非离开镇子不可呢？"

"是啊。"说着，影子从毛巾毯里拿出手，用指头揉了揉干巴巴的嘴唇，"你说得很有些道理。假如存在那样的世界，那便是真正的世外桃源。我没有任何理由反对。只要你喜欢，你怎么做都行，我也可以心安理得地死在此处了。问题是，有几件事你忽视了，而且事关重大。"

影子开始不住声地咳嗽。我等着他平息下来。

"上次见面，我就说这镇子是不自然不正常的，并且不自然不正常得自成一统。刚才你说的是它的一统性和完全性，所以我要说它的不自然性和不正常性。注意听着：首先，世上是不存在完全性的——尽管它是一个中心命题——如同理论上不存在永动机一样，这点上次已经说过。熵总是不断增大，而镇子究竟将其排往何处呢？的确，这里的人们——看门人另当别论——谁也不伤害谁，谁也不怨恨谁，谁都清心寡欲。大家自我满足，和平共处。你知道这是为什么？因为不具有心这个东西。"

"这点我也是清楚的。"我说。

"镇子的完全性建立在心的丧失这一基础上。只有使心丧失，才能将各自的存在纳入被无限延长的时间之中。也惟其如此，人才不会衰老，不会死亡。第一步就是将影子这个自我的母体剥离开来，等待他死去。一旦影子死了，往下便没有太大问题了，只消把每天生出的类似心的薄膜样的东西汲出即可。"

"汲出？"

"这点一会儿再说。首先是心的问题。你说这镇子上没有争夺没有怨恨没有欲望，这固然可钦可佩，若有力气，我也想为之鼓掌。可是，没有争夺没有怨恨没有欲望，无非等于说也就没有相反的东西，那便是快乐、幸福和爱情。正因为有绝望有幻灭有哀怨，才有喜悦可言。没有绝望的终极幸福是根本不存在的。这也就是我所说的自然。其次当然还有爱情这个问题。你提到的那个图书馆女孩也不例外。你或许真心爱她，但那种心情是没有归宿的，因为她已经没有心了。没有心的人不过是行走的幻影，将这幻影搞到手到底又有什么意义呢？莫非你在追求那种永恒的生不成？你自身也想沦为幻影不成？我如果死在这里，你也势必与他们为伍，永远别想离开这座镇子。"

令人窒息般的冰冷的沉默久久笼罩着地下室。影子又咳了几声。

"可我不能把她丢在这里不管。无论她是什么，我都爱她需要她。我不能违背我的心。若现在逃走，事后必然后悔。而一旦离开，就不可能重新返回了。"

"罢了罢了，"影子欠起身靠在床头，"说服你看来要花不少时间。我们是旧交，我完全知道你这人相当顽固不化，但也没想到事到如此紧急关头还缠上这等伤脑筋的琐事。你到底打算怎么办？你我再加上女孩三人逃离这里却是不可能的，没有影子的人无法在外面生活。"

"这个我完全清楚。"我说，"我是说你一个人逃离这里如何？我来帮忙。"

"不，你还是不大明白。"影子头靠墙壁说道，"如果我独自离开而你一个人留在这里，你势必陷入绝望的境地，这点看门人已经告诉我了。影子这东西无论是谁都必定死在这里。即使跑到外面的影子临死时也要返回这里而死。不死在这里的影子，即使死了也只能是不完全的死。就是说，你必须永远带着心活下去，而且是在森林里。森林里居住的都是未能彻底抹杀影子的人们。你将被赶去那里，永远带着各种各样的念头在森林里彷徨。森林知道吗？"

我点点头。

"但你不能把她领进森林，"影子继续道，"因为她是完全的。也就是说她已没心。完全的人住在镇上，而不能住森林。所以你将孤身一人。既然这样，留下来又有什么意思呢？"

"人们的心都去哪里了？"

"你不是在读梦么？"影子不无惊讶地问，"读梦为什么还不知道？"

"反正不知道。"我说。

"那么我教给你：心已经由独角兽带出墙外。这也就是汲出一词的含义。独角兽吸收、回收人们的心，带往外面的世界，及至冬日来临，便将那样的自我贮存在体内死去。杀死它们的既非冬天的寒冷也不是食物的匮乏，而是镇子强加于它们身上的自我的重量。等春天一到，便有小独角兽降生。出生的小独角兽同死去的大独角兽数量相等，而小独角兽长大之后，又同样背负着人们被清扫出去的自我走向死亡，这便是完全性的代价。这种完全性到底有什么意义？难道就是把一切推到弱小者身上加以保存不成？"

我缄口不语，只管注视着鞋尖。

"独角兽一死，看门人便切下头骨，"影子继续说，"因为头骨中精确地镌刻着自我。头骨被处理干净之后，埋入地下一年，等其能量平稳下来便送进图书馆的书库，通过读梦人的手释放到大气中。所谓读梦人——就是指你——是影子尚未死掉的新来镇子的人所担任的角色。读梦人读出的自我融入大气消失得无影无踪。这就是所谓'古梦'。总之一句话，你的作用就像电的地线。我说的意思你可明白？"

"明白。"我说。

"影子一死，读梦人便不再读梦，而同镇子打成一片。镇子便是如此在十全十美的环境中永远运转不止。把不完全的部分强加给不完全的存在，然后通过吮吸其经过沉淀的清液维持生命。难道你认为这是正确的？是真正的世界？是事物应有的面目？好么，你要从弱小者不完全者的角度看问题，立场要站在独角兽和森林居民一方。"

我久久凝视蜡烛的火苗，直到眼睛作痛。然后我摘下眼镜，用手背拭去溢出的泪水。

　　"明天三点钟来。"我说，"你说得对，这里不是我待的地方。"

33

冷酷仙境

——雨日洗涤、出租车、鲍勃·迪伦

正值星期日，又是雨天，四台自动烘干机塞得满满的，五颜
六色的塑料袋和购物袋挂在各自的烘干机把手上。烘干室里有三
个女子，一个是三十六七岁的主妇，另两个看样子是附近女子大
学宿舍里的女生。主妇百无聊赖地坐在电镀椅上俨然看电视似的
定定地看着旋转的洗涤物，两个女大学生则在并肩翻看《JJ》。
我进去时她们朝我这边瞟了几眼，旋即把目光收到自家洗涤物和
自家杂志上去。

我把汉莎航空公司的塑料袋置于膝头，坐在椅上排号等待。
女大学生两手别无他物，看来东西已全部投入烘干机转筒了。这
样，四台烘干机若有一台空出，便非我莫属了。估计不至于久
等，我松了口气。在这等场所眼望旋转的洗涤物消磨一个小
时——光这么一想都令人扫兴。剩给我的时间已仅有二十四
小时。

我在椅子上放松身心，茫然注视着空间中的一点。烘干室荡
漾着由衣服干燥过程中特有的气味和洗衣粉味儿混合而成的奇异
气味。身旁两个女大学生在谈论毛衣图案。两个都算不上漂亮。

乖觉的女孩断不至于星期日午后在烘干室里看什么杂志。

出乎意料，烘干机怎么也停不下来。烘干机自有烘干机的法则，"等待过程中烘干机半永久性地旋转不已"便是其一。从外面看去洗涤物已彻底烘干，然而它硬是不肯停转。

等了十五分钟，转筒还是不停。这时间里一个身段苗条的年轻女子提着一个大纸袋进来，将一大包婴儿尿布塞入洗衣机，打开洗衣粉袋撒进去，合上盖子往机器里投硬币。

我原想闭目打个瞌睡，又担心睡着时转筒停转而由后来者投入衣服，果真那样，又要白白耗费时间了，只好勉强打起精神。

我不由后悔：带本杂志来就好了。若看点什么，便不至于昏昏欲睡，时间也可转瞬即逝。不过我弄不清快速打发时间到底正确与否。对现在的我来说，大约应该慢慢受用时间才对，可问题是在这烘干室里慢慢受用时间又有何意义呢？大概只是扩大消耗而已吧？

一想到时间我就头痛。时间这一存在委实过于空洞。可是，一旦将一个个实体嵌入时间性的框架中，随后派生出来的东西究竟是时间属性还是实体属性又令人无从判断。

我不再思考时间，转而盘算离开烘干室后如何行动。首先要买衣服，买像样的衣服。裤子已无暇修复，在地下决心定做的苏格兰呢料西装也难以实现。固然遗憾，但只好放弃。裤子可用身上这条凑合，就买件休闲西服、衬衫和领带算了。另外要买件雨衣，有了它去任何地方的饭店都不在话下。购齐衣服约需一个半小时。三点之前采购结束。到六点约会时还有三小时空白。

我开始思索这三小时的用法。居然全无妙计浮上心头。睡意和疲顿干扰思路的运转，而且是在我鞭长莫及的远处干扰。

我正在一点点清理思绪，最右边那台烘干机的转筒停止了旋转。确认并非眼睛的错觉之后，我环视四周：无论主妇还是女大学生都只是朝转筒投以一瞥，她们坐着岿然不动，全无从椅子上欠起身来的意思。于是我按照烘干室的规则打开烘干机的盖子，把躺在烘干机底部的暖乎乎的洗涤物塞进挂在门把手上的购物袋，再将我这航空袋里的东西倾倒一空，然后关门投币，返回椅子。时针指在十二时五十分。

主妇和女大学生一直在背后打量着我的一举一动，继而目光落在我已放入洗涤物的烘干机转筒上，又瞥了下我的脸。我也抬起眼睛，看了看容纳我带来的衣物的转筒。根本问题在于我投入的洗涤物的数量非常之少，又清一色为女人的外衣和内衣，而且无一不是粉红色，不管怎么说都未免过于惹人注目。我烦躁得不行，便把塑料袋挂在烘干机把手上，到其他地方消磨这二十分钟。

霏霏细雨一如清晨绵绵地下个不停，仿佛在向世界暗示某种状况的出现。我打着伞在街上兜来转去。穿过幽静的住宅地段，便是商店鳞次栉比的马路。有理发店，有面包店，有冲浪器材店（我揣度不出世田谷区何以有这种商店），有香烟店，有糕点店，有录像带出租店，有洗衣店。洗衣店前一块招牌写道：雨天光顾降价一成。为什么雨天洗东西便宜呢？我无法理解。洗衣店里边，秃脑袋店主正神情抑郁地在衬衫上烫熨斗。天花板上垂着好几条粗常青藤般的熨斗拉线。店主居然亲手熨衣服——此店显然古风犹存。我对店主油然生出好感。若是这样的洗衣店，想必不会用钉书器在衬衫底襟钉上取衣编号，我很讨厌这点，所以才不把衬衫送去洗衣店。

洗衣店前有个长条凳样的木台，上面摆着几盆花，我细心看了一会儿，竟无一种花叫得出名。至于为什么叫不出花名，自己也不知其所以然。盆花一看就知道是随处可见的普通品种，我觉得若是地道的人，应该一一晓得才对。从房檐落下的雨滴拍打着盆中的黑土。凝神注视之间，不禁一阵感伤：在这世上活了整整三十五个年头，居然叫不出一种极为普通的花的名称。

仅看了一家洗衣店自己就有不少新的发现，对花名的无知即是其一，雨天洗衣便宜又是一个。几乎每天在街上行走，竟连洗衣店前有长条凳这点都视而未见。

长条凳上爬有一只蜗牛。对我来说又多了一项新发现。迄今为止我一直以为蜗牛这东西仅仅梅雨时节才有，不过仔细想来，假如蜗牛唯独梅雨时节出现，那么其他季节它又在何处做什么呢？

我把十月的蜗牛投入花盆，又放在绿叶上。蜗牛在叶片上东摇西晃地摆动了一会儿，打斜安顿下来，一动不动地环视着四周。

接着，我转回香烟店，买了一盒云雀牌长过滤嘴和一只打火机。本来烟五年前便已戒了，但在这人生最后一天吸一两盒怕也无甚害处。我在香烟店前叼上一支"云雀"，用打火机点燃。好久不吸烟了，嘴唇有一种始料未及的异物感。我慢慢吸入一口，缓缓吐出。两手指尖微微发麻，脑袋晕晕乎乎的。

往下我又去糕点店买了四块糕点，哪一个上面都带有一长串法文名称，装入盒子后竟想不出到底买了什么。法语那玩意儿一出大学校门便忘个精光。西式糕点店的店员清一色是冷杉树一般的高个子女孩，和服带子的扎法实在惨不忍睹，我还从未碰到过个高而手巧的女孩。不过我不晓得这一理论能否世间通用，仅仅是我个人的巧合也未可知。

相邻的录像带出租店是我常去之处。店主夫妇年纪同我相仿，太太长得甚为漂亮。店门口一台二十七英寸电视荧屏正在播放沃尔特·希尔的《快打旋风》（*Hard Times*）。查尔斯扮演拳击手贝尔，詹姆斯扮演其经纪人。我进去坐在沙发上，看拳击场面来打发时间。

里头的柜台内，店主太太一个人在值班。见她一副无聊的样子，我劝其吃块糕点。她挑了洋梨蛋挞。我捡了块芝士蛋糕，边吃边看查尔斯同秃脑袋大汉对打的场面。观众大多数预测大汉获胜，我因几年前看过一次，坚信查尔斯必胜无疑。吃罢糕点，开始吸烟。吸到半截，查尔斯便将对方彻底打翻在地了。看清之后，我离开了沙发。

"再慢慢看一会儿嘛！"太太劝道。

我说很想看，但洗涤物已经放进了投币式自动烘干机，不能不管。一看表，一点二十五分。烘干机早已停转。

"糟糕糟糕！"我连声叫苦。

"没关系，肯定有人好好取出收进袋子，绝对没人偷你的内衣内裤。"

"那倒是。"我颓然应道。

"下周来时，会有三部希区柯克导演的旧片子进来。"

走出录像带出租店，我沿同一路线返回烘干室。所幸里面已空无一人，只有我放的衣服躺在烘干机底部静等我的归来。四台烘干机仅有一台在转。我将衣服收进塑料袋，提回住处。

胖女郎在我床上睡得正香。或许由于睡得太实，乍看我还以为她死了过去。凑上耳朵一听，尚在微微喘息。于是我从袋里掏出衣服放在枕边，将糕点盒放在床头灯旁。如果情况允许，我真想钻到她身旁大睡一场，偏偏不能。

我去厨房喝了杯水，又蓦地想起小便。便后坐在餐椅四下环顾，但见厨房里水龙头、燃气热水器、换气扇、煤气灶、各种规格的锅和壶、电冰箱、电烤箱、餐橱、菜刀、布鲁克邦德（Brooke Bond）的大罐子、电饭锅、咖啡机等等，不一而足。"厨房"二字说起来简单，却是由各种各样的器具、物品构成

的。如此重新审视厨房之间，我从世界井然有序的构成上感到了
一种异常费解的静谧。

　　搬进这套公寓时，妻子还在。已是八年前的事了。当时我经
常坐在这餐桌旁独自看书到深夜，妻子睡觉也十分安静，以致我
往往担心她死在床上。尽管我这人并不健全，但也还是以自己的
方式爱着她。

　　回想起来，我已在这公寓里住了八年。八年前这房间里住着
我、妻子和猫。最先弃我而去的是妻，其次是猫，而今我也即将
离去。我把失去托盘的咖啡杯当作烟灰缸，吸了支烟，接着又喝
了杯水。为什么会在这种地方住八年之久呢？自己都觉得不可思
议。既非特别称心如意，房租又绝对算不上便宜。太阳过于西
晒，管理员也不和蔼可亲，况且住进之后人生并未因此而变得如
花似锦，就人口而言也是急剧下降。

　　但不管怎样，这一切都将打上句号。

　　永恒的生——我想。不死。

　　博士说我将进入不死之国。他说这个世界的完结并不意味着
死，而是新的转换。在那里我将成为我自身，重新见到业已失去
或正在失去的东西。

　　或许果真如此。不，可以说是必然如此。那位老人无所不
晓。既然他说那是不死的世界，笃定不死无疑。然而博士的话还
是一句也不能让我心悦诚服。那些话过于抽象，过于空洞。即使
是现在这样，我已十足地觉得这便是我自身，至于不死之人如何
看待自己的不死性，这个问题实在远远超出了我贫乏的想象力。
倘若有独角兽和高墙出现，我更是无法想象，恐怕还是《绿野仙
踪》略为现实一点。

　　我到底失去了什么呢？我抓耳挠腮地思索。不错，我是失去
了许许多多的东西。详细开列起来，说不定有一本大学听课笔记

那么厚。既有失去的当时不以为意而事后追悔莫及的，又有相反的情形，而且似乎仍在继续失却各种各样的人、事以及感情。象征我这一存在的大衣口袋里有一个命中注定的洞，任何针线都不能缝合。在这个意义上，纵令有人打开我房间窗扇伸进头来朝我吼道"你的人生是零"，我也无法否认，没有否认的根据。

可我又好像觉得，即使能够重新开始自己的人生，恐怕也还是要走老路。因为那——继续失去的人生——便是我自身。我除了成为我自身别无选择。哪怕有更多的人弃我而去，或我弃更多的人而去，哪怕五彩缤纷的感情出类拔萃的素质和对未来的企盼受到限制以至消失，我也只能成为我自身，岂有他哉！

更年轻的时候，我也曾设想过成为自身以外的什么的可能性，甚至以为能够在卡萨布兰卡开一间酒吧同英格丽·褒曼相识，或者现实一点——实际上现实与否另当别论——度过与我自身的自我相适相符的有益人生。为此我也进行过变革自我的训练。《绿色革命》(*The Greening of America*) 读了，《逍遥骑士》(*Easy Rider*) 也看了三遍。不料还是像船舵弯曲的小艇一样终归驶回原处。这就是我自身。我自身无处可去。我自身待在这里，总是等待着我的归来。

人们难道必须将其称之为绝望？

我不得而知。或许是绝望。屠格涅夫可能称之为幻灭，陀思妥耶夫斯基大概称为地狱，毛姆恐怕称之为现实。但无论何人如何称呼，那都是我自身。

我无法想象不死之国是何模样。在那里，也许我真的会找回失去的一切，确立崭新的自身。也许有人拍手有人祝福，也许会幸福地度过同自己相适相符的有益人生。可是不管怎样，那已是与现在的我无关的另一自身。现在的我拥有现在的我自身，这是任何人都无法撼动的历史事实。

如此思来想去，终于得出结论：恐怕还是假定自己将在二十四小时多一点之后死去较为合乎逻辑。而若以为迁往不死之国，事情难免像《巫师唐望的教诲》（*The Teaching of Don Juan*）那样虎头蛇尾。

我将死去——我决定姑且这样认为。这样远为符合我的性格。于是心情多少开朗起来。

我熄掉香烟，走进卧室看了看女郎熟睡中的脸，然后确认裤袋里是否装有我需要的一切。不过仔细一想，眼下的我已几乎不存在需要的东西。除了钱夹和信用卡，还需要什么呢？房间钥匙已无用处。不需要计算士执照，不需要手册，汽车已经扔掉，车钥匙也不需要。不需要小刀，不需要零币。我把裤袋里的零币统统掏出摊在桌上。

我先乘电车来到银座，在"保罗·斯图尔特"（Paul Stuart）买了衬衫、领带和休闲西服，用美国运通卡付了款。穿好往镜前一站，形象相当不坏。橄榄绿卡其裤的裤线快要消失这点多少不尽人意，但一切十全十美是不可能的。藏青色法兰绒休闲西服加深橙色衬衫这一搭配，赋予我好似广告公司年轻有为的职员那样的氛围，起码看不出是刚在地下往来爬行并且将在二十一小时后从世上消失之人。

摆正姿势一看，发现休闲西服的左袖比右袖短了一点五厘米。正确说来并非衣袖短，是我左臂过长。不知何以至此。我通常惯用右臂，不曾有勉强使用左臂的记忆。店员说两天内可将衣袖改好，劝我不妨一试。我当然加以拒绝。

"您打棒球什么的吧？"店员边递回信用卡边问。

我说不打什么棒球。

"大多数体育活动都会使身体变形。"店员告诉我，"对西服来说，最好避免过度运动和过量饮食。"

我道谢走出店门。看来世上充满着各种各样的法则。的的确确每步都有新的发现。

雨仍在下着，我已没心思买衣服，不再物色雨衣，便走进啤酒屋喝生啤吃生牡蛎。不知何故，啤酒屋居然在播放布鲁克纳的交响曲。听不出是第几交响曲，任何人一般都听不出布鲁克纳交响曲的编号。反正啤酒屋放布鲁克纳是头一遭。

除我以外，啤酒屋里只有两张桌子有顾客：一对年轻男女和一个戴帽子的瘦小老人。老人戴着帽子一口一口喝啤酒，年轻男女则只顾悄悄低语，啤酒几乎没动。雨天午后的啤酒屋大多如此。

我边听布鲁克纳边往五个牡蛎上挤柠檬汁，按时针转动方向依序吞进肚去。喝了不大不小一杯啤酒。啤酒屋巨大挂钟上的指针指向三点差五分，钟盘下端有两只狮子面对面站着，扭着身子对抱针芯，两只都是雄性，尾巴卷成披大衣样的形状。不一会儿，布鲁克纳长长的交响曲放完，换上拉威尔的《波莱罗舞曲》。奇特的组合。

要来第二杯啤酒后，我去厕所再次小便。小便怎么等都不结束，自己都不明白何以小便如此之多。不过反正没什么急事，任其慢慢倾泻就是。估计小便花了两分钟左右。背后接连传来"波莱罗"。一面听拉威尔的《波莱罗舞曲》一面小便颇有些不可思议，恍惚觉得将永远小便下去。

完成漫长的小便，感到自己好像彻底脱胎成了另一个人。我洗了洗手，对着变形镜照罢自家嘴脸，返回桌旁喝啤酒。想吸支烟，发现那盒"云雀"忘在了公寓厨房，便叫来男侍买了盒"七星"，讨了火柴。

在这空荡荡的啤酒屋中，时间仿佛停止了脚步。但时间实际上仍在一刻不停地移动。狮子继续相对转体一百八十度，时针已推进到三点十分的位置。我注视着钟针，臂肘支在桌上喝啤酒吸"七星"。无论怎么想，眼盯时针打发时间都毫无意义可言，但我又想不出替代的好办法。人们的大多数行动，都是以自己仍将生存下去这一点为前提的，倘若去掉这一前提，便几乎没什么可做的了。

我从衣袋里掏出钱夹，逐一清点里面的东西：万元钞五张，千元钞数张。另一侧衣袋里，二十张万元钞同回形针混在一起。除了现金，还有美国运通卡和维萨卡，另有银行现金支票两张。我把两张现金支票折为四折扔进烟灰缸，横竖已无用处。室内游泳池会员证、录像带出租店会员证和买咖啡豆时给的优惠券也同样扔了。留下驾驶证后两枚旧名片也一扔了之。烟灰缸中满满堆着我的生活的残骸。这样，最后剩下来的便只有现金、信用卡和驾驶证。

时针指到了三点半时，我欠身离座，付款出店。喝啤酒当中雨已差不多停了，便索性把伞留在伞筒内。征兆不错。雨过天晴，神清气爽。

去掉伞后，顿觉如释重负。我很想移身别处，而且最好是人头攒动的地方。我在索尼大厦那里同阿拉伯游客一起观看了一会儿一字排开的电视的画面，然后下到地铁，买了张丸之内线去新宿的车票。刚一入座，睡意立时袭来，等睁开眼睛，电车已驶进新宿站了。

走出地铁出站口时，想起了保管在行李寄存处的头骨和模糊运算完毕的数据。虽然事到如今那玩意儿已全无用场，而且没带取货凭证，但反正无所事事，遂决定将其领出。我登上车站台阶，走到行李暂存处窗口，说取货凭证弄丢了。

"仔细找过了？"男职员问。

我说找得好苦。

"什么样的？"

"带有耐克标志的蓝色运动提包。"

411

"耐克标志是什么样的？"

我借用便笺和铅笔，画出如被压得变形的弧形飞标样的耐克标志，在上边注以 NIKE 字样。男职员半信半疑地看罢，拿起便笺去货架转了一圈，片刻提着我的包折回。

"这个？"

"是的。"我说。

"可有什么能证明你的住址和姓名？"

我递过驾驶证，男子将其同提包上的标牌对比着看了看，然后摘下标牌连同圆珠笔一起放在柜台上，叫我签名。我在标牌上签了名，接过提包道声谢谢。

东西自是成功地领出来了，但这带有耐克标志的蓝色运动包怎么看都与我这身装束格格不入。不可能提着耐克运动包同女孩去吃饭，买包替换倒不失为一计，问题是只有大型旅行箱或保龄球箱那样大的东西才容得下这头骨。旅行箱太重，而若提着保龄球箱，还不如索性提这耐克包要好得多。

如此思忖之间，终于得出这样一个结论：就方法而言，恐怕还是租一辆小汽车把这包扔在后座上最为地道稳妥。这样既无提包走路的麻烦，又无需顾虑它同衣服的协调。如果可能，最好租气度不凡的欧洲车，倒不是我对欧洲车情有独钟，但毕竟是我一生中相当特殊的一天，还是相应地乘坐考究些的车为好。生来至今，除了几欲报废的"大众"或国产小型车，我还没开过别的。

我走进咖啡馆，借来按行业编排的电话号码簿，用圆珠笔在新宿站附近的四家租车代理店的号码处画上记号，依序拨动电话。哪家代理店都没有欧洲车。这种季节的星期天，一般都不会有车剩在店内，再说压根就不备有进口车。四家店中，有两家根本就没剩下冠以"乘用车"字样的车。另一家剩一辆本田思域（Civic）。最后一家各剩一辆卡利那（Carina）1800GT 双凸轮涡轮增压

（Twincam Turbo）车和 Mark Ⅱ，服务台的女子说都是新车，车内均有音响。我再懒得打电话，决定租那辆卡利那 1800GT 双凸轮涡轮增压车。其实怎么都无所谓，本来我对车也没有多大兴趣，甚至新型卡利那 1800GT 和马克Ⅱ是何样式都一无所知。

接着去唱片店买了几盒磁带，有约翰尼·马西斯（Johnny Mathis）的精选集曲、祖宾·梅塔指挥的阿诺尔德·勋伯格的《升华之夜》、肯尼·布瑞尔的《周日暴风雨》（Stormy Sunday）、艾灵顿公爵的《大家的艾灵顿》（The Popular Ellington）、特雷沃·平诺克的《勃兰登堡协奏曲》和鲍勃·迪伦的包括《像一块滚石》的磁带。这种搭配固然杂乱无章，但也只好凑合——自己也搞不清到底在卡利那 1800GT 双凸轮涡轮增压车上想听怎样的音乐。其实坐进车座后，想听的说不定是詹姆斯·泰勒，或许是维也纳华尔兹，也可能是警察乐队，或者是杜兰杜兰乐队也未可知。抑或干脆什么都不想听。总之无从预料。

我将六盒磁带放进提包，去租车代理店看了汽车，递过驾驶证签了名。较之平时常用的车，卡利那 1800GT 双凸轮涡轮增压车的驾驶席竟同宇宙飞船上的毫无二致。若坐惯这卡利那 1800GT 的人再去坐我的车，很可能以为是竖井式民居。我把鲍勃·迪伦的磁带塞进音响机，一边听《看水奔流》（Watching the River Flow），一边不慌不忙地逐一确认仪表盘上的开关。开车时按错开关可非同小可。

我正在车内逐个检查按钮，接待我的那位态度和蔼的年轻女郎离开办公室走来车旁，问我有什么不合适的地方。女郎的微笑显得冰清玉洁，楚楚可人，极像电视上演技娴熟的广告模特。牙齿莹白，口红颜色得体，双腮毫不松垂。

没什么不合适的，我说，只是检查一下以防万一。

"明白了。"说罢，她又莞尔一笑。她的笑容使我想起高中时代的一个女孩。那是个聪明爽快的女孩，听说后来同大学时代认识的一个革命活动家结了婚，生了两个孩子，而后扔下孩子离家出走，现在无人晓得去了哪里。租车代理店的女郎的微笑使我想的便是这位高中同学。有谁能预料这个喜欢 J·D·塞林格和乔治·哈里逊的十七岁女孩几年后居然为革命活动家生下两个孩子并就此下落不明呢？

"如果大家都能这样小心驾驶，我们实在太感谢了。"她说，"近来车上的电脑式操纵盘，不习惯的人很难应付自如。"

我点下头。不习惯的人并非只有我。

"求 185 的平方根，答案按这个钮可以知道？"我问。

"在下一个新车型出现之前怕是难以如愿。"她笑着说，"这是鲍勃·迪伦吧？"

"是的。"我应道。鲍勃·迪伦正在唱《肯定在第四街》(Positively 4th Street)。虽说过了二十年，好歌仍是好歌。

"鲍勃·迪伦这人，稍微注意就听得出来。"她说。

"因为口琴比史提夫·汪达吹得差？"

她笑了。逗她笑出来委实令人惬意。我还是可以逗女孩笑的。

"不是的，是声音特别。"她说，"就像小孩站在窗前凝视下雨似的。"

"说得好。"我说。的确说得好。关于鲍勃·迪伦的书我看了好几本，还从未碰到过如此恰如其分的表述。简明扼要，一语中的。我这么一说，她脸上微微泛起了红晕。

"说不好，只是这样感觉的。"

"将感觉诉诸语言是非常困难的事。"我说，"每个人都有各种各样的感觉，但很少有人能准确地表达出来。"

"很想写小说。"她说。

"一定能写出佳作。"

"多谢。"

"不过像你这样年轻的女孩喜欢听鲍勃·迪伦也真是稀罕。"

"喜欢往日的音乐。鲍勃·迪伦、甲壳虫、大门、大鸟、吉米·亨德里克斯等等。"

"很想再跟你慢慢聊一次。"我说。

她嫣然一笑，微微侧首。脑袋转得快的女孩晓得三百种回答方法，即使对于离过婚的三十五岁疲惫男人也一视同仁。我道过谢，驱车前进。鲍勃·迪伦开始唱《孟菲斯蓝调》(Menphis Blues Again)。遇见她使我的心情好了许多，卡利那1800GT双凸轮涡轮增压车到底没有白选。

仪表板上的电子表打出四点四十二分。街上失去太阳的天空正在向黄昏过渡。我以蜗牛爬行般的速度沿着拥挤不堪的道路朝自己所住方向驶去。正值周日，加上拥挤，不巧又有一辆绿色小型轿跑一头扎在载有混凝土预制块的八吨卡车的腰部，致使交通处于近乎无可救药的瘫痪状态。绿色跑车严重变形，俨然被谁不小心一屁股坐瘪了的纸壳箱。身穿黑雨衣的几名警察围在旁边，急救车正在连接跑车后面的挂钩。

花了很长时间才穿过事故现场。距会面时刻还有段时间，我便悠悠然吸着香烟，继续听鲍勃·迪伦的磁带，并思索同革命活动家结婚是怎么一回事。能把革命活动家作为一种职业来看待吗？准确说来革命当然不是职业。但既然政治可以成为职业，革命也该是其变种才是。这方面的事情我还真不好把握。

莫非下班归来的丈夫在餐桌上边喝啤酒边谈论革命的进展不成？

鲍勃·迪伦开始唱《像一块滚石》，于是我不再考虑革命，随着鲍勃·迪伦哼唱起来。我们都将年老，这同下雨一样，都是明白无误的。

34

世界尽头
——头骨

　　我看到了飞鸟。鸟紧贴着冰雪覆盖的西山坡飞去，从我的视野里消失了。

　　我一边在炉前烤手烤脚，一边喝老人泡的热茶。

　　"今天也要读梦去？瞧这光景雪要积得很深，上下坡有危险，就不能歇一天工？"老人问。

　　"今天无论如何也不能歇工。"我说。

　　老人摇头走出，一会儿不知从哪里找来一双雪地鞋。

　　"穿这个去，这样在雪路上不会滑倒。"

　　我穿上试了试，大小正相应。兆头不错。

　　时间一到，我缠上围巾，戴上手套，借老人的帽子戴好，又把手风琴折起放进大衣袋。我中意这个手风琴，好像一刻都分离不得。

　　"当心，"老人说，"眼下这时候对你至关紧要，现在出意外可就再也无可挽回了。"

　　"嗯，我懂。"

不出所料，坑里吹进了不少雪，周围已不见老人的身影，工具也收拾得整整齐齐。如此下去，明天早上坑肯定被雪埋得了无痕迹。我站在坑前久久看着吹进坑内的雪，然后离开那儿走下山坡。

雪下得很大，几米开外便模糊一片。我摘下眼镜揣进衣袋，把围巾一直缠到眼窝下，走下了斜坡。脚下雪地鞋的鞋钉发出快意的声响，林中不时传来鸟鸣。我不知鸟对雪有何感觉。独角兽们又如何呢？它们在沸沸扬扬的雪中到底思考什么呢？

到图书馆比平时提前了一个小时。女孩已生起炉子烘暖房间等着我了。她拍去我大衣上的积雪，磕掉沾在鞋钉之间的冰块。

本来昨天也同样在这里来着，可我仍对图书馆中的光景感到无比亲切。不透明的玻璃上映出的昏黄的灯光、火炉上腾起的依依温煦、热气腾腾的咖啡的香气、浸透房间每个角落的古老时间那静静的记忆、她文雅得体的举止——一切都使我有一种阔别重逢之感。我放松身体，一动不动地沉浸在这样的气氛之中。我觉得自己即将失去这静谧安然的世界。

"饭现在吃？还是稍后一会儿？"

"饭不要了，肚子不饿。"我说。

"也好。饿了随时说。来杯咖啡？"

"谢谢。麻烦你了。"

我脱掉手套，搭在炉耳上烘烤，而后坐在炉前像一根根清点手指似的烤手，同时望着女孩取下炉上的水壶往杯里倒咖啡的情景。她递给我一杯，随即独自坐在桌前喝自己的咖啡。

"外面雪下得很大，眼前都几乎看不清了。"我说。

"呃，要连下好几天呢。直到空中厚厚的云层把雪一股脑儿下完。"

417

　　我把咖啡喝了一半，端起杯子走到她对面的椅子坐下，杯子放在桌上，不声不响地看了一会儿她的脸。如此凝视之间，我不由黯然神伤，仿佛自己被吸进了什么地方。

　　"等到雪停的时候，雪肯定积得很厚，厚到你看都没看到过的程度。"

　　"不过我或许看不到了。"

　　她从杯子上抬起眼睛看着我。

　　"为什么？雪谁都能看到的嘛！"

　　"今天就不读古梦了，两个人说说话。"我说，"事情非常重要。我有很多话要说，希望你也说说。不碍事吧？"

　　她揣摩不出我想说什么，只是在桌上交叉着双手，用迷惘的眼神看着我点了下头。

　　"我的影子已奄奄一息。"我开口道，"想必你也知道，今冬冷得厉害，我想他熬不了多久，无非是时间问题。影子一死，我就将永远失去心，所以我现在必须在此决定好些事：我自身的事，你的事，和其他所有这类事情。能够用来思考的时间已所剩无几，即使能够长时间深思熟虑，得出的结论我想也是一样。结论已经得出。"

　　我喝了口咖啡，再次在头脑中确认自己得出的结论有无错处。没有错。然而无论选择哪条道路，我都将决定性地失去很多东西。

　　"我大概明天下午离开这个镇子。"我说，"从哪里如何出去我还不知道，影子会告诉我的。我和影子一道离开这里返回原来的世界，在那里生活。我将像从前那样拖着影子，在喜怒哀乐当中年老体衰，直至死去。也许那个世界适合于我，我想。我将在心的操纵支配下生存。这点你可能不会理解……"

　　女孩目不转睛地注视着我的脸——那样子与其说是注视，莫如说是窥看我的脸所在的空间。

"你不喜欢这镇子？"

"你一开始就说过，假如我来此是为了寻找安宁，那肯定正中下怀。我的确中意这里的静谧与安详。而且我也知道，要是我彻底失去了心，这种静谧与安详就会变得十全十美。镇子上不存在任何使人痛苦的东西。也许我将因失去这镇子而抱憾终生。尽管如此，我还是不能在这里裹足不前，因为我的心不允许我以牺牲自己的影子和独角兽为代价留在这里。无论我得到怎样的安详平稳，我都不能欺骗自己的心，纵使那样的心在近期内将完全消失。那又是另外一回事。东西一旦受损，即便彻底消失也仍将永远处于破损状态。我说的意思你可明白？"

她沉默良久，凝神注视自己的手指。杯中的咖啡已不再有热气腾起。房间中一切都静止不动。

"一去不复返了？"

我点点头："一旦离开，就永远回不来这里，这点确切无疑。就算我想回来，城门怕也不会敞开。"

"这样你也可以的？"

"失去你是非常难过的事。但是我爱你，这种心理状态是难能可贵的，我不愿意在不惜使之扭曲变形的情况下得到你。与其那样，还不如趁有心之时失去你，这总还可以忍受。"

房间再度陷入沉默，唯独煤块的毕剥声在不无夸张地回荡着。炉旁挂着我的大衣、围巾、帽子和手套，每一件都是这镇子给我的，虽说质朴无华，但都沁有我的心。

"我也设想过只让影子逃走而我独自留下。"我对女孩说，"问题是这样一来，我势必被赶到森林里去，再也无法同你相见，因为你不能住在森林里。能住在森林里的只限于影子尚未全部消除而体内仍有心存留之人。我有心，你没有，因此你甚至追求我都不可能。"

她悄然摇头道:"不错,我是没心。母亲有过,我没有。母亲由于有心剩下来而被赶进了森林。我还没对你说过,母亲被赶进森林时的情景我记得清清楚楚,如今有时还想:如果我有心,恐怕会永远同母亲在森林里相依为命。而且,如果有心,我也可以正常地追求你。"

"即使被赶进了森林,你还是认为有心的好?"

她出神地盯着在桌面上攥起的手指,随后把手指松开。

"记得母亲说过,只要有心,去什么地方都一无所失。可是真的?"

"不知道,"我说,"我不知道是否果真那样。不过你母亲是那样相信的吧?问题是你相信与否。"

"我想我可以相信。"她紧紧盯住我的眼睛说。

"相信?"我愕然反问,"这个你能够相信?"

"或许。"

"喂,好好想想,这点至关重要。"我说,"你能够相信什么——无论是什么——这点显然是心的作用,懂么?假定你相信什么,相信的结果很可能是适得其反。如若适得其反,必然有失望随之而来。这便是心的活动。莫非你还有心?"

她摇头道:"不清楚。我只是回想母亲的事,再往前的事从没想过。我想我仅仅是能够相信罢了。"

"估计你身上还残留着某种同心的存在有关的东西,只是被紧紧关在里面出不来,所以才一直没有被围墙发现。"

"我身上还残留着的东西,指的可是我也像母亲那样未能彻底消除影子?"

"不,大概不是的。你的影子的确已死在这里,被埋进了苹果林,这点有案可查。但在你身上,以你对母亲的记忆为媒介,有着类似心的残影或断片的东西残留下来，想必是它使你摇摆不定。如果顺这条路走下去，应该可能到达某个地方。"

房间里静得近乎不自然，仿佛所有的声音都被外面飘舞的雪花吸尽了。我觉得围墙似乎在某处屏息敛气地倾听着我们的谈话。实在过于寂静了。

"谈谈古梦好了。"我说，"你们每天生成的心都被独角兽吸去成了古梦，对吧？"

"嗯，那是的。影子死后，我们的心便被独角兽们吸得一点不剩。"

"既然那样，我应当可以从古梦中一点点解读你的心吧？"

"不，那不可能。我的心并非被归结为一个整体吸进去的，而是支离破碎地被很多独角兽吸入体内的。那些碎片同别人的碎片错综复杂地交织在一起，无法分辨，你不可能认出哪个是我的思绪哪个属于别人。不是吗？这以前你一直在读梦，不是猜不出哪个是我的梦吗？所谓古梦便是这么一种东西，谁都不能将它解开，它就是要在这混沌状态中归于消失。"

她说的话我完全领悟。我虽然每天读梦不止，却丝毫把握不住古梦的含义。而现在剩给我的时间仅有二十一小时，我必须在二十一小时内设法找出她的心。也真是不可思议：在这不死之镇，所有的选择都要求我在有限的二十一小时内作出。我闭目合眼，做了几次深呼吸。我必须集中全副神经，找出解开谜团的突破口。

"去书库吧。"我说。

"书库？"

"去书库边看头骨边想。说不定能想出妙计。"

我拉起女孩的手离开桌子，绕到柜台后面，打开通往书库的门。她按下电灯开关，昏黄的光线立时照出架上的无数头骨。头骨上落了一层厚厚的灰，在幽暗中浮现出已褪色的白色。它们以同样角度张着嘴，用黑洞洞的眼窝同样凝视着前方的虚空，它们吐出的冰冷冷的沉默化为透明的雾霭笼罩着书库。我们背靠墙壁，久久看着头骨阵列。冷气砭人肌肤，彻骨生寒。

"我的心真的可以解读出来？"她盯着我的脸问。

"我想我可以读出你的心。"我沉静地回答。

"怎么个读法？"

"那还不晓得。"我说，"但肯定读得出，这点我有把握。肯定会有好的办法，而且我肯定找得到。"

"你想辨别落在河里的雨珠？"

"听我说，心这东西同雨珠不同。它既非从天上掉下来的，也不能同别的相混淆。如果你能相信我，就相信我好了。我一定找得到。这里无所不有，又一无所有。我保准能找出我渴求的东西。"

"找出我的心！"稍顷，她这样说道。

35

冷酷仙境
——指甲刀、奶油调味酱、铁花瓶

车开到图书馆是五点二十分。时间还绰绰有余，我决定下车在雨后的街上游逛一会儿。我走进柜台式咖啡屋，边喝咖啡边看电视里转播的高尔夫球，又在游戏中心玩电子游戏机来打发时间。那是一场用装甲炮歼击渡河而来的坦克阵的游戏，起初我方占上风，但随着战斗的进展，敌方坦克多得竟如铺天盖地的北极鼠群，终于攻陷了我方阵地。阵地陷落之际，画面犹发生核爆炸一般全是耀眼的白热光。旋即打出这样一行字：GAME OVER — INSERT COIN。我顺从地往投币口投入一枚百元硬币，于是音乐四起，我方阵地完好无损地再现。这是一场不折不扣为失败而进行的战斗，若我方不败，游戏便永无休止，而永无休止的游戏是索然无味的，那样不但娱乐中心吃亏，我也伤脑筋。不久，我方阵地再次被攻陷，画面又闪出白热光，继而又现出那行字：GAME OVER — INSERT COIN。

游戏中心旁边是一家五金店，橱窗里煞有介事地摆着各种各样的工具，有扳手、扳手、螺丝刀套装，连电动打钉机、电动螺丝刀也在此一展风姿。还有装在皮套里的一套德国进口的便携式

423

工具，皮套只有女式钱包大小，里边却满满塞着小锯、小锤和电笔。旁边摆着三十种一套的雕刻刀。这以前我从未想过雕刻刀竟有三十种变化，因此这三十种一套的雕刻刀给了我不小的震动。三十种刀每种都略有差异，其中几种的形状真叫我猜不出该如何使用。较之游戏中心的嘈杂，五金店永远静得如冰山的背后，光线幽暗的店内柜台旁坐着一个戴眼镜的头发稀稀拉拉的中年男子，正用螺丝刀拆卸着什么。

我蓦然心动，走进店里物色指甲刀。指甲刀摆在剃须刀旁边，如昆虫标本一般整整齐齐的，其中一个的形状甚是不可思议，如何用法全然也叫人摸不着头脑，于是我挑了它拿到柜台。这是一块长约五厘米的不锈钢片，扁平扁平的，想象不出按什么地方才能剪掉指甲。

我一到柜台，店主便把螺丝刀和已拆开的小型电动搅拌器放到柜台下，教我如何使用这指甲刀。

"好么，请注意看着。这是一，这是二，这是三。喏，这不就剪下来了？"

"果然。"我说。

的确是一把极妙的指甲刀。他把指甲刀又恢复成钢片，交还给我。我按他说的，再次使之变为指甲刀。

"东西不错。"他俨然泄露天机似的说，"赫格尔（Henckels）产品，终生受用。旅行时方便得很。不生锈，刀刃结实锋利，剪狗爪都没问题。"

我花了二千八百日元买下来。指甲刀装在小小的黑皮套里。向我付罢零币，他又开始拆那搅拌器。很多螺丝钉分别按大小放在好看的白碟里，碟中排列的黑色螺丝钉看上去显得喜气洋洋。

买罢指甲刀，我回到车上边听《勃兰登堡协奏曲》边等她，并思索碟中的螺丝钉何以显得喜气洋洋。很可能因为螺丝钉已不再是搅拌器的一部分而重新恢复了自己作为螺丝钉的独立性所使然，或者是因为主人提供了白色碟子这一堪称破格的漂亮居所也未可知。不管怎样，看上去喜气洋洋毕竟令人快慰。

我从衣袋里掏出指甲刀，再次组合起来略略剪了一下指甲尖，又装回皮套。剪切感不坏，五金店这地方颇有点像受人冷落的水族馆。

临近六点闭馆时分，从图书馆大门走出很多人来。看样子大部分是在阅览室用功的高中生。他们大多手提和我的同样的人造革旅行包。细细打量之下，高中生这类存在总好像有点不大自然，其某一部位过于膨胀，而另一部位又略嫌不足。诚然，在他们的眼睛里，我这一存在恐怕显得更不自然。所谓人世便是这么一种东西，人们称之为代沟。

在高中生里边也夹杂着老人。老人们在杂志阅览室里看杂志或浏览四大报纸打发完周日午后，便如大象一样贮存好知识，返回等吃晚饭的各自家中。老人们的模样倒不似高中生那样给人以有欠自然之感。

这些人走光后，传来蜂鸣器的响声：六点。听到这响声，我不由觉得饥肠辘辘——我实在好久不曾有这种感觉了。回想起来，从清早到现在我只吃了半个火腿鸡蛋三明治、一个小蛋挞和生牡蛎，昨天也差不多没有进食。空腹感犹如巨大的空洞，又黑又深，即使投入在地底下见到的石块也不会有任何反响。我放倒椅背，望着低垂的车顶考虑吃什么东西。所有种类的食物在脑海中忽儿浮现忽儿消失。若浇上白色酱汁再辅以水芹，螺丝钉也能看上去显得美味可口。

参考文献室的女孩走出图书馆大门时是六点十五分。

"你的车？"她问。

"不，租的。"我说，"不大相称？"

"嗯，不大相称。这种式样怕该更年轻些的人用吧？"

"租车公司只剩这辆了。并非看中才租的。什么都无所谓了。"

她"唔"了一声，鉴赏似的绕车走了一圈，然后从另一侧车门钻进座席细细检查，打开烟灰盒，窥看后座。

"《勃兰登堡》？"

"喜欢？"

"嗯，非常喜欢，常听。最好的我认为是卡尔·李希特的，不过这个录音较新。呃——谁演奏的？"

"特雷沃·平诺克。"

"喜欢平诺克？"

"谈不上有多喜欢。"我说，"看见了就买了。倒也不坏。"

"卡萨尔斯演奏的《勃兰登堡》可听过？"

"没有。"

"值得一听。或许算不得正统，但绝对够味儿。"

"下次听。"有没有这个时间我都不知道。时间只剩下十八小时，还要稍睡一觉。人生纵令剩得再少，也不能眼皮不合地熬到天亮。

"吃什么去？"我试着问。

"意大利风味如何？"

"可以。"

"我知道个地方，去那里好了。挺近的，用料新鲜得很。"

"肚子饿了。"我说，"螺丝钉好像都能吃进去。"

"我也是。"她说，"咦，好一件衬衫！"

"谢谢。"

那个饭店从图书馆开车去要十五分钟。沿着弯弯曲曲的住宅街躲人躲自行车缓缓行驶之间，坡路上突然闪出意大利餐厅。一座白木洋房，大概是将住宅直接改成餐厅的，招牌也小，不注意怎么也看不出是餐厅。店四周是围着高高围墙的住宅地段，高耸的喜马拉雅杉和松树的枝条在薄暮的空中浓墨重彩地勾勒出树的轮廓。

"这种地方居然有餐厅，实在不易发现。"我边说边把车停在店前。

店内不很宽敞，只有三张餐桌和一张可兼作餐桌的柜台。身扎围裙的男侍把我们领进最里面的餐桌。桌子靠窗，窗外可望见梅枝。

"喝的东西，葡萄酒可好？"女孩问。

"随你。"

葡萄酒不比啤酒，我所知无多。她就葡萄酒絮絮叨叨地同男侍商议的时间里，我观赏着窗外的梅树。意大利餐厅的院里栽梅树，这点总像有些不伦不类，实际上也许不足为奇。意大利也可能有梅树，连法国都有水獭。葡萄酒定下后，我们打开菜单研究起来。点菜很费时间。先来个前菜加小虾沙拉配淋草莓沙司，又要了生牡蛎、意式肝酱、炖墨鱼、油炸芝士茄子、醋渍西太公鱼。面食我要了自制意面，她挑了罗勒意面。

"嗳，再另要个浇鱼酱的通心粉，每人一半怎么样？"她提议。

"好啊！"我说。

"鱼今天什么样的好？"她问男侍。

"有新鲜的鲈鱼进来。"男侍说，"配上杏仁蒸如何？"

"好的。"

"我也同样。"我说，"再加个菠菜沙拉和蘑菇烩饭。"

"我加个温野菜和意式番茄烩饭。"

"烩饭里有相当分量……"男侍不无担心地说。

"没关系，我从昨天早上就几乎没吃东西，她是胃扩张。"我说。

"就像黑洞。"她说。

"明白了。"男侍说。

"饭后要葡萄汁、柠檬舒芙蕾和蒸馏咖啡。"她加上一句。

"我也是。"我说。

男侍花了好些时间才写好菜单。他离开后，女孩粲然一笑，看着我的脸。

"不至于为配合我才点那么多东西吧？"

"真的是饿了。"我说，"好久都没饿到这个程度了。"

"妙极！"她说，"我不相信饭量小的人，总怀疑那种人在别的地方补充给养。你说是不？"

"不大明白。"我说。是不大明白。

"不大明白是你的口头禅，肯定。"

"或许。"

"或许也是口头禅。"

我无话可说，只好默默点头。

"为什么？因为所有思想都飘忽不定？"

不大明白，或许——我正在头脑中窃窃私语，男侍走来以御用接骨医为皇太子矫正脱臼的姿势毕恭毕敬地拔下葡萄酒瓶的软木塞，斟酒入杯。

"'怪不得我'这句话是《局外人》主人公的口头禅吧，大概。那人叫什么名字来着？呃——"

"莫尔索。"我说。

"对，是莫尔索。"她重复道，"高中时代读过。如今的高中生却根本不读什么《局外人》，近来图书馆做过调查。你喜欢什

428

么样的作家？”

"屠格涅夫。"

"屠格涅夫算不得很了不起的作家，又落后于时代。"

"或许。"我说，"可我喜欢。福楼拜和哈代也蛮不错。"

"新的不看？"

"萨默塞特·毛姆有时读一下。"

"萨默塞特·毛姆算新作家？这么以为的人如今没几个。"她斜拿着葡萄酒杯说，"就跟投币式自动唱机里不放古德曼的唱片一样。"

"不过挺有意思的。《刀锋》我读了三遍。虽说不很出色，但读得下去，比相反的好得多。"

"唔——"她显得有些费解，"也罢。这件橙色衬衫你穿倒很适合。"

"多谢。"我说，"你这连衣裙也无与伦比。"

"太谢谢了。"

她穿一件深蓝色天鹅绒连衣裙，领口镶条细细的白边，颈戴两条银项链。

"接到你电话后回家换的。家离单位近也真是便利。"

"有道理。"我说。是有道理。

前菜上来不止一个，我们便闷头吃了一会儿。味道清淡质朴，材料也够新鲜。牡蛎像刚从海底捞出来一般缩成一团，带有其赖以生息的大海的气息。

"对了，独角兽的事进行得可顺利？"她边用叉子剥壳里的牡蛎边问。

"一般。"我用餐巾擦去口角沾的墨鱼汁，"基本告一段落。"

"独角兽在哪里来着？"

"在这里。"说着,我用指尖戳了下自己的头,"独角兽在我脑袋里,一大群哩。"

"象征性的?"

"不,不是,几乎没有象征性意义。而是实实在在地存在于我的意识中。一个人替我发现的。"

"这倒像很有趣。想多听听,说呀!"

"不怎么有趣的。"说着,我把茄子盘子推给她,她则把西太公鱼的盘子转过来。

"但我想听,非常想。"

"事情是这样的:每人意识底部都有个本人感觉不到的类似核的东西。就我来说,那是座镇子。镇上有一条河,四周围着高高的砖墙。镇上的居民不能外出,能外出的只有独角兽。独角兽像吸水纸一样把人们的自我和自私吸光带往镇外,所以镇上既无自我又无自私。我便住在这样的镇上。其实我并没有亲眼看过,更多的我也不知道。"

"极有独创性。"她说。

向她说明完后,我才发觉老人一句也未提及河流。看来我正在被一步步拽往那个世界。

"这可不是我故意捏造出来的。"我说。

"即便不是故意,捏造的也是你吧?"

"那倒是。"

"这公鱼不错吧?"

"不错。"

"不过,你不觉得这同我为你读的那段俄罗斯独角兽的故事有些相似?"女孩用刀切着茄子说,"乌克兰独角兽也是在四面都是绝壁的共同体中生息来着。"

"相似。"

"说不定有某种共同点。"

"是的。"说着,我把手插进衣袋,"有礼物送你。"

"我顶喜欢礼物的。"

我从衣袋掏出指甲刀递给她。她从皮套中取出,惊奇地看着:"什么,这是?"

"我来试试。"我从她手里拿过指甲刀,"看好:这是一,这是二,这是三。"

"指甲刀?"

"对。旅行时方便。恢复原状时把顺序颠倒过来即可。喏!"

我将指甲刀重新变回金属片,还给她。她自己组合成指甲刀,又还原回去。

"有意思,多谢多谢。"她说,"你经常送女孩指甲刀不成?"

"哪里,送指甲刀是头一回。刚才在五金店里想买样东西,就买了它。雕刻刀太大。"

"指甲刀可以,谢谢。这玩意儿很容易丢到什么地方去,得时时塞在挎包的小兜里才行。"

她把指甲刀装回皮套,藏进挎包。

前菜撤掉后,意面端了上来。强烈的饥饿感仍在持续。六个前菜几乎未在我体内空洞留下任何痕迹。我在较短时间里将相当多的自制意面送入胃袋,又把鱼酱通心粉吞了一半。吃掉这许多之后,一团漆黑中才好像现出一线灯光。

吃罢面食等鲈鱼端来的时间里,我们接着喝葡萄酒。

"对了,"女孩嘴唇贴在酒杯口上说道。她的语声因而听起来格外瓮声瓮气,仿佛憋在杯中,"你那被破坏的房间,破坏时用的是某种特殊机器吧?还是很多人一哄而上搞的?"

"没用机器，一个人干的。"我说。

"那人怕是健壮得可以。"

"不知疲劳为何物。"

"是你认识的人？"

"头一次见。"

"哪怕在房间里打橄榄球，也不至于弄得那么狼狈。"

"想必。"

"莫不是和独角兽有关？"她问。

"有可能。"

"解决了？"

"没有。至少对他们来说没有解决。"

"对你来说是解决了。"

"可以说解决了，也可以说没解决。"我说，"因为别无选择，所以可以说解决了；因为并非自己选择的，所以可以说没解决。在这一事件上，我的主体性从一开始便没被人放在眼里，就像孤零零一个人加入海驴水球队。"

"于是从明天开始出门远去？"

"算是吧。"

"肯定卷进复杂事件里了吧？"

"太复杂了，我根本摸不着头脑。世界一天比一天复杂：什么核什么社会主义阵营的分裂什么电脑进化什么人工授精什么间谍卫星什么人造器官什么脑白质切除手术……就连汽车仪表板变成什么样子都不得而知。就我而言，简单说来是被卷入了一场情报大战。总之就是电脑具有自我之前的过渡。赶不上潮流啊！"

"电脑迟早会有自我？"

"有可能。"我说，"那样一来，电脑就可以自行组合数据自行计算，谁也偷不去。"

男侍走来，在我们面前放下鲈鱼和烩饭。

"我不大理解，"她边说边用鱼刀切鱼，"因为图书馆这地方十分风平浪静。有很多很多书，人们都来阅读，如此而已。情报向所有人公开，谁也不争不抢。"

"我也在图书馆工作就好了。"我说。实际也本该如此。

我们吃掉鲈鱼，饭也吃得一粒不剩。我的饥饿感的空洞终于见底了。

"鲈鱼真香！"她心满意足地说。

"奶油调味酱在做法上是有诀窍的。"我说，"把青葱切得细细的，和奶油拌在一起，再小心翼翼地烧好。烧时稍一疏忽味道就报销了。"

"喜欢烧菜？"

"自十九世纪以来，烧菜这东西几乎没有进化，至少美味佳肴的做法是这样。材料的鲜度、工序、味道、美感，这些永不进化。"

"这里的柠檬舒芙蕾很好吃，"她说，"还能吃？"

"没问题！"若是柠檬舒芙蕾，吃五个都不在话下。

我吃了葡萄雪芭，吃了柠檬舒芙蕾，喝了蒸馏咖啡。柠檬酥确实可口。饭后甜品这东西必须这样才行。蒸馏咖啡口感甚是醇厚，仿佛可以拿在手心。

我们刚把所有的东西一股脑儿投入各自巨大的空洞，主厨便前来致意。我们告诉他吃得非常满意。

"承蒙吃了这么多，作为我们也算做得值得。"主厨说道，"即使在意大利，能吃这许多的也没有几位。"

"谢谢。"我说。

主厨回厨房后，我们叫来男侍，又各自要了一杯蒸馏咖啡。

"食量上能同我分庭抗礼而又泰然自若的人你是第一个。"

女孩说。

"还能吃哩。"

"我家有冷冻比萨和一瓶芝华士威士忌。"

"不坏。"我应道。

　　她的家果然离图书馆很近，房子是小型商品住宅，独门独院。大门像模像样，还有块足可供一人睡觉那么大的院子。院里看样子几乎见不到阳光，但一角仍好端端地长着一棵杜鹃，一直长到二楼。

"房子是结婚时买的。"她说，"分期付款，用丈夫的人寿保险金支付。本打算要个孩子，一个人住太大了。"

"是嘛。"我坐在沙发上打量房间，她从电冰箱里拿出比萨放进电烤箱，然后把芝华士和杯子、冰块放在客厅茶几上。我打开组合音响，按下盒式磁带放唱键。我随意挑选的磁带里有杰基·麦克莱恩（Jackie Mclean）、迈尔斯·戴维斯和温顿·凯利等人的音乐。比萨烤好之前，我一个人边喝威士忌边听《袋子的律动》(Bag's Groove) 和《华丽马车》(The Surrey with the Fringe on Top)，她则为自己打开葡萄酒。

"喜欢旧爵士乐？"她问。

"上高中时在爵士乐酒吧净听这玩意儿来着。"

"不听新的？"

"从警察乐队到杜兰杜兰乐队，什么都听。人家让我听的。"

"自己不大听？"

"没必要。"我说。

"他——去世的丈夫——也总是听过去的音乐。"

"像我。"

"是啊，确有点像。是在公共汽车里给人打死的，用铁花瓶。"

"因为什么？"

"在车上看了一眼使发胶的小伙子，对方手拿铁花瓶劈头就打。"

"小伙子干嘛拿什么铁花瓶？"

"不知道。"她说，"想不出来。"

我也想不出来。

"居然被人打死在公共汽车上，你不认为死得太惨了？"

"的确，是够可怜的。"我表示赞同。

比萨烤好后，我们各吃一半，并坐在沙发上喝酒。

"想看独角兽头骨？"我试着问。

"嗯，想看。"她说，"真带来了？"

"复制的，不是真品。"

"那也想看。"

我走到外面停车处，从车后座取回旅行包。十月初平和的夜晚，令人心旷神怡。原来布满天空的云断断续续地散开，从中透出近乎圆满的月，看来明天是个好天。我折回沙发，拉开旅行包，取出用浴巾缠着的头骨递给她。她把葡萄酒杯放在桌上，仔仔细细地观察着头骨。

"不简单！"

"头骨专家做的。"我喝着威士忌说。

"简直和真的一样。"

我停住磁带，从包里掏出那双火筷敲了敲头骨，"咕——"的声音一如上次，干巴巴的。

"这是怎么回事？"

"头骨的声音各不相同。"我说，"头骨专家能够从声音中读解出各种各样的记忆。"

"妙！"说着，女孩自己也用火筷敲了下头骨，"不像复制品。"

"一个相当执着的怪人制作的。"

"我丈夫的头盖骨完全碎了，声音肯定发不准确。"

"难说，不好估计。"

她把头骨放在桌上，举杯喝葡萄酒。我们在沙发上肩靠肩干杯，眼望头骨。血肉尽失的独角兽头骨看上去既像在朝我们发笑，又像在尽情地大口吸气。

"放一首音乐！"她说。

我从磁带堆里抽出一盒大致合适的，塞进音响，按下键，返回沙发。

"这儿可以么？要不然到二楼床上去？"她问。

"这儿可以。"

扩音器中流出帕特·布恩（Pat Boone）的《故乡行》（I'll Be Home）。时间似乎在流往错误的方向，不过错对都无所谓了，只管流往它喜欢的方向就是。女孩拉合临院窗口的花边窗帘，关掉室内电灯，在月光中脱衣服。她摘掉项链，取下手镯式手表，脱去天鹅绒连衣裙。我也取下手表扔到沙发背后，随即脱上衣，解领带，喝干杯底的威士忌。

当她把连裤袜一圈圈卷着往下脱时，音乐正换成雷·查尔斯的《我心中的佐治亚》（Georgia on My Heart）。我闭起眼睛，两脚搭在茶几上，像搅拌酒杯里的冰块似的搅拌脑袋里的时间。恍惚所有事情都一度发生在遥远的往昔，只有脱的衣服、背景音乐和台词有一点点变化，而这种变化并无什么了不得的意义，飞速旋转几圈，又跑回原处，恰如骑着旋转木马赛跑。谁也超不过谁，谁也不会被超过，终点只此一处。

"好像一切都发生在过去。"我闭着眼睛说。

"当然。"说着,她从我手中拿下酒杯,像掐扁豆筋那样一个个慢慢解开衬衫扣。

"何以见得?"

"因为知道。"言毕,她一口吻在我赤裸的前胸,长长的头发落在我的腹部。"统统都是过去一度发生的。不过来回兜圈子而已,对吧?"

我依然闭着眼,把身体交给她的嘴唇和头发的感触。我想鲈鱼,想指甲刀,想洗衣店门前长凳上的蜗牛。世界充满了数不胜数的暗示。

我睁开眼睛,悄然搂过她,手绕到背后解她胸罩的挂钩。没有挂钩。

"前面。"她说。

世界的确在进化。

我们做爱三次,然后冲了淋浴,一起裹着毛毯听平·克劳斯比的唱片。心情畅快至极。我的勃起像加沙的金字塔一样完美,女孩的头发漾出洗发水的味儿。沙发虽然弹簧稍硬,但仍不失为上等沙发,乃是做工讲究时代的遗物,散发着往昔时代的阳光的气息。的确存在过极其理所当然地提供这种沙发的美好时代。

"好沙发!"我说。

"又旧又寒伧,本想换掉来着。"

"还是这样的好。"

"那就不动它。"

我随着平·克劳斯比哼唱《少年丹尼》。

"喜欢这首歌?"

"喜欢。"我说,"上小学时一次口琴比赛吹过这首歌,还得了奖，拿了一打铅笔。过去口琴吹得无懈可击。"

她笑道："人生这东西也真是不可思议啊。"

"不可思议。"

她再一次为我放起《少年丹尼》，我又随着哼唱了一次。唱完第二次，心头不由一阵悲凉。

"走后能写信来？"她问。

"能写，"我说，"如果能从那里寄信的话。"

女孩和我每人一半喝掉瓶底最后剩的葡萄酒。

"现在几点？"我问。

"半夜。"她回答。

36

世界尽头
——手风琴

"是那样感觉的？"女孩问，"你感觉可以读出我的心？"

"感觉非常强烈。本来你的心近得伸手可触，而我却视而不见。解读的方法本应提示在我面前。"

"既然你那样感觉，那就是正确的。"

"但我还不能找到。"

我们坐在书库地板上，一起靠在墙上抬头望着头骨阵列。头骨鸦雀无声，什么也不说给我听，哪怕只言片语。

"你那种强烈感觉恐怕是最近一段时间才有的吧？"她说，"你逐个回想一下影子衰弱之后你身边发生的事情，里边或许藏有一把钥匙——能用来找到我的心的钥匙。"

我在这冷冰冰的地板上闭起双眼，侧耳谛听了一会儿头骨沉沉的静默。

"今早老人们在房前挖坑来着，不知用来埋什么，非常之大。锹声把我吵醒，简直就像在我脑袋里挖坑。下的雪已经把坑埋上了。"

"其他呢？"

　　"和你一起去了森林发电站。这事你也晓得吧？见了年轻管理员，谈了森林。还参观了风洞上面的发电设备。风的声音很烦人，活像从地狱底层吹上来的。管理员年轻、文静、瘦削。"

　　"此外？"

　　"从他那里拿了把手风琴，折叠式的，小巧玲珑。很旧，但发音还准。"

　　女孩在地板上静静沉思。我觉得书库的气温正在一刻刻下降。

　　"大约是手风琴。"她说，"钥匙定是它！"

　　"手风琴？"

　　"逻辑上说得通。手风琴同歌有关，歌同我母亲有关，我母亲同我心的残片有关。不是么？"

　　"的确如你所说，"我接道，"顺理成章。手风琴有可能是关键。问题是重要一环已经脱落：我连一首歌也想不起来。"

　　"不是歌也行。让我多少听听手风琴的声音也好，可以么？"

　　"可以。"说着，我走出书库，从挂在炉旁的大衣口袋里掏出手风琴，拿来坐在她身边。我双手插进琴盘两侧的皮带，按了几个和音。

　　"真是动听！"她说，"声音像风？"

　　"风本身。"我说，"制作出能发各种声音的风，再加以组合。"

　　她一直闭着眼在倾听这和音。

　　我在能想起的范围内一个接一个弹奏和弦，并用右手指探索似的按动音阶。旋律固然无从记起，但无所谓，只消像风一样让她听手风琴声音即可，像鸟一样把心交给风即可，别无他求。

　　我不能抛弃心，我想。无论它多么沉重，有时是多么黑暗，

440

但它还是可以时而像鸟一样在风中曼舞，可以眺望永恒。我甚至可以使自己的心潜入这小小手风琴的声音之中。

建筑物外面刮风的声音似乎传到我的耳畔。是冬天的寒风在镇上往来流窜。风绕过高高耸立的钟塔，穿过桥下，摇曳着排列在河岸的垂柳。它拂动森林无数的枝条，掠过草原，吹响厂区的电线，拍打门扇。独角兽们在风中冻僵，人们在家里悄然屏息。我合上眼睑，在脑海中推出镇上的诸多场景：河中沙洲，西墙角楼，林中电站，老人们坐在其中的官舍门前的阳光，河中水深流缓之处，独角兽们俯身饮水，运河石阶上随风起伏的青青夏草。我可以清楚记起我和她去过的南面的水潭。此外还记得电站后面的小块农田，旧兵营西面的草地，东面森林围墙脚下残存的房屋和古井。

继而又想在此见到的各色人等：邻室的大校，官舍中居住的老人，电站管理员，还有那个看门人——他们大概正在各自的房间里谛听窗外呼啸的夹雪寒风。

我将永久失去这一幅幅景致和一个个人，当然也包括她。但我将一如昨日那样铭记着这个世界和这里的人们，直到永远。纵使这个镇子在我看来不自然且不正常，纵使这里的人们失去了心，那也绝非他们的过错。我甚至可能怀念那个看门人，他也不过是连接在镇子这条牢固锁链中的一环。某种力量建造了牢不可破的围墙，人们只是被吞噬在里面而已。我恍惚觉得自己可以爱镇上的所有风景和所有人。我不能住在这里，但我爱他们。

这当儿，有什么在微微拨动我的心弦。一个和弦简直像在寻觅什么似的蓦地驻留在我心中。我睁开眼睛，再度按出这个和弦，并用右手探寻其中的音。花了好些时间，终于找出了和弦开头的四个音。这四个音宛如太阳温柔的光线，从空中款款飘落到我的心中。这四个音寻求着我，我寻求着这四个音。

　　我按住一个和弦键，反复依序弹这四个音。四个音寻求下面几个音和另外的和弦。我首先试着找另一和弦。和弦当即找出。捕捉旋律多少遇到点麻烦，好在开头四个音把我引向其次五个音。别的和弦和三个音又接踵而来。

　　这是歌曲。不是完整的歌曲，是开头一节。我再三按动这三个和弦和十二个音。那是我应该熟悉的歌。

　　《少年丹尼》！

　　我闭上眼睛，接着往下弹。一旦想起歌名，后面的旋律与和弦便水到渠成地从指尖连连涌出。我一口气弹了几次。我清楚地感觉出旋律在滋润心田，整个紧绷绷的身体为之释然。听到这许久没有听过的乐曲，我得以深深感到自己的身体是何等由衷地在渴求它。由于失去音乐的时间过于长久，以致我甚至已不能对它产生饥渴之感了。音乐使我被漫长的冬季冻僵的身心舒展开来，赋予我的眼睛以温煦亲切的光芒。

　　我似乎可以感觉出镇子本身在音乐中喘息。镇中有我，我中有镇。镇子随着我身体的晃动而呼吸而摇摆，围墙也在动，也在一起一伏。我觉得围墙简直就是我自身的皮肤。

　　我久久、久久地反复弹着这支曲子，然后放开乐器置于地板，靠着墙闭上眼睛。我再次感觉出身体的晃动。这里所有的一切都恍若我的自身，围墙也罢城门也罢独角兽也罢河流也罢风洞也罢水潭也罢，统统是我自身，它们都在我体内，就连这漫长的冬季想必也在我体内。

　　我放开手风琴后，女孩仍然闭着眼睛，双手紧紧抓住我的胳膊。她的眼睛里溢出了泪水。我把手搭在她肩头，吻着她的眼睛。泪水暖暖的，带给她以温馨的湿气。隐隐约约的柔光照着她的脸颊，使她的泪水莹莹闪光。可是那光并非发自垂悬于书库天花板的昏黄的灯盏，它比星光更白，更温和。

442

　　我起身熄掉电灯。于是我找到了光源：是头骨在发光！房间变得亮同白昼，那光芒如春天阳光一般温情脉脉，如月光那样安然静谧。架上无数头骨中沉睡的古光此刻正在觉醒。头骨阵列浑似用细碎的光拼凑而成的清晨的海面一样悄无声息地灿灿生辉。然而我的眼睛即使面对这样的光也毫无晕眩之感。光给我以慰藉，使我的心充溢着往昔记忆所带来的温煦。我可以感觉出自己的眼睛已经痊愈，无论什么都再也不能刺痛我的双眼。

　　何等美妙的光景！所有地方都银光点点。它们像一清见底的水中宝石一样释放着早已成就的沉默的光。我把一块头骨拿在手中，用指尖轻轻摸了摸表面。我已经能够从中感到她的心，她的心就在那里，在我的指尖隐约浮现。那一个个光粒子虽然只有微乎其微的暖意和光芒，却是任何人都无法剥夺的。

　　"那里有你的心。"我说，"唯独你的心浮现出来，在那里闪光。"

　　她轻轻点头，以泪花晶莹的眼睛凝视着我。

　　"我能够读出你的心，能够将其合而为一。你的心并非失落的支离破碎的断片，它就在那里，谁也夺不去。"

　　我再次吻她的眼睛。

　　"让我一个人在这里待一阵子，"我说，"我想在早晨到来之前读出你的心，再小睡一会儿。"

　　女孩又点了下头，打量了一遍光闪闪的头骨阵列，走出书库。门关上后，我背靠墙壁，许久许久地凝视着在头骨上交相闪烁的无数光粒。那光既是她怀抱的旧梦，同时也是我自身的旧梦。我在这围墙环绕的镇子上走了漫长的路，而今终于和它不期而遇了。

　　我拿起一块头骨，把手贴在上面，闭上眼睛。

冷酷仙境

——光、内省、洁净

不知睡了多长时间。有人摇我的肩膀。最先感觉到的是沙发气味，接着那人开始为我的迟迟不醒感到焦躁。任何人都想剥夺我犹如秋日蝗虫般恬适的睡眠。

不过，我体内也有某种东西强行要我起来，告诉我已无暇再睡，并用铁花瓶打我的头。

"起来，求你起来！"她说。

我从沙发上坐起，睁开眼睛。我身穿橙色浴衣，她穿着男式白色 T 恤，几乎扑在我身上摇我肩膀。她那只穿白 T 恤和白内裤的苗条身段宛如站不稳的小孩，仿佛只消一阵强风便可将她吹为委地的尘埃。我所吞食的一大堆意大利菜消失到何处去了呢？我的手表又去哪里了呢？四周还是一片黑暗。若非眼睛出了问题，便是天还未亮。

"看那茶几！"女孩说。

我往茶几看去，上面放着小圣诞树样的东西，却又不是圣诞树。作为圣诞树未免太小，况且现在刚交十月。不可能是圣诞树。我依然双手压住浴衣底襟，目不转睛地看着茶几上的物体。

原来是我放的头骨！不，也可能是她放的，这点我已记不起了。谁放的都无所谓，反正茶几上如圣诞树一般闪闪烁烁的是我带来的独角兽头骨。光点点散布在头骨的顶端。

一个个光点非常细小，光本身并不强，小小的光点如满天星斗缀满头骨。光色莹白，微弱柔和。每个光点周围都仿佛包笼着模模糊糊的光膜，轮廓绵软，扑朔迷离。或许由于这个缘故，那光看起来与其说是头骨表面在闪烁，莫如说是连片浮出于头骨之上。我们并坐在沙发上默不作声，久久凝视着小小的光之海。她的双手轻轻握住我的胳膊，我的双手仍放在浴衣底襟。夜半更深，四下阒无声息。

"这里有什么机关不成？"

我摇摇头。我曾同头骨一起过了一夜，那时它根本没有发光。倘若那光是由某种夜光漆或光苔一类东西发出的，肯定不至于有时亮有时不亮，应该一暗下来必有光亮现出才是，何况两人睡前头骨并未发光。不会是什么机关，而是某种超越人力的特殊物。任何人为的努力都不可能制造出如此柔和如此怡然的光。

我悄悄拿开她抓住我右臂的手，把手伸向茶几上的头骨，静静地拿起来放上膝头。

"不怕的？"她低声询问。

"不怕。"我说。何怕之有。这玩意儿说不定在某处连着我的自身，谁都不会害怕自己本身。

我用手心罩住头骨，手心生出残火般微弱的温煦感，甚至指尖也好像包笼在淡淡的光膜中。我闭目合眼，将十指浸入这柔弱的余温，于是纷纭的昔日回忆如遥远的云絮浮现在我心头。

"不像复制品。"她说，"莫不是真的头骨？带着远古的记忆而来……"

我默默颔首。可我能知道什么呢？无论它是什么，反正现在它在发光，光在我手中。我所知道的，只是那光在朝我倾诉着什么，这点我可以直接感觉出来。它恐怕在向我暗示着什么，那既像是应该到来的新天地，又似乎是留在我身后的旧世界，我还不能充分领悟。

我睁开眼，再次审视染白了手指的光。我虽然难以把握光的含义，但可以清楚看出其中并无恶意和敌对因素。它收敛于我的手心，并对此显得心满意足。我用指尖轻轻跟踪其中浮现的光。根本无需害怕，我想。全然没有理由惧怕自己本身。

我把头骨放回茶几，用指尖触摸女孩的脸颊。

"暖乎乎的。"她说。

"光暖和嘛。"

"我摸摸也不要紧？"

"没问题。"

女孩将双手置于头骨上面，闭起眼睛。她的手指也和我一样被镀上了一层莹白的光膜。

"有所感觉。"她说，"是什么倒说不清，总之像是过去在什么地方感觉过的：空气、光线、声音等等。表达不好。"

"我也表达不好。"我说，"嗓子渴了。"

"啤酒可以么？还是喝水？"

"啤酒可以。"

女孩从电冰箱里取出啤酒，连同杯子拿到客厅。趁这时间我拾起躺在沙发背后的手表看了眼时间：四点十六分。再过一个小时多一点天将放亮。我拎过电话机拨动自己住处的号码。还从来没往自己房间打过电话，好一会儿才想起号码。无人接起。等铃响到十五次我放下话筒，再次拨通让铃响了十五次，结果同样，无人接起。

莫非胖女郎回到她那在地下等待的祖父那里去了？还是被来

我房间的符号士或"组织"的人抓住带往什么地方去了？不管什么情况，我想她都能够顺利应对。无论遇到什么情况，她的应变能力都是我的十倍，而其年龄却仅及我一半。实非等闲之辈！我放下话筒，想到此生再也见不到那女郎了，不禁生出几分怅惘，就像在观看一个个沙发和吊灯从倒闭的宾馆中被运出，一扇扇窗口被关合，一幅幅窗帘被卸下。

我们坐在沙发上边喝啤酒边注视着头骨闪闪烁烁的白光。

"头骨是同你发生感应才发光的不成？"女孩问。

"不晓得。"我说，"不过有那个感觉。也可能不是我，而同别的什么发生感应。"

我把剩下的啤酒全倒进杯里，从从容容地喝干。黎明前的世界万籁无声，同森林中无异。地毯上东一件西一件扔着我的衣服和她的衣服：我的休闲西服、衬衫、领带、长裤，她的连衣裙、长筒袜、衬裙之类。我觉得地上的衣服摊似乎是我这三十五载人生的一个总结。

"看什么呢？"

"衣服。"我回答。

"干嘛看什么衣服？"

"刚才还是我的一部分来着，你的衣服也是你的一部分。现在则不然，活像别人的别的衣服。看不出是自己的。"

"怕是做爱的关系吧？"她说，"做爱之后，人往往变得内省起来。"

"不，不是那么回事。"我手拿空杯说，"并非变得内省起来，只是注目于构成世界的许多琐碎部件而已。蜗牛、雨帘、五金店的商品阵列——对这类东西十分敏感。"

"不收拾衣服？"

"不必，那样蛮好，那样使人坦然。用不着收拾。"

"再讲讲蜗牛。"

"蜗牛是在洗衣店门前看见的。"我说,"没想到秋天里还有蜗牛。"

"蜗牛一年到头都有的。"

"想必。"

"在欧洲,蜗牛具有神话意味。"她说,"外壳意味着黑暗世界,蜗牛从壳中探头意味着阳光普照。所以,人们一看见蜗牛,就本能地想敲打外壳使它从里面出来亮相。这事可做过?"

"没有。"我说,"你懂的还真不少。"

"在图书馆工作嘛,自然知道很多。"

我从茶几上拿起那盒七星烟,用啤酒屋的火柴点燃,再次眼望地毯上的衣服。她的淡蓝色长筒袜上压着我的衬衫袖,天鹅绒连衣裙腰部像拧劲似的扭歪着,旁边薄薄的小背心如垂头丧气的旗帜。项链和手表扔在沙发上,黑皮挎包躺在屋角的咖啡桌上。

她脱掉的衣服看上去比她本身还像她。也许我的衣服看上去比我本身还像我。

"干嘛在图书馆工作?"我问。

"喜欢图书馆。"她回答,"安静,到处是书,知识成堆。我不愿意在银行或贸易公司工作,也懒得当老师。"

我朝天花板喷出一口烟,注视其行踪。

"想了解我?"她问,"例如哪里出生,少女时代如何,读哪所大学,什么时候不再是处女、喜欢的颜色等等。"

"不,"我说,"现在不急。想一点点了解。"

"我也多少想了解一点你。"

"在大海附近出生的。"我说,"每次台风过后的第二天早上都跑去海滩,海滩都有许多许多东西,海浪打上来的。好些东西简直想象不到。从瓶子、拖鞋、帽子、眼镜盒到桌椅板凳,无所不有。为什么有这种东西打上来呢？叫人摸不着头脑。不过我喜欢物色这些，来台风是一大乐事。怕是别处海滩扔的东西被卷进海里，又被浪打上岸来。"

我把烟在烟灰缸里熄掉，空杯放在茶几上，继续道："奇怪的是，大凡被海水打上来的东西全都干干净净。虽说无一不是没用的垃圾，但一律洁净得很，没有一件脏乎乎的碰不得。海这东西也真是特殊。每当回顾自己过去的生活，总是想起海滩上的垃圾。我的生活便总是这样：把垃圾收集起来，以自己的方式弄干净，再扔去其他地方——只是派不上用场，徒然朽化而已。"

"不过那样做——就是说弄干净——要借助某种形式吧？"

"可形式到底又有什么用呢？若说形式，蜗牛也同样具备。而我无非是在海滩上到处走来走去罢了。那期间发生的各种事固然清楚记得，但也仅限于记得，同现在的我毫不相干。仅仅记得，如此而已。洁净，然而无用。"

女孩用手搭住我肩膀从沙发上站起来，走进厨房打开电冰箱，取出葡萄酒斟上，连同一瓶啤酒一起用盘子托来。

"我喜欢黎明前的一段黑暗。"她说，"因为洁净而无用，肯定。"

"但这段时间过得飞快。天一亮，就开始送报送奶，电车也投入了运行。"

她滑溜溜地钻到我身旁，把毛毯拉到胸口，喝了口葡萄酒。我把新拿来的啤酒倒进杯子，拿在手里打量着茶几上尚未失去光芒的头骨。头骨朝茶几上的啤酒瓶、烟灰缸和火柴盒投以淡淡的光。女孩把头靠在我肩上。

"刚才看你从厨房往这边走来着。"

"怎样？"

"腿很迷人。"

"中意？"

"非常。"

她把杯放在茶几上，往我耳下吻了一口。

"嗯，知道么？"她说，"我，顶顶喜欢别人夸奖。"

随着天光破晓，头骨的光像被阳光冲掉了似的慢慢减弱下去，不久变回毫无奇异之处的光滑滑的白骨。我们在沙发上拥抱着观望窗帘外面的世界被晨光夺去黑暗的情景。她热辣辣的呼吸弄得我肩头潮乎乎的，乳房娇小而柔软。

喝罢葡萄酒，她利用这短暂的时间蜷起身子静静地睡了。阳光明晃晃地照亮了相邻人家的房脊。鸟飞来院子，转而飞离。电视新闻的播音传来了。不知何处传来了汽车发动的声响。我已再无睡意。我记不清自己到底睡了多少个小时，总之睡意全消，醉意也没剩下。我把她搭在自己肩上的头轻轻放下，离开沙发走去厨房，喝了几杯水，吸了支烟，然后关紧厨房和客厅之间的门，打开餐桌上的小收录机，调低音量听立体声广播。本想听鲍勃·迪伦的歌曲，遗憾的是没有播放，而代之以罗杰·威廉斯（Roger Williams）弹的《枯叶》（Autumn Leaves）。秋天了！

她家的厨房同我家的很相似，有水槽有换气扇有电冰箱有热水器，大小、功能、使用年头、用具数量也大同小异，不同之处是没有煤气烤炉，而以微波炉代替，还有电动咖啡机。菜刀也按不同用途准备了好几种，不过磨法多少有点毛病，女的很少有人能磨好菜刀。烹调用的盘子清一色是容易在微波炉中使用的派热克斯玻璃（Pyrex）。长柄平底锅油光光地毫无污痕。水槽中的垃圾篓也清扫得一干二净。

我自己也不明白何以对别人家的厨房如此关心备至。其实我无意查看他人的生活细节，不过是厨房里的东西自然而然地映入自己的眼帘。罗杰·威廉斯的《枯叶》放完，换成法兰克·查克斯菲尔德管弦乐队（Frank Chacksfield & His Orchestra）的《纽约之秋》（Autumn in New York）。我在秋日的晨光中出神地望着餐桌上排列的锅、碗和调味瓶等物。厨房俨然世界本身，一如莎士比亚那句台词：世界即厨房。

乐曲放罢，主持人说了声"已是秋天了"，随即谈起秋日初次所穿毛衣的气味，说厄普代克的小说对这种气味做过出色的描写。下一支乐曲是伍迪·赫尔曼的《昔日秋光》（Early Autumn）。餐桌上的钟已指向七时二十五分。十月三日，上午七时二十五分，星期一。天空晴得如被尖刀深深剜开一般深邃而透彻。作为结束人生的最后一天，场景似乎不错。

我用锅烧了开水，从电冰箱里拿出番茄，又切了大蒜和手旁一点蔬菜做成番茄汁，加上番茄酱然后加进斯特拉斯堡香肠"咕嘟咕嘟"煮了一阵子。同时细细切了卷心菜和菜椒，做了个色拉。又把咖啡放入咖啡机，在法棍上淋了点水并用箔纸包住放入微波炉加热。准备妥当后，我叫醒女孩，撤下客厅茶几上的杯子和空瓶。

"好味道！"她说。

"可以穿衣服了吧？"我问。先于女孩穿衣服是我的一忌，文明社会称之为礼仪。

"当然可以，请。"说着，女孩脱下自己的 T 恤。晨光在她的乳房和腹部照出淡淡的阴影，汗毛闪着光泽。她以这样的姿势欣赏了一会儿自己的身体。"不坏呀！"她说。

"不坏。"

"没有多余的肉，腹部不见皱纹，皮肤仍有弹性——还可风流一段时间。"说到这里，她双手挂在沙发上，转向我说，"不过这些会在某一天突然消失吧，是这样的吧？就像一条线断了，再

451

也不能恢复。我总有这个感觉。"

"吃饭吧。"我提议。

她去隔壁披上黄色运动衫，穿上旧得褪色的蓝牛仔裤。我穿上长裤和衬衫。我们隔着餐桌面对面坐下，吃着面包、香肠、色拉，喝着咖啡。

"你能马上这样习惯别人家的厨房？"她问。

"本质上每家的厨房都大同小异。"我说，"做东西吃东西，不存在大的差别。"

"一个人生活不厌烦？"

"不太清楚，因为从来没这样考虑过。婚姻生活倒是持续了五年，但如今已根本记不起那是一段怎样的日子。好像一直单身生活过来的。"

"无意再婚？"

"怎么都无所谓。"我说，"反正都一回事，就像有出口和入口的狗窝，从哪个口进去都差不多。"

她笑笑，用纸巾擦去嘴角沾的番茄汁："把婚后生活比喻成狗窝的人，你是第一个。"

吃完饭，我把壶里剩的咖啡热了热，斟了两杯。

"番茄汁非常可口。"她说。

"要是有月桂叶和牛至①，会做得更好。"我说，"煮的东西也差十分钟火候。"

"不过已经很好吃了。好久都没吃这么讲究的早餐了。"她说，"今天往下怎么安排？"

我看了看表：八点半。

"九点离开这里。"我说，"找一处公园，两人晒太阳喝啤

---

① oregano，一种草本植物，又名"滇香薷"、"披萨草"。

酒。十点半开车把你送去什么地方，之后就动身。你怎么办？"

"回家洗衣服，清扫房间，独自沉浸在交欢的回忆里。不坏吧？"

"不坏。"我说。是不坏。

"跟你说，我可不是跟任何人都立刻上床的哟！"她补充似的说。

"知道。"

我在冲洗台洗餐具的时间里，她一面淋浴一面哼唱。我用几乎不起泡的植物性油脂洗锅刷盘，用抹布擦干摆在餐桌上，然后洗洗手，借用厨房里的牙膏刷了牙，又去浴室问她有没有剃须用具。

"打开上边右侧的壁柜看看，记得有他以前用过的。"

壁柜里果然有柠檬香型剃须膏和漂亮的剃须刀。剃须膏已少了半盒，盒口沾有已干燥的白沫。所谓死，便是将剃须膏剩下半盒。

"有了？"她问。

"有了。"我拿起剃须刀、剃须膏和一条新毛巾折回厨房，烧水剃须。剃完须，把刀片和刀架冲洗干净。于是我的胡须同死者胡须在洗面盆里混在一起，沉入盆底。

她穿衣服时，我坐在客厅沙发上翻阅晨报。出租车司机开车途中心脏病发作，车子一头扎进高架桥栏杆，死了。乘客是一位三十二岁的女性和一个四岁女孩，双双身负重伤。某市议会午间吃外购便当时因油炸牡蛎变质致使两人身亡。外务大臣对美国的高利率政策表示遗憾。美国银行家会议讨论对中南美贷款的利息。秘鲁财政部长指责美国对南美实行经济侵略。西德外长强烈要求纠正对日贸易逆差。叙利亚谴责以色列，以色列反唇相讥。十八岁儿子向父亲行凶，就此事刊登了大家谈一类的文章。报上刊载的，没有一样对我最后几小时有所裨益。

女孩身穿驼色棉布裤加褐色格子开领衬衫，站在镜前用梳子梳理头发。我系好领带，穿上外衣。

"独角兽骨头怎么处理？"她问。

"送给你。"我说，"放在什么地方当装饰算了。"

"电视机上如何？"

我拿起已不发光的头骨走到房间角落，放在电视机上。

"怎么样？"

"挺好的。"我回答。

"还会发光？"

"没问题。"说罢，我再次把她搂在怀里，将这份温煦刻入脑海中。

38

世界尽头
——出逃

　　随着晨光的熹微，头骨之光渐渐朦胧暗淡下去。及至开在书库天花板边缘的采光小窗射进一缕灰濛濛的晨光，模模糊糊地照出周围墙壁之时，头骨便一点点失去光亮，连同漆黑的记忆一个接一个遁往别处。

　　等到最后的光亮消失之后，我在头骨上移动手指，将其温煦深深渗入体内。我不知夜间读出的光占其中几成。要读的头骨数量实在太多，而给我的时间又极其有限。我尽可能不把时间挂在心上，耐心而仔细地逐一用手指摸索下去。每一瞬间我都可以在指尖真切地感觉出她心的存在。仅此足矣，我觉得。数、量和比例等都不是问题。无论怎样努力，无一遗漏地读出每一个人的心都是不可能的。那里确实有她的心，我可以感觉出来。此外还能求什么呢？

　　我将最后一个头骨放回架子，靠墙坐在地板上。采光窗位于头顶很高的地方，无法窥测外面的天气，仅能根据光线知道四下阴晦重重。淡淡的暗影如绵软的液体在书库里静静游移，头骨们沉入重新降临的睡眠。我也闭起双眼，在清晨的冷气中休息头

455

脑。一摸脸颊，得知手指依然存留着光的温煦。

我凝然不动地坐在书库一角，静等着沉默和冷气使我亢奋的心平静下来。我能感觉到的时间是不均一而且杂乱无章的。窗口射进的微光好久都静止不变，影子亦停在同一位置。我觉得，女孩那渗入我体内的心正在上下巡行不止，同有关我自身的各种事项交融互汇，沁入我身体的每一部位。想必要花很长时间才能使她的心具有明确的形式，而传达给她使之进入她的身体恐怕又要化更长的时间。但无论化多长时间我也要把心赋予她，哪怕形式并不完整。我相信：她肯定能通过自己的努力使心具有更完美的形式。

我从地板上站起，走出书库。女孩孤零零地坐在阅览室桌旁，等待着我。由于晨光迷濛，其身体的轮廓看上去似比平时略微淡薄了些。无论对我还是对她，这都是个漫长的夜晚。见到我，她一声不响地离开桌旁，把咖啡壶放在火炉上。我趁着热咖啡的时间去里面水槽洗了手，拿毛巾擦干，折回坐在炉前暖和身子。

"怎样，累了吧？"她问。

我点了下头。身体重得像一摊泥，连举手都十分困难。我连续不停地读了十二小时古梦。但疲劳并未渗入我的心。如女孩在我最初读梦时所说，无论身体多么疲劳，也不能把心牵连进去。

"回家休息多好，"我说，"你本来没必要守在这里的。"

她往杯里倒入咖啡，递到我手上。

"只要你在这里，我就守着不动。"

"有这条规定？"

"我定的。"她微微笑道，"再说你读的又是我的心。我不能把自己的心丢开不管，对吧？"

我点点头，啜了口咖啡。古老的挂钟指在八点十五分。

"准备早餐？"

"不用。"我说。

"可你从昨天起不就什么也没吃么？"

"不想吃。倒想好好睡一觉。两点半叫醒我。两点半之前希望你坐在我身边看我睡觉。不碍事吧？"

"如果你需要的话。"她依然面带微笑。

"比什么都需要。"

她从里面房间拿来两床毛毯，包住我的身体。她的头发一如往常地轻拂我的脸颊。我一闭上眼睛，耳畔便传来煤块"毕毕剥剥"的声响。女孩的手放在我肩上。

"冬天会永远持续下去么？"我问。

"不晓得。"她回答，"谁也不晓得冬天什么时候结束，但应该不至于持续很久，肯定。有可能是最后一场大雪。"

我伸出手，把指尖触在她面颊上。女孩闭起眼睛，品味了一会这份温煦。

"这是我的光的温煦？"

"什么感觉？"

"好像春天的阳光。"

"我想我可以把心传给你。"我说，"也许花些时间，但只要你肯相信，我保证迟早传给你。"

"明白。"说着，她把手轻轻贴在我眼皮上，"睡吧！"

我睡了。

两点半，她准时把我叫醒。我站起身，把大衣、围巾、手套和帽子穿戴起来，她则默默无言地喝着咖啡。由于挂在火炉旁边，落过雪的大衣早已干透，热乎乎的。

"手风琴放在这里好么？"我说。

她点下头，拿起桌上的手风琴，确认重量似的掂量了一会儿，又放回原处。

"放心，保管妥当就是。"她应道。

走到外面，才知雪已变小，风也停了。肆虐了整整一个晚上的风雪似乎几个小时前便已止息，但天空依然彤云低垂，告诉人们真正的大雪随时都可能袭来，眼下不过是短暂的间歇。

朝北过了西桥，发现灰色的烟已开始从围墙那边升起，一如平日。起始是白烟迟疑不决地断断续续爬向天空，俄顷转为大量焚尸的浓烟。看门人在苹果林里。我在几乎齐膝深的积雪上留下清晰得自己都为之吃惊的脚印，急急赶往小屋。镇子一片沉寂，仿佛所有的声音都已被雪吸尽。没有风声，甚至不闻鸟鸣，唯有鞋底钉子踩碾新雪的声音在四周激起不无夸张的奇妙回响。

看门人小屋里空无人影，一如往常地散发着酸臭气味。炉火已经熄灭，但周围尚有余温，看来刚熄不久。桌上散乱地扔着脏盘子和烟斗，靠墙摆着一排白亮亮的柴刀和斧头。环视房间，我不由产生了一种错觉，总好像看门人会蹑手蹑脚地从身后走来把大手贴在自己脊背。那排刀具、水壶、烟斗等四下里的东西，都似乎在默默谴责我的背信弃义。

我像躲避刀具阵列似的小心伸出手去，迅速摘下墙上挂的钥匙串，紧紧攥在手心里，从后门走到影子广场的入口。影子广场的皑皑白雪上尚无任何人的脚印，唯独那棵黑乎乎的榆树矗立在中央。刹那间，我觉得这是一片人们不得涉足玷污的神圣空间。一切各得其所地聚拢在这协调的岑寂之中，浑然天成一般地沉浸于恬适的睡眠中。雪地带有美丽的风纹，全身缀满白雪的榆树枝将弯曲的手臂停在空中。没有任何东西处于动态，雪也几乎偃旗息鼓，只有风偶尔想起似的低声一掠而过，它们大概永远不会忘记我曾用皮靴蹂躏这短暂而平和的睡眠。

　　但时间已不容我犹豫不决。事到如今，已经无法转身后撤。我拿着钥匙串，用冻僵的手将四把钥匙轮流往锁孔里插去，然而哪一把都不相吻合。我腋下沁出冷汗，再次回想看门人开门时的情景，当时钥匙同样是四把，这点毫无疑问，我一一数过，其中必有一把能打开锁才是。

　　我把钥匙串放回衣袋，揉搓着使其充分变暖，然后依序试插，结果第三把整个探进锁孔，转动时发出很大的干涩的响声。在这阒无人息的广场，金属声听起来格外清晰尖锐，仿佛全镇的人都可听到。我把钥匙插进锁孔里观察周围动静，似乎无人朝这边走近。不闻任何人的语声任何人的足音。于是我把重重的铁门打开一条小缝，挤过身体，把门悄然合上。

　　广场的积雪如泡沫一样绵软，把我的脚整个吞没。脚底的"吱吱"声犹如一头巨兽在小心翼翼地咀嚼捕到的猎物。我把两行笔直的脚印留在广场上，从雪积得老高的木凳旁通过。榆树枝从头上恫吓似的俯视着我。某处传来刺耳的鸟鸣。

　　小屋内比外面还冷，险些把人冻僵。我打开拉窗，顺梯下到地下室。

　　影子坐在地下室的床上等我。

　　"担心你不来了呢。"影子吐着白气说。

　　"约定好了嘛！我可是守约的。"我说，"好了，赶快动身吧，这里臭得很。"

　　"爬不上梯子。"影子叹息道，"刚才试过，爬不上去。看来我要比自己预想的衰弱得多，真是哭笑不得。原本是伪装虚弱，结果装着装着居然搞不清自己虚弱到了什么地步。尤其是昨晚的低温，简直冻入骨髓。"

　　"拉你上去。"

影子摇摇头："拉上去也没用。我已经跑不动了，无论如何也跑不到逃路出口。怕是要坐以待毙了。"

"你一手策划的，现在打退堂鼓怎么行！"我说，"我背你，横竖要逃离这里活下去。"

影子用凹陷的眼睛看着我的脸。

"既然你那么说，我当然拼死一搏。"影子道，"问题是背着我跑雪路可不是好玩的哟！"

我点下头；"一开始就没把事情想得那么简单。"

我把浑身瘫软的影子拉上梯子，用肩支着他穿过广场。左面高耸着的冷森森黑乎乎的围墙默不作声地定定俯视着我们两人和我们的脚印。榆树枝不胜重荷似的把雪条抖落在地，枝条随即弹起。

"两腿差不多麻木了，"影子说，"为了躺倒后不至于一蹶不振，自以为做了不少运动，但不管用。毕竟房间太小。"

我拖着影子走出广场。为慎重起见，我进入看门人小屋把钥匙串挂回墙壁。如果运气好，看门人或许不会很快发现我们出逃。

"这回朝哪边走？"我问在早已熄火的炉前战栗不止的影子。

"去南水潭。"

"南水潭？"我不禁反问，"南水潭到底有什么？"

"南水潭有南水潭嘛，我们跳进潭里逃走。这种时节，很可能感冒，但考虑到你我处境，也就顾不得那么多了。"

"潭下水流很急，跳下去要被卷进水底即刻丧命的！"

影子瑟瑟发抖，频频咳嗽。"啊，不会的。怎么想出口都只此一处。所有地方我都详详细细研究过了，出口在南水潭，别无他处。你的担心自然不无道理，但反正眼下还是相信我交给我好了。我也是拿这仅有一条的性命打赌，不会盲目地孤注一掷。详情路上讲给你听。再过一两个小时看门人就要回来，那家伙一回来就会发觉我们出逃而跟踪追击，不能在这里磨磨蹭蹭。"

看门人小屋外渺无人影。地上只有两道脚印，一道是我进屋前留下的，一道是看门人出屋往城门走去时踩出的。也有板车辙。我在此背起影子。影子已经形销骨立，分量轻了许多，不过背他翻越山冈恐怕仍是相当重的负担。我早已习惯于不带影子的轻松生活，因此能否承此重担，自己心里也没底。

"去南水潭有相当一段距离，要翻过西山冈的东坡，再绕过南山冈，穿过灌木丛。"

"吃得消么？"

"既已至此，便有进无退。"我说。

我沿着雪路东行。来时的脚印依然真真切切地剩在路上，给我以仿佛同往昔的自身擦肩而过的印象。除了我的脚印，只有独角兽小小的足迹。回头看去，又粗又直的灰烟仍在围墙外升腾。笔直的烟柱被云层吞去了端头，俨然不吉利的灰塔。从烟柱的粗细分析，看门人烧的独角兽恐怕不在少数。夜间一场大雪冻死了比以往任何时候都多的独角兽，全部烧掉那些尸体无疑需要很长时间，这意味着看门人的追击将大大推迟。我觉得我们计划的实施是得益于独角兽们静静的死。

然而与此同时，深雪又妨碍了我的行走。深深吃进鞋钉而又牢牢粘住的雪使我的双脚变重打滑，我后悔没有找来滑雪鞋托或滑雪板一类的器具。这地方雪如此之大，必有这类东西无疑，估计看门人小屋的仓库里就会有，那里边各种用具无所不有。但现在不可能返回了，我已经来到西桥头，况且返回要相应占掉一部分时间。走着走着，身体开始发热，额头渗出汗珠。

461

"这脚印，使得我们的去向一目了然。"影子回头道。

我一边在雪中拖着步子，一边想象看门人跟踪追来的情景。想必他将像恶魔一般跑过雪地。他身强力壮，又无负担，我根本不是他的对手，何况说不定他随身还带有某种装备，可以使他在雪中健步如飞。我必须在他返回小屋之前争分夺秒地前进，否则将前功尽弃。

我想起在图书馆炉前等我的女孩。桌上有手风琴，炉火烧得通红，水壶冒着热气。我想她秀发拂在脸颊的感触，想她放在我肩上手指的体温。我不能让影子死于此地。假如给看门人逮住，影子难免再次被带回地下室，在那里死掉。我拼出全身力气一步步向前迈进，不时回头确认围墙那边升起的灰烟。

途中，我们同许多独角兽擦肩而过。它们在深深的雪中寻觅着匮乏的食物，茫然四顾。兽们以湛蓝色的眼睛静静地看我喘着白气背负影子从其身旁走过，看上去它们完全懂得我们行动的含义。

爬坡时，我开始气喘吁吁了。影子的重量吃进身体，脚步在雪中跟跟跄跄。回想起来，我已有好长时间没做过像样的运动了。白气越来越浓，眼睛被再次降下的雪花打得模模糊糊。

"不要紧？"影子在背上招呼道，"不歇会儿？"

"抱歉，就让我歇五分钟吧。有五分钟就能恢复。"

"没关系，别介意。我跑不动是我的责任，你只管休息就是。一切都像是我强加给你似的。"

"不过这也是为了我。"我说，"是吧？"

"我也那么认为。"

我放下影子，蹲在雪地上喘粗气。身体燥热，甚至感觉不出雪的寒冷，其实两只脚已经从脚跟到脚尖都冻得如石块一般。

"有时候我也困惑，"影子说，"如果我什么也不对你说而悄悄死去，说不定你可以在这里无忧无虑地幸福生活下去。"

"有可能。"

"就是说我妨碍了你。"

"这点早该知道的。"我说。

影子点下头，继而扬起脸，朝苹果林方向腾起的灰烟望去。

"看那光景，看门人还要花相当长的时间才能把独角兽烧光。"他说，"而我们再过一会儿就可登上山坡，往下只消绕到南山冈后坡就行。到那里就能出口长气：看门人再也追不上我们了。"影子说着捧起一把柔软的雪，又"啪啦啪啦"抖到地面。"一开始我就凭直觉感到这镇子必有隐蔽的出口。不久变得坚信不疑。为什么呢？因为这镇子是完全的镇子，所谓完全必然包含所有的可能性。在这个意义上，这里甚至不能称为镇子，而是更富于流动性和综合性的东西，它提示了所有可能性而又不断改变其形式，并且维持着其完全性。换言之，这里绝不是固定的封闭世界，而是在运动过程中自成一统的世界。所以，如果我要找出逃路的出口，出口就会出现。我说的你可明白？"

"明白。"我说，"这点我昨天刚意识到，就是说这里是充满可能性的世界。这里无所不有，又一无所有。"

影子坐在雪中盯视我的脸，稍顷默默点了几下头。雪势一点点增大，看来一场新的大雪正朝镇子逼近。

"假如某处存在着出口，那么往下就是运用排除法了。"影子继续道，"首先把城门排除。即使能够从城门跑出，也难免被看门人马上抓住。那小子对那一带的一草一木都如指掌，何况城门那个地方，大凡有人策划逃走，最先想到的必是那里，出口不可能那么轻易地被人想到。围墙也不行，东城门更不行，那里堵得严严实实，河流入口也拦着粗栅栏，无论如何也逃脱不得。这样一来，剩下的便只有南水潭——可以同河流一起逃离镇子。"

"绝对有把握？"

"绝对，凭直感看得出来。其他所有出口都无隙可乘，唯有南水潭听之任之地扔在那里，围栏也没有。你不觉得蹊跷？他们是用恐怖围起水潭的。只要置恐怖于不顾，我们就能战胜这座镇子！"

"什么时候意识到的？"

"第一次看见那条河的时候。看门人曾带我到西桥附近去过一次。一看见河我就觉得这条河根本没有敌意，水流充溢着生命感，进而心想只要沿着这条河置身于水流之中，我们就一定能离开镇子，以原来的面目返回原来的生命。你肯信我的这些话吧？"

"可以相信。"我说，"我可以相信你的话。河流有可能通向那里，通向我们离开的世界。如今我也能够一点点记起那个世界了，记起空气、声音和阳光。是歌曲使我记起来的。"

"至于那个世界是否美好，我也不得而知。"影子说，"但起码是值得我们生存的世界。既有好的，又有坏的，还有不好不坏的。你是在那里出生的，并将在那里死去。你死了我也消失。这是最为自然而然的。"

"你说的大约不错。"我说。

接着，我们又一起俯视镇容。钟塔也好河也好桥也好围墙也好烟也好，统统银装素裹。目力所及，只有瀑布一般自长空洒向大地的茫茫雪幕。

"你要是可以，继续前进好么？"影子说，"看这情形，估计看门人已不再烧独角兽，提前收工回去了。"

我点头起身，拍掉帽檐上的雪。

39

冷酷仙境
——爆米花、吉姆爷、消失

去公园的路上，我走进酒店买了罐装啤酒。我问什么牌子的啤酒合适，女孩回答只要起沫并有啤酒味，什么牌子都无所谓。我的想法也大体一致。天空晴得万里无云，竟如今晨刚刚生成的一般。季节刚交十月。饮料那玩意儿，的确只要起沫有啤酒味即可。

但钱还有剩余，便买了六罐进口啤酒。米勒海雷夫啤酒（Miller High Life）的金色罐体闪闪生辉，如浑身披满了阳光。艾灵顿公爵的音乐也同秋高气爽的十月清晨相得益彰。不过，艾灵顿公爵的音乐或许更适合于除夕之夜的南极基地。

我合着《静候我佳音》（Do Nothing till You Hear From Me）那首劳伦斯·布朗（Lawrence Brown）别具一格的长号独奏曲打起口哨驱车前进，之后又合着约翰尼·霍奇斯（Johnny Hodges）的《温柔女郎》（Sophisticated Lady）独奏曲打口哨。

开到日比谷公园旁边，我把车停下，躺到公园草坪上喝啤酒。星期一早上的公园犹如飞机全部起飞后的航空母舰甲板一般空旷而静谧，只有鸽群在草坪上四处踱步，俨然在做某项比赛的

465

准备活动。

"一片云也没有。"我说。

"那里有一片。"女孩指着日比谷公园稍上一点的地方。不错，是有一片。樟树的枝梢处，挂着一片宛如棉絮的白云。

"并非正规的云，"我说，"不能进入云的行列。"

她手搭凉棚，凝望着那片云道："是啊，确实很小。"

我们缄口不语，只管望着那一小片云，望了许久。望罢，打开第二罐啤酒喝了。

"为什么离婚？"她问。

"旅行时没捞到靠窗座位。"

"开玩笑吧？"

"J·D·塞林格的小说里有这样的道白，上高中时读的。"

"真正原因是什么？"

"简单得很：五六年前的一个夏天，她离家出走了。一去不复返。"

"再没见过？"

"呃——"我含了口啤酒，缓缓咽下，"没有理由非见不可。"

"婚后生活不顺利？"

"一帆风顺。"我看着手中的啤酒罐继续道，"不过这同事物的本质关系不大。就算两人同睡一床，闭上眼睛也是孤身一人。我说的你明白？"

"嗯，我想明白。"

"作为整体的人是不能单一框定的。人们所怀有的梦想我想大致可分为两种：完全的梦想和有限的梦想。相对而言，我是生活在有限梦想中的人。这种有限性是否正当不是大不了的问题，因为必须在某处有条线，所以那里有条线。可是并非所有人都这样认为。"

"即便是这样认为的人，恐怕也是在想方设法把那条线向外扩张。"

"或许，但我例外。大家没有理由必须一律用组合音响来听音乐。纵使左边传来小提琴右边听到低音大提琴，音乐性也不至于因此而特别加深，无非唤起想象的手段变得复杂而已。"

"你怕是过于固执了吧？"

"她也同样说来着。"

"太太？"

"是的。"我说，"主题明确则通融性欠缺。不喝啤酒？"

"谢谢。"

我拉开第四罐米勒海雷夫罐装啤酒的易拉环，把啤酒递给她。

"对于自己的人生你是怎样考虑的？"女孩问。她并不把啤酒罐送往嘴边，只是凝目注视罐顶的小孔。

"读过《卡拉马佐夫兄弟》？"我问。

"读过。很早以前读过一次。"

"劝你再读一次。书里写了好多事情。小说快结束时，阿辽沙对一个叫郭立亚·克拉索托金的年轻学生这样说道：'喂，郭立亚，你将来将成为非常不幸的人。不过作为总体，还是要为人生祝福。'"

我喝干第二罐啤酒。略一迟疑，又打开第三罐啤酒。

"阿辽沙懂得很多事理。"我说，"可是读的过程中我很有疑问：从总体上祝福非常不幸的人生是可能的吗？"

"所以要限定人生？"

"或许。"我说，"想必我应该代替你丈夫被人用铁花瓶打死在公共汽车上才对。我觉得这种死法才适合于我——形象结束得直截了当，即刻瓦解，无暇他顾。"

我躺在草坪上抬起脸来，遥望刚才云片所在的位置。云已消失，藏到了樟树浓荫的背后。

"咦，我也可以进入你那有限的梦想不成？"女孩问。

"人人可以进入，个个可以出去。"我说，"这也正是有限梦想的优越之处。进来时擦好皮鞋，出去时关紧门扇即可。谁都不例外。"

她笑着站起身，拍掉沾在棉布裤上的草屑。

"差不多该走了。到时间了吧？"

我觑了眼表：十时二十二分。

"送你回家。"我说。

"不必了。"她说，"去附近商店买买东西，一个人乘电车回去。还是这样好。"

"那就在这里分手。我再待一会儿，这里舒坦极了。"

"谢谢你送的指甲刀。"

"不客气。"

"回来时能给个电话？"

"去图书馆。"我说，"喜欢看别人工作的情形。"

"再见。"女孩道。

我像《第三人》(The Third Man) 中的约瑟夫·科顿那样目不转睛地看着她在公园笔直的路上渐渐远去。等她在树荫里消失了，我开始观看鸽子。鸽的走路姿势每一只都微妙地各有不同。须臾，一位衣着得体的女子领着一个小女孩走来撒下爆米花，我周围的鸽子便一齐朝那边飞去。女孩有三四岁，像所有同龄女孩一样张开双手去抱鸽子。鸽子当然捉不住。鸽子自有鸽子不起眼的生存方式。衣着得体的母亲朝我这边瞥了一眼，之后便不屑一顾了。周一清早躺在公园里排出五六个空啤酒罐之人，显然算不得正人君子。

我闭起眼睛，试着想《卡拉马佐夫兄弟》的三兄弟名字：德米特里、伊万、阿辽沙。还有同父异母的斯乜尔加科夫。能够一口气说出《卡拉马佐夫兄弟》中的兄弟名字的人，世间又能有几个呢？

凝望之间，我不由觉得自己像是在浩瀚海面上漂浮的一叶小艇。风平浪静，唯独我悄然漂浮其中。大海中漂浮的小艇总好像有些特殊——说这话的是康拉德。语出《吉姆爷》中风暴袭船那部分。

长空寥廓，一片朗然，仿佛不容任何人怀疑的绝对观念。从地上仰望，天空似乎集一切存在于一身。大海也是如此。连看几天大海，往往觉得世界只有大海。康拉德的想法恐怕同我一样。从船这一雷同产品中分离出来而被抛弃在横无际涯的海面上的小艇，的确有某种特殊之处，任何人都无法逃避这种特殊性。

我依旧躺着不动，喝掉最后一罐啤酒，吸了支烟，把文学联想逐出脑海。我必须稍微现实一点才行。余下的时间仅仅一小时多一点点。

我站起身，抱着空啤酒罐走至垃圾筒扔了进去，然后从钱夹里抽出信用卡，在烟灰缸中烧掉。衣着得体的母亲又朝我这边瞥了一眼。正经人断断不至于周一早上在公园里烧信用卡。我首先烧的是美国运通卡，继而把维萨卡也烧了。信用卡怡然自得地在烟灰缸中化为灰烬。我很想把保罗·斯图尔特牌领带也付之一炬，但想了想又作罢，一来过于惹人注目，二来实在多此一举。

接下去，我在小卖部买了十袋爆米花，九袋撒在地上喂鸽，一袋自己坐在椅上吃着。鸽群像十月革命纪录片里那样铺天盖地而来，啄食着爆米花。我同鸽子一起吃爆米花。好久没吃这玩意了，好吃得很。

衣着得体的母亲和小女孩在观赏喷泉。母亲年纪大概与我相仿。我打量着她。打量之间，再次想起那个同革命活动家结婚生下两个孩子后去向不明的同学，她甚至连领孩子逛公园都已无从谈起。我当然不知晓她对此作何感想，但在自己的生活尽皆消失方面，我觉得我或许可以同她就某一点相互理解。不过，她也可能——大有可能——就这某一点拒绝同我相互理解。毕竟我们已近二十年未曾见面，而这二十年间实在是发生了许许多多的事。各自处境不同，想法也不相同。再说就算是同样清算人生，她是出于自己的意愿，而我则不然，我不过是在酣睡之时被人突然抽掉床单而已。

我觉得她说不定会因此而谴责我，问我到底选择了什么。言之有理，我的确什么也没选择。要说我以自己意愿选择的，那只有两件事：原谅了博士，未同其孙女睡觉。然而这对我又有何作用呢？难道她会因这点小事而积极评价我这一存在对我这一存在的消失所发挥的作用吗？

我不得而知。近二十年之久的岁月把我们远隔开来。她评价什么如何评价，其基准已超出了我的想象框架。

我的框架内几乎一无所剩。映入眼帘的只有鸽子、喷泉、草坪和母女俩。但在观望如此光景的时间里，几天来我第一次产生了不愿从这个世界上消失的念头。至于往下去某某世界，这点已不足为虑。纵令我人生之光的百分之九十三已在前半生三十五年间全部耗尽也无所谓，我只是希望依依怀抱着剩下的百分之七看个究竟——看这世界到底变成什么模样。因为什么我不清楚，总之我觉得这似乎是赋予我的一项使命。的确，我是从某一阶段开始扭曲了自己的人生和生活方式，而这里边自有其缘故。即使得不到任何人理解，我也不能不那样做。

可是，我不想丢下这被扭曲的人生而从此消失，我有义务将其监护到最后。否则，我势必将失去对我自身的公正性。我不能这样置自己的人生于不顾。

即便我的消失不足以使任何人悲伤，不能给任何人心里带来空白，或者不为任何人所注意，那也是我自身的问题。我委实失去了太多太多的东西，现在我几乎不再具有失去的东西，然而我体内仍有所失之物的一缕残照如沉渣一般剩留下来，而且是它使我存活至今。

我不愿意从这世界上消失。闭上眼睛，我可以真切地感觉到自己的心在摇摆，那是超越悲哀和孤独感的、从根本上撼动我自身存在的大起大伏。起伏经久不息。我把胳膊搭在椅背上，忍受着这种起伏。谁都不救我，谁都救不了我，正如我救不了任何人。

我恨不得放声悲哭，却又不能。就流泪来说我的年纪已过大，况且已体验了过多的事情。世上存在着不能流泪的悲哀，这种悲哀无法向任何人解释，即使解释人家也不会理解。它永远一成不变，如无风夜晚的雪花一般静静沉积在心底。

更年轻些的时候，我也曾试图将这种悲哀诉诸语言，然而无论怎样搜刮词句，都无法传达给别人，甚至无法传达给自己本身，于是只好放弃这样的努力。这么着，我封闭了自己的语言，封闭了自己的心。深重的悲哀甚至不可能采用眼泪这一形式来表现。

想吸支烟，却不见了烟盒。衣袋中仅有火柴。火柴也只剩三根。我接连擦燃三根火柴扔在地上。

再次合目之时，起伏已不知遁往何处，脑海中浮现的只有尘埃般轻盈的沉默。我久久地独自注视那尘埃。尘埃不上不下，纹丝不动地浮在那里，我噘起嘴唇吹了口气，依然一动不动。任凭多么强烈的风，都全然奈何它不得。

随后，我开始想刚刚分手的那个图书馆女孩。想她在地毯上的天鹅绒连衣裙、长筒袜和衬裙，莫非它们仍旧原封不动地如她本身一样悄然躺在那里不成？在她身上我的表现能算公正吗？不，不能，我想。没有人寻求什么公正，寻求那玩意儿只有我这样的角色。问题是这种失去公正的人生有何意义可言呢？我如同喜欢她一样喜欢她脱在地毯上的连衣裙和衬裙，难道这也是我的公正的一种形式？

所谓公正性，不外乎仅仅适用于极其有限的世界的一个概念。但这一概念涉及所有领域，从蜗牛到五金店柜台以至婚姻生活，无一例外。尽管谁都不追求它，但我能给予的别无他物。在这个意义上，公正性类似爱情，想给予的和被追求的难以吻合。惟其如此，才有各种各样的东西从我面前或我内部径自通过远去。

或许我应该后悔自己的人生。这也是公正的一种形式。然而我什么也不能后悔。纵使一切都风也似的留下我呼啸而去，那也是我本身的希冀所使然。我脑海中剩留的唯有漂浮的白色尘埃。

去公园小卖店买香烟和火柴时，出于慎重，我顺便又往自己住处打了次电话。我知道不会有人接，但在这人生最后时刻往自己房间打次电话倒也不失为可取的念头。也可以想象那儿电话铃声哗然大作的情景。

出乎意料，电话铃响至第三遍时居然有人拿起话筒，并"喂喂"两声。是身穿粉红色西服裙的胖女郎。

"还在那里？"我吃了一惊。

"何至于。"女郎道，"去了又回来了。哪里能那么逍遥！想接着看书，就回来了。"

"看巴尔扎克？"

"嗯，正是，妙趣横生，可以从中感觉到类似命运威力那样的东西。"

"那么，"我问，"你把你祖父救出来了？"

"那还用说，轻而易举！水消了，又是回头老路。地铁票都买了两张。祖父精神得很，让我向你问好。"

"谢谢。"我说，"你祖父现在干什么呢？"

"去芬兰了。他说在日本干扰太多，没办法集中精力搞研究，所以去芬兰创办研究所。那里怕是个安安静静的好地方，又有驯鹿什么的。"

"你没去？"

"我决定留下来住你的房间。"

"我的房间？"

"是啊。我非常中意这房间。门扇已完全安好，电冰箱录像机也买齐了。不是被人搞坏了吗？床罩褥单窗帘换成了粉红色的你不介意吧？"

"无所谓。"

"订报纸也可以？想看节目预告。"

"可以。"我说，"只是那里有危险。'组织'那帮人或符号士有可能卷土重来。"

"瞧你，那有什么好怕的。"女郎说，"他们要的是祖父和你，我是不相干的人。刚才倒来了异常大和异常小的两个家伙，我把他们轰了出去。"

"如何轰法？"

"用手枪打中大家伙的耳朵，耳膜笃定报废。何惧之有！"

"不过在公寓里打枪不又捅出一场乱子了？"

"没那回事。"她说，"只打一枪，人们只能当成意外。当

473

然，连打几枪是成问题。但我枪法准，一枪足矣。"

"嗨！"

"对了，你失去意识后，我打算把你冷冻起来，怎么样？"

"随你的便，反正毫无知觉。"我说，"这就去晴海码头，去那里回收好了。我坐的是白色卡利那1800GT双凸轮涡轮增压车。车型说不上来，反正里边在播放鲍勃·迪伦的磁带。"

"鲍勃·迪伦是谁？"

"下雨天……"刚开始解释，又不耐烦起来，便改口道，"一个声音嘶哑的歌手。"

"冷冻起来，等祖父发现了新的方法，说不定可以使你起死回生，是吧？过分指望未必如愿，但这种可能性并非没有。"

"意识都没了，还指望什么。"我指出，"你真能冷冻我？"

"没问题，放心好了。我嘛，冷冻是拿手好戏。做动物实验时，曾把猫狗之类活着冷冻过很长时间。把你也好好冷冻起来，藏在谁也找不到的地点。"她说，"所以，如果顺利，你的意识就会失而复得。那时肯定同我睡觉？"

"当然！"我说，"如果届时你仍然想同我睡的话。"

"会好好做那种事？"

"尽一切技能。"我说，"不知要等多少年。"

"反正那时我不会是十七岁了。"

"人总要上年纪的，"我说，"哪怕被冷冻起来。"

"多保重。"女郎道。

"你也好自为之。"我说，"能和你说上话，心情像多少好了些。"

"因为有了重返这世界的可能性？不过能否如愿以偿还不得而知，只不过……"

"不，不是那样的。当然，有那种可能性自是求之不得，但我说的不是那个意思，我指的是能同你交谈实在令人高兴，包括听到你的声音，知道你现在干什么。"

"再多说一会儿？"

"不，到此为止吧，时间不多了。"

"跟你说，"胖女郎道，"别害怕。即使永远失去你，我也会怀念你一辈子。你不会从我心中失去。记住这点！"

"记得住。"说罢，我放下电话。

时至十一点，我在附近厕所解了手，走出公园，随即发动引擎，一边围绕着冷冻思绪纷纭，一边驱车向港口行进。银座大街到处挤满了身着西服的人们。等信号时，我用眼睛搜寻应该在街上买东西的图书馆女孩，遗憾的是未能找见。触目皆是陌生男女。

开到港口，把车停在空无人影的仓库旁，一面吸烟，一面把车内音响调至自动循环播放功能，开始听鲍勃·迪伦的磁带。我把车座后背放倒，双脚搭在方向盘上，静静地呼吸。本想再喝点啤酒，但已经没了，在公园里同女孩喝得一罐不剩。阳光从前车窗射入，把我包拢起来，闭上眼睛，感觉得出那光线在暖暖地抚摸着我的眼睑。太阳光沿着漫长的道路抵达这颗小小的行星，用其一端温暖我的眼睑——想到这点，我涌起一股莫名的感动。宇宙运行规律并未忽略我微不足道的眼睑。我好像多少明白了阿辽沙·卡拉马佐夫的心情。或许有限的人生正在被赋予有限的祝福。

我也顺便向博士及其胖孙女和图书馆女孩给予了我特有的祝福。我不知道自己是否具有给予别人祝福的权限，但反正我是即将消失之人，不怕任何人往下追究责任。我把警察乐队·雷鬼·出租车司机也列入祝福名单之内，是他用车拉了满身泥浆的我们，没任何理由不将他列入名单。想必他正用车内音响听着流行音乐在某条路上载着年轻乘客风驰电掣。

迎面是大海，可以见到卸完货而露出吃水线的旧货轮。海鸥如点点白痕四下敛羽歇息。鲍勃·迪伦在唱《答案在风中飘》(Blowin' in the Wind)。倾听之间，我想到蜗牛、指甲刀、奶油焖鲈鱼、剃须膏。世界充满形形色色的启迪。

初秋的太阳随波逐浪一般在海面上粼粼生辉，俨然有人将一面巨镜打成万千碎片。由于打得过于细碎，任何人都无法使之复原，无论是哪个国王的军队。

鲍勃·迪伦的歌使我想起租车办公室的那个女孩。对了，也必须向她祝福。她给了我极佳的印象，不能把她从名单中漏掉。

我试着在脑海中推出她的形象。她身穿色调令人联想到初春时节棒球场草坪的绿色运动夹克，白衬衫上打一个黑色领结。估计是租车公司的制服。她听鲍勃·迪伦的老歌，想到了下雨。

我也想了一会儿下雨。我所想到的雨是霏霏细雨，分辨不出下还是没下。但实际上雨确实在下。雨淋湿蜗牛，淋湿墙根，淋湿牛。谁都无法制止，谁都别想避开。雨总是公正地下个不停。

片刻，雨变成模糊不清的不透明雨帘，罩住我的意识。

睡意降临。

这样我即可寻回我失落的一切，我想。那些虽然曾一度失落，但决未受损。我闭目合眼，置身于沉沉的睡眠中。鲍勃·迪伦还在唱着《骤雨》(Hard Rain)。

40

世界尽头
——鸟

到南水潭时，雪下得又急又猛，几乎让人透不过气来。看这势头，仿佛天空本身都变成了一枚枚碎片在朝地面狂泻不止。雪也落在水潭上，被蓝得骇人的蓝色潭面吮吸进去。在这染成一色的纯白大地上，唯独水潭圆圆地敞开俨然巨大眸子的洞穴。

我和我的影子瑟瑟地站在雪中默不作声，只顾久久凝视着这片光景。同上次来时一样，周围弥漫着令人惧怵的水声，或许因为下雪的关系，声音沉闷了许多，仿佛远处传来的地鸣。我仰望未免太低的天空，继而把目光转向前方在纷飞的雪片中黑乎乎地隐约浮现的南围墙。围墙不向我们诉说任何话语，显得荒凉而冷漠，名副其实是"世界尽头"。

木然伫立之间，雪在我的肩上和帽檐上越落越厚。如此下去，我们留下的脚印必将消失得无可寻觅。我打量了一眼稍离开我些站着的影子。影子不时用手拍落身上的雪，眯细眼睛盯视潭面。

"是出口，没错。"影子说，"这一来，镇子就再也不能扣留我们，我们将像鸟一样自由。"

影子仰脸直视天空，旋即闭起眼睛让雪花落在脸上，俨然在承受甘露。

"好天气，天朗气清，风和日丽。"说罢，影子笑了。看样子影子如被卸去了重枷，原来的体力正在恢复。他轻快地拖着脚步独自朝我走来。

"我感觉得出，"影子说，"这水潭的另一方肯定别有天地。你怎么样，还怕跳进里面去？"

我摇摇头。

影子蹲下身，解开两脚的鞋带。

"站在这里都快要冻僵了，尽快跳进去好么？脱掉鞋，把两人的皮带连在一起。出去了再失散，可就白白折腾一场了。"

我摘掉大校借给的帽子，拍掉雪，拿在手里望着。帽子是过去的作战帽，帽布有很多处都已磨破，颜色也已变白。想必大校如获至宝地一直戴了几十年。我把雪拍净，又戴在头上。

"我想留在这里。"我说。

影子怔怔地看着我的脸，眼神似已失去焦点。

"我已考虑成熟。"我对影子说，"是对不住你，但我从我的角度仔细考虑过了，也完全清楚独自留下来将是怎样的下场。如你所说，按理两人应一道返回原来的世界，这点我也一清二楚，而且也知道那才是我应回归的现实，而逃离那现实属于错误的选择。可是我不能离开这里。"

影子双手插进衣袋，缓缓地摇了几次头："为什么？最近不是讲好一齐逃走的吗？所以我才制定计划，你才把我背到这里，不是么？究竟什么使你突然变心的？女人？"

"当然有这个原因，"我说，"但不完全如此。主要是因为我有了一项发现，所以才决定留下不走。"

影子喟然长叹，再次仰首望天。

"你发现了她的心？打算同她一起在森林里生活，而把我赶走是吧？"

"再说一遍：原因不尽如此。"我说，"我发现了造就这镇子的究竟是什么。因此我有义务也有责任留下来，你不想知道这镇子是什么造就的？"

"不想知道。"影子说，"因为我已知道，这点我早已知道。造就这镇子的是你自身。你造出了一切：围墙、河流、森林、图书馆、城门、冬天、一切一切。也包括这水潭、这雪。这点事我也清楚。"

"那你为什么不早告诉我？"

"一旦告诉你，你岂不要就这样留下来了？无论如何我都想把你带到外面。你赖以生存的世界是在外面。"影子一屁股坐在雪中，左右摇了好几次头，"可是在发现这点之后，你再也不会听我的了吧？"

"我有我的责任。"我说，"我不能抛开自己擅自造出的人们和世界而一走了之。我是觉得对不住你，真的对不住你，不忍心同你分手，可是我必须对我所做之事负责到底。这里是我自身的世界。围墙是包围我自身的围墙，河是我在自身中流淌的河，烟是焚烧我自身的烟。"

影子站起身来，凝视着水波不兴的潭面。纹丝不动地伫立于联翩而降的雪花中的影子，给我以仿佛渐渐失去纵深而正在恢复原来扁平形状的印象。两人沉默良久，唯有口中呼出的白气飘往空中，倏忽消失。

"我知道阻拦也无济于事。"影子说，"问题是森林生活远比你预想的艰难。林中的一切都不同于镇子。为延续生命需从事辛苦的劳作，冬天也漫长难熬。一旦进去，就别想出来。你必须永远待在森林里。"

"那也仔细考虑过了。"

"仍不回心转意？"

"是的。"我回答，"我不会忘记你。在森林里我会一点点记起往日的世界。要记起的大概很多很多：各种人、各种场所、各种光、各种歌曲……"

影子在胸前几次把双手攥起又松开。他身上落的雪片给了他以难以形容的阴影，那阴影仿佛在他身上不断地缓缓伸缩。他一边对搓双手，一边像倾听其声音似的将头微微前倾。

"我该走了。"影子说，"也真是奇妙，往后竟再也见不到你了。不知道最后说一句什么好。怎么也想不起简洁的字眼。"

我又一次摘下帽子拍雪，重新戴正。

"祝你幸福。"影子说，"我喜欢你来着，即使除去是你影子这点。"

"谢谢。"我说。

在水潭完全吞没了我的影子之后，我仍然久久地凝视着水面。水面未留下一丝涟漪。水蓝得犹如独角兽的眼睛，且寂无声息。一旦失去了影子，我觉得自己恍惚独自留在了宇宙的边缘。我再也无处可去，亦无处可归。此处是世界尽头，而世界尽头不通往任何地方。世界在这里终止，悄然止住了脚步。

我转身离开水潭，冒雪向西山冈行进。西山冈的另一边应该有镇子，有河流，有她和手风琴在图书馆等我归去。

我看见一只白色的鸟在漫天飘舞的雪花中朝南面飞去。鸟越过围墙，消失在南面大雪弥漫的空中。之后，剩下的唯有我踏雪的吱吱声。

村上春树年谱

1949 年

1 月 12 日出生于日本关西京都市伏见区,为国语教师村上
千秋、村上美幸夫妇的长子。出生不久,家迁至兵库县西宫市
夙川。

1955 年　6 岁

入西宫市立香栌园小学就读。

1961 年　12 岁

入芦屋市立精道初级中学就读。

1964 年　15 岁

入兵库县立神户高级中学就读。

1968 年　19 岁

到东京,入早稻田大学第一文学部戏剧专业就读,入住和
敬塾。

1971 年　22 岁

以学生身份与高桥阳子结婚。

1974 年　25 岁

开办爵士乐酒吧 "Peter Cat"。

1975 年　26 岁

大学毕业。毕业论文题目是《美国电影中的旅行思想》。

1979 年　30 岁

处女作长篇小说《且听风吟》出版,获第 22 届群像新人文
学奖。

1980 年　31 岁

长篇小说《1973 年的弹子球》出版，入围第 83 届芥川奖和第 2 届野间文艺新人奖。

1981 年　32 岁

转让酒吧，专业从事创作。移居千叶县船桥市。与村上龙的对谈集《慢慢走，别跑》和第一部翻译作品菲茨杰拉德的《我的迷失都市》出版。

1982 年　33 岁

长篇小说《寻羊冒险记》出版，获第 4 届野间文艺新人奖。

1983 年　34 岁

曾赴希腊旅行。短篇集《去中国的小船》《遇到百分之百的女孩》、插图短篇集《象厂喜剧》出版。

1984 年　35 岁

曾赴美国旅行。短篇集《萤》、随笔集《村上朝日堂》出版。

1985 年　36 岁

长篇小说《世界尽头与冷酷仙境》、短篇集《旋转木马鏖战记》、绘本《羊男的圣诞节》、与川本三郎合作的随笔集《电影冒险记》出版。《世界尽头与冷酷仙境》获第 21 届谷崎润一郎奖。

1986 年　37 岁

移居神奈川县大矶町，赴意大利、希腊旅行。短篇集《再袭面包店》、随笔集《村上朝日堂的卷土重来》、插图随笔集《朗格汉岛的午后》出版。

1987 年　38 岁

从希腊回国。随笔集《日出国的工厂》、长篇小说《挪威的森林》出版。

1988 年　39 岁

　　曾赴伦敦、意大利、希腊、土耳其旅行。长篇小说《舞！舞！舞！》出版。

1989 年　40 岁

　　曾赴希腊、德国、奥地利旅行，回国后赴纽约。随笔集《村上朝日堂 嗨嗬！》出版。

1990 年　41 岁

　　回国。短篇集《电视人》、《村上春树全作品　1979—1989》前 4 卷、游记《远方的鼓声》《雨天炎天》出版。

1991 年　42 岁

　　赴美国普林斯顿大学任客座研究员。

　　《村上春树全作品　1979—1989》后 4 卷出版。

1992 年　43 岁

　　长篇小说《国境以南 太阳以西》出版。

1993 年　44 岁

　　赴美国塔夫茨大学任职。

1994 年　45 岁

　　曾赴中国、蒙古旅行。随笔集《终究悲哀的外国语》、长篇小说《奇鸟行状录》第 1、2 部出版。

1995 年　46 岁

　　从美国回国。《奇鸟行状录》第 3 部出版。

1996 年　47 岁

在东京采访地铁沙林毒气事件受害者。随笔集《村上朝日堂日记·旋涡猫的找法》、短篇集《列克星敦的幽灵》、对谈集《村上春树，去见河合隼雄》出版。《奇鸟行状录》获第 47 届读卖文学奖。

1997 年　48 岁

东京地铁沙林毒气事件受害者采访集《地下》、随笔集《村上朝日堂是如何锻造的》、文学评论集《为了年轻读者的短篇小说导读》、插图传记集《爵士乐群英谱》出版。

1998 年　49 岁

旅行记《边境　近境》、漫画集《毛茸茸》、《地下》的续篇《地下 2　应许之地》出版。

1999 年　50 岁

曾赴北欧旅行。长篇小说《斯普特尼克恋人》出版。《地下 2　应许之地》获第 2 届桑原武夫奖。

2000 年　51 岁

短篇集《神的孩子全跳舞》出版。

2001 年　52 岁

插图传记集《爵士乐群英谱 2》、随笔集《村上广播》、插图随笔集《轻飘飘》出版。

2002 年　53 岁

长篇小说《海边的卡夫卡》、插图游记《如果我们的语言是威士忌》出版。

2003 年　54 岁

E-mail 通讯集《少年卡夫卡》出版。

2004 年　55 岁

长篇小说《天黑以后》出版。

2005 年　56 岁

短篇集《神的孩子全跳舞》、插图小说《图书馆奇谭》、随笔集《没有意义就没有摇摆》出版。

2006 年　57 岁

短篇集《东京奇谭集》出版。获弗朗茨·卡夫卡奖、弗兰克·奥康纳国际短篇小说奖、世界奇幻奖。

2007 年　58 岁

获 2006 年度朝日奖、第 1 届早稻田大学坪内逍遥大奖。随笔集《当我谈跑步时我谈些什么》、插图小说集《村上歌谣》出版。

2008 年　59 岁

获普林斯顿大学名誉博士称号。

2009 年　60 岁

长篇小说《1Q 84》第 1、2 部出版。

2010 年　61 岁

长篇小说《1Q 84》第 3 部出版。

2011 年　62 岁

《村上春树杂文集》、与小泽征尔合著的《与小泽征尔共度的午后音乐时光》出版。

2012 年　63 岁

《与小泽征尔共度的午后音乐时光》获第 11 届小林秀雄奖。

2013 年　64 岁

长篇小说《没有色彩的多崎作和他的巡礼之年》出版。

2014 年　65 岁

4 月，短篇集《没有女人的男人们》出版。

5 月，美国塔夫茨大学授予名誉博士称号。

2015 年　66 岁

9 月，随笔集《我的职业是小说家》出版。

2016 年　67 岁

4 月，与柴田元幸合著的"村上柴田翻译堂"系列出版。

10 月，在丹麦欧登赛获安徒生文学奖。

2017 年　68 岁

2 月，长篇小说《刺杀骑士团长》(第 1 部显形理念篇、第 2 部流变隐喻篇) 出版。

4 月，与川上未映子共著的《猫头鹰在黄昏起飞》出版。

2019 年　70 岁

3 月，文库本《刺杀骑士团长》(第 1 部显形理念篇上／下) 出版。

4 月，文库本《刺杀骑士团长》(第 2 部流变隐喻篇上／下) 出版。

2020 年　71 岁

4 月，随笔《弃猫》出版。

6 月，随笔集《村上 T》出版。

7 月，短篇集《第一人称单数》出版。

2021 年　72 岁

6 月，《怀旧美好的古典乐唱片》出版。

2022 年　73 岁

12 月，《怀旧美好的古典乐唱片 2》出版。

2023 年　74 岁

4 月，长篇小说《城及其不确定的墙》出版。

《世界尽头与冷酷仙境》音乐列表

1. Skeeter Davis / The End Of The World

2. Danny Boy

3. Annie Laurie

4. Robert Casadesus，Mozart / Piano Concerto No.23 & 24

5. Johnny Mathis / Teach Me Tonight

6. Michael Jackson

7. Duran Duran

8. ペチカ

9. Bing Crosby / White Christmas

10. Elton John

11. Steppenwolf / Born to Be Wild

12. Marvin Gaye / I Heard It Through The Grapevine

13. MJQ / Vendome

14. Jimi Hendrix

15. Cream

16. The Beatles

17. Otis Redding

18. Peter&Gordon / I Go to Pieces

19. The Police

20. 近藤真彦（Matchy）

21. 松田聖子

22. Bob Marley

23. Jim Morrison

24. The Doors

25. Raymond Lefevre Orchestra

26. The Ventures

27. Ravel / Bolero

28. Johnny Mathis

29. Zubin Mehta，Schonberg / Verklärte Nacht

30. Kenny Burrell / Stormy Monday

31. Duke Ellington

32. Trevor Pinnock，Bach/Brandenburgische Konzerte
33. Bob Dylan/Like A Rolling Stone
34. James Taylor
35. Bob Dylan/Watching The River Flow
36. George Harrison
37. Bob Dylan/Positively 4th Street
38. The Byrds
39. Bob Dylan/Memphis Blues Again
40. Karl Richter，Bach/Brandenbrugische Konzente
41. Pablo Casals，Bach/Brandenbrugische Konzente
42. Benny Goodman
43. Jackie McLean
44. Miles Davis/Bags' Groove
45. Wynton Kelly/The Surrey With The Fringe On Top
46. Pat Boone/I'll Be Home
47. Ray Charles/Georgia On My Mind
48. Bing Crosby/Danny Boy
49. Roger Williams/Autumn Leaves
50. Frank Chacksfield & His Orchestra/Autumn In New York
51. Woody Herman/Early Autumn
52. Duke Ellington/Do Nothing Till You Hear from Me
53. Duke Ellington/Sophisticated Lady
54. Bob Dylan/Blowin' In The Wind
55. Bob Dylan/A Hard Rain's A-Gonna Fall